Best Time

白马时光

高四生

GAO SI SHENG

曲小蛐 著

天津出版传媒集团
百花文艺出版社

Love and Peace
不可能！
你想都不要想！

让我揉一把猫毛，
揉完我就原谅你了。

高三(1

Love and Peace
6
我知道
你不是她们说的那样。
我见过你的光。
如果可以，
请你不要落进淤泥里。

我想见你，
就来见你了呀。
——所以你的第四根火柴，就是想见我？
——我要是想见你，还需要划火柴吗？

目录

CONTENTS

星辰卷

目录

CONTENTS

炙阳卷

星辰卷

我知道你不是她们说的那样。

你像一颗星星，清澈干净，闪闪发亮。

我见过你的光。

如果可以，请你不要落进淤泥里。

第一章

叛逆胖橘

窝里横，嘴硬，爱亮爪，胆子却小得很。

盛喃是被嘈杂的电话声吵醒的。她睁开被光灼得酸涩的眼睛，眼前就迎来了一片灿亮。模糊的景物轮廓里，盛夏的田野被风载着，从窗外飞驰而过。盛喃眨了好几下眼，才在逐渐清晰的视野里确定自己没瞎。

没瞎啊。这可太遗憾了。不然她就能请个漫长的病假，提前结束她这趟奔赴远方不知名小城市的“高四”复读之旅了。

盛喃叹了口气，慢吞吞抬手，掰下自己扣在脑袋上的白色大耳机。被降噪音乐屏蔽掉一部分的嘈杂瞬间涌进耳朵，第一秒，盛喃就有种被身旁的“声浪”拍在了高铁车窗上的错觉。

很难想象，这种“功劳”竟然可以只属于一个人。

一，个，人。

盛喃没表情地扭头。“功臣”就坐在她身旁的座椅上。应该是她睡过去的某一站上来的大叔，西装领带大皮鞋，举着手机的手腕上还晃着亮晶晶的金表，只差把“成功人士”四个字刻在脑门上。

与盛喃紧邻，大叔高跷起来的二郎腿正在一上一下地晃，最神奇的是晃动节拍竟然还能合上他洪亮高亢的电话演讲——

“行吧，小林，就这么办，好吧？”

“这种事以后就不要问我了，两千万元的小项目，多没意思嘛。”

“宋总？宋总那边我前几天吃饭通过气了，这点儿面子他还是会给我的哈。”

盛喃转回头。在想象完自己化身正义女侠、严词呵斥对方此种无良行为之后，盛喃又慢吞吞地把大耳机扣回脑袋。

路见不平挺身而出显然需要资本——勇敢的身体或者勇敢的心。她都没有。但凡有一丁点儿，她现在应该就不会坐在这列高铁上了吧。想到这个问题的盛喃被耳边的声浪压迫得胸口更闷了，像是让什么哽住了似的，她低头闷了会儿，把手机从口袋里勾了出来。

一打开就是个聊天框，最上面的备注有点儿长。

充话费送的哥哥。

盛喃眼皮耷拉下去一点儿，手指在键盘上轻敲起来。

小白菜：在吗？

小白菜：在吗，哥哥？

小白菜：在吗，亲爱的哥哥？

对方还是没理她。盛喃不死心。

小白菜：亲爱的哥哥，您的妹妹正一个人在高铁上孤独地听歌。

小白菜：知道是什么歌吗？

小白菜：不知道也没关系，我唱给你听。

小白菜：咳咳。

远在首都三 W 基地里排位的盛笙瞄了一眼手机。亲妹妹蔫里带憨的德行他是了解的，不过看到那句打字发出来的清嗓子的拟声词，他还是没忍住笑了下。

“笙哥，谁的消息啊？”

“盛喃，”盛笙说，“说要给我唱歌。”

“咱妹妹啊……啊？唱什么歌？”

“排位呢，别聊了两位大爷，”训练室斜对面哀号，“笙哥、笙哥、笙哥我要死了！”

“死不了。”盛笙的注意力转回游戏。等一局结束，他才拿起手机。重新亮起的屏幕上挂着几条新消息。

盛喃：小白菜呀。

盛喃：地里黄呀。

盛喃：两三岁呀。

盛喃：。

盛喃：。。

盛喃：。。。

盛喃：盛——笙！

盛喃：你真的忍心一句话都不说，就这样看着你唯一的亲妹妹，被发配边疆？！

看到最后两句，一点儿紧绷的情绪在盛笙眼角松散开，他轻笑了声。

丁零零——高铁到站开门的声音里，盛喃的手机在兜里一振。盛喃耷拉着的眼皮掀起来点儿，她拖着行李箱迈上站台，从兜里摸出手机。怀揣着对自家亲哥哥最后一丝人性的幻想，盛喃点开了屏幕。

充话费送的哥哥：不忍心。

充话费送的哥哥：那就祝你一路顺风吧。

盛喃："……"

丧尽天良的家伙！盛喃没表情地轻磨着牙，拖着行李箱沿站台往外走。

热浪扑面而来，风里缠绵着细碎的、分辨不明的花香。盛喃胸口那点儿憋闷的情绪好像被花香吹散了一点儿，她轻吸了口气，正准备缓缓吐出。

嗡嗡——手机突然持续性地振动起来。盛喃下意识地接通电话，等看清来电显示是"爸爸"的时候已经晚了。

对面先开的口："到站了？"

盛喃憋着那截没吐出的气："嗯。"

"那回住处吧。照顾你的阿姨姓赵，你礼貌点儿，要听话。休息几天，最晚下周去学校报到。"

无人应答。

"盛喃？"

无人应答。

"盛喃，爸爸在跟你说话，你应该回答。"

无人应答。

站台上，从很远的地方吹来的风里，花香不知道什么时候散尽了。盛喃张了张口，感觉嗓子被太阳烤得喑哑："我不想复读。"

"那你想做什么。"对面的男声很平静。

盛喃没说话。

"你还不知道你想要什么，"盛天刚说，"所以你要听话。"

盛喃低头看着脚尖："我不知道我想要什么，但我知道我不想要什么。"

"还是不想复读？你已经十八岁了盛喃，你不能这么任性。"

"换一个也行。"盛喃低着声，感觉自己现在就像菜市场里有商有量的大妈。

“换什么？”

“我有过一个妈妈就够了，”盛喃张了张口，声音被太阳烤得干涩，“我不想有第二个。”

耳边的风声好像都突然沉默了。很久以后对方似乎叹了口气，也可能没有，只是她的幻听。

“盛喃，这件事我们以后再说，你先准备上学吧。”

盛喃攥紧手机。

盛天刚道：“听话。”

盛喃的手握得发白，她感觉刚刚没吐出去的那口气就要把她鼓起来，鼓得要炸开了。但是它没有。它好像偷偷地、悄无声息地泄掉了，躲进身体的每一个角落里。在沉默里盛喃听见通话结束的声音，像抽走了她的最后一丝力气。她把手松开，慢慢垂回去。

拖着行李箱有气无力地转进站内的时候，盛喃看见擦肩而过的落地玻璃门上的影子。散着半长发的女孩挂着大大的耳机，杏眼耷拉下一半，身上穿着小白 T 和浅蓝色背带短裤，还有双大蝴蝶结带子系着的小白鞋，从头到脚连头发丝都乖得不行。

“听话。”真听话。

这么听话不也是小白菜吗，还是棵被晒蔫了发配边疆的小白菜。盛喃感觉自己的白菜叶子都要耷拉下来了。拖着行李箱走出检票出口，刚迈出一步，盛喃就听见旁边突然传来一声惊呼：“好帅啊。”

盛喃一顿。晒蔫了的白菜叶子慢慢抖擞着支棱起来一点儿。她慢吞吞地假装无意地瞄过去。然后就看见两个小姑娘凑在一起，其中一个捧着手机给另一个人看，兴高采烈地戳着屏幕。

盛喃失望地转回。刚巧这一秒，那个明显外放的手机里传出深情的女声——“哥哥是上天送你的一封情书。”

盛喃蒙住，回头：“？”你再说一遍，我保证不打死你。

然后大概是一段可以猜测的帅哥剪影片段后，女生道：“呜呜呜，我也想有个哥哥。”

另一个女生也回应：“呜呜呜呜，我也是。”

盛喃麻木地走出去一两米，外放帅哥视频的最后一句温柔男声还是被风吹到她耳旁："乖，妹妹。要听话。"

盛喃表情一秒就绷住了。

听话听话听话听话……听个头的话！她不！

盛喃此刻感觉积攒了十八年的勇气终于汇聚一身。她像个女侠一样雄赳赳气昂昂地坐进了计程车里。

司机问："小姑娘，去哪儿？"

"就去你们这里——"女侠迟疑了下，声音小下去，"最叛逆的一条街吧。"

在司机从后视镜投来的"这孩子是不是出站时候撞门上了"的关怀的目光里，计程车开了出去。

安城是一线地级市下辖的，人口不多不少的，好像什么都有，又好像什么都没有。

小县城。简言概括，小城。就这么一个巴掌大的小城市，盛喃被计程车司机带着三绕两绕的，等抵达传闻中安城最叛逆的一条街的时候，盛女侠还是感觉自己积攒了十八年的勇气已经漏完了。但话都放出去了，她实在没好意思重新报一遍住处地址。

于是盛喃下了车，拄着行李箱，茫然地站在灰扑扑的街前。密集的店铺，交错的摊位，行色匆匆的提着大小袋子的路人。这条街怎么看怎么像个……

盛喃退了一步，仰头，看见了街边立着的牌子。

盛大农贸市场

还真是个菜市场。所以，是谁跟她说小城都民风淳朴、善良热情的？

盛喃拄着自己雪白色的小行李箱，在路过的各异的目光审视里坚持了数秒，到底没扛住，内心的女侠早抛下她跑了个没影，她自己拽着箱子连滚带爬地扑进了街外左手边的第一个店里。

连门牌都没看清。不过眼角的余光里，她记得自己瞄见了一个灯箱。就……五颜六色的，转来转去的，好像只有在本世纪初的电视剧里才能看到的那种灯箱。

“欢迎光——”似乎是被她进来的动静惊了一下，站在门口收银台后的小哥茫然地望着她。

理发店。站在店门内的盛喃恍然，这一刻福至心灵，灵机一动——还有什么比换个叛逆的发型更叛逆的事情？

小哥适时回神，道：“请问您是要做头发吗？”说话时还瞄了一眼盛喃的行李箱。毕竟这玩意儿出现在理发店的概率，确实应该不高。

“是。”盛喃绷住。

“好的。今天店里客人比较多，可能需要您稍等一会儿，我先安排同事帮您洗头。”小哥朝店里示意了下，走出柜台。

盛喃拖着箱子跟过去。店里有两位正在剪发的理发师，还有两个年轻女孩并排坐在等候区的沙发里。发廊特有的那种低低的潮湿气息，随着盛喃步伐的深入，慢慢浸润进她每一个毛孔里。凉沁沁的，闭上眼就会感觉像误入了旷野、山谷或者森林。

盛喃就恍惚了一小会儿，回神时她已经站在理发店的洗发区。可能为了客人隐私，这里的洗发躺椅之间还挂着遮挡的拉帘，配合灯光昏暗，怎么看怎么都怪怪的。

……就是让你有种躺上去一觉醒来肾就没了的感觉。盛喃露出了一点儿迟疑。就在这迟疑的几秒里，柜台小哥已经把她交给了同事。

盛喃心里轻慌了下：“那个，我不急的，让前面的客人先来吧。”

柜台小哥道：“没关系，前面的客人已经在剪了。”

剪什么？不会真的是什么黑店吧？

盛喃对着柜台小哥和蔼的笑容，到底没能问出口，只是弱弱地示意了下途经的沙发上的两个女生：“那她们……”

盛喃指过去才发现对方也在看自己这边，眼神里压着莫名的雀跃。盛喃心想，这是合伙黑店吗？

柜台小哥已经转回来，笑得好像有点儿无奈：“她们是陪朋友来的，不剪发。”

“这样啊。”盛喃挣扎失败，认命地把行李箱放好，磨磨叽叽地躺上洗发躺椅。

“耳机，需要摘一下。”给她洗头发的是个年轻男生，一直不好意思和她对视，就算不小心目光碰上，也会第一时间挪开。

作为资深以颜值为正义的人，盛喃的人生技能点可能全点在“如何自然地和男生对视”这方面了，她点了点头把耳机摘下来，抱在身前，到躺椅上坐下来。

这个躺椅对她来说有点儿……高。盛喃踮着脚坐上去的时候还没感觉，但当躺椅下半段平抬起她的小腿，盛喃晃了晃小白鞋，迷茫地看着脚尖到踏板的遥远距离。这玩意儿设计得是不是不太符合人体工学？拒绝承认是自己短一截的盛喃很快忽略了这个问题，她围着理发毛巾，平躺下去。

“您是第一次来我们店里吗？”洗发小哥向她发出对话邀请。

盛喃道：“嗯。”

“是朋友介绍您过来的？”

“不是，”盛喃有点儿懒得撒谎，所以就很诚实地说了，“计程车司机送我来的。”

这个答案显然在洗发小哥理解范围外：“……司机推荐您的？”

“也不是。”

洗发小哥看过来的眼神充满了真诚的求知欲。盛喃抿了抿唇，道：“我跟他说送我来你们城区最叛逆的一条街，他就把我送这儿来了。”

洗发小哥虽然不懂但大为震撼，好半天才回过神，“啊”了一声。

盛喃不想接收对方怜悯的眼神，索性抬起手机，骚扰她远在 F 大的发小谈梨，顺便寻求一下建议。毕竟在叛逆少女这方面，没人比梨哥更专业。

可能是有事，谈梨没回消息。盛喃把手机放去一旁。漫长的洗发接近尾声，盛喃谢绝洗发小哥的帮忙，慢吞吞地坐在那儿揉着头发。对方站在椅旁继续搭话：“请问您要做剪发还是烫染？”

“染发……吧。”

“那您想染什么颜色呢？”

盛喃正耷拉着眼皮走神，随口道：“我想把这玩意儿染成绿的。”《家有儿女》的台词一不小心就秃噜出来了。

洗发小哥：“？”

“噗。”一声没憋住的笑，从旁边的帘子后面传出来。

盛喃揉头发的手停住，僵硬地回头。她声音不高，但是没想到旁边从她过来就好像没有过动静的帘子后面竟然还藏了大活人。而且还是两个。

帘子是被洗发躺椅上爬起来的那个扯开的，是个看起来三十来岁的大哥，笑得很憨厚，忍都忍不住的那种："这是哪家跑出来的小姑娘，怎么说话这么好玩。"

你才好玩。盛喃因尴尬而短路的大脑缓慢开机。但她没敢吱声，慢吞吞继续给自己擦头发，妄图把这段痛苦回忆从脑海里擦去。

旁边的洗发小哥意外："店长，您不午休了？"

"不睡了，笑醒了。"店长大哥揉了揉头，"我给这小姑娘弄头发吧。"

盛喃僵了下，道："那个，我可以先想想吗？"

"当然可以。"店长笑了。

"谢谢。"

店长从躺椅前下来，然后好像想起什么，转头看向最里面："哎，你什么时候开始啊？"

"不急。"

听见这声音，盛喃擦头发的手再次停下，低垂着的眼睫毛也轻轻拎起来。这个声音，讲道理，有点儿好听。

用"有点儿"来形容它其实都有点儿昧良心，准确地说是盛喃在日常生活里很少听过的——干净，低而清冽，又透着一点儿散漫少年气的微哑撩人，即便是在这个空气也浸润着潮湿的发廊里，都叫人听得毛孔都得了安抚似的熨帖。

没错。声控[①]一般是颜控的附加项。盛喃忍了忍，但没忍住，借着擦头发的毛巾和碎长发的有利遮掩，她朝声音的来源处看过去。

声音的主人坐在洗发躺椅最头上的转凳里，就是洗发小哥的那个位置。长长的腿屈折起，脚勾踩在踏板上，他半低着头玩手机，棒球帽没压住下面的碎发，很散漫地垂下来，就着低头的动作，半遮了眉眼。

于是看不太清五官，只看得到皮肤是冷淡的白。盛喃的视线往下落了一点儿，到他托着手机的手指上。这人戴了一副黑色皮质的半露指手套，没盖过指骨，露出修长漂亮的手指。

---

① "控"指喜欢某事物的人。

呜呜，真好看，她也想……盛喃的目光被挡住了一半。是方才坐在沙发上的那两个女生。虽然只是背影，但盛喃还是看出了一种跃跃欲试的兴奋和激动。到此刻盛喃才突然明白：刚才洗头发前她看两人时，两人看的并不是她，而是她身后一直拉着的帘子里的动静。

果然人类的审美大同小异。盛喃正想着，手里的手机嗡嗡一振。她低头。

梨哥："怎么突然想起染发了？"

梨哥："不怕你爸说你？"

盛喃㞞了一下。但很快她就捡起手机，轻快的手指动作暴露了她的内心。

不重要了，现在更重要的是我刚刚在发廊里看见了一个……字敲了一半，盛喃迟疑住。按照刚刚的画面，盛喃在内心做了一个简单的判断，于是继续敲字。

盛喃：一个理发师。

梨哥：……

梨哥：在发廊里看见理发师，这件事有什么值得"重要"的？

盛喃：这个不一样！

梨哥：哪里不一样？

盛喃想了想，郑重敲字。

盛喃：他穿得很普通，但长相非常不俗。

对面沉默数秒。

梨哥：清醒点儿，你只是去理个发。

盛喃：……

那还真是……有点儿遗憾哦。盛喃听见耳边搜寻回来的害羞又大胆的女声："你好，我们想加一下你的微信，可以吗？"

盛喃好奇地回眸。此时她才发现，玩手机的少年从帘子掀开以来，好像一次都没露过全脸。这人的头一定很贵，所以抬都不抬。

而即便此刻其中一个女生开口，他也一样低着自己昂贵的头颅，专心又懒散地玩手机。没听见似的。

理论上，这种情况就算拒绝，对方也可以撤退了。但偏偏那两个女生好像很不甘心，于是另一个又重复了一遍："帅哥你好呀，我们可以加个微信吗？不会随便打扰你的。”

在手机上滑动的修长手指停下。盛喃在旁边期待地看着，想看清楚那颗昂贵的头颅到底长得多贵。可惜昂贵头颅还是没抬，只有那好听的嗓音又懒又欠地道：“有女朋友了。”

大概作为佐证，那人修长的指节勉为其难地抬了起来，在耳旁点了点。

顺着看过去，盛喃看到了只银白色的耳骨钉，耳骨钉上刻着一串漂亮的字母，长度像是个三词的拼音人名。

可惜了。这么帅，结果怎么就有主了呢。盛喃遗憾地想。

盛喃已经打算转回去了——

“没关系呀，我们没有别的意思，就是想和你交个朋友。”女生带笑的声音传回来。

盛喃耷拉着的眼角都拎起来。是要长得多贵，才能这样都不死心？

那人好像却没太多意外，道：“想做替补？”垂着的碎发带上一点儿微微翘起的弧度，他揉了揉脖颈，嗤出一声敷衍的笑，“领个号吧，后面排队。”

即便是那副睥睨里透着点儿色气的绝美嗓音都没拉住盛喃。那颗蹦跶的少女心瞬间速冻。她眼前只剩四个大字——这人好跩。

那两个小姑娘气得跑出去的时候，谈梨的电话正好打了进来。盛喃还在这个超跩的跩爷震人的气场里发呆，手机振动了好几秒她才回过神，把耳机重新挂上脑袋，盛喃接通电话，道：“梨哥。”

声音闷得厉害，把盛喃自己都吓了一跳。

谈梨也意外，问：“哭了？”

“谁哭了，”盛喃反驳，“我盛女侠顶天立地威震古今，怎么会哭。”

“那声音怎么跟能掐出泪雨来一样？”

“想你想得吧。”

对面静了两秒笑起来，道：“可以啊盛喃，尿归尿，嘴炮功力又见长不少。”

盛喃把腰一板，试图给自己找到底气：“谁尿？”

“你啊。”

“我哪里尿了！”

“你要是不㞞，怎么叔叔一个电话，你就乖乖回去复读了？”

“哼。”被戳到死穴的盛喃闷哼了声。

死穴大概是被戳破了，于是努力撑起的底气全漏了出去。理发店落地镜里，坐在躺椅上的小姑娘慢吞吞弯了挺直的腰，蔫了回去。

过去好几秒，盛喃才给自己找到了一个合适的能说服自己的理由，她闷着鼻音开口：“我爸说了，我要是不复读，他就断了我生活费。仙女可以没有脸，但仙女不能没有钱。”

“那找笙哥要呗。毕竟亲妹妹，他总不能看你露宿街头。”

“呵，”提起盛笙，盛喃就想起那句可恨的“那就祝你一路顺风吧”，她记仇地磨了磨牙，“我跟那个坏家伙的兄妹缘分已经尽了，从今天开始江湖路远恩断义绝。”

谈梨忍俊不禁。

理发店里侧。

店长从远望状态收回视线，扭头，踢了踢靳一坐着的转凳：“你们长得帅的，都这么不懂得珍惜美好的青春期萌动的机会吗？”

“机会送你，你去珍惜吧。”靳一头也没抬，懒声道。

“我当然想……你到底玩什么呢，这么上心？”店长凑过去，“2048？这游戏不是都过时了吗？”

“嗯。”靳一敷衍地应了声，屏幕上的手指没停。

店长习惯性地往右上角计分处瞄了一眼，然后就噎住了：“……你变态吧？”

靳一懒得理他，道：“好好说话，别人身攻击。”

店长道：“不是，你看你这分数，正常人能玩这么高分吗？！”

靳一垂着眼皮说：“能。”

“放屁，”店长气笑，“我就说你这脑子就该用在为国家做贡献上，不去上学，整天在学校外面混干吗？就喜欢糟践我们这些正常人拥有不了的机会是吧？”

“哦，那你就当我，”靳一指腹一划，随口接上，“体察民情吧。”

店长：“……”

这种把又跩又欠的话说得毫无起伏、偏偏还特招小姑娘喜欢的人，就应该划为男性公敌。

不过店长也知道靳一最难劝。没人改得动他的主意，所以店长也就没多嘴，直起腰看向前面不远处的洗发躺椅。那个怪好玩的小姑娘跟朋友打完电话了，好像是心情好了点儿，正坐在皮椅上，脚抬半截，小白鞋晃着。

离地好远。店长差点儿又没憋住笑，他走过去问："想好染什么色了吗？"

盛喃被耳边的话叫回神，她掰着耳机犹豫道："你们这边的高中，让染发吗？"

"啊？"店长愣了下，"你是来上学的？"

"嗯。"

店长打量她："高一？"

耻辱。绝对是耻辱。盛喃压下怨念，低头踢了踢鞋子上的蝴蝶结："高四。"

"哎？这不巧了吗？我们这边也有个——"店长说话的时候正转回去，然后就看见最里面的转凳上、半垂着眼的某人依旧眼也没抬，从头发丝里透着三个字——没兴趣。

盛喃正抬头，问："巧什么？"

"没什么，"店长转回来，"我们这边正巧能给学生打折。你是要去安乔中学吧？"

盛喃警觉道："你怎么知道？"

"我们这边普高不多，也就安乔能接收复读生了。"店长说，"安乔不让学生染发，你的叛逆大计可能要受阻了。"

盛喃："……"

没想到那句也被人听见了。盛喃憋了两秒，道："那我只剪发可以吗？"

店长笑道："没事啊，不用不好意思，你要是不想剪，最多我收你个洗头的钱就行。"

来到这座小城以后第一次体会到这边的"淳朴"民风，盛喃有点儿感动。不过低着头想了两秒她还是坚定摇头："不，我剪。"

把剪发说得这么悲壮的，店长也是第一次见。他忍住笑："那你想剪什么价位的？”

“价位？”盛喃茫然了。也不能怪她，她以前剪发都是去固定的设计室，账都记在盛天刚名下，确实没人跟她聊理发的那些定价。

店长耐心解释：“我们店里洗剪吹一共三种档位。店长剪发、总监剪发，还有设计师剪发。档位不同，发型师的工作年份不同，价格也就不同。”

盛喃不懂，但盛喃感受到了套路。如果是在以前，她好像很少考虑过钱的问题，但在零花钱和生活费已经被盛天刚残忍无情地挂钩了她的复读日常成绩的现在，想起自己干瘪的可怜巴巴的小金库，盛喃心里的泪淌成了汪洋大海。

她的眼神落向最里面的洗发躺椅……旁边的转凳……上的跩爷。不知道他是多少年的发型师资历，是总监还是设计师的价钱。

店长正问：“价格上你有什么不懂的，需要了解一下吗？”

“有，”沉思状态的盛喃想都没想，抬手，“他多少钱？”

静默。长久的静默。惊回神的盛喃还没来得及拍掉自己完全没经过大脑同意就偷偷指过去的手指，就看见指尖朝着的方向——

跩爷停了几秒，终于，缓慢地抬起他昂贵的头颅。之前半藏在碎发下的五官露了出来，明晰凌厉，轮廓完美，鼻梁也挺拔漂亮，几乎能看到薄薄的灯光在他鼻翼旁拓下的阴影。

不过最勾盛喃的还是那双眼睛——他的瞳仁似乎比普通人要黑一些，眼角有颗泪痣，缀在白得冷淡的眼尾下，颜色浅浅的，平常不显，但在这种情绪下，眼角一扬，就从冷淡里透出点睥睨又似笑非笑的色气。

……确实长得很贵。完完全全消费不起的样子。盛喃尿得慢慢弯起手指，试图假装什么都没有发生地转开脸。

可惜店长没给她机会，在旁边“扑哧”一声笑了出来，道：“他？他不卖的。”

她真的没有这个意思！感受到跩爷那边投来的目光里凉意好像更重了，盛喃绷住脸，努力表现得英勇但事实上很小声：“没事，我不买，我就问问。”

结果店长笑得更厉害了，坚持着扭回头：“哎，听见没，人家就问问，都没打算买你。”

靳一轻眯起眼。那颗泪痣好像都跟着他微绷的眼睑轻跳了下，勾人得厉害，杀气更厉害。

她这棵小白菜今天是不是要葬送在这里了？盛喃都做好跳椅逃生的准备了。没想到僵持几秒后，那边眼神一扫，竟然就那么晃走了。

无事发生的安静里，盛喃受惊的心慢慢平复下来。回过神她还有点儿蒙。难道，这竟然是个，不杀生的跩爷？这……刚刚看着也不像啊。

“今天脾气怎么这么好，”店长转回来，对上盛喃的眼光时他愣了下，然后笑，“我说呢，瞧小姑娘吓得……没事啊，他不打人。”

盛喃慢吞吞地松开攥出细汗的手指，道：“我没被吓到。”

店长笑道：“行，没吓着。来这边吧，我给你剪，按最低档的收费。”

“好……谢谢。”盛喃松了口气，从躺椅上下来。

店长走过去的时候往地上一瞥：“小赵，洗发区这边洒水了。等你空闲的时候擦一擦，这块地板太滑了，别摔着人。”

“唉。”盛喃坐进剪发椅里。被那条理发围布缠上来时，她莫名地有种被戴上绞刑木枷的悲壮感。

店长在身后问：“想好剪什么发型了吗？”

“想好了。”

“嗯？”

“您看过《杀死比尔》吗？”镜子里的小姑娘严肃地绷着脸，比画，“就里面那个特别酷特别帅特别叛逆的，萝莉杀手。”

店长品了两秒，一竖拇指，道：“OK。包在我身上。”

半小时后，盛喃看着镜子里那个乖巧、可爱、邻家少女式的齐肩发，目光陷入呆滞。店长露出满意的表情：“怎么样，《杀死比尔》，酷吧？”

盛喃：“……”

酷个头。你不如干脆杀了我吧！人类历史上无数次的惨烈翻车证明：永远不要相信理发师的嘴，永远不要相信他们的任何一句“包在我身上”。

祸从口出，一地惨死的秀发也接不回去了。盛喃只能沉痛地学会接受。

在镜子前站了好久，盛喃还是有点儿不适应，伸手去摸了摸短发尾。她发质很好，是那种柔软的触感，这会儿头发还没完全干，发尾微微翘起来，配上短发就显得俏皮了点儿。

好像还，挺好看的。虽然这个发型跟“叛逆”显然没什么关系，但颜控盛喃的心情好了不少。

店长道：“小赵，你再给这小姑娘洗一遍。”

“好嘞。”

盛喃的“真香”心情，在到达洗发区的第一秒就被冻住了。

她剪发的时间里店里进了新客人，刚好有两位，刚好都在洗发，刚好占掉了除了最外面的两个位置。也就是说，唯一剩下的可供她洗发的地方，就是……

“靳哥，您往这边挪挪，我给客人洗头发。”

“嗯。”跩爷还在低头玩手机，坐着的转凳挪开几十厘米，让出了洗发的工作位。

离盛喃，更近了。

希望这还是个不记仇的跩爷。放轻脚步，屏住呼吸，盛喃竭力把自己的存在感降到最低。她轻手轻脚地，一边偷偷观察着那人低垂着的侧颜，一边争取在这狭窄过道不碰他一丝衣角、不发生半点儿交集地走过去。

然而下一秒，盛喃就领略到了墨菲定律的可怕性。

鞋底一滑，盛喃心里警铃骤响。可她的小脑反应显然不及大脑，所以瞬间重心失控，她没有选择地摔向看起来就很脏的混合着泡沫和水的地板。

……行吧。反正“听话”的小白菜已经灰头土脸地被扔到这么一个小破城市，反正这个陌生得名字她都要想两秒才能记起来的小城里也没一个认识她、在乎她的人。再惨也就这样了，脏水里再摔一跤又能怎样呢。盛喃自暴自弃地闭眼，准备迎接泡沫和脏水的“亲吻”。

只是那一瞬黑暗之后，身旁多了一丝被抬起的袖角拂起的细微的风。风里混着某种陌生的、很清冽的木质淡香。

砰。闻声受惊的店员们纷纷回头。洗发区最里的角落，转凳上勾腿坐着的少年被他抬手接了一下的女孩扑了个满怀。凳轮后滑，他单手格挡，漂亮的下颌骨微仰起来，侧肩撞抵在背后坚硬的墙棱上。

风声与香归止。盛喃惶然地睁开眼。最先入目的是轮廓好看的左耳，以及左耳上面，那只亮银色的、象征此人有主了的耳骨钉。

这次很近，盛喃把耳骨钉上的“拼音名字”看得清清楚楚——“爱与和平”的英文。

所以踋爷的女朋友，叫爱与和平？盛喃还在沉思“爱与和平”这名能不能登进户口本的时候，耳旁那副冷淡且踋的嗓音已经开口了：“再不起来，我松手了？”

这人嗓音从近处听好像更低更有磁性，可惜盛喃此时顾不上，她连忙借力身体唯一的支撑点，也是方才在她摔到脏地板之前，从半空扶住了她的……

盛喃低头。哦，踋爷的胳膊。

等等。踋爷的……胳膊？！原地经历内心小宇宙爆炸了两千字的心理活动后，盛喃终于在自己自燃前勉强站稳身。

她小心翼翼地从那人黑色卫衣的袖子上收回手指。大概是方才太惊慌，她用力不轻，把对方的袖子扯上去了一截。漂亮又藏着力道感的腕骨线条都被她剥了出来。

盛喃捏紧手指，道：“抱……歉。”

靳一把袖子撸下去，闻言抬眼，平静又冷淡地从黑色帽舌下瞥了她一眼。

几秒后……一声“嗤”响。

她是不是被这人无情地嘲笑了？盛喃刚从心底翻出那张“喵可杀不可辱”的表情包，就听那个特别戳她声控点的嗓音又踋又欠地补了一句：“不用这表情。不打你，走吧。”

她有吓得那么屃吗！像是为了告诉她答案，理发店里的几个角落陆续传来了店员们忍笑的憋气声音。

盛喃耻辱地攥紧手指，转身。停了两三秒，带着她角度清奇的自尊心，她又转回来：“我没害怕。”

已经低回头去的靳一道：“哦。”

“真……的。”

“所以，”靳一靠着墙壁，也没抬头，单手玩他的 2048，“你是故意往我这儿摔了？”

这种因果关系是怎么得出来的？？盛喃绷住，道：“虽然很谢谢你刚刚帮助了我，但是你也不能这样污蔑我。”

“不是帮你，”靳一懒垂着头，“地上水脏，我怕溅到身上。”

听听这是人能说出来的话吗！盛喃很想撑回去，可惜不太敢。

不知道是不是察觉了，那人玩手机的动作再次停下，一两秒后，他仰了仰脖子，很自然地靠在身后的墙上，道：“不服气？”

那颗淡色的泪痣像在他眼角下轻闪了下似的。盛喃发现这人撩起眼看她说话时就有那么种特殊的劲儿，既撩拨又迫人，叫人进退不得。明明这会儿他还坐着，她才是站着的、居高临下的那个！

盛喃不自觉地绷了绷腰，试图使自己底气气势都更足一点儿，回道：“我说了，我刚刚不是故意的，而且是你动的手，你不能这样抹黑一个无辜纯洁的人。”

靳一睨了她两秒，问：“安乔的，复读生？”

这莫名的威胁感……盛喃心气一虚，然后又立刻反弹回来：“嗯！”

“叫什么。”

盛喃警惕道：“你问这个干吗？”

“不是不怕吗，”靳一瞥她，“尿这么快？”

“谁……谁尿了？”盛喃挺了挺胸脯，就是声音有点儿不自觉地小下去，“本姑娘行不更名坐不改姓，叫盛——”

转凳踏板被踩得吱呀一声。压着棒球帽的少年长腿踏地，从转凳上起身。对视的盛喃不得不跟着调整目光。于是盛喃的小细脖就从俯视到垂直，再缓缓后仰了一个角度，忧伤的四十五度角。

盛喃：“……”

他们安城的小孩，从小到大不吃饭只吃化肥吗？

靳一插着兜居高临下，眉眼冷淡，充分展示了一个踱爷的风范：“叫什么？”

“盛，”地势反转，盛喃最后一点儿底气也漏了，“……小白菜。”

靳一愣了两秒。

“噗，”站理发区旁观的店长终于看不下去，一边笑出声一边救场，“你就别欺负人家小姑娘了，过来理发！”

靳一睨了盛喃一眼，泪痣勾得冷淡，不过还是转身走开了。

盛喃僵硬地转身。终于在熬过她人生里最漫长艰难的十几分钟后，盛喃带上行李箱，从这家可怕的理发店落荒而逃。

坐上计程车前，盛喃对着街口的“农贸市场”大铁牌发誓——

她盛小白菜！绝对！这辈子！都不会再来这条街了！

发廊门关上。门内挂着的风铃晃碎了玻璃外的夕阳，声音清脆，像傍晚的风吹响清亮的口哨。靳一躺在洗发椅上，合着眼，看着像睡过去了似的。店长已经结束工作，把着转凳笑眯眯地靠在一旁，道：“大城市来的小姑娘，身上的味道是不是都特别香？”

靳一难得地睁眼，眼尾那颗泪痣冷冷淡淡的，一勾唇，语气凉凉：“你都三十几了，再长两年能当她爸爸了。捡起你的人性吧。”

“滚啊，我刚三十呢，”店长白眼，“再说，我是说我吗，我说的是你好不好？”

“说我什么？”

“少跟我装啊，你要对人家没意思，你扶人家小姑娘干什么？往你面前‘摔’的小姑娘不少了，我怎么没见你扶过别人呢？”

“没想扶，”靳一把眼闭回去，“手滑了。”

“滚，你骗谁呢。”店长笑骂。

靳一难得地没驳回去。灯光正昏暗，他有点儿困，懒得说话。

至于为什么扶啊，好像没原因，就是觉着好玩。非要说的话，有点儿像他奶奶以前养的那只胖橘。

窝里横，嘴硬，爱亮爪，胆子却小得很。被刮一眼都像是被欺负坏了，恨不得缩成一团，又总给你它在勾引着你欺负它的感觉。

那只猫后来受了不少苦，这女孩估计也难免。好在和他也没什么关系。

第二章
第 101 号

"我要领个号吗？"
靳一："……"

盛喃在新"家"里闷头睡了三天。说是睡，其实就是在被窝里趴着。盛喃觉得应该是这座小城的原因，她跟这地八字犯冲，一来就困，提不起精神。很难得，赶着这三天的最后一个下午的尾巴，盛笙竟然还想起来这个流放的妹妹了。

充话费送的哥哥：适应安城那边的生活吗？

小白菜：感谢领导慰问。

小白菜：托您的福，活着。

充话费送的哥哥：你这昵称……

小白菜：够写实吗？感受到底层劳苦人民的辛酸心路了吗？唤醒你沉睡已久的对自家妹妹不闻不问的良心了吗？

充话费送的哥哥：你就这么排斥殷阿姨吗？

小白菜：？

小白菜：难道你不排斥？

充话费送的哥哥：不。

小白菜：……

小白菜：你为什么回答得这么利落？

小白菜：你不会是……

充话费送的哥哥：？

盛喃对着对话框没表情地发了两秒的呆，又瞄了一眼卧室窗外的云，然后才懒洋洋地趴回来，她把故意憋着的那句发了出去。

小白菜：哥，你听说过，小妈文学吗？

不出所料，最后这句一发出去，对面就安静了。盛喃侧翻着仰进被窝里，然后对着窗玻璃外的云彩比了一个报复成功后的剪刀手姿势。她举了会儿，累了，就把胳膊垂下来，盖到眼睛上。

还是困，想睡觉，不想思考。其实她也知道，盛笙他们会觉得她无理取闹。毕竟殷娟长得秀气，脾气好，性格温柔，待人亲近，没结过婚没有孩子，作为后妈简直是不能再好的选择。

可盛喃不喜欢她。原因很简单，盛喃也已经跟盛天刚说过：她已经有过一个妈妈了，她不想要第二个。

就算她对那个在她两三岁就去世了的妈妈只有最模糊的记忆和仅供参考的老照片，就算那些照片从背景到衣物到主角都让她觉得遥远而陌生……盛喃的心胸很窄的，她有过这一个，她就只能接受这一个。

谁来也讲不通。对，就是这样，没有别的原因。盛喃一翻身，像只鸵鸟似的把脑袋埋进被子里。她才不承认有别的原因。

笃笃。房门突然被敲响。盛喃顿了下，慢慢从被子里探出揉乱了她“杀手发型”的脑袋。

隔着一层门板，负责照顾她起居的赵阿姨声音温和地道：“小喃，你的班主任打来电话，让你明天去学校报个到。”

盛喃反应了一会儿，才明白过来对方说的是她的新学校、新老师。她从床上坐起，趿着拖鞋走去门旁。门打开了一颗脑袋的距离，露出盛喃生无可恋的脸：“我记得说好的是下周上学。”

赵阿姨笑得很慈祥，道：“班主任说复读生们容易不适应，建议你提前过去了解一下情况。”

“们？”盛喃被勾住注意力，“除了我，我们班还有别的复读生吗？”

“好像是还有一个。”

“……哦。”盛喃在心里松了口气。在完全陌生的环境下，能多出个和她境况相近的“革命战友”，这件事确实让她安心不少。她已经开始思考要怎样和对方建立深厚稳固的友谊了。

见她不说话，赵阿姨又继续劝：“反正明天也是周五了，你就去一天，周末可以再缓两天。”

盛喃木着脸。这跟对死刑犯说明天试行刑，下周一才正式行刑有什么区别。

“小喃，你觉得呢？”头顶传来赵阿姨温柔的催促声。

“好，”盛喃慢吞吞地点了下头，“我明天会早起的。”

“起不来也没关系。”

“嗯？”盛喃从绝望里听出一丝希望。

“阿姨定了闹钟，阿姨叫你。”

盛喃悲愤地沉默了两秒，丧气低头：“谢谢阿姨，我起得来。”

可能是这几天睡多了，周五早上盛喃确实起得很早。吃过一顿值此“良辰”很难有胃口的早餐后，盛喃被赵阿姨送去安乔中学报到。

路上略微有点儿堵车，蔫小白菜似的靠在车窗上的盛喃被迫听起了安乔中学的发家……不，建校史。

安乔中学是安城唯一的市重点高中，同时还是一所私立中学。据说历任校长治校有方，校内纪律严明，学风端正，每年的本科升学率都不低，校方正在致力于向省重点高中序列迈进。因为是私立中学，可以不怎么受限地接受学生家长对校方教育事业的大力支持，所以，校内的教学建筑设施和条件比起同类小城高中，都算是很不错的标准了。

赵阿姨在学校这方面显然做过不少功课，一路上成功把本来就没什么精神的盛喃说得昏昏欲睡。眼见着校园正门进入眼帘，盛喃才终于听到一点儿让她感兴趣的——

“座位？”盛喃抬起快合上的眼睛。

“嗯，你对座位有什么要求可以提前说，方便你们老师安排。”

盛喃想了想：“那就最后一排吧。”

“你喜欢最后面？”赵阿姨惊讶地问。

“嗯。”

“为什么啊？”

“书里说了，”盛小白菜懒洋洋地挂在车门边，“后排靠窗，王的故乡。”

“……”

安乔中学确实不小。盛喃进校门后绕了十分钟也没找到赵阿姨说的高三A栋，只能依靠三步一问路向着大概的目标方向艰难前行。阻碍她问路大计的是安乔中学的早课——从某阵铃声响起后，盛喃面前穿着规整校服的学生身影就以光速遁离了她的视野范围，连反应时间都没给她留。

又多绕了两分钟，盛喃才终于在空荡的校园内找到一位穿着食堂工服的校职工。“您好，”盛喃忙走过去，“请问高三 A 栋往哪边走？”

“你找三 A 啊？沿着这条路过去，最头上有两栋楼，北边那栋就是三 A 了。”

“好的，谢谢。”

等终于抵达那两栋教学楼前，盛喃松了口气，仰头。

安乔中学的校园内种着许多高大的杨树，此时正值盛夏，宽大的叶片层叠成葱绿的海洋，被清晨的风一拂，掀起粼粼的光。于是楼侧的标识也被挡得严严实实，完全看不到了。

“北边那栋……上北下南，左西右东，”盛喃左右一转，视线定在前面那栋上，她自信满满 “就是你了” 。

坦然迈入楼中的盛喃显然没想起自己的方向感就没灵过这回事。因此，五分钟后，盛喃就被“请”出了四楼走廊尽头的班主任办公室。

“同学，这里是 B 栋，你要找的实验班都在高三 A 栋。”

“谢谢老师，打扰了。”盛喃尴尬地拉上门时，还听见里面溜出门缝的说话声。

“开学半个月了连教室都找不着，看来又是靠家里‘赞助’进来的。”

“是啊。穿条小裙子就来报到了，脖子上还挂个耳机，不伦不类的，像什么样子？”

“这种学生啊，离了家里什么都不行，我看 A 栋的风气迟早也要被他们带坏了。”

盛喃眨了眨眼，耷拉下眼皮去，睫毛上挂着的那点儿情绪碎成了末。

内心的小女侠此时已经英勇地冲进门去，大喊了一句“有本事你们就去找校长反映，让我现在立刻原地退学，刚好这学本女侠也不想上了”，而现实里，有贼心没贼胆的盛小白菜只能默默地拽起大耳机，扣到脑袋上，然后转身回楼梯。

四楼不高不低，盛喃也不想早去，就每个台阶溜溜达达磨磨叽叽，三层 Z 字楼梯硬是被她磨了十分钟。

然后就遭了报应。报应地点是一楼楼梯口。安乔中学的教学楼统一有东、中、西三条楼梯，对应一楼的楼道出口。不过为了便于管理学生，左右两个出口一般是上锁的，想离开教学楼只能走中间的教学大厅。

盛喃是从办公室外的东楼梯直接下来的，需要经过一楼的半条走廊。然而很不幸，在她刚转进走廊，还没走到第一个教室的前门时，就看见前面第二个教室的后门走出个男生——川字眉，神情凶狠，步伐六亲不认。这人转到盛喃前面那个教室，对着前门就是一记重踢。

砰！可怜的教室前门哀号着拍在墙上。低着头晃悠的盛·无辜路人·喃被吓得脸色一白，瞬间僵在前后门中间的走廊上。

“潘文远，你给老子滚出来！”男生在死寂般的早课教室外怒吼了一嗓子。

没几秒，有个男生骂骂咧咧走出来：“谁大清早的在外面嚷嚷呢？！”

“你哥哥我！”

“储兴？骂谁呢？”

“骂的就是你——”

青春期荷尔蒙大概是种易燃成分，两个男生碰面还没几秒，就非常高效率地扭打在一起了。中间还夹杂着辈分相当混乱的互相问候输出。

走廊狭窄，两个男生打得一会儿往左一会儿往右，不可开交。前后两个教室也很快有了动静，早课不用上了，同学们看起来很快乐，门窗扒得不留空隙——全在看戏。就差在前排放上几捧瓜子的那种。唯有盛喃被堵在走廊角里，进退不得，满眼惊慌以及茫然。这难道就是传说中的……纪律严明，学风端正？

“潘文远加油！”

观战双方竟然还陆续响起了加油声。

盛喃：“……”

她和赵阿姨中间，一定有人对“纪律严明，学风端正”有什么误会。

这场“酣战”的同时，高三 B 栋，三楼西侧。

“啊？哥你还不回来啊？”裴朔苦着脸，“半个月没来上课，那‘光荣榜’上的校内警告都快给你贴满了。”

“贴吧，随便他们。”站在窗前的人懒懒地插着口袋，清晨的阳光削下来，勾出他清瘦修长的身影。

“我就不明白了，”裴朔叹气，“反正你也答应复读了，干吗不回来上课呢？”

“没意思，懒得回。”

一听这话裴朔就差跳起来，道：“哪没意思了，校园生活多么丰富多彩，多有意思！”

“比如呢？”

“就……就比如……”

等了一两秒，窗旁那人侧撩起视线。薄薄的黑口罩遮了他大半张脸，细碎的发藏在黑色卫衣拉起来的连衣帽下，只露出一双长而凌厉的眼。眼尾处白得冷淡的皮肤上，缀着颗淡淡的泪痣。一声懒散敷衍的笑从黑口罩下溢出来：“比如陪你打架，给你撑场？”

裴朔极力掩饰道：“那不是，还有别的呢？”

“别的什么？”

“就那个什么。”

“哦，忘了，”黑口罩点了点头，“还有追小姑娘，吹牛，考倒一？”

裴朔心虚地往身后看了一眼，确定自己的小跟班们离得远，他这才压低声扭回来：“好歹我现在也是安乔说一不二的老大了，哥你给我留点儿面子啊。”

“还是你给学校留点儿面子吧。”

“那我也想——”裴朔心虚了几秒突然反应过来，“不对啊哥，在‘光荣榜’上独占鳌头的可是你不是我，咱俩到底谁不给学校面子？”

靳一冷嘲地瞥下来：“我不上课是我不需要，而且我至少不祸害别人。”

谈成绩这就很伤自尊了。裴朔还没想好给自己挽尊的法子，两人身后，站在楼梯口的几个男生间起了什么动静。

“朔哥，”没几秒，其中一个快步跑过来，“一楼那边，普 5 班和普 6 班有人打起来了。”

“谁？”裴朔扭头。

“普 5 班的储兴和普 6 班的潘文远。”

裴朔骂了声：“又是这两个二百五。”

骂完以后裴朔突然想起点儿什么，心虚地扭头。靳一半靠在墙棱上，口罩上面那双漆黑长眸正撩回来，似笑非笑地说："说一不二？"

兄弟间那种不掩饰的尴尬就在裴朔脸上停了一小会儿。等落回眼，他把口袋一插，冷着脸朝楼梯口走过去，侧脸已经带上其他人更常见的狠劲儿："跟我下去。"

"哦哦，好。"旁边的男生原本还愣着想这是什么人敢这么和他们朔哥说话，听见这句连忙扭头跟上去了。

裴朔走出去两步，好像想起什么，扭头："哥，你跟我一块儿下去吗？"

窗前那人无声地站了两秒，像是在走神。一样也是插着口袋，但那人看起来就懒散随意，还跩得特别从容自然。看了一眼，裴朔就立刻很有自知之明地把手从口袋里抽出来了。

这一秒，恰好那人动了。

"下，"靳一背着光转过来，眸子幽黑，情绪却淡得没什么焦点，"我就回去了。"

裴朔想说什么，最后还是咽回，道："行。"

沿着 B 栋正中主楼梯往下走，还没到一楼，就听见 5 班和 6 班门口传回来的吆五喝六的动静了。裴朔越往下走脸色越黑，旁边跟着的几个男生没敢说话，一直跟到楼梯下的教学大厅。

裴朔迈下最后一级台阶，走了两步就停下了，他回头往上看。楼梯上还有个"吊车尾"，长了双最长的腿，走最慢的路，此时才慢悠悠老大爷散步似的下了楼梯。

"哥，"等靳一下来，裴朔才开口，"那我就不送你了。"

"嗯，"靳一随意瞥了一眼动静不小的走廊尽头，"没事？"

裴朔冷笑道："收拾这俩二百五，我要是动手都是给他们脸了。"

靳一没说话。

裴朔："你要是不想来就别来，等要考试了我跟你说。反正学校也不舍得怎么着你。"

靳一还是没动静。裴朔等了好几秒没见靳一走出去，不解地抬头，却发现靳一仍一动未动，就那么望着某处。裴朔扭头，看见骚动的走廊尽头。

"哥？"裴朔出声，"你看什么呢？"

望着那个贴在墙角的女孩身影，靳一停了两秒，道："……胖橘。"

裴朔迷惑地扭头。隔着口罩他看不到，但怎么感觉，靳一好像突然……笑了？

盛喃紧张得攥着耳机，贴在墙根。拦在她前路上那两人打得越发胶着，难舍难分地，一不小心就能波及她这个无辜路人。所以往前走是不可能了。

至于后退……盛喃往后侧眸。一分钟前她就想回到东楼梯内，从二楼绕去中间主楼梯的，然后直到那时她才发现，面前这教室的后门不知道什么时候走出来几个男生，站到了她身后不远。他们出来以后就吊儿郎当地拦在那儿，时不时交头接耳，让人不舒服的眼神一直往她身上黏。

盛喃长大的环境里从没遇到过这样的情况，而那些目光里毫不掩饰的露骨的冒犯，也让她有种像被滑腻的毒蛇攀上脚踝一样的不安。

这是什么学校啊。盛喃绷着心里那根紧得快要拉断的弦儿。眼角的余光里，她看见身后那几个男生中终于有个忍不住的，一勾肩上的校服外套就要过来——

"裴朔！"

"朔哥来了！"

"快回教室，快快。"

"哎，你别推我……"

走廊上突然的变奏让盛喃一怔。在她还没回过神来的时候，连那个明显不怀好意上前的男生都好像看见了什么令他顾忌的东西，脸色一变退回几人里，然后吊儿郎当的几个都站直了，快步互相推搡着一齐往教室后门赶。

盛喃一脸蒙。难不成这学校里还藏了护校神兽吗？盛喃转回身，看向骚乱变奏的起源。从中间主楼梯的方向，此刻正走过来一群个子很高神情很凶的男生。基本上是倒三角的阵列，为首的那个黑皮寸头浓眉大眼，上身的校服外套没穿，单手勾着甩在肩后面，屈起的大臂绷着对他这个年龄来说有点儿夸张的肌肉线。而跟在他身后，其余男生也是有样学样，脸上全都写着"我不好惹""怕死的滚远点儿"。

整条长廊十分安静，鸦雀无声。两个教室前后门和窗上趴着许多好奇的眼，但没一个敢跨出教室门半步的。甚至就连那两个打架的也不知道什么时候分开了，各自鼻青脸肿地站在两边。安静里盛喃懂了什么——这是，安乔的老大来了。

十几秒的时间，安乔不良少年团已经走到眼前。单拿出一个就够叫盛喃尿进墙缝里，偏偏前面有一群。把可怕的气场叠上十倍，那简直就能汇成煞气了。也难怪整条走廊、两个教室的学生，没人敢吱一声。而在这个距离上，盛喃终于和教室里的学生们一样，注意到裴朔身后唯一不和谐的那个点——大哥出街……后面小弟里竟然还有个掉队的。换旁人也就算了，偏偏这个有卫衣长裤藏不住的宽肩长腿，走哪儿都十分惹眼。

裴朔的跟班里独有他掉队一截，还最没有前面跟班们那种凶神恶煞的精气神——黑色连衣帽扣在头顶，耳下挂着黑口罩，遮了半张脸。于是只瞧得到口罩遮不住的小半截笔挺的鼻根，还有半垂着也清俊冷淡的眉眼。

前面全都凶得像古惑仔踩地盘，只有他，像晨练散步。于是大部队都停下了，他还一个人晃晃悠悠，慢腾腾，以白瞎了那双大长腿的步速靠近团队，然后在还有一两米的位置，他也停下了。那人靠到墙上，随即摆出一副“你们上，我加油”的路人姿态。盛喃看得叹为观止。这模样，怎么说呢，给人感觉特别惹眼，特别欠，还特别跩。

等等，这么说起来，她是不是在哪儿见过……

倏。记忆里修长冷淡的投影拉回眼前。盛喃顿住……这不就是理发店里被她“问了价”的那个跩爷吗！

盛喃想避开目光已经来不及了。跩爷就跟有那个心电感应似的，在她记起的下一秒就从连衣帽下懒撩起眼，泪痣旁的眼尾微紧，漆黑的眸箍着她的眼神。很……帅。虽然被口罩挡了一大半的盛世美颜。

这种情况下见到熟人，虽然是只见过一面且有点儿旧怨的“熟人”，但还是让盛喃从心底泛起一种见到亲人的感动——她这棵小白菜能不能虎口脱险，就在此一举了。盛喃试图不动声色地往前蹭出一小步。

几乎是同时，面前两道虎背熊腰的阴影罩下来。

“喂，你 5 班的还是 6 班的？”

“为什么不回教室？”

盛喃僵停在墙根前。很努力把“两位大哥行行好”这种没出息的台词咽下去，盛喃抬头，轻声道：“我不是 5 班和 6 班的。”

“那你在这儿干什么？”

“我……”盛喃转眸，目光和那边的跩爷再次接轨。求救信号迅速传送过去。

对视两秒。跩爷像是什么都没看见，冷淡地瞥开视线。

求救失败。天要亡我小白菜。盛喃低下头，攥着耳机线慢吞吞地往没办法再靠后的墙角贴了贴：“我就是路过……”

“路过？”其中一个男生说，“上课时间在打架现场，听到朔哥来了还不走，你确定这叫路过？”

另一个附和地笑道：“校服都没穿，还特意穿着连衣裙来的，胆子够大啊？确定不是来找我们朔哥表白的？”

“哟，你不说我还没想到呢，那估计就是了。”

笑的那个提高了音量：“朔哥，这个小姑娘说要跟你表——”

“找我的。”低而好听的嗓音从两人身后响起。那俩男生一愣，不约而同地把插兜的手抽出来，面面相觑地转向后面。

他们侧身从中间让出的半人空隙里，盛喃看见了站在墙边的跩爷。黑色卫衣帽被他骨节分明的左手扯掉一半，被染成烟灰色的碎发下，他冷淡着眉眼，语气敷衍且毫无诚意地重复了一遍：“找我的。”

这人简直把“跩”写意到了一个极致。盛喃都担心他会不会挨揍的时候，面前那两个男生犹豫了下，竟然还真转身走开了。

盛喃发呆……所以这人，在裴朔的小弟里的位置，应该还挺高的？

“等我抬你过来？”嗓音懒散。

盛喃一激灵，道：“来了。”

靳一低垂着眼，看见几米外的小姑娘慌慌张张地朝他跑过来了。

和那天在理发店里见到的 T 恤背带裤不一样，女孩今天穿的是一条浅色连衣裙，裙尾没过膝，露出形线优美的腿和脚踝，白生生的踝足下踩着小白鞋，上面大得有点儿夸张的装饰蝴蝶结倒是保持原样。就像店长说的，从里到外都透着那种大城市小姑娘的劲儿，看人时眼神明亮又怯懦，特别勾人。

靳一侧开身，让出和墙角的空隙。然后他拽了拽口罩，声音隔着薄薄一层布料漏出来，冷冷淡淡地道：“走吧，这边清场了。”

盛喃抬脚，停了半秒，又落回去，问：“能不能麻烦你，带我去一趟高三 A 栋四楼的班主任办公室？”

靳一停住。

盛喃解释：“我是来报到的，然后走错楼了，所以现在还要去 A 栋，我怕那边也像这里……”

“我为什么要帮你？”

盛喃抬头，对上那黑口罩上方瞥下来的冷淡眸子。

“你是我什么人，”那人似隐着嘲弄，“替补排队的女朋友？”

盛喃被噎住。停了两秒，盛喃慢慢绷住脸，道：“你要是特别缺替补，也行。”

这次轮到靳一一脸蒙。

盛喃：“我要领个号吗？”

靳一都不知道这小姑娘从哪儿翻出来的纸笔，她一边翻开小本子外壳一边拿亮茶色的眼瞳窥他：“几号？ 101 够吗？画完了你就答应送我去 A 栋了啊？”

说完，像生怕他反悔似的，小姑娘嗖嗖画了个“101”出来。她把那张纸片撕下来，往他口袋里一塞，严肃道：“回去等你盖章，下回再给我，我不急——现在可以走了吗？”

靳一低头，瞥了一眼手里。写得还挺好看。朝一个方向微微倾斜，带着种艺术体的美感。不过靳一记得，女孩把纸片塞进他口袋里时，触过他手腕的指尖凉得厉害，还带点儿颤。眼神看起来也受惊得不安。

纸片被握成一团，推进口袋。靳一垂下手时，对上小姑娘满是紧张的眼瞳。只差把“别丢下我”四个字写进眼睛里了。

他错了，比那只胖橘嘴硬，也胆小得多。

“……走吧。”

盛喃眼睛一亮，连忙跟上去。

第三章
长得帅同学

夜色与灯火前站着的少年身影如削，
身后漆黑斑驳，像风景画底色浓重的油墨。

出乎意料，高三 A 栋的情况和盛喃想象的水深火热完全不同——早读声、朗诵声，在一迈进教学楼的那刻起就充斥在她的耳边——比起方才去过的 B 栋，简直就是两个世界。盛喃脸上写满了迷茫。要不是踘爷还插着口袋走在她前面，她都要怀疑自己刚刚经历的是一场幻觉了。

“那楼是普通班，”像是察觉，踘爷隔着口罩的懒散嗓音飘回来，“这楼是实验班。”

盛喃道：“区别是什么？”

“成绩，”靳一轻嗤，眼神在某一秒冷得厉害，“以及，B 栋不适合你出现。”

盛喃心虚得当没听到后半句问道：“你也是安乔的学生吗？”

靳一道：“我不上课。”

盛喃沉思几秒，脑海内自动把这句翻译成了“悲惨的失学少年”。她望向靳一的眼神顿时充满同情。

“所以，你来安乔中学，是为了躲在教室外偷偷旁听吗？”

靳一：“？”

对视数秒，靳一决定不深究这个奇怪小姑娘的奇怪脑回路，道：“我只是来给裴朔送东西。”

“送东西？”盛喃愣了下，跟着就恍然，“啊，是来找裴朔拜码头的？”

靳一长腿一停，回眸，道：“……拜、码、头？”

“就是求大哥保护，这样以后有人罩着你，不会挨打。”

盛喃说完，不确定地顿了下。这样直白的措辞……会不会伤到踘爷的自尊心？盛喃都在思考要说点儿什么挽回一下了，就听见头顶那个声音很淡定地转回去了：“行，裴朔，我大哥。”

——是裴朔在场能吓出心梗的程度。

盛喃听完以后若有所思了好一会儿，等快上到三楼了，她才小跑了两步往靳一身旁凑了凑，问："你们大哥一般收什么礼物？"

踟爷沉默两秒，目光从口罩上面很嘲讽地瞥下来，道："你也想拜码头？"

盛喃心虚道："我不打架，我问问。"

"不用问，"靳一说，"以后离 B 栋远点儿，你遇不上这种麻烦事。"

盛喃眼睛都亮了，道："真的吗？"

靳一懒得回这种无价值的对话，只是收回目光时他无意地在女孩身上一瞥——蔫灰的状态剥掉，那种明亮灵动的劲儿又回来了。这模样如果被 B 栋某些男生看见，那跟胖橘在豺狼洞口一边跳小天鹅一边喊"来追我呀"有什么区别。靳一冷淡地抽回视线，道："假的。"

"……"

盛喃翘起的嘴角僵住。

没理她，靳一已经往前走了。

站在高三 A 栋四楼班主任办公室门前的那一秒，看着上面挂着的锁，盛喃就确定了——今天的皇历上一定写着"盛小白菜不宜出门"。

"同学，你来找老师吗？"

盛喃循着声音回头。

高三教学楼里是 L 形长廊设计，班主任办公室都在短横里，而此时开口的人就站在短横尽头的窗户旁。那边有好几个学生，手里抱着几摞作业本样子的东西，和刚才在 B 栋的那几个不一样，这里的学生身上的校服都穿得整整齐齐。整齐得让盛喃很有安全感。她第一次觉得看见这么丑的校服竟然会这么亲切。

盛喃感动得很，回道："嗯，我来找栾钟海老师。"

"你找栾班啊？"又有个人接话，"这会儿班主任们结队视察早课呢，得过几分钟才能回来。"

"这样啊，"盛喃心里稍松，"谢谢。"

"不用客气。"

盛喃没注意那个男生还想说什么，转身溜达回 L 形长廊的拐角。

就在几步外，临墙站着道清瘦修长的侧影。穿窗的光落在他脚前，隔着咫尺，盛喃好像都能听到光下那些飞舞的颗粒高喊着“大帅哥快贴贴”前赴后继地往上扑。而那人就站在阴影里，冷漠、孑然、疏离。好像这世界跟他没什么关系，下一秒末日了他也不会在意。

这一刻，盛喃突然就很心疼他……排在前面的100个替补女朋友。这哪是凡人要得起的，绝对折寿。盛喃走上前，然后瞥见那人身旁大白墙上挂着的两个大框框。

“这是什么？”盛喃被勾走了注意力。

靳一回眸。盛喃已经站到那两个大框框下。

“校内警示栏。”靳一说。

盛喃从下往上看，一边看一边嘀咕：“啊，那就是全校通缉榜嘛。”

靳一没反驳。

“打架……辱骂老师……破坏校园设施……”盛喃一件一件念上去，边读边小声感慨，“贵校还真是卧虎藏龙呀——噫？”

靳一被她发出的疑问的语气勾去视线。见小姑娘只是盯着榜单，他皱眉道：“你被踩尾巴了？”

“我踩你尾——”对上身旁巍峨的身影，盛喃绷了两秒，“弱”无其事地转回去，“你看通缉榜榜首。”

靳一视线略抬。

高三实验11班，靳一

旷课十七天，严重违反校规校纪，公示一学期，后待处理

盛喃：“这个人的名字——”

靳一冷淡落眸，听盛喃一脸严肃地道：“真好写，考试的时候都能比别人多一分钟的解题时间。”

靳一：“……”

虽然没说话，但跩爷的眼神明显缓和了些。盛喃没察觉他的情绪变化，还在疑惑：“不过怎么别人都贴着两寸照片，只有他的照片那儿是空白的？”

靳一道：“被撕走了。”

“嗯？为什么？”

“长得帅吧。”

盛喃：“？”

盛喃扭头，看见踇爷敷衍完就很平静地转开了。这么离谱的话，被这张脸一说……竟然还真有了那么一点儿可能性？盛喃转回头去继续盯着榜单。等看清通缉榜榜首“长得帅”同学的光辉记录，她赞叹开口：“旷课十七天，这人是从开学起就没来过呀，厉害。”

靳一停住，过了两秒才缓缓落下视线：“……厉害？”

“对啊，多么英勇的、可以载入校史的壮举！”

“你是不是对英勇有误解？”

“好像是，”盛喃也没不好意思承认，不知道又想到什么，她叹了一口气就蔫下来，“我就是觉得这样好厉害。在没有伤害到别人的范围里，想做什么就有勇气去做，不担心别人怎么看怎么说……”

盛喃的声音小下去。临结尾的最后一点儿声响，被身旁“呼”的一下刮过去的“龙卷风”卷跑了。盛喃被吹蒙了，抬眸往长廊短横里面看。刚过去的那阵“龙卷风”怀里也抱着作业本，就奔着方才给盛喃提供了友情援助的几人去的。背影张牙舞爪，声音隔着安静的走廊也能清晰地传回来。

“哎，我刚刚听说，B 楼又打起来了！”

哦，这段我熟啊。盛喃竖起耳朵。

“哇，谁和谁？打得厉害吗？”

“普 5 班和普 6 班的，不厉害，裴朔调停了。”

“又是裴朔，他们还真听他的。”

“谁敢不听啊，他上学期一转过来，半个月就成老大了。”

“朔哥牛……”

盛喃听完半场，转回来瞄踇爷。踇爷完全置身事外，长眸懒垂着，口罩外的面孔上也没什么情绪，看起来听没听进耳朵里都不一定。

盛喃道：“他们在夸你大哥欸。”

靳一道：“哦。”

盛喃问：“他真的那么厉害吗？”

“嗯。”

“身为他的小弟你一定很荣幸吧！”

靳一这次不说话了，冷淡地瞥了她一眼。盛喃心里偷偷翻他一个大白眼，把头顶的雷达扭回去。那边还在聊，不过转了风向。

“但我觉得，更牛的还是裴朔说的那个人吧？”

“啊？哪个？”

“就是隔壁泉市的省重点，九中一哥啊。我听说就因为那个人，上届高三的老大才不敢招惹裴朔。”

“裴朔的靠山？有这么牛吗？”

“我也听朔哥身边的人说过的，那人不只打架厉害，成绩还是泉市九中的全校第一，所以才说他是九中一哥吧？”

“全校第一？至少不得是上届的市高考状元？”

“最厉害的来了，那个人高考好像交了白卷。”

靳一和盛喃站在拐角，那边话声传回来，一清二楚的。盛喃惊呆了好几秒，道：“高考交白卷，‘优秀’啊。”

靳一在旁边听得犯困，回道：“还行吧。”

盛喃扭头，心想，这个人已经跩得不讲基本法了。盛喃正想跟他理论一下做人可以谦虚但不可以替别人谦虚的问题——

靳一眼角的余光瞥过长廊来路，道：“栾钟海来了。”

“啊？”盛喃没反应过来。跩爷却已经转身了，只在背影里很敷衍地抬了下手，算是告别。他头也没回地进了东楼梯。

“你就是盛喃同学吧？”

“哎……啊，我是，”盛喃转回视线，撞见迎面走上前的男老师，瞬间乖巧，“栾老师好。”

“好，先回办公室。”栾钟海习惯性望了一眼盛喃刚刚看的方向——楼梯间内，只见一道半身扣着黑色连衣帽的清瘦背影，很快就下楼离开了视线。栾钟海愣了一下。这个背影怎么有点儿像……

“栾老师？”

“嗯？”栾钟海回神，对上小姑娘迷茫的神情，“刚刚走的那个人是谁？”

“啊……”在怎么给对方定义身份的问题上，盛喃犹豫了。

跩爷？裴朔的小弟？一个信仰爱与和平的悲惨的失学少年？盛喃拽了拽耳机麦，心虚道：“是……我朋友，他送我过来的。”

“这样啊。”

“有什么问题吗，栾老师？”

“没什么，我认错人了。”

“哦。”

栾钟海摇着头往办公室走。

他就说，怎么可能是靳一那个浑小子。开学第一天就被父亲当着办公室所有老师的面狠狠甩了一巴掌，不但没火，还拿舌头抵着颊侧笑了的——栾钟海教职生涯里带了二十届学生，也就遇上这么一个。还有后面那句，那小子一边笑一边怎么说的来着。哦，想起来了——

“你就算打死我，我也不会迈进教室一步。”

“不信你尽可以试试。”

栾钟海记得，当时西装革履的靳一父亲的脸色，恐怖得让半个办公室的老师都想冲上去拦了。那架势、眼神，确实像一不小心就得出人命的节奏。

也难怪动怒。毕竟是高考交白卷的……准状元啊。栾老班头疼地推开了办公室的门，转头：“盛喃，进来吧。”

“好，谢谢老师。”小姑娘声音又轻又乖。

栾钟海的心情顿时好多了。看看，还得是女生们。听话又懂事，没坏心眼，而且这一看，就是连恋爱都不敢谈的那种乖巧小姑娘。嗯。以后肯定很省心。

栾钟海带盛喃办完入学手续，正好是安乔中学早课刚结束的时间。他在高三 A 栋似乎很有威严，盛喃跟在他身后，遇见的学生们在见到栾钟海时基本都会收敛言行，喊话问好。

一路下来，盛喃更怀疑自己之前在 B 栋经历的只是一场幻觉了。

穿廊而过，盛喃正望着窗外忽闪的杨树叶子走神，就听见身前栾钟海开口问：“我记得你还要参加艺考的，是吧？”

“是，”盛喃回神，“我学美术。”

“你们美术艺考不容易啊，”栾钟海皱眉问，“尤其集训什么的，之后会跟学校课程有冲突吗？”

盛喃道：“我从小学绘画，有私教老师，不用集训。”

“哦对，我记得你家长提过，你去年艺考分很高，所以，是主要差在文化课上了？”

“是。”

“那今年可要加油啊。”

“……嗯。”

剩下的路上栾钟海又念叨了很多事，不过盛喃基本没听进去。栾钟海的话让她想起了以前的事情。

盛喃学绘画确实很早，从小学前就开始了。其实最初盛天刚也没打算让她学美术，但是她和那个学什么都能迅速入门的亲哥不同，她好像没有任何擅长的事情——

学了一周钢琴分不清哆来咪发索拉西，看五线谱如天书，唱歌跑调跑得能送人去见上帝，早早就被音乐高才生在乐理天赋上判了“死刑”。

带去小天鹅课堂的练功房，一根练功杆把前面小孩疼得直叫，吓得小盛喃连滚带爬地扑出来，一把眼泪一把鼻涕地抱住盛笙的腰就不撒手了，求他带自己离开“后爹”的管辖范围，从此她人生的舞蹈大门就被焊上了，再也没撬开过。

最后找去书法老师家里，练了软笔练硬笔，练了硬笔又倒回去试软笔，一周以后老师拍着上面线条不明的宣纸意味深长地道：“我觉着吧，这孩子应该有学绘画的天赋。”

盛喃就这样去敲了美术的门。其实现在想起来，怎么看也是那会儿书法老师在祸水东引，但小盛喃不知道，长到六岁她还是第一次被人夸奖在某方面有天赋，她就真的信了。

还记得第一堂绘画课在大教室，年轻的女老师让他们画《我的妈妈》。小盛喃坐在一圈同龄人中间，茫然地左顾右盼，最后交上去一张白纸，白纸中间画了一片孤零零的树叶子。

女老师单独把她留了堂，问她为什么画树叶。盛喃说是哥哥跟她说的。以前她被幼儿园小朋友欺负，拽着她哥的衣角抹鼻涕要妈妈的时候，她哥就是随手从路边拽了片叶子给她的。说妈妈住在里面，妈妈在跟她打电话。

盛喃小时候太天真，爱信人，小盛笙的话让她把那片叶子小心翼翼地收进口袋，护了一路回家藏进相册里，一留就留了十几年。

而那时候女老师愣了一会儿以后摸着她的脑袋，笑着跟她说“对，这就是妈妈”“学会画画以后，我们盛喃能画好多好多个妈妈”，她也信了。

她就想画好多好多个妈妈陪自己。于是盛喃就这么义无反顾地栽进了美术的“坑”里。

砰砰。重重的拍门声一把把盛喃拉回了现实。一抬眼就是陌生教室对面的长窗户，盛夏的早上阳光明媚，热而不燥，叽叽喳喳的鸟雀绕着窗前的杨树叶子跳早操。嘈杂的学生在课桌间飞奔，然后在听到声音扭头看见栾钟海的一瞬，笑脸定格。

“你还我杂志！”

——总有个别收不住的，就会被抓个现行。

“乔子然！你是不是要上天！”栾钟海拉满的大嗓门把盛喃一下子就吓了个通明。

瞬间鸦雀无声的教室里，闹腾的全都缩回原位，自忖没犯错的胆子都大些，好奇地拿眼睛瞅站在栾钟海旁边的陌生女孩。

女孩穿着一身浅色连衣裙，露着细白的胳膊和腿，短发齐肩。她的长相算不上惊艳的那种漂亮，但胜在清丽秀气，细眉杏眼，而且眼尾翘起来的弧度恰到好处地好看。只是此时似乎被栾钟海惊得不轻，本来微微耷拉着的杏眼也睁得圆圆的，乌黑眼瞳里透着明亮而怯懦的细碎光泽。

“转学生？”

“看着好乖欸。”

“嘻嘻，个子好矮，我初三的妹妹都比她高……”

盛喃眼皮一跳。

你、管、美、女、要、什、么、身、高！

“吵吵嚷嚷的，才几分钟的课间就知道闹，哪有一点儿高三的紧迫感！”栾钟海虎着脸走上讲台，“你们也不出去看看人家别的班，哪个班跟你们一样？”

教室里静悄悄的。暂时被忽略的盛喃往回想了一下：刚刚一路走过来，和这个实验 11 班一样闹腾的好像还是挺多的。

“还有你，乔子然！”栾钟海把黑板擦一拍，跟惊堂木似的，“这里是教室，不是操场，你摆那个架势是要百米赛跑啊？”

“不是老师，有人抢我东西。”

“什么东西啊？杂志是吧？来，拿上来我看看，你这高三大早上看的什么学习杂志。”

那个还在往旁边瞪眼的男生立刻哑火了，转回来嬉皮笑脸地说：“没，没，老师我记错了，什么都没有。”

栾钟海嫌弃地摆手，道：“赶紧滚回座位。”

“噢。”

“行了，都安静点儿。咱班今天来了位新同学。”栾钟海神色稍缓，朝站在门口的盛喃招了招手，“盛喃，你上来做一下自我介绍吧。”

盛喃沉默两秒，迈上讲台。许多双眼睛紧紧盯着她，里面情绪各异，陌生而令人不安。盛喃垂了垂眼，道：“你们好，我是盛喃。盛开的盛，呢喃的喃。”

她尾音轻，偏偏那个词咬字又难，听起来格外带点儿糯气。于是这句话就惹得后排男生们一片压低的笑声。

“报告老师，”笑声里有人故意趴桌上压低嗓门，“新同学说话声音好小，没听清！”

“对，新同学再说一遍呗！不然以后怎么问你好啊？”

“哈哈哈哈……”

问什么好，要你这么孝敬？盛喃抿唇，碍于胆子和栾钟海，她只能装没听见了。但还是压不住恼火地抬起眸子，朝后排角落传出声音的方向用力睖了一眼。

肯定很凶。盛喃自己这么觉得。然后她就看见自己视线里被她瞪住的男生一愣，然后的两秒，那人忽然连着咳嗽了好几声，跟着就别开了眼睛。

盛喃满意地收回视线。

“闹什么？”栾钟海扫视一遍，把那些动静压了下去，然后才转回盛喃这儿，“盛喃，你没什么别的想说的了？”

说什么？苦哈哈的高四生生活，本小白菜终于还是来了嘛。

“没有了。”盛喃蔫蔫地摇头。

“好，那就慢慢熟悉吧，反正你们还有一年时间可以相处。”

盛喃：“……”

谢谢，更绝望了。

栾钟海走下讲台，随即想起什么，道："座位的话，我听你家长要求，你想坐最后排？"

盛喃一顿。家长……赵阿姨吗？也是，总不会是她忙于新婚的爸爸和她充话费送的亲哥哥。

栾钟海没注意盛喃的走神，迟疑着看她，问："可你坐最后一排的话，会不会看不清黑板？"

盛喃回神，道："我视力 1.5。"

"那行吧，"见她坚持，栾钟海也没强求，面向后排，"那个谁，丁小君？"

"到……到！"仓皇地应声后，一个个子不高的女生从靠窗那列的倒数第二张位置上一下子蹿起来。

前桌男生被她吓了一跳："……突然答什么到啊。"

这次无论前排还是后排，都掀起一阵哄笑。笑声里，站起来的女生就愣愣地看着讲台。栾钟海好像习以为常了，没说什么，只对盛喃道："你就坐在丁小君后面那张空桌上吧。"

盛喃点头"嗯"了声。一路穿过教室，那些好奇的打量都被盛喃拒收了。直到来到最后一张桌前，她对着课桌上码得整整齐齐的厚重书本呆滞了片刻。理论上……她记得自己的新校服和新书本都还没发到啊。

"盛喃，有什么问题吗？"讲台上的栾钟海问。

"老师，桌上有一些书，"盛喃犹豫地拎了拎书旁的透明塑料袋包着的衣服，"还有一套校服。"

栾钟海一愣，皱眉道："差点儿忘了……放旁边吧，那些是靳一的东西。他不来上课，你新书到之前可以先用他的课本。"

盛喃有点蒙。不来上课？还有这么好的事情？不过靳一这个名字怎么听起来有点儿耳熟——

"怎么别人都贴着两寸照片，只有他照片那里是空白的？"

"被撕走了。"

"嗯？为什么？"

"长得帅吧。"

某个冷淡的嗓音飘回脑海。盛喃恍然大悟。这就是那个全校通缉榜榜首，旷课了十七天的“长得帅”同学啊。

不过为什么也是全套新书？像是听见了盛喃心里的疑问，讲台上的栾钟海补充道：“哦对，他就是咱们班里另一个复读生。盛喃，你可要加强自律，绝不能像他这么堕落啊。”

盛喃：“……”

所以，她唯一同复读病相怜的“革命战友”，就这么……没了？

盛喃忘记那天是怎么过去的了。一个词概括她全天的状态就是：梦游。

周六，原本又该是一个被荒废的日子。然而，所有的清静悠闲和放空在傍晚盛喃收到她的美术私教老师的信息那一秒，戛然而止。

“盛喃同学，你该交你这个月的画稿作业了。”

盛喃当时就一脸问号。怎么，人都复读了，还会有美术作业这种东西吗？？

事实证明，有。盛喃的美术私教老师是业内小有名气的一位画家，盛喃能成为他的学生，还要凭仗盛天刚这些年积攒下来的人脉关系。

总的来说，是个大佬，不能得罪。因此盛喃淌着宽面条泪，除了发出去一句斟酌再三的“好的”和一个反复挑选的表情包以外，没敢提出半个字的异议。

不过因为走之前完全没想到这茬，所以她的美术工具包全撂在遥远的家中的画室里，除了习惯随身携带的速写笔本之外什么都没带。只能打电话回家，让爸爸寄过来了。盛喃一边在心底默念“我才没有主动求和，我只是迫不得已”，一边拨出盛天刚的手机号码。

不过在刚打出去还没有接通的那一两秒里，盛喃突然就后悔了，迅速挂断电话。她看了一眼手机右上角的时间：下午 6 点 39 分。这个点，盛天刚应该已经回到家里了。盛喃憋着自己的小心思，把拨出去的号码换成家里的座机号。然后她清了清嗓子，抱着手机站到卧室窗前。

盛天刚应该会很意外她主动给他打电话吧。这个时间问的第一句肯定是吃饭了没，不过也有可能是问她学校生活怎么样。

她要说自己没吃饭，没胃口，让他担心一点儿，说不定就能回去了……虽然多半是没可能。如果问的是学校，那就说挺适应的吧，老师讲课她一点儿都不走神，同学们一点儿都不排外，她一点儿都不孤单。

嗡。电话接通了。盛喃故意把声音绷得很平静很若无其事："爸，我的美术工具包是不是落在家——"

"小喃？"手机对面，一个近乎陌生的女声打断了她。

盛喃愣住。时间过去了好几秒，她才慢慢眨了下眼，把手机从耳旁拿下来。屏幕上的电话号码确认过一遍，然后第二遍。

是家里的座机号码。家里的，座机。那为什么接电话的人会是殷娟？

盛喃问："你在我家？"她听见自己的声音好像突然就哑下来，闷闷的，一点儿应该有的质问的底气都没有。

"是啊小喃，我今晚过来陪你爸爸吃晚饭。他现在在厨房，你有什么事情吗？我可以让他过来接电话。"

"……不用了，"盛喃说，"我什么事都没有。阿姨再见。"

盛喃挂断了电话，然后呆呆地看向窗外。她记得盛天刚不会下厨。他工作很忙，很少顾家，公司的事情特别多，所以小时候她画的厨房里是盛笙，后来变成了各种保姆和家政阿姨。

原来他是会的，他会邀请那个不是妈妈的女人进入他们的家里，他会陪她买菜，下厨，共进晚餐。他们会在一起温柔低语，亲密依偎的影儿被温暖的烛火映在窗上。那场面一定温馨又美好。就像一个完整的、不缺任何陪衬品的家一样。像每一个她没拥有过的家一样。

盛喃站在窗前，然后慢慢趴下去。她感觉自己现在变成了一只被扔掉的玩偶娃娃，慢慢漏掉了气，然后一点点干瘪下去。盛喃歪了歪头，枕在自己胳膊上。她以为自己会哭，但是没有。好像没什么想哭的感觉。果然过了十八岁，成年以后，人就可以突然坚强起来，像个魔法。

盛喃眨了眨干涩的眼睛，看着窗外。夏天的夜色来得很晚。此时天边刚染上绚烂的绯霞。半座城市晚归，穿窗的风里谱着遥远的笑声、哭声和人间万户的烟火气。总有一刻会像此刻。你觉得世界那么灿烂、宏大、无垠，可唯独对你，一切陌生又疏离。所有想要的都触不可及。

她趴下去小声说，我也没那么特殊吧，怎么就被全世界抛弃了啊。

比被抛弃的小白菜更惨的，就是被抛弃了还要支棱起来自己出去买绘画工具的小白菜。人都要为自己的嘴硬付出代价，小白菜也不能幸免。

不过小白菜没想到的是，她不但要付出代价，还得是两倍的。

“这里能买到绘画工具？”盛喃对着车窗外呆了数秒，不敢置信地转回车里看司机，“这里不是菜市场吗？”

“哎呀，小姑娘，你肯定来我们安城没多久吧？这个可是我们安城最大的贸易市场。这段是菜市场，再往里走一段，那就是百货市场了嘛。”

盛喃呆滞：“安城就没有专门的美术用品店吗？”

“有啊。”

“那您带我去——”

“就在这个百货市场里面嘛。”

盛喃：“……”

车子扬长而去，身后的尘土一路飞扬。盛喃再一次站在那个她几天前刚对着发誓“这辈子都再不会回来了”的大铁牌前。叹气两声以哀悼自己死去的誓言后，盛喃就扣上大耳机，进去了。

她没想到，菜市场里面确实是深藏不露，五花八门的杂货摊和种类繁多的小店铺，甚至还有各种乌龟之类的小宠物，一路上看得盛喃眼花缭乱。

心情逐渐放松、走路姿势都轻快了的小姑娘，在人群里也变得格外显眼。她皮肤白，脑袋上扣了只大耳机，又是一身时尚风的蓝白衫搭白色小短裙，剪裁质地一流的版型设计更托衬得女孩胸脯微隆，腰肢纤细——身上满是那种大城市小姑娘特有的灵动勾人的气儿。像是走过都能开出芬芳的花来。

而作为代价，善意或恶意的目光也就都无法分辨地黏了上去。盛喃没有察觉，扣着耳机往前溜达。

贸易街一角。

一行几人从巷子里拐出来。走在前面的几个男生吊儿郎当的，个个都是一身破洞裤铆钉夹克斜刘海的不良少年模板。

为首的那个在巷口停住了，嘴里还叼着根香烟，皱着眉往旁边转，吐字被烟头磕碰得模糊不清：“这说晚不晚的，你们要去哪儿啊？”

“朔哥，东边街角上新开了家烧烤店，味道不错，撸串儿去不？”

“撸你个头，”裴朔咬着烟，笑着踢了那个出馊主意的屁股一脚，“这才几点，你不嫌热我还嫌撑呢。”

“那要不，网吧？”

“整天就知道去网吧，网瘾少年啊？”

“这不今晚有三 W 战队的比赛嘛。”

七嘴八舌的意见里，不知道谁说了句：“台球室怎么样？”

插着兜的裴朔一顿：“台球室……”

少年们见裴朔有意，纷纷起声附和。裴朔被吵吵烦了，拨开他们转向后面。巷口夕阳正斜，几抹落到青砖前。有人站在墙后半明半昧的光影间，低着头摆弄手机。连衣帽罩着的黑色卫衣遮住了他全部的模样和上身，只见得到卫衣下修长的腿一直一弯，斜撑了个漂亮有力的三角形。

裴朔拿下香烟：“哥，台球室那边，我们还去吗？”

“无所谓，”那人没抬头，指节在屏幕上跳跃，漫不经心道，“我都行。”

裴朔见他专注，好奇地凑过去：“你玩什么呢？还那个 204……咦，换《节奏大师》了啊。”

话没说完……咔，“死”了。裴朔尴尬抬头。

靳一却毫无反应，很平静地就把手机揣回兜里。再撩起眼时，他声线也低低淡淡全不在意：“去哪儿，走吧。”

裴朔在旁边心情复杂。就算这两三年接触下来已经很清楚靳一这个表哥的性格了，裴朔有时候还是会觉得不适应。他见过靳一玩各种各样的单机游戏，游戏对他这个表哥来说不是有胜负的兴趣爱好，更像某种打发时间的解题活动——就像刚刚，裴朔敢说，不管是破了有史以来的最高纪录还是在低能局第一步就输，靳一绝对都是相同的表情。

上来就赢的，玩到通关或者最高，扔掉。上来就输的，反复尝试，玩到通关或者最高，还是扔掉。输了不沮丧，赢了不开心。这不是在玩游戏，这简直是在玩弄游戏。偏偏在这 “别人家的孩子”顶级配置模板一样的人生里，被“玩弄”的事情又岂止游戏这一件……

想起被爹妈念叨过多遍的“督促你哥早日返校”的重任，裴朔深深叹了口气。还不如让他原地从良拯救世界呢。

“走吧，”裴朔叹着气一甩外套，“去台球室。”

台球室就在这条街最北边的一个巷子里。

沿着傍晚准备夜市开摊的商铺，少年们从中穿行，插科打诨。

“哎，你们见过张辉那个新女朋友吗？”

“见过，上回穿着抹胸超短裙就上台球桌的那个呗。”

“什么叫那个，人家叫乔娜娜，安城职高的校花呢。要身材有身材，要脸蛋有脸蛋，对美女尊重一下好不好？”

“可以啊，才见几回，就这么护上了？”

“你难道不喜欢？”

“喜欢有什么用，人家看上的又不是咱们。”

“嗯？她移情别恋了？谁啊？”

“你瞎啊？没见她那次穿超短裙上桌的时候，谁在那儿打球吗？”

“噢……”

几个男生嬉笑嫉妒的眼神转过来。裴朔抬脚作势要踢：“看啥看，没见过长得帅的啊？”

“哎，朔哥，我们没看你！”

“看谁都不行。”

裴朔一人一脚给他们把眼神踹开了，然后他才转回来，道：“哥，乔娜娜那事你准备怎么处理？”

靳一被连衣帽罩着，看不清脸，就一撮烟灰色碎发翘出来：“乔娜娜？”

裴朔道：“是啊。张辉舔这小女友舔得跟什么似的，哥你没来多久，他们又不知道你以前在九中有多横——”

靳一瞥他，道：“横什么？”

裴朔咽了口唾沫，把后面的“行霸道”咽回去了，道：“横横……横眉冷对。”

靳一：“……”

靳一决定原谅这个文盲弟弟。

“说你的乔娜娜吧，你怎么惹她了？”

裴朔冤得瞪大了眼："哥，招惹她的是你不是我啊。"

靳一道："我都不认识她。"

裴朔噎了好几秒，道："乔娜娜，你没印象了？"

靳一抬头，懒洋洋地望了眼天空，道："没有。"

"就，上回你和我们一起去台球室，穿着特别辣的超短裙，在你拿球杆的时候特意跑你对桌趴台面上深下腰的那个？"

这次靳一对着天边烧得绚烂的晚霞回忆了漫长的两秒，声音还是懒懒的："没见过。"

这就很暴殄天物了。裴朔叹声："哥，你那天才技能点，怎么就不能往记人名和记人脸上点一点呢？张辉要知道他捧在心尖上的小女友这么想勾搭你，肯定得带人来找你的事，偏偏你又答应你奶奶以后不打架——"

靳一落下视线，似笑非笑地道："放尊重点儿，谁奶奶？"

裴朔一噎："奶奶，咱奶奶，我在两家都是孙子，好吧？"

"嗯，以后你——"

裴朔还在那儿等着呢，身旁却突然没了声音。他不解地回头，就见原本走在他身侧的靳一停在了两步之前，兜帽下的黑眸凝在长街斜对角。

裴朔跟着扭头。等认出那个熟悉的戴着大耳机的女孩身影时，他愣了下，道："咦，这不是哥你那个——"

靳一仍是看着那边，问："什么。"

裴朔想了两秒道："小橘猫？"

靳一回眸："？"

对上那双黑眸里难得明显的不爽情绪，裴朔本能地一激灵，道："这可是你自己说的。与我无关。"

靳一微眯起眼道："我说的是胖橘。"

"有区别吗？"

"是我养过的那只。"

"啊，原来你是说被我姨母送人然后死了的那只？"

话声在靳一起了变化的眼神里停住。裴朔连忙扭头去看街对角："那也不合适。人家小姑娘长得白白净净、细细瘦瘦的，哪里像胖橘了，分明就是小橘——"

“再说一次，”靳一不耐烦地扯掉兜帽，碎发被暮光染得微冷，他隔着黑色半露指手套慢吞吞地捏响指节，“我可要失信于你奶奶了。”

裴朔：“……”

“朔哥，你们在看什么呢？”前面等他们的男生们派了一个代表折回来，“咦，你们在看小九啊？”

裴朔扭头：“小九又是谁？”

“丁九，就张辉那个下手又黑又脏的小弟，”过来的男生朝街对角一指，“那不，明显又盯上‘猎物’了。这人可贼，不见兔子不撒鹰，能让他盯上的，肯定油水很足。”

“……”

丁九所在的方圆数十米内，看起来最好下手且“油水很足”的显然就只有……那一个。裴朔扭头，带着“终于轮到我扬眉吐气了”的表情挑眉道：“哥，帮不帮？”

连衣帽被拽回来，靳一往前走，嗓音在夜色里透着懒散地敷衍：“我长得像救苦救难的活菩萨吗？”

“哦，那不帮就算了。”

没了戏看，裴朔遗憾地耸了耸肩，跟上那道走远的背影。

进贸易街溜达了半小时，盛喃就发现了小城市的第一个优点：物价低。

原本她还担心自己微薄的小金库无法支撑这次的绘画工具采买，甚至做好了豁出身为亲妹妹的自尊心向盛笙求援的准备，没想到把几乎所有品类工具买完以后，她的小金库竟然还有很大一部分盈余。

对于下一笔零花钱要等第一次月考成绩出来、并“按分分配”的盛喃来说，这绝对是她来到安城遇到的第一个好消息。不过小城市物价低也是有代价的。盛喃心情痛苦地走出最后一家美术用品店。

绘画用的炭笔常规有硬炭、中炭、软炭三类，但除常规之外，还有一种比较特殊的特软炭笔。这种炭笔在市面上的需求度不高，不少美术生觉得它不够实用，但盛喃习惯用它来上大色块和重色区，工具包里基本是必备——安城这条贸易街上的美术用品店们显然不这么认为。

“这就是最后一家了吗……”盛喃嘀咕完，不死心地踮起脚，往街道两旁张望。

这次的画稿作业，盛喃还没想好内容，其实未必一定用得到，但她还是想把所有工具买齐，免得之后还要再跑一趟。

……好吧，也可能是强迫症作祟。

“小姑娘，你是在找什么东西吗？”

“……噫！”

盛喃正走神呢，被身后突然响起的声音一惊，她吓得差点儿跳起来。

身后是个温柔和善的女人，见状一笑，道：“哎哟，对不起，吓到你了？”

盛喃眨了眨眼，却没在看她。女人身后很远处的街对角，一个陌生又有点儿熟悉的身影掠过去，消失在人群里。有点儿像某个人。

“你被踩尾巴了？”

盛喃耳边突然回响起那天在教学楼里跩爷冷淡又欠的声音，还有那个自上而下望她的表情——简直是用最撩的音色最睥睨的眼神说最嘲讽的话。

……不行！不能想了！做人要有尊严的盛小白菜！他都嘲讽你有尾巴！盛喃摁着心底那棵蹦跶的小白菜在脑海里跑了个累到吐舌头的800米后，才算冷静下来。

“您好，我想买一点儿美术工具，”盛喃迟疑地看着对方，“不过您怎么知道我……？”

“你刚刚没看见我吗？我买宣纸，一直没买到我要的原料种类，在前面几家店问的时候都看见你好几回了，”女人温和道，“你也是买宣纸吗？”

盛喃叹气道：“不是，我在找特软款的炭笔，这边好像没有。”

“哦，特软炭笔啊，我知道，”女人往街道前一指，“前面有家店就有。”

盛喃一怔：“可是刚刚老板跟我说，他们是这条街往北方向的最后一家美术用品店了。”

“嗳，买美术用品，也不一定只有美术用品店里有不是？”

对哦。前面去的那家美术用品店还卖书籍文具呢，那说不定别的店铺也有炭笔？盛喃眼睛微亮起来。

“走吧，我带你过去，就在前面不远，”女人朝她笑笑，径直往前走了，“正好啊，我得去看看我要买的宣纸，那家要是再没有，那我只能空手回去了。”

“好的，谢谢阿姨。”盛喃回神，连忙跟了上去。

女人带她去的店铺确实离这儿不远。走了一两百米，盛喃就看到长街岔出来条巷子。这边小路杂乱，巷道不少，有的通向以前老城区留下的居住院落，有的则是开着零散的店铺。

这处是后者。盛喃眼神好，看得清离巷口几十米深处的那家店铺，挂着复古式的木匾，上面挥墨书着三个大字：听雪轩。

名字起得不错。就是这行草写得……盛·半个专业人士·喃，由衷叹出了一声气。

“小姑娘，你还等什么呢？”已经转进巷子里的女人似乎是听到身后没动静，停住脚回头。

盛喃抬起的小腿停了下。大概是艺术生的直觉。望着面前这条在盛夏傍晚格外清凉的小巷，还有脚前那片被穿巷的风拂得微微晃动的树荫残影，她总有种奇怪的、好像要进入到什么灵异故事开端的感觉。

“哎呀，不要灰心嘛，问过那么多家了，不差这一家，”女人似乎没觉出她犹豫的原因，笑眯眯地说，“不然前面浪费的时间不是都白浪费了？”

有道理。盛喃跟着女人走进巷里。

这家店铺很冷清，除了女人和盛喃，柜台外面只有一位顾客。而店内的装修风格就和外面挂着的木匾一样，无论是环绕的柜面设计还是地砖墙面风格，都透出一种复古的……廉价感。能把这两个元素结合到一起，也是挺神奇的。盛喃四处打量，感慨。

“我和这家老板认识，去叫他出来，顺便帮你问问有没有那款笔哈。”

“啊，好，”盛喃回眸，轻点头，“麻烦您了。”

女人似乎顿了下，没说什么，转身绕进柜台后面去了。

盛喃自己在店里绕了半圈，有点儿疑惑。这里的展览柜里，摆的好像都是些有点儿年头的老物件。比起美术用品店或者文具店，这里更像是个古董铺子。

没等盛喃想完，手机在包里响起来。看到屏幕上跳跃着的“爸爸”字样，盛喃眼底情绪一滞。她微咬住唇，手指在挂机键上停了两秒，还是没敢。气馁地耷拉下肩，盛喃把电话接起来。

“你给家里打电话了？”盛天刚问，“有什么事要说吗？”

盛喃张了张口。她有一堆想问的事，一堆要说的话。但是说了就会有用吗？盛喃低下头，细碎柔软的齐肩发从额前滑下几丝，割破了她眼底的情绪。她闷声说：“没有。”

“我听你殷阿姨说，你一听到是她，立刻就把电话挂了？”

“我道别了。”盛喃声音低低的。

“挂长辈电话是很没礼貌的行为，以后不能再这样。改天再见到你殷阿姨，要记得向她道歉，知道了吗？”

“……”

“还有，你殷阿姨说你提了什么东西，你那边需要什么？”

“……”

“盛喃，你又开始了，我上次怎么说的？”

“……劳您百忙之中还记挂着，实在是我的荣幸，”盛喃绷着脸，“对不起，没有。”

盛天刚声音微沉：“你一个女孩子，能不能好好说话。”

不能。盛喃在心里说。我没妈妈，没人教过我女孩子应该怎么说话。但是盛喃终究没有把这话说出来。她不敢，她怕盛天刚，也怕盛天刚被气得厉害。她从小就很㞞的，㞞到连真的伤害别人的勇气都没有。于是，这又是一通在“你太令我失望了”这样的收尾里结束的通话。

收线时盛喃站在门板边，望着被逼仄的小巷切割成长条、又被傍晚染上墨影的树叶画碎的天空。一只晚归的乌鸦掉了队，孤零零地从夜色里飞来，落到枝上，戚戚叫了两声。费了一个傍晚的时间才忘记的阴霾重新笼罩回来，沉闷又令人窒息。盛喃无声地深吸了口气，转身。她不能这样，她要快乐起来，她——

砰！

哗——

咔啦！

被撞的闷响，液体泼上裙子和腿的冰凉，以及什么东西摔在了地上。盛喃还没来得及看清，耳膜就被一声惊叫折磨彻底：“啊！你干什么？！”

盛喃被这声响炸得头昏。她本能地低下头去，看见自己被墨汁泼染的裙子，腥臭的墨汁顺着她白皙光滑的腿滴淌下去，留下丑陋的蜿痕。小白鞋同样没能逃脱，墨水四溅，蝴蝶丝带染得不像样，是狼狈到能叫人崩溃的场景。她觉着该尖叫的是她。但是又很累，什么话也不想说，什么表情都不想有。而在她脚尖不远处，一个砚台摔得四分五裂，一地狼藉。

“怎么回事啊？什么动静？”有人从店里的柜台后冲出来。

售货员打扮的男子赤红着脸：“我刚走到这儿，这女孩突然转身，直接就把我手里这墨玉砚台撞出去了！”

“啥？你把那盏墨玉砚台摔了？你知道那是什么年代的东西吗？！”

“不是我，是这女孩——她撞的我！不信老板你问那个顾客，他刚刚也看见了的！”

……争执，吵闹，呵斥。盛喃眼神茫然又空洞地看着那三个壮年男人在自己面前卖力地表演。

对，是表演。她又不傻，最多被惊吓几秒，再慢也该反应过来，自己是被那个看起来温柔和善的、和她妈妈年纪应该差不多的女人套进了一个设计好的套子里。

这店里肯定没监控，除了咬定是她撞的那个“旁观者”外，也没其他顾客。而对面三个成年男人五大三粗，随便一个都能收拾她三个了，想跑想逃都没可能。恐吓一个看起来十几岁的女孩，他们应该得心应手。

就算最好的结果是她能挣扎到叫来警察，还掰扯不清——地上被墨染透的砚台很难做费用高额的技术鉴定——盛喃也不确定对方是用了假的，还是选了已经碎裂能多次利用的。

而且那样——她应该又要收到盛天刚最失望的评价了吧。

也是。那么漂亮的母亲，那么有能力的父亲，那么有天赋的哥哥，怎么好像全家就她一个没用的？盛喃想到这儿，没忍住，轻轻勾了下唇。明明吓得手脚冰凉，她竟然还能笑得出来。可能真是吓蒙了吧。

“你还笑！”那个演得最卖力的男售货员面目狰狞，“这事你准备怎么办？！”

盛喃麻木地站了几秒，开口：“多少钱？”

“什……什么？”那人似乎没想到这个回答，傻了一下。

盛喃慢慢摸出钱包，轻声说着：“我没很多钱，都买画画用的工具了。

我爸不要我了，所以他也不会给我出钱的，一共就这么多，你们看够吗？”

大概是头一回看见自己主动走流程的受害人，那三个男的都安静了好几秒。店铺老板低头，看见了女孩拉开的白色条纹钱夹里薄薄一叠粉红钞票，约莫有二十张。他眼睛一瞪，露出贪婪的表情。

“够……”旁边那个售货员更没出息。

“够什么够！”老板猛地转头，吓得售货员一僵，“你的砚台还是我的砚台？你说够就够？”

盛喃的手也吓得往回一缩。

老板转回来，打量盛喃，道：“你爸不管你了？那你妈呢？”

盛喃安静了几秒，垂下眼睫，声音轻得带一点儿颤：“死了。”

那老板一愣，眯眼道：“你家就再没其他活人了了？”

“没有了，”盛喃说，“就我一个。”

“行，那也简单！”老板打量她的眼神变得肆无忌惮，“这钱是肯定不够的，那你再赔上几天人不就行了？”

盛喃一窒，醒回神。确实没料到劫财后面还能有劫色这个选项，她慌忙抬起眼。男人说完就往她面前过来，表情恶心得瘆人：“这不是长得挺秀气，说不定我还能找给你几晚的——”

砰！！店门突然被踹得猛颤。盛喃就站在那木门旁，此时惊得一栗，转头。门外夜色将落。天空不知何时擦了墨，半条长街也亮起了灯火。夜色与灯火前站着的少年身影如松，身后漆黑斑驳，像风景画底色浓重的油墨。

那人收腿，掀了兜帽，抬眸。这是第一次，盛喃在靳一眼尾下那颗冷淡的泪痣上看出这样重的戾气——

“对着一个小姑娘，”他声音被情绪压得厉害，带起一点儿暴躁的哑，“……说什么呢。”

第四章
长街夜色

他的右手插在兜里，
衣角上稳稳“挂”了个小姑娘。

“你……你是从哪儿冒出来的黄毛小子？知道我是谁吗？”丁九被少年的眼神慑了两秒，反应过来，气得目眦欲裂，“你也不出去打听打听——这条街上有谁不认识你丁哥，敢管我的事，你不想混了？！”

“话那么多，”靳一冷瞥他，“你有病吗？”

丁九没见过这么嚣张的，气得撸袖子就要上，却被旁边的男“售货员”一把拉住了：“哎哎丁哥，别别，和气生财。”

“生你个头的财，你没听这小子怎么说话的吗？！”

“不是丁哥，”对方拉住丁九往后转，压低声，“我见过他。”

丁九面上怒色滞住，回头道：“……他什么来路？”

“不好说，但安乔新老大，就那个打架特狠的裴朔，跟他走得挺近的。”

“……裴朔的人？你确定是他？”

“瞧丁哥您问的，这也不是个大众脸啊。而且，裴朔带人打的那几场架虽然没见这小子，但看眼神，不像什么善茬。”

丁九面色一晦。他知道小弟说的是实话，刚和对面这小子一打眼的时候他就知道了。街头架打得多了，看人不用动手，能不能打、扎不扎手，全在眼神脸上了。而面前这个……

“你跟裴朔混的？那辉哥的名号你听过吗？”丁九僵着脸转回去，“强龙难压地头蛇的道理懂不懂，你大哥也不一定敢惹我大哥。”

丁九的威胁色厉内荏，退意再明显不过。省了动手，靳一也懒得理他。扯掉一半的兜帽扣回去，他侧过身，面向吓呆在门旁的小姑娘。

眼神蒙蒙的。脸煞白，鼻尖倒是泛起了点儿粉扑扑的红。也不知道是委屈的还是吓的。靳一垂眼，把盛喃提着的装满美术工具的大袋子拎过去，道：“走吧。”

盛喃难得地没说话没反抗就应他了。

眼见两人就要离开，丁九险些气岔了气，道："你们就这样走了？"

要迈出的长腿停下，靳一侧眸回道："不然呢？"

"砸碎的砚台——"

"怎么，刚出土的文物吗？"靳一没表情，偏偏眼神语气都嘲讽极了。

丁九又气又心虚地噎住。

靳一抬手，从身上摸出张粉红票子，往丁九旁边的柜台上一扔。

"拿稳，丁哥，别再砸了。"

"……"

盛喃跟着靳一走过半条巷子，才听见身后不远处的店铺里传回来一声气急败坏的踹门声。余悸未定，盛喃不自觉地跟着抖了下。

又走两步，盛喃不放心地小声问："他们会不会追出来打我们啊？"

"可能会吧。"出店门没几步，靳一就回到了平常状态，此时语气也松散下来。

盛喃绷住，道："那我们要跑吗？"

旁边的人停了两秒，一声轻笑："你是绿豆大的胆子吗？"

"我这不是担心你一个人打不过他们，你大哥又不在……"

"是打不过，那跑吧。"

盛喃一脸蒙，回头对上一双似笑非笑的眼眸。不知道是不是近处灯火染的，这人眼尾下的那颗泪痣好像都变得安静又撩人。之前在店里见到的慑人戾气仿佛只是她梦里的幻影。盛喃没来得及多思考，那人已经转身，侧影被夜色的黑削得模糊，开口："这边晚上夜市人多，跟紧——"

盛喃本能地一伸手，直接拽住他衣服。

靳一回眸，低头，再抬眸："？"

对视数秒，盛喃心虚道："你让我跟紧的。"

靳一微眯起眼。在他的目光下，已经吓坏了的小姑娘明显不安地往后缩了一点儿。但细白的手指还是紧紧地攥在他衣服上。望了两秒，靳一回头道："算了，随便你。"

于是长街夜色下，走在前面的少年身影清俊挺拔，左手指节间勾着只硕大的袋子。而他插在兜里的右手边衣角上，稳稳“挂”了个小姑娘。

穿过熙攘的街和异样的目光，他们到达街北的店铺前。旁边两家店之间有条小小的楼梯，通向二楼，楼梯下挂着个牌子，白底红漆，“50° 灰台球室”。靳一停下，盛喃就跟着停了。

靳一低眸看她，道：“这条街，傍晚以后不要一个人来。”

盛喃闷了两秒，点头。

“叫你家长来接你吧。”

盛喃头低得更低了，声音闷得厉害：“……我没家长。”

靳一听见这句，目光又转回来。他刚要说什么，旁边昏暗的楼梯里走下来两个年轻人。两人迈进夜色前，其中一个瞥到楼梯下站着的女孩，还有她的小白裙和腿上狼狈半干的墨汁，立刻拽了拽同伴，朝这边示意。

“咻——”另一个打了声口哨，笑，“哎，小妹妹，这一身，弄得挺时尚啊？”

低着头的盛喃僵住。那些伶牙俐齿这会儿全忘了，她呆呆地看着自己的脚尖，被墨汁染得又黑又丑的裙子、腿和小白鞋，耳边反复盘旋着的都是盛天刚一句不离的“你殷阿姨”，古董店流氓老板恶心的声音，还有靳一的那句“叫你家长来接你”。

旁边年轻人刺耳的笑缠成背景音。盛喃感觉那种没法压抑的酸涩感从心里一直涌涨到鼻尖。她有点儿慌了。这还是在外面，还是在陌生人前。

不准哭！不准哭不准哭不准……啪嗒。憋成了一大颗的眼泪狠狠砸在脏兮兮的满是泥灰的地上。一颗之后，就是泄洪。盛喃到安城以来的所有崩溃仿佛在此刻找到了一个宣泄点，直接冲垮了她的所有情绪堤坝。小姑娘“哇”的一声，蹲下去就开哭了。拽住靳一的衣角还没松。

两个年轻人傻了几秒，手忙脚乱地道：“不是吧，别啊，我们开玩笑的妹妹，妹妹？”

靳一叹了口气，抬头，语气很散漫没有威胁性却又好像深压着暴躁：“快，滚。”

两个年轻人理亏地溜了。

盛喃这一哭就哭了将近五分钟。夏晚风凉，靳一站得腿麻，动了动，脱下了自己的夹克外套。小姑娘的手指还死死攥着他的外套，跟绣上去了似的。靳一把外套往上拎，带着盛喃把胳膊都举起来了。

靳一好气又好笑，扯着外套半躬下腰，道："松手。"

"呜。"趴胳膊窝里不肯抬头的小姑娘很勉强地给了他点儿回应，慢吞吞地把手指松开了。

靳一拿起外套，一甩，盖住她薄窄的肩："穿上。"

盛喃闷了两秒。夹克外套带着陌生的温度，还有那种熟悉的、清淡的、木质的香。盛喃内心挣扎了一小会儿，就自觉伸出胳膊，把袖子也套上了。

夹克原本就是宽松款的，相对盛喃来说就更是大了好几号。从袖子里伸出手来都困难，她努力往外够了，还是只能露出来两根手指头。

手指头伸出来的第一件事，就是继续拽住靳一的衣角。感受到 T 恤尾摆传回来的拉力，靳一低眸看了眼，似轻嘲："连这件也想要？"

盛喃一缩，道："没有。"

声音还带着哭得太厉害的鼻音，听起来可怜巴巴的。

靳一道："那什么意思？"

"你给他们的钱，我还你。"

靳一瞥开眼，道："不用了。"

"哦，"盛喃哭木了脑袋，就闷软着声靠本能，"当你替补女朋友，还有工资拿？"

"……"靳一低眸。

风声寂静。

盛喃蹲着反省：跩爷刚帮了她，她就这么恩将仇报好像不合适。

"起来吧，别蹲着了。"没几秒，头顶响起跩爷的懒散嗓音。

这么宽容吗？盛喃有点儿感动，道："谢谢你。"

"我也不想被误会成带着女儿出来逛街的单身父亲。"

盛喃："？"

宽容个头。盛喃还没来得及酝酿反击，旁边的楼梯里再次传来下楼的脚步声。盛喃不好意思再蹲着了，揉着发麻的小腿站起来，等到站直以后她才发现了一件非常伤自尊的事情——跩爷的外套，套在她身上，长得能盖住她的小短裙。这不科学不是吗?

这片刻里，楼梯口冒出颗脑袋，裴朔。裴朔是在二楼台球室听见窗旁的跟班说的，说靳一和一个小姑娘在楼下站了十分钟了，靳一不说话，小姑娘蹲在他身旁号啕大哭，很像那种大型渣男分手现场。

裴朔就觉得神奇，像他哥那种人，气哭几个小姑娘那肯定是不在话下，但是把人气哭了自己却还没走，这真的是菩萨显灵了啊？所以裴朔就忍不住好奇地下来看看。刚出楼梯口，他就看见靳一和旁边起身的女孩。

他记得那个小姑娘，站在半朦胧的夜色边，身上穿着他哥的夹克外套，长得拖过腿根，许是把里面的裙子遮住了，看起来仿佛就穿了这一件似的。空荡的大外套下面，两条白腻的骨肉匀停的腿就那么怯生生并着。裴朔一下子就看直眼了。

靳一察觉动静，微侧过头，他停了两秒，道：“裴朔。”

“你这是……把人小姑娘给，”裴朔还梦游似的没挪开眼，“怎么着了？”

靳一声音低下来：“看哪儿呢？”

这句里面的凉意一下子把裴朔冻回神了。

“咳咳，”他尴尬地挪开目光，上前，“你好，我是裴朔，是……”

“我知道。”盛喃有点儿怵他，毕竟这人是安乔不良少年团的老大，听说打架特别狠，她声音都放轻不少。

裴朔惊讶道：“你认识我？”

盛喃点头，指了指靳一，说：“你是他大哥。”

裴朔刚想呵斥一句哪来的谣言，就看见小姑娘往靳一那儿悄悄蹭了一步，然后拽了拽靳一的衣角，仰头问：“是吧？”

靳一朝裴朔睨过去，停了两秒，他敷衍地转开，道：“嗯，我大哥。”

裴朔：“……”

不敢应，也不敢不应。好在没让他痛苦太久，盛喃的手机响了起来。来电显示的“哥哥”让她很是意外了一下，然后才犹豫着绕去旁边接了电话。

裴朔连忙趁机过来，道：“哥，你相信我，我对你九中一哥的宝座绝对没有谋权篡命的意思，此心天地可鉴日月为证——”

“那词叫谋权篡位。”

“啊？”裴朔茫然，“是吗？”

靳一道："而且我是什么短命皇帝吗？那宝座我什么时候承认过？"

"就算你不承认别人也都认了……"

"还有，"靳一侧过身，他撩起眼皮，一瞥几米外的女孩，"别在她面前提我的名字。"

裴朔："哎？可我什么时候也没敢直接叫过你名字啊哥——"

"叫哥也不行。"靳一视线又落回来。

裴朔思虑数秒，逐渐露出复杂震惊的神情，道："难道——不是吧？"

"是什么？"

"难道你真把人家小姑娘，"裴朔压低声，"始乱终弃了？"

靳一气笑了，这次终于没忍，他插口袋的手都没拿出来，直接抬腿给了裴朔一脚："滚。"

裴朔捂着屁股委屈地跳到一旁。没两分钟，他看见小姑娘回来了。盛喃有点儿犹豫地道："那个，你们知道这边的具体地址吗？"

"地址？这个位置的？"裴朔奇怪，"你不知道怎么过来的？"

"计程车司机送我来的。"盛喃诚实答。

靳一抬了抬眉，朝盛喃手里还举着的手机示意，问道："有人接你？"

"嗯，是我……"盛喃本来想说是我哥，紧接着想到自己几分钟前刚说的没家长，她沉默了下，"我朋友，嗯，工作出差，刚好过来安城这边，说来送我回去。"

见她支吾，裴朔的表情突然有点儿微妙，扭头去看靳一。靳一神情淡淡，看不出什么，道："给我吧，我来说。"

"好的，"盛喃忙把手机递过去，"谢谢。"

女孩的手机套着只盛着粉色流沙的手机壳，壳上还带一点儿余温，靳一接进掌心，拿到耳旁："你好。"

"你好，"对面是个很温和内敛的男声，听起来年龄在二十几岁，"今晚小喃的事情麻烦了，非常感谢。请把地址告诉我，我尽快过去接她离开。"

从腿边拂过去的风有点儿凉，盛喃下意识地收紧身上的陌生夹克，然后她想起什么，往路灯下望。

脱去外套给她后，那人上身只剩一件单薄的白 T 恤。夜风裹挟过他身影，撩起他的碎发和衣角，于是肩胛在 T 恤下撑出修挺漂亮的骨线，像大师刻刀下比例完美的雕塑，每一笔都张扬着少年凌厉的美感。

盛喃正盯着他走神，靳一突然转身。

四目相对。盛喃连闪躲都没来得及。被当场抓包的几秒后，她慢吞吞地朝对方眨了眨眼，然后做出一个十分无辜的表情。

靳一垂下眼，有点儿想笑。女孩眼圈和鼻尖哭得通红，弯翘的眼睫毛上还缀着泪，但偏这一会儿的工夫，她好像就“满血”了，眼睛里又藏起细碎的光。这种又㞞又爱亮爪的脾气，和胖橘真的很像。靳一收线，走回来。

盛喃接过他递来的手机，道：“我……朋友说什么了吗？”

“他说一小时后到。”

盛喃看着手机壳里的粉流沙想了想，仰脸道：“那我存一下你的手机号吧，之后把外套还你。”

靳一没说话，懒懒地撩起眼，墨眸从长睫间垂睨着她。

“难道，”盛喃又眨了下眼，“这个也要领号排队？”

靳一：“……”

旁边的裴朔本来没打算打扰的，但听见这句没忍住，好奇地问：“排什么队？”

盛喃刚想说话，靳一道：“手机。”

“哦。”

靳一存完号码就把手机还给盛喃了。她接过来看了一眼，新建的联系人名称非常简单，只有一个大写字母“J”。“名”如其人，一样地跩。盛喃对着这备注沉默了几秒。

“我也不是一定要知道你的名字，”盛喃说，“就是这样会不会不太方便称呼？”

“哪儿不方便？”

“比如我是应该喊你 J，还是，”盛喃慢吞吞地，“……钩？”

靳一凉淡的目光转回来。那颗浅色泪痣在他眼尾轻跳了下似的，于是那种似笑非笑的睥睨色气再一次染上他的眉眼，这一次居高临下，迫人得很。

盛喃㞞得极快，迅速低头，假装一本正经地给那个新号码发信息：“嗯，我叫盛喃，这个是我的手机号。”

靳一的手机在裤袋里振动了下，他低头瞥了一眼，没动。

裴朔见缝插针地探头："既然还有一小时，那你们要不上去等？"

盛喃发现这个"大哥"虽然长得剽悍名声不好，但还是挺平易近人的，就大着胆子问："上去是哪里？"

裴朔道："台球室啊。"

"台球室？"盛喃新奇地仰头，看了看二楼的窗户。窗边上有几个男生的身影，不过她一抬头，那几个身影就都躲回去了。

"你不会连台球室都没进过吧？"裴朔好笑，转问靳一，"哥呃——咳，你这是打哪儿捡来的乖学生？"

靳一没理他，视线撩向盛喃，问道："你上去吗？"

盛喃犹豫。讲道理跩爷的脾气她是摸不透的，所以她也不确定自己如果说"不要"，那对方是会在底下陪着她，还是直接来一句"哦，那你慢慢等，我上去了"。

好像，都有可能。而一旦是后者，那她这棵小白菜就要孤零零地瑟瑟发抖地在这条可怕的街上站一个小时。盛喃无比诚恳地道："我上。"

通往台球室的楼梯逼仄，只有中折平台上亮着一盏昏黄的灯，钨丝好像还有点儿断了，灯光跟着时亮时暗的，恐怖氛围简直拉满。怕黑的盛小白菜只能拽着夹克外套的衣摆，很小心地跟在靳一和裴朔后面。

二楼的台球室门口有两个青年，正靠在门边看不清脏旧程度的白墙上抽烟。昏黑里猩红的烟头亮着，两位社会青年吞云吐雾的间隙，还眯着眼打量从楼梯上来的女孩。

盛喃不太习惯烟的味道，突然呛了一口，下意识停下来。等她抬头，就对上昏暗里那两人不是很善意的视线，盛喃僵了下。

这一耽搁的工夫，走在前面的靳一和裴朔已经进台球室了。那扇弹簧门眼看就要自动合上，投在门外昏暗地面上的光块迅速缩减。

盛喃心里一慌，张口想喊。只剩最后一隙光线时，那扇门却蓦地止住了——门沿按上只修长有骨感的手，然后是半个侧身回来。那人声音依旧懒散，眉眼被身后的光釉上一层薄翳，更衬得身形立体。

"走那么慢，你是不是想卷着我的外套潜逃？"

盛喃感动了一秒都不到。当着社会青年老大哥的面不敢顶嘴，盛小白菜记仇地低着头，快步溜进房间。过门的时候盛喃从靳一身前走的，等她过去了，靳一冷淡抬眼，瞥向门外。墙边两个青年捏着烟，刚挤出笑容要凑到一起议论两句，就接到那边不善的目光。

其中一个顿了下，尴尬又恼怒地放下胳膊，道："看什么？"

"这话应该我问你，"靳一垂眼望着那人，黑眸像濯了一层幽暗的光，于是笑也沁出几分凉意，"喜欢裙子就自己买条穿，别路边见着就挪不开眼。"

那人一蒙，回过神来赤红了脸，道："你说什么？你给老子再说——"

话音还没落，门里的裴朔返回来，边问靳一，边探身出来："怎么了哥？"

过道里那两人看见裴朔，前后停住了。

"……没事，"靳一敛下眼底的冷，"进去吧。"

"嗯？"裴朔拧着眉头扫视那两人，转问，"真没事啊？"

靳一没理他，手一垂，直接进门。裴朔在靳一这儿碰了一鼻子灰，立刻就把怨气发到门外这两人身上了，道："干什么？想动手？"

"哪能啊朔哥，"后面那个和气地笑，"不知道是你朋友，就争执了两句。"

裴朔皱眉道："你们惹他干什么？"

前面那个咬咬牙道："朔哥，我们真没找事，实在是你这朋友说话刺人了点儿。"

"朋友？"裴朔看了一眼门内，确定盛喃听不着，他转回来，凉着语气，"这是我哥，谁跟你说这是我朋友？"

那两人一愣。

"还嫌他说话带刺？"裴朔冷笑，"是你俩运气好，赶上他戴'紧箍咒'，往前推一个月，你看他跟不跟你们废话。"

裴朔没管这俩人信不信，转身也进去了。

就像裴朔说的，盛喃从来没进过台球室。她前面十八年的人生都是在盛天刚眼皮子底下过的，盛天刚生意上很忙，但替他"看管"她的人从来没少过。起初是盛笙，后来家里生意好了，就渐渐变成陌生的叔叔阿姨。每次一放学，同学们吆五喝六成群结队地拉着阵仗往外走，盛喃就坐进家里司机来接她的车。

后视镜里男生女生笑骂追逐，约好周末结伴去什么地方，一道道身影越行越远，谁也不觉得缺了什么，反正她从没和他们同路过。

盛喃知道不能怪任何一个人，只能怪她自己。无论什么方面，她都不够好，又不够差，永远都是处在中间的、毫无特色的、最容易被忽略的那个。所以她最羡慕也最喜欢那种永远自信张扬的，无论在哪儿你总能在人群里一眼看到的天之骄子。比如谈梨，再比如某个留名都只有一个“钩”的跩爷。

盛喃思绪游回，抬起头在房间里巡视。这间台球室不算很大，横向摆了八张台球桌，进门对面是一排二楼的长窗，窗边墙角堆着用不上的桌椅。而那人此时就坐在其中一把椅子上。长腿非常散漫地抬起来一条，踩在前面的凳边上，单手拎着本书，半身后仰，很没形象地把自己松散在椅子靠背下的犄角旮旯里。

碎发凌乱，长眸半垂，耳骨钉沁着冷淡的光。盛喃看呆了几秒。她突然很想摸出手机给他来张闪拍，回去以后洗出来挂在画板上……那她这周的画稿作业参考不就有着落了？

想到即做，盛喃手机迅速举起。屏幕上焦点聚集，就要定格的那一秒——捏着书脊的手腕压下，靳一下颌微抬，漆黑的眼瞄过来。隔着取景框，他停了两秒，眯起眼：“想，死？”一个非常通俗易懂的唇形。

盛喃：“……”

这人好不和平。如果她说自己只是为了交作业一时冲动，他信吗？

盛喃亲眼看着跩爷把那条屈起的长腿踩回地面，似乎就要过来和她聊聊人生了。值此危急存亡时刻，一个身影插入他们中间，站到了靳一身前。

盛小白菜长松了口气，转去看这个不认识的“救命恩人”。那是个和他们年纪相仿的女生，穿着安城职高的校服，只不过衬衫尾摆扣子解开，打了个结，露出一截窄腰，背影都很是野性。想也知道是过去干什么……

“你叫盛喃是吗？”

身后突然冒出个声音，盛喃吓了一跳，差点儿跳开。

裴朔见状忍不住笑道：“你还真挺胆小的。”

盛喃想反驳来着，但是想起这人安乔不良少年团老大的位置，又自觉把话改了，问道："他说的？"

"对啊。"

盛小白菜在心里又记了踽爷一笔。

裴朔半天没等到别的动静，转回来就看见小姑娘半低着头，似乎不太开心地抿着唇，手里还拽着靳一的夹克外套，外套下杵着细白的腿……

"看哪儿呢。"某人冰凉的眼神突然闪回面前。

裴朔心里一抖，立刻转头抬眼道："我哥……咳，那谁让我照顾你一下，你看你要去阅览区那边坐会儿吗？"

"阅览区……吗？"盛喃怀疑自己听错了。就算她没来过台球室，但看门内门外的氛围，这显然也不像能跟阅览挂钩的地方。正常人谁会来这儿读——盛喃好像突然想到什么，表情一滞，转头。她刚刚想拍素材的时候，某人手里似乎确实拿着一本……书？

这一转头，盛喃看到了踽爷，以及他身前搭讪的女生。而最神奇的是，在这片刻时间里，女生还是女生，但已经不是刚刚那个了。

"对，就那边，"裴朔顺着盛喃的目光望过去，见怪不怪地忽视，"那柜子你看见了吗？摆书的，不过没多少本。"

盛喃沉默两秒，道："这里的老板很有想法。"

"什么老板，"裴朔大笑，"那里面甚至有全外语的书——谁会在自家台球室放这种玩意儿？都能辟邪了。"

盛喃不解，转问："那这些书是从哪儿来的？"

裴朔朝墙角努了努嘴道："楼下有旧货市场，那天路过一个老大爷的摊位，他顺手买了好几本上来，撂那里了。"

盛喃很震惊，甚至有点儿自愧不如。踽爷作为一个无课可上的失学少年，竟然都能这么勤奋苦读，那她是不是也应该……

裴朔道："你要过去看书吗？"

盛喃回道："不要。"

裴朔似乎停顿了下。盛喃心想，是她回答得太快了吗？

"难得，"裴朔回神，像看异形生物似的看着盛喃，"我还以为学霸吸引学霸呢。"

盛喃没听清，道："啊？"

"咳，没什么，"想起靳一不让透露他任何情况的警告，裴朔转开话题，"那干脆，我教你打台球？"

"可以吗？"盛喃眼睛一亮。

"这有什么，走吧。"

只要不看书，一小时的玩乐时间总是过得很快。半晚下来就是裴朔负责教，盛喃负责学。角落的靳一负责被各种小姑娘搭讪，一直到教学结束。盛喃握着台球杆，望着角落感慨道："我就没见过这么招桃花的男生。"

裴朔捡起脚边的一颗台球，叹气道："我也没见过这么打台球的人类。"

盛喃："……"

裴朔道："你怎么做到让它脱离台面满天飞的？"

"只要力度够大？"

盛喃不好意思地放下台球杆，蹲地上捡起被自己戳下台面的一颗红球，道："不麻烦你了，我自己捡吧。"

球刚捡完，盛喃的手机响了。盛喃看清来电，接了起来："你到了？"

"你长本事了，"对面的盛笙声音徐缓，"大晚上的，敢自己一个人跑来这种黑得连门牌都找不到的地方？"

盛喃憋住，道："怎么找不到，肯定是你的老年夜盲犯了。"

盛笙道："……信不信我现在转头回去？"

"那我就打给你爸，跟他说你半夜把我扔在了荒郊野外。"

盛笙道："你除了告状还有别的本事吗？"

"哼。"斗嘴归斗嘴，毕竟关乎自己今晚是不是要露宿街头的大事，盛喃还是第一时间跑去窗边确认盛笙的位置了。隔着灰扑扑的玻璃，盛喃锁定楼下盛笙的位置，朝他招了招手，道："我在二楼，看到了吗？"

"嗯，我过去，你也下来吧。"

"好哦。"

挂断电话，盛喃后知后觉地侧过身，低头对上踧爷靠在椅背里撩起的眼。盛喃迟疑了一下，道："我朋友到楼下了，我现在下去。今晚麻烦你了。"

靳一懒洋洋地垂回眼皮，道："是很麻烦。"

盛喃默念三遍"这是救命恩人，不能打也打不过"，才忍下怨念，乖巧地低头，道：“等外套洗好，我会联系你的。”

“嗯。”靳一手里的书合上，随手插回柜子里。

盛喃没看清封面，好奇地问了句：“你看的是什么书？”

“《白痴》。”

盛喃的小宇宙爆发的前一秒，靳一好像察觉什么，侧回身，很淡地睨了她一眼，似笑非笑：“没骂你，别奓毛。”

盛喃情绪滞住：“……谁奓毛了？”

靳一道：“陀思妥耶夫斯基的书，书名叫《白痴》。”

“啊，”盛喃尴尬地低下头，“哦。”

“既然上学就好好学习，”靳一拎起搁在旁边满盛着绘画工具的袋子，“在学校里遇见裴朔他们，就装不认识。”

“嗯……嗯？”

“他又不是什么好人，离他远点儿对你好，”靳一淡定路过台球桌，“免得让他带坏你。”

台球桌旁的裴朔：“……”论不是好人，这房间里谁比得过你啊？！

偏偏盛喃毫无所察，听话地跟上去，道：“哦，好。”

快到门口盛喃才突然反应过来，伸手一把拉住靳一的手腕。

靳一停住，回眸。盛喃立刻松开，心虚地飘走眼神，道：“那个，就不麻烦你送我下楼了。我自己下去就好。”

靳一没动，道：“怎么了？”

“我怕我……朋友误会。”

“你朋友，”头顶那嗓音拖得懒慢，笑意浸上点夜色的凉意，“能误会什么？”

“误会……”

盛喃几乎能听到自己大脑的 CPU 过热运转的声音了。在几秒令人死亡的沉默里，她突然脑内灵光一闪。一秒后，在靳一居高临下的视线里——

“因为你长得太帅了，”小姑娘仰头，严肃地绷着脸夸赞，“我怕我朋友误会我今晚是从什么不正经的店里出来的。”

第五章
桃花当

小姑娘今晚就蹲在这儿，攥着他的衣角，
“哇”的一声就哭出来了。

盛喃独自从楼梯上下来，看见盛笙戴着口罩站在楼道外的灯罩下面。

兄妹二人对视数秒。

盛喃道：“你长丑了。”

盛笙回道：“你说谢谢的发音好像有点儿奇怪。”

“真的，”盛喃拎着绘画工具袋，蔫蔫地耷拉着眼走过去，“不久前你戴口罩的样子在我心里还是第一帅的，现在最多第二。”

说话间，盛喃从楼道里的背光阴影里走出来。乖巧及肩短发，泼墨短裙，身上大号拖过腿根的夹克外套。盛笙看清盛喃的模样，温和眉眼有一秒的停顿，道：“……你是想去《这个杀手不太冷》里竞演那个小女孩吗？”

盛喃绷脸道：“明明是《杀死比尔》里的酷女孩。”

盛笙怜悯地道：“那眼科和脑科，你至少得看一个了。”

盛喃五六岁的时候家里生意还没什么起色，盛天刚一直在外奔波，她在家里都是由盛笙照顾的。而盛笙“照顾”妹妹的方式非常简单——打开影碟机，放进碟片，关灯，看电影。

那时候的每一个周末，兄妹两人都窝在拉着窗帘的房间里，床尾盖着一张老旧但干净的地毯，黑漆里几十寸的电视机转着荧荧的光线，小盛喃抱着她灰突突的无尾熊布偶靠在地毯上的盛笙身边。

记不清多少次盛笙听见动静，转过头去，看见影子里的小姑娘团成一团，靠在他肩膀旁，睡得快要吹鼻涕泡泡，呼吸轻薄。他们看过很多部老电影，有很多个那样的下午拼在一起，一晃就过去了好多年。

直到后来……盛笙提着他的行李箱，头也不回地迈出家门。那年他十七岁，盛喃十三岁。那只磨秃了毛的无尾熊布偶孤零零地倒在盛喃的脚边，茫然地仰着头，看着玻璃窗外越来越远的身影，还有气怒的盛天刚摔门回屋后空荡的房间。

盛喃想，就是从那时候起，她开始讨厌一个人，又总是一个人。

“你身上这件外套是谁的？”

盛喃还在内心唾弃这个为了打职业赛抛家弃妹的没有人性的哥哥，就听见盛笙给的送命题被轻描淡写地抛了出来。盛喃沉默两秒，道：“晚上这么黑，你别戴口罩了。”

她停到盛笙身旁，抬头，小脸绷得很诚恳，道：“你又不是秦隐，这样戴着你粉丝容易认不出你来。”

盛笙不为所动，道：“回答问题。”

有一个亲哥哥等于有无数个坏处。其中之一就是彼此太过了解，连转移话题都变得十分困难。

“你要是坚持顽抗，”盛笙慢条斯理地，“那我就只能让他来问你了。”

盛喃知道这个“他”是谁，立刻开口：“别——你爸最近忙着找小老婆，顾不上我。”

盛笙道：“那就回答。”

盛喃只得慢吞吞开口：“这衣服是我一个……朋友的。”

“哦，”盛笙点头，“就是那个你当着他的面，称呼我是你朋友的新朋友？”

朋友怎么了，亲兄妹就不能是朋友了吗？！盛喃理不直气也壮地想，但她不敢说。这种劣势的情况下，惹盛笙绝对不是明智的选择。于是盛喃表现得非常乖巧，语气像个温柔、可爱、甜美无辜总之与盛喃本质零相关的好妹妹：“你朋友应该等了很久了，我们回去吧？”

夏晚风凉。看着夹克下盛喃露着白皙光滑的小腿，盛笙还是决定压下继续逼问的念头，暂且放她一马。盛笙提走盛喃的袋子：“走吧，回去再跟你算账。”

“哦。”

两人渐远的身后，亮着灯的二楼窗户里，几个男生从围聚的窗台前散开。

“哎，走了走了！”

“是男朋友吧？长什么样啊，你们看清了吗？”

“这黑灯瞎火的，谁能看清啊。”

“不管长什么样，都肯定没靳哥帅。”

裴朔偷偷看了一眼角落里仰在椅背上的靳一。虽然从这个角度被书挡着看不到脸，但看他哥颓懒如常的姿态，好像没什么危险。于是裴朔走过去问：“你们看见什么了，就敢说人家是小姑娘的男朋友？”

“朔哥，你是没瞧见，两人走的时候靠得可近了，肯定不是普通朋友，你们说是吧？”

“对，我还听见那小姑娘说了一句‘你爸’什么的呢。”

“我也听见了，这是连家长都见过了啊。”

“嚯，那……”

聊着聊着，他们的目光情不自禁地飘向角落里的靳一。那人半垂着眸，拎着书，长腿搭在对面的凳上，眉眼间是冷淡的情绪空白。

裴朔抬脚踹那个最前面的，道：“看什么看，你看他干什么！”

被踹的人连忙跳开，委屈地抱着腿道：“那不是朔哥你说的，这小姑娘和靳哥关系不一般，让我们不想死就管好眼睛离她远点儿吗？”

被卖得突然，裴朔都不敢往靳一那边转了。偏还有胆肥的窝在后面小声嘀咕：“看不出啊，小姑娘长得那么乖，没想到还挺野——这么小的年纪就想脚踏两条船？”

“其中一条还是靳哥的‘豪华游轮’。”

“靳哥，咱可千万别上这桃花当，小三做不得。”

听这几个越说越没谱，裴朔气得耳朵都要冒烟了，道：“追我哥的小姑娘有多少，那都能从隔壁泉市的九中排到安乔校门外了——什么样的没有，我哥需要给人当三？！”

给人当三……人当三……当三……三……

尾句声音太高，回音成功拉满。大半个台球室都安静下来，惊愕地看向这边。仰在椅子里合书盖脸的靳一终于没绷住，气得嗤出声笑。他掀开书，借腰力直接坐起，顺手从裤袋里摸出张纸片，攥成球砸到了裴朔的后脑勺上。

“你再大声点儿，”靳一斜靠在椅里，嗓音懒散，“让泉市九中的人也听见。”

裴朔理亏，没敢吱声，扭头凶巴巴地在台球室里瞪了一圈。等把往这儿看的人全瞪回去了，他才转回来，捡起地上被靳一摸出来砸他的那个小纸球。

展开。101。就三个数。裴朔呆了两秒，不解其意，由于不放心还是举起来，问已经起身往外走的靳一：“哥，这纸条你还要吗？”

靳一没回头。

“扔了吧。”

“哦。”

台球室的门推开，靳一插着兜走出去。迈下楼梯，到楼道口的时候他停了一下，往旁边看了眼。小姑娘今晚就是蹲在这儿，攥着他的衣角，“哇”的一声哭出来的。特别可怜。

不过……有男朋友了，还敢给他写替补女友的小纸条。果然跟胖橘一样。它们小橘猫，恐怕都是把忘恩负义刻在骨子里的吧。靳一低嗤了声。寒夜里他迈开长腿，沿着寂寥的街，往灯火阑珊处走去。

盛喃周日在家里折腾了整整一天的画稿作业。画的是台球室里靳一看书那幅场景的速写，废了好几张稿纸她都不满意，直到夜里 12 点才总算完成一版成稿。鼻尖蹭着铅灰的盛喃困得快睁不开眼，灰扑扑地钻进她卧房的配套浴室里，匆忙洗完澡，头发都没怎么吹干就困得拱回被窝里昏睡过去。

一觉到天明。催命似的手机铃声把盛喃吵醒。床上鼓起的软被里，像是有只小松鼠在被子下面钻来钻去。摸索了好一会儿，盛喃才终于摸到她还不太熟悉构造的床头柜上的手机。

“喂……”女孩声音困得喑哑，带着闷吞的鼻音。

“起床，搬砖了。”

又迷糊了数秒，盛喃把手机攥回被子内，艰难地眯着眼看清来电显示。果然是盛笙这个无情无义的坏家伙。盛喃把手机扣到脸颊下，压着哼哼：“你怎么还没走啊？”

“战队放假，我陪肖一炀在这边玩两天。”

“哦。”

“已经跟赵阿姨说了，今早我们走之前送你去上学。你下楼吧，带你去吃早餐。”

“你怎么突然有人性了，我好不习惯……”盛喃慢慢从被子里钻出脑袋，狐疑地问，“不会是你们战队倒闭了，要拐卖我吧？”

“买你？”盛笙温和地笑，“谁会这么想不开？”

盛喃嘟嘟囔囔地爬起来洗漱去了。一刻钟后，背着双肩书包的盛喃走出楼门。清晨的阳光还不浓烈，有一点儿晃眼。上了早班的蝉在树叶间有一声没一声地叫唤，不知道是风还是它们，摇得树枝在熹微的阳光里微曳。

盛喃踩着地上细碎斑驳的影儿，又蔫又困地踏下台阶。

“盛喃妹妹！”

盛喃抬头。哈欠刚打一半就被震住了——楼前停着一辆明黄色跑车，非常扎眼。肖一炀，也就是盛笙战队队友，在外人口中被誉为“肖二哈”的存在，此刻正从驾驶座里站起来，快乐地朝她摇晃手臂。

“盛喃妹妹，好久不见，大声告诉哥哥，想哥哥了吗？”

盛喃回神，惊恐地后退半步。她就知道盛笙这个坏家伙要送她上学绝对没安好心。而正牌哥哥此时就坐在副驾驶里，正撑着胳膊温和微笑地望着她：“赵阿姨已经走了，你要是不想上来，可以选择去坐公交车。”

她住的地方离安乔不近，清晨6点前很难打到车，最近的公交车站在哪儿也是个问题。认真思考并排除了所有可能性后，盛喃只能绝望地坐进明黄色的跑车里。

上了车，肖一炀眉飞色舞地炫耀：“怎么样，我新买的车，帅吧妹妹？”

盛喃敲昏了自己的良心，道：“……太帅了。”

“哈哈哈哈，那等下次放假，我开它来接你回F市玩！”

盛喃机警地抬头道：“不用麻烦这么帅的车。我太普通，配不上它的帅气。”

肖一炀还是察觉了她的虚情假意。后视镜里的肖二哈变得无比委屈地道：“明明你哥跟我说你最喜欢亮黄色了，还让我开来给你一个惊喜。”

盛喃转向副驾。

盛笙心安理得地道：“看来是我记错了。”

盛喃绷着脸道：“你就是在打击报复。”

“报复什么，”盛笙温和地问，“难道你做错什么事了？”

盛喃瞥向窗外，小声咕哝：“明明就是记仇我上次说你想搞伦理文学……”

虽然盛喃声音不大，但这群职业选手都是耳聪目明的，扭方向盘的肖一炀离得最远，反应最快：“伦理文学？什么是伦理文学？”

盛喃道：“就是——”

盛笙手指叩了叩，笑意吟吟：“前面有个路口，要不你下车跟着跑吧。”

面对这赤裸裸的威胁，勇敢的小白菜当然是要坚决抗争的——

“我错了哥哥，”盛喃一秒都没犹豫，“像您这么光明磊落、刚直不阿、英姿伟岸，怎么可能会是我说的那种人呢。”

兄妹战争，小白菜再次落败。

飞扬跋扈的黄跑车载着心如死灰的盛小白菜吃完早餐，就直奔安乔中学去了。

6 点 20 分，车停在校门外。时间上已经临近早自习，学校门口的学生不多了。但就这为数不多的同学还是毫不吝啬地把震惊的目光投向那辆过分嚣张的跑车。车上的盛喃很想原地挖一条地道去教室。

“青春真好啊，”肖二哈靠在驾驶座感慨，“空气里都弥漫着校园的自由气息。”

见盛喃还磨磨叽叽不想下车，盛笙从副驾驶座转回来，把那张可恨的帅脸凑近了，声音压得低而温柔：“还不下车，你想正式上课第一天就迟到？”

“不，我要等人都进去了再下。”盛喃偷偷瞪他。难以想象就眼前这个坏家伙竟然还能拥有一大群日常高呼“温柔笙神”的粉丝。

温柔个头，温柔一刀还差不多。杀人不见血的那种。

“行啊，”盛笙笑笑，“不过我估计你再磨叽一会儿，你炀哥就要下车欢送你了。”

在那个可怕场景的想象里，盛小白菜惊恐地打了个哆嗦。回过神来，她迅速推门——“哥再见，炀哥再见，不用送了，后会有期！”

肖一炀还没反应过来，就看见从自己车上下去的小姑娘慌慌张张地往校门跑了。背影十分急，书包甩得一晃一晃的，像被狗撵着跑似的。

肖一炀茫然回头道：“咱妹妹这是怎么了，跑得这么急？”

盛笙淡定道：“可能是担心迟到吧。”

“啧，多听话的小孩。”

盛笙微笑。肖一炀刚准备发动起车，又蒙了下：“那怎么又跑回来了？”

“嗯？”果然，盛笙抬起头，就看见盛喃又跑回到车旁，她敲了敲车窗，举起来一个很细很长的圆木筒。

盛笙降下车窗，道：“怎么了？”

盛喃把木筒里面卷起的画稿拿出来，递进车窗里：“这是我的画稿作业，寄去 F 市的话担心路上折损，你帮我带给费老师吧。”

这是正事，盛笙接过。盛喃松了口气，刚准备低头挡脸快速离开，就看见车窗里盛笙自然地展开了那幅画稿。

“别——”盛喃的手已经伸出去了。可惜还是晚了一步。

“你这两年的速写和色彩进步好像很大，我听费老师提……”盛笙抬眼，瞥那只伸到自己面前的小白爪，“什么意思？不能看吗？”

盛喃自暴自弃地蔫回去，道：“没，看吧。”

盛笙若有所思，重新低头，这次他没再看画技，而是看的画意。

书架旁，低椅，长窗，半枚月亮，垂眸看书的人。

盯了数秒，盛笙抬头问：“这画的是什么？”

“就之前见到的一个场景，画面冲击感很强，所以就当作素材了。”

盛喃一边敷衍，一边往车左右看看。随着她在这儿站的时间越来越长，投来的目光也开始增多。盛喃想挖地道的心更加迫切，偏偏盛笙还没放过她。

盛笙问：“这个场景，冲击感强？”

盛喃观察四周，没回头地应付着：“嗯嗯。”

“哪里有冲击感了？”

“可能因为他看着就让人想……”

数秒安静。

盛喃眨巴了一下眼，转回来，慢吞吞道：“……上一节思想教育课？”

正式上课第一天，盛喃就发现自己被高三 B 栋的“假象”欺骗了：安乔绝对无愧市重点高中，课程安排的紧密程度堪称学渣地狱。在校时间从早上 6 点 30 分到晚上 10 点，中间包括一节早自习、八节正课和三节晚自习；午饭可以离校，晚饭禁止出校门；全天大部分的“休息”时间集中在上午的课间操，即以班为单位，集体带队去四百米操场跑四圈。一周下来，小白菜基本熬成小白菜干了。

周五，课间操结束，学生们从嘈杂的走廊里返回教室。盛喃跑圈跑得平常粉白的脸都刷上一层嫣红，也不知道是热的还是晒的，她没顾得管，气若游丝地走到最后一排。停下时，腿软得差点儿给课桌跪下。

走在她旁边的女生扶了她一把：“哎，盛喃——小心点儿，没事吧？”

“没事……”盛喃无力地抬了抬胳膊，把自己的蔫白菜叶摊平在课桌上，“谢谢班长。”

“哎呀，客气什么，栾老师特意嘱咐我要照顾好你。”

说话的女生叫郭禹彤，是高三实验 11 班的班长。她性格大大咧咧的，在班里人缘很好，无论在男生还是女生那儿都很吃得开。栾钟海发现盛喃这周下来还是有点儿融入不了班里，于是安排郭禹彤来跟她做同桌。

课间操回来以后是教室里最热也是最闹的时候，窗户外蓝天晴云，校广播里回荡全校的慷慨激昂的“我要飞上天和太阳肩并肩”都挡不住教室里的喧吵。郭禹彤抬头看了眼挂在墙上的钟，道：“盛喃，你先休息，我去把原位的最后一箱书搬回来。”

盛喃从趴状起身，白着小脸问：“需要我帮你一起吗？”

“不用，”郭禹彤笑，“就你这细胳膊细腿的，能搬几本书？”

换个人她肯定就昂首挺胸地反驳回去了。但面前这位，班里女生队首，身高一米七五，比盛喃足足高了十四厘米……个儿高的说了算。盛小白菜咽回自取其辱的辩词。

不一会儿，郭禹彤就抱着一大箱书过来了。书箱往地上一砸，哐的一声，震得盛喃一个抬头。她几乎感觉自己连着凳子原地弹起来了几厘米。

“喃喃，这是你的东西吗？”

一句“喃喃”把还没回神的盛喃叫得更蒙了。她低头看过去，正对上蹲在地上的郭禹彤抬头看她，眼睛像大月牙似的：“忘了问，你不介意我这么喊你吧？”

盛喃看着蹲下好像没比自己坐着矮多少的郭禹彤道：“不……敢介意。”

“啊？”郭禹彤一愣，随即“扑哧”笑了出来，“你真好玩。”

盛喃不解，又有点儿无奈。她只是一不小心说出了心里话而已。

“这个纸袋子是你的吧？”郭禹彤把两条凳子中间的纸袋拎出来，“看起来包得很小心，我怕给你压坏了。”

“啊，是我的。”盛喃接过。

“是什么贵重物品吗？”郭禹彤犹豫了下，轻声，“我们学校校规里可挺多不能带的。”

盛喃哭笑不得，道：“不是，只是一件外套。”

“咦？外套怎么还裹着纸？”

“因为是别人的，洗好以后怕弄脏，”盛喃把它拿到桌子靠墙的里侧，“等我今晚放学再送过去。”

“今晚放学？”

“嗯。”

盛喃放好袋子，没听见郭禹彤接话，她直起腰回头，就见郭禹彤同情地看着她：“你不会不知道，周五晚上也是要上晚自习的吧？”

盛喃缓缓眨了下眼，道：“明天不是周末吗？”

“是，”郭禹彤同情地看着她，“但安乔这边高三生的周末，是分大休小休的。大休是上周那种，周五晚上不上自习，周末两天放假在家。”

盛喃生出不祥的预感，道：“那，小休呢？”

“就是这周这种，周六周日名义上放假，但是要留校全天自习，只是不上课，”郭禹彤补充，“并且小休的前一天晚上也是要正常上晚自习，也就是晚上 10 点放学的。”

晴天霹雳。她盼望了整整五天的、视作惨淡白菜生希望的周末，就这么飞了？哐。失去了希望的小姑娘木木地把脑袋磕到了课桌上。

郭禹彤在旁边被她的神态反应逗得不行，道：“你是要给谁送衣服啊？很着急吗？”

“一个朋友，”盛喃气若游丝，“我还跟他约好今晚 7 点去台球室给他送……”

郭禹彤拍拍她，道：“那就只能跟你朋友解释一下了。”

“……嗯。”

盛喃沮丧地从书包里摸出手机。高三 A 栋这边校规格外严格，不许学生带手机就是其中一条。虽然有不少人藏带，但被老师看见是绝对要出事的。盛喃只能猫低了些，偷偷给赵阿姨发短信，告诉她晚上放学时间推迟的事情。然后就是……盛喃迟疑地往上翻了一点儿，对上那个名字只有“J”

的联系人。酝酿一会儿，盛喃轻敲字。

抱歉，我今晚可能过不去了。

我把外套带来学校以后才知道，我们今晚和周末都要上自习。

那边没回复，盛喃托着脸颊陷入愁思。

赵阿姨之前问起外套是谁的，她怕被报告给盛天刚，就说是班里同学借给她的。今早赵阿姨送她来学校也看到她带了，如果今晚再带回去，显然没法自圆其说。可这样在学校里再放一周也不合适，而且她都跟踘爷说好今天给他送去台球室的……盛喃好像突然想到什么，低头敲字。

不然，我把外套送给裴朔，让他给你，这样可以吗？

盛喃这句刚发出去，教室前门突然被推开。她惊了一下，慌忙把手机一藏，抬头。

并不是哪位老师。是班里最能闹腾的那个叫乔子然的男生，一进来他就兴奋地跑上讲台，拍了拍讲桌喊："同志们，父老乡亲们，告诉大家一个好消息！"

有人接道："下午放假？"

乔子然扔了个粉笔头过去，没好气地说："放什么假，做什么梦，你早上没睡醒吧？"

不等那同学说话，他转向全班，掐着嗓子满面笑容地装起播音腔："好消息就是，咱们安乔一年一度的民间校草校花评选大会——开始啦！"

"嘁……"班里半片嘘声。

作为资深颜控，盛喃对这个话题非常感兴趣，眼眸都亮起来了。可惜她刚准备深入听取一下，桌下握着的手机突然振动了一下。盛喃低头。

J：可以。

盛喃神情一松，刚打字：那我下午就给裴朔送——对面又跟来第二句。

J：你这种㞞但又不怕死的精神很可嘉。

踘爷这一提醒，被 A 栋积极向上热情好学的气氛熏陶了一周的盛喃才突然想起，高三 B 栋是怎样一个水深火热的地方。

僵了半晌。以㞞为人生教条的盛小白菜只能撤回自己方才的提议。

那……那还是算了。

不过我这边有点儿小情况，不太方便把外套再带回去。放在学校一周我又担心出什么差错。

不然……

盛喃犹豫了好几秒，还是把下句发了过去。

你什么时间再找裴朔，方便过来拿一下吗？

沉默之后，还是沉默。

不出盛喃所料，对面并没回复。也对，借了他的衣服，还让他自己来拿，怎么想都有点儿过分了。盛喃叹了口气，准备想个新法子。

“这有什么好闹的，”台上的乔子然不知道正在跟谁说，大嗓门地拍了拍桌子，“那校花肯定归咱班的黎雪晴，但校草不是还没定下吗？”

嘈杂笑闹里，盛喃好奇地问同桌的郭禹彤：“黎雪晴同学是哪个？”

郭禹彤惊讶道：“你还不认识她？”

盛喃有点儿赧然道：“我在班里没太来得及认识谁。”

“嗐，没事，下午体育课我带你，就都认识了，”郭禹彤说着，已经伸手指向教室前排中间的位置，“喏，那个把黑长直扎成马尾的女生就是黎雪晴，她连着两年被选为校花了，今年肯定也是她。”

盛喃好奇地张望了好几秒，终于等到那个女生侧过身。

鹅蛋脸，桃花眼，标准的美人相。盛喃呆了神，道：“真好看……”

旁边的郭禹彤一愣，扭回头笑出了声：“喃喃，你口水都要掉下来了。”

盛喃蓦地回神，脸颊一热，道：“我才没。”

郭禹彤笑道：“可以啊，没看出来，你这看着挺乖的，其实这么花痴呢。可黎雪晴是女孩，你这对象是不是搞错性别了？”

颜控本质被迫暴露，盛喃也放弃挣扎了，道：“其实我不挑。”

“啊？”

“颜即正义，”盛喃绷脸，“性别不重要，美人都好看。”

郭禹彤失笑。

讲台上的乔子然又敲桌板喊：“哎哎，大家听我说一下，关于校草怎么投，我的建议是啊，所谓肥水不流外人田，大家干脆就投我，怎么样？”

砰。一个纸球飞上去，教室里不知道谁笑道：“乔子然你要不要脸，投你当校草？那人家不得以为咱安乔是个女校啊？”

乔子然傻了两秒。哄堂大笑里，他终于反应过来，气得拍桌子喊道：“这话谁说的啊？什么叫投我当校草安乔就是女校了？我长得有那么丑吗？”

“吁——”台下一片夹着笑的嘘声。

盛喃坐在最后的角落也忍不住跟着弯下眼角。此刻她突然觉得高四也挺好的，虽然很忙很累，但很多男生女生坐在一个教室里，在很长的时间里你都一直会记得他们的名字和笑脸，熟悉他们的话语和举止。大家亲密又吵闹，像很多个朋友和家人那样。

笑里盛喃落下眼神，看见前桌埋在书堆里，穿着褶皱校服的那个叫丁小君的女生一直低着头，没抬起来，好像那些笑闹都和她无关。

不过转来以后，好像确实从没见过她……

盛喃没来得及想完——

“行了行了，不投我就不投，”乔子然懊恼地抱臂，“那你们说，咱班选谁作为校草候选人啊？”

这话一出，教室里安静了不少。11 班是理科班，男生数量不算少，但要说长相特别帅的，似乎还真没有。

安静里不知道谁嘀咕了声：“要是复读生来上课就好了，那校草肯定也是咱班的了。”

听见复读生这词，盛喃本能地变得机警起来。什么情况？选校草和她有什么关系？

郭禹彤适时靠过来解释：“不是说你，说的是本来应该坐你这位置上的那个复读生，名字特别奇怪，叫靳一。”

盛喃惊讶道：“就是那个校通缉榜榜首、旷课十七天的靳一？”

“通缉榜？哦你是说警示栏吧？对，是他，不过现在是旷课二十四天了，”郭禹彤说，“班里几乎都没见过他本人，但英语科代表去老栾办公室送暑假作业的时候好像见着了，说是长得特别离谱的那种帅。”

盛喃觉得十分不可思议。趵爷竟然蒙对了，“长得帅”同学在通缉榜上被撕掉了证件照的原因，竟然真是长得帅？盛喃隐约觉得哪里有点儿被她忽略了的线头，但教室里这会儿已经闹腾起来了。

“帅有什么用，他家长在办公室闹那么大动静，肯定不可能回来了。”

“关键也没人见过，真帅假帅还不一定呢。”

“什么叫没人见过，”教室中排一个女生恼道，“我不算人啊，我亲眼看见的好不好？”

讲台上的乔子然嬉笑道：“文姐，也不能凭你一面之词就说他帅吧？”

女生气急了，道：“怎么叫一面之词，我有证据的！”

“证据？什么证据？”

视线焦点的女生脸色变了变。

班里立刻有人起哄：“哟，警示栏那照片，不会是文姐你撕的吧？”

“胡说，”女生更恼了，“我只是那天在偷偷自己拍了张而已！”

教室里静了两秒，随后起哄声立刻掀起来了。全班闹腾着让文梦佳拿出“证据”来看，文梦佳纠结了几秒，咬牙起身道：“不管了，都不准打小报告啊——乔子然你个坏家伙别关多媒体投影。”

乔子然夸张地弯着腰后退，道：“您请，您请。”

文梦佳白了他一眼，拿出手机开始摆弄什么。

教室最后排，盛喃撑着脸颊，耷拉着眼皮看自己的手机。

跩爷依旧没给她回消息，脾气还是那么跩。盛小白菜正腹诽着……

“你不看啊？”郭禹彤突然问。

“啊，”盛喃抬头，“看。”

“怎么感觉你对帅哥兴趣不大，至少没有对黎雪晴……”

这微妙的语气让盛喃神情一绷，道：“别误会，我笔直笔直，2B 铅笔都没我直。”

郭禹彤笑出声：“那你不盯着？”

“她没传好嘛，”盛喃心虚得握了握手机，“主要原因可能是最近见过最帅的了……”

“嗯？你说什么？”

“没。”

“哎，”郭禹彤突然说，“文梦佳弄好了。”

盛喃抬头。

投影幕布上，文梦佳操作的鼠标正在传到桌面的一个图片文件上双击。

文件打开，是一张占满全屏的照片。照片中间的男生背倚在办公室的窗旁，长腿散漫支地，懒恹恹地半侧着身，眼眸落在窗外，被像素模糊了一点儿的侧颜在光影间更描得清俊修挺。

盛喃呼吸慢慢屏住。这个糊影，看起来怎么那么像……

“别说我一面之词啊，放大给你们看，”文梦佳一滚鼠标滚轮，“看清这张脸了吗？有本事现在再说我一面之词啊？你们自己看，帅不帅！”

静寂之后，教室里女生们激动又遗憾地讨论起来。

唯独盛喃一个人石化在最后排。

放大的照片里再清晰不过——耳骨钉，泪痣。

跩爷。所以……跩爷……就是靳一？手机连着振动了两下。盛喃还呆着，本能地低头。

J：嗯。

J：傍晚我去拿。

啪。清脆的击球声后，一颗红球被白球击入中袋。

裴朔满意收杆，摆了个得意且风骚的姿势，道：“看看这角度、这力度，啧啧，我不参加世锦赛真是斯诺克界21世纪最大的损失，你说是吧，哥？”

身后一片安静。裴朔早就习惯靳一的不回应了，并没当回事。可等他绕着球台调整下颗球的击球角度，才突然注意到角落里的靳一竟然在看手机——而书柜里那本能辟邪的全外语外文书就被“抛弃”在他身旁的椅子上。

裴朔很震惊。按他对靳一的多年了解，只要身旁有书，这人就不可能玩游戏才对。难道说，终于有哪个天才开发组搞出他哥都无法攻克的游戏了？

裴朔把球杆塞给旁边一起来的男生：“你先替我打着，不准输啊。”

“好嘞，朔哥。”

裴朔走去窗角：“哥？”

那人正垂眸对着手机出神，停了两秒才仰回靠椅，懒淡地嗯了声：“怎么了？”

尽管只有一扫而过，裴朔还是看到了靳一的手机屏幕，他呆了呆，问：“……你难道是在跟人聊天？”

“我和谁聊天，”靳一扬眉，“还要给你打申请吗？”

“那哪儿敢？我这不是没见过嘛，比你玩游戏都稀奇多了！”裴朔反应过来，立刻坐到靳一旁边，难为他的黑皮浓眉大眼都能挤出谄媚的意思，“快跟我说说，哪个美女这么牛，连你的联系方式都搞到了？”

靳一没反驳，垂回眼。

裴朔又往前贴了贴："难道是乔娜娜？我可听说她这周把张辉都甩了，还三天两头往台球室这边跑，是不是就是因为哥你？然后她约你在这儿见面，所以你今天才突然要来台球室了？"

靳一嗤出声薄笑，道："打什么球，委屈你了，编剧本去吧。"

"我也觉得我很有编剧天——"裴朔顺杆儿爬了一半才反应过来，"哥你挖苦我干什么，难道不是乔娜娜？不应该啊，我这周也没见你身边有什么特别漂亮的妹子搭讪啊？"

兴许是天天在安乔当老大装深沉给孩子憋得太厉害了，裴朔在靳一这儿总是话多得很，这一念叨起来就没个完。

自家亲表弟，又不能打一顿。靳一遗憾地抬了抬手机，道："自己看。"

裴朔激动地望去，然后表情僵住。

靳一落回手。

裴朔哑然半晌，眼神惊恐，道："这个胖橘，是我理解的那个胖橘吗？"

"不是。"

"哦哦哦，那就好——"

"你以为你奶奶家的那只还能死而复生？"

这嘲讽噎得裴朔哑口无言。内心斗争了数十秒，裴朔还是小心翼翼地开口了："哥，你怎么还跟这小姑娘有联系呢？"

"我外套在她那儿。"

"对哦，"裴朔想起来了，"那干脆我去给你拿得了，她不也是安乔的吗？几班的啊？"

"你想怎么去？"

裴朔想都没想道："就跑他们班门口，让她把衣服交出来呗。"

"嗯，"靳一懒洋洋地道，"你怎么不顺路再叫她交个保护费呢？"

裴朔很想争辩一句"我有那么凶吗"，还没说出口就想起上周六那晚上，在楼下的时候小姑娘被他吓得直往靳一身后躲的模样。裴朔气愤地道："不是，这小姑娘怕我不怕你，她是不是判断力有问题？"

靳一懒得理他，对着手机屏幕又停了一会儿，他抬手敲字，同时开口："晚上你去学校吗？"

“晚自习三节呢，不想去。”

“不，”靳一回完消息，一撩眼，“你想。”

靳一说完就起来了，把旁边扣合的书拿起来，扫一眼页码，合上放回书架。他直起身要往外走，裴朔回过神来，连忙跟着起来，道：“哥，你不玩了啊？这才来一会儿。”

“嗯，”靳一仰了仰看书看得发酸的脖颈，颓懒得没什么表情，“晚上去学校的时候再叫我。”

裴朔表情复杂：“你不会是要去学校找那个小橘——”

“猫”字被扫回来的眼神掐灭。裴朔懊恼上前，道：“不是我啰唆，哥，我感觉这小姑娘处起来是挺可爱的，但说不定……”

靳一：“嗯？”

裴朔低声道：“说不定只是外表伪装，万一是个段位高的，有男朋友还把你也收了，那传回九中去您这一世清名可就毁于一旦了……”

面前的沉默令裴朔心惊且哆嗦。他刚准备垂死挣扎地找补找补，就见走出去的靳一侧回身。

“……想收我？”靳一笑了，长眸半垂，眼神懒散又迫人，“你觉得她有那个段位？”

裴朔：“……”

感受到同性压迫的安乔老大僵硬地退了半步，咽了口唾沫，摇头。

没有。绝对没有。谁能有啊。

周五下午最后一节是体育课。

午饭都消化了，“跩爷 = 靳一”这个惊悚的消息盛喃还是没消化完。

说好的悲惨失学少年竟然是旷课十七……不，二十四天的校内头号“通缉犯”，而且那天她还正儿八经跟通缉犯本人在挂着他大名的警示栏下认真探讨了一番靳一这个名字，以及他旷学半个月的英勇事迹。

她可能是把这辈子能丢的脸，全在跩爷一个人这儿丢完了吧。

思及此，盛喃忧愁地叹了口气，低头看了眼被自己偷偷带出来的手机。

J：晚上 6 点 30 分，A 栋楼口？

聊天结尾，是她颤巍巍发出去的那个“好”字。

最后一节正课在 5 点 40 分下课，晚上 7 点开始第一节晚自习。上体育课的操场比教学楼离学校食堂更近，她可以早点吃完晚饭，然后尽快返回教室把外套拿下去……

“嘿！想什么呢！”

在心里筹划的盛喃突然被身后声音吓了一跳，心脏怦怦怦直跳，差点儿飞出来。她惊恐地瞪圆了杏眼。

转到她面前的郭禹彤见状，满脸歉意又忍不住笑道：“对不起啊喃喃，我没想到你这么不经吓，你没事吧？”

盛喃这才慢慢松弛下来，眼皮耷拉下，回道：“没。”

“你们南方小姑娘都这么可爱好欺负的吗？你刚刚的样子特别像只吓掉了松子的小松鼠，哈哈哈哈。”郭禹彤见她又蔫回去都想上手揉她了。

盛喃流泪。你才小松鼠，不，大松鼠。

不过盛喃是个典型的窝里横：放肆程度与熟悉程度完全成正比。所以她只敢在心里咕哝。而且没咕哝完，盛喃就被郭禹彤拉走了。

目标地在操场的篮球区旁，那边有一片靠围墙的阶梯式看台，女生们三五成群地坐在树荫下，头顶油绿的枝叶被风吹得哗哗作响，像树的笑声一样。看台下的篮球场里不知道是哪两个班的男生在打篮球，打得热火朝天，女孩们的目光更给这场中浇上了一层热油。

郭禹彤和盛喃刚过去，就被 11 班的女生发现了，其中有人朝她们这边挥了挥手喊道：“班长，这边。”

几个女生跟着望过来。

“来了！”郭禹彤“挟持”住还在状态外的盛小白菜，把她一并带去 11 班女生那儿。

“盛喃，咱班新同学，你们都认识吧？”郭禹彤把蒙着的盛喃往女生们面前一搁，笑，“以后就是我新同桌了，大家照顾一下。”

“那必须的，新同学好呀，我叫文梦佳。”

“我叫……”

有郭禹彤和文梦佳带头，其余几个在这边聚堆的 11 班女生也纷纷向盛喃打起招呼。其中也包括了安乔校花黎雪晴。不过她是最后一个，也是唯一一个没有开口的，只是朝盛喃很轻地点了下头，就把目光转回篮球场里。

盛喃眨了下眼。她怎么觉着，黎雪晴看她时好像格外有点儿冷淡？

……应该是错觉，她们以前肯定没见过。不然这么漂亮的女生，她不可能没印象的。颜控喃很笃信自己的记忆力。

大约是对新同学的特殊关照，盛喃被众人一齐安排进小圈子的中间位置，左手边黎雪晴，右手边郭禹彤，起初她还有点儿拘谨，慢慢就放松下来了。

直到文梦佳注意到什么，嬉笑道："哎，雪晴，白球服那个 17 号都看你好多眼了，你也不回应人家一下。"

黎雪晴微微弯眼道："也不一定是在看我。"

"不看你还能看谁啊，每次你往这片一坐，那些男生打球都更有劲儿了！"

"嗯……说不定是在看盛喃呢。"

"哎？是吗？"

盛喃原本正在沉思晚饭后到 A 栋楼下给靳一送外套的事，突然被点了名，茫然抬眸。几个女生的焦点突然就落到她身上了。

盛喃被看得茫然，问道："……要吃晚饭了吗？"

郭禹彤"扑哧"笑出了声："喃喃，你发什么呆呢？满场帅哥不看，看空气啊？"

盛喃很严肃地打算纠正一下"满场帅哥"这个说法。

"哎呀，盛喃才不像我们，她哪缺帅哥看哪？"

话是黎雪晴另一旁的女生说的。这女孩叫陈格格，长相比较普通，跟黎雪晴关系非常好，基本每天都是形影不离的。

文梦佳来了兴趣，忙问道："盛喃不缺帅哥，为什么？"

陈格格说："我周一早上在校门口看到的，两个大帅哥，开着跑车来送的盛喃呢！"

盛喃听见前半句呼吸都屏住了，不过在听到"跑车"而不是"飞扬跋扈的黄跑车"以后，她又放心地松了那口气。还好还好，还有得救。

"哇，过分了盛喃，有这么好的事情都不跟我们说？"文梦佳很仗义地立刻把郭禹彤挤开了，盘问盛喃，"你有男朋友了吗？那另一个是谁啊？"

盛喃上午就见识过这位英语科代表的彪悍作风了，此时尴尬但不失礼貌地往后退了一点点，道："不是男朋友。"

"嗯？那是谁？"

"我哥的两个朋友，跟我不熟，那天他们顺路，捎了我一程。"

"这样啊……"

盛喃心里松了口气。有盛笙这么一个祸害做哥哥，她在如何避免被索要亲哥联系方式这方面已经积攒了多年经验。

"不过，"没想到文梦佳还是没死心，"你哥朋友都很帅的话，那你哥是不是也很帅？"

盛喃立刻绷脸道："丑，"她诚恳得发自肺腑，"特别地丑。"

"……阿嚏！"远在首都的基地里，当家王牌辅助选手一个没忍住的喷嚏，成功葬送了队友的命。

肖一炀惨叫："笙哥！你怎么打歪了！我死了！！"

盛笙平静地扔掉纸巾，回道："盛喃骂的吧？"

"咱妹妹为什么要骂我？？"

"嗯，今早她给我发短信，说昨晚做噩梦，被你飞扬跋扈的黄跑车半夜吓醒了。"

"……"

傍晚 5 点 35 分。

体育课临近结束，还差五分钟就可以下课去食堂了。篮球区里面的男生们停下来，女生们也都起身打算离开。然后，篮球区看台还没走的女生们就看见，场中那个 17 号白球服的男生擦完汗，犹豫了几秒，拿起瓶没开封的矿泉水就朝看台区的女生这边跑过来。

"哎哎，过来了，过来了，"文梦佳连忙用胳膊肘戳黎雪晴，"你看，我就说，他肯定是来找你献殷勤的。"

"梦佳，你别胡说。"黎雪晴低声，好像不太在意地移走了目光。

17 号直勾勾地走向黎雪晴。两米，一米，零……

然后他就过去了。空气一寂。几个女生意外地睁大眼。

盛喃正在低头确认手机上的时间，冷不丁被面前的郭禹彤拽了拽衣袖："竟然真是找你的。"

“嗯？”盛喃和她对视两秒，顺着她的目光，茫然地回过身。

今天篮球场上打得最好的那个。白球衣的 17 号。

两人近距离对视数秒，男生咧嘴：“真是你啊？”

盛喃一脸蒙。帅哥你是谁？盛喃满眼困惑地打量对方。面前这男生近距离看着确实有点儿眼熟，好像是最近在哪儿见过的。

对方似乎看穿了她，不好意思地笑起来：“上周六，台球室。”

“啊。”盛喃恍然。

她想起来了，这人是裴朔的小弟之一。那天裴朔教她打台球的时候，对方还站在旁边看来着。盛喃不太有跟不良少年们交流的经验，就拘谨地轻点头道：“你——”

“好”字还没出口，一瓶矿泉水送上来。盛喃下意识地接了。

17 号龇牙道：“这是孝敬您的！”

一个“您”字把盛喃砸得很蒙。旁边郭禹彤几人更蒙，听得嘴巴都不自觉地张开了。

“要下课了，就不打扰您了，”17 号摆手，乐颠颠地往回跑，“小姐姐，改天见！”

盛喃：“……”

“可以啊喃喃，小看你了，来头不小？”等那 17 号跑远了，几个女生才回过神，郭禹彤带头玩笑地打趣盛喃。

盛喃正被震撼得魂绕天外，闻言才回过神，道：“我是清白的。”

“哎呀，别不好意思承认嘛，”文梦佳也反应过来，上来勾肩，“对不住啊，是文姐看错了，我真以为是找雪晴的。”

盛喃：“……其实是他误会了，真的。”

盛喃刚刚从震惊里沉思出来的结果只有一个——对方对自己这么恭敬，只能是因为那天裴朔教她打台球，被对方误会了。

自证清白这种事情必须尽力，可惜她们不信。

“人家表现得那么情真意切，又端水送茶的，怎么会是误会呢？”

“我们背后的大哥是谁呀？”

盛喃无语凝噎。几个女生的玩笑声里，突然插进了句凉冰冰的话音：“这个人好像是跟 B 栋那个裴朔一起的吧？”

盛喃闻声回眸，对上黎雪晴微含讥讽的眼。盛喃怔了下。原来之前不是她的错觉：明明才第一天正式认识，安乔的这位校花似乎就已经对她抱有很特殊的敌意了？

文梦佳听得震惊，道："裴朔？那个朔哥吗？"

"嗞，安乔老大啊，惹不起惹不起。"

"盛喃的男朋友是他？"

"别急着下结论嘛，说不定人家17号有别的大哥呢，是不？"

盛喃神思转回。

黎雪晴已经不再看她了，脸上那点儿带敌意的讥讽也无迹可寻。

盛喃眨了眨眼，转向文梦佳几人，绷住脸："我盛小白……咳，对天发誓，我对校园大佬们只有敬畏爱戴之心，绝不敢存丝毫冒犯狎近之意。"

"……噗，"郭禹彤带头笑出了声，"喃喃，你太逗了。"

文梦佳也乐："行了，看你乖成这样，也不像能和裴朔这些大佬们一起混的啊，我们逗你玩呢。"

郭禹彤道："哎，下课了——走，吃饭去。"

女生们拉着小圈子一起去食堂吃饭是最正常不过的事情，不过快出操场的时候，黎雪晴就跟她们告别，要单独走回教室的路。

文梦佳问："雪晴，你今晚也是自带晚饭啊？"

"嗯。"

"我们雪晴胃养得娇气，哪吃得上食堂的饭菜？"陈格格摆手，"晚饭后见呀。"

"真好啊，我也想家里每天给我准备晚餐……"

盛喃在旁边安静地站着，听得有一搭没一搭的。她虽然是颜控，但也是有原则的颜控，比如绝对不会明知道对方对自己有敌意还上去找不愉快。可惜盛小白菜"避战"，黎雪晴却没打算放她太平。

走开两步以后，黎雪晴好像突然想起什么，转回身："盛喃。"

几个女生已经走出去一段了，盛喃和郭禹彤在最后，正聊晚餐推荐，盛喃听见以后意外回头："嗯？"

黎雪晴浅浅地笑："我有几句话想跟你说，你能来一下吗？"

"跟我？"

“对。”

郭禹彤一愣，道：“那喃喃你去吧，我在这儿等你。”

“好。”盛喃走去黎雪晴身旁。

黎雪晴声音放轻：“我就是想起来，提醒你一下。”

盛喃迷惑道：“提醒什么？”

黎雪晴回道：“你刚来不久，可能对A栋和B栋的情况差别不太了解。”

盛喃心想，她可太了解了，而且是第一天就被迫当面了解了。不过盛喃也懒得争辩，静听黎雪晴要说什么。

黎雪晴轻声说：“B栋那边都是差生。像裴朔那种人，身边混的更是些品行不端的，你还是离他们远点儿好。”

盛喃听得微皱起眉——她很少对人有这个表情。

黎雪晴并没察觉，又很轻地“啊”了一声，像是无意：“对了，裴朔上学期期末还追过我。”

盛喃安静几秒，松开眉，绷住脸回道：“哦。”

两人对视，沉默。盛喃便道：“没事了吗？”

黎雪晴一直在看她表情，此时眼神里有点儿不痛快的意外，只是被她假作的浅笑压着：“看来他跟你说过？”

盛喃叹了声气：“你们误会了。我真的、真的和裴朔不熟。”

见黎雪晴没说话，盛喃道：“既然没其他事，那我走了？”

盛楠回来后，郭禹彤的表情有点儿担心，问道：“你没事吧？”

盛喃茫然：“我……应该有什么事吗？”

郭禹彤似乎想说什么，又咽回去了，只改口道：“不是，没事就好。”

“嗯。”

走出一段后，郭禹彤还是没忍住，问道：“黎雪晴跟你说什么了吗？”

盛喃没忍住，眼角弯耷拉下来一点儿，说：“真没事。我比较怕事，所以有事也会被我躲成没事的。”

郭禹彤被绕得晕了会儿，反应过来，无奈道：“黎雪晴人还是不错的，只是可能稍微有一点点爱面子，她要是说了什么话，你别往心里去。”

盛喃点头。其实盛喃有点儿心不在焉的。她想不太明白——像她盛小白菜这么夙的性格，在听见黎雪晴说出那句“身边混的更是些品行不端的”时，她为什么会突然觉得很恼火呢？明明和她无关啊。

盛喃走出去几步，低头，认真掐起自己细白的手指头。

郭禹彤不解地看她，刚想问。

“啊，”盛小白菜恍然抬头，心情轻松多了，“果然是要来例假了。”

郭禹彤：“……”

“喃喃，你那么急着回来干吗？还有将近四十分钟才上自习呢。”

“呼……呼……我要下楼还东西。”

“还东西？就那件被你包得很小心的衣服吗？”

“嗯！”

盛喃在教学楼内不敢看手机，生怕被哪个角落突然跳出来的老师逮到，只能调整着呼吸尽快跑上高三实验 11 班在的四楼。

楼梯口是 10 班，路过时盛喃往里看了一眼，瞥到墙上的挂钟。6 点 25 分，还好来得及。拿上外套直接下楼，她应该能比约定时间提前两分钟。盛喃松了口气。

郭禹彤也在这一刻追到她身旁，道：“厉害啊喃喃，跑圈时都没见你这么卖力。”

“不一样，”盛喃刚刚几乎是一路小跑上来的，脸颊白里透红，却绷得严肃，“跑圈迟到了没关系，外套这个……再不还会死。”

郭禹彤笑道：“你是跟高利贷借的外套吗？要还多少利息？”

“利息？”盛喃蒙了下。此刻她才突然发现自己确实是忽略了这个问题：借了跩爷，哦，现在应该叫靳一同学的外套，她好像应该给对方一件谢礼的。但她什么都没准备。

从 10 班到 11 班门口，盛喃苦思冥想了十几秒。在某个答案蹦出来前，一个有点儿尖厉的声音突然划破走廊的空气——

“肯定就是你干的！”

声音是从 11 班教室里面传出来的。盛喃正走到教室前门，闻声茫然地进了教室。就像郭禹彤说的，这会儿距离第一节自习时间还早，教室里回来的学生不多，目测十几个，此时却几乎全聚在最后一排靠窗的角落。

被里一层外一层围着的，正是盛喃和郭禹彤的课桌。

争吵声从里面传出。盛喃隐约有种很不好的预感，她快步走过去。

“真……真不是我弄的，我看到时就这样了！”

“我和雪晴进来的时候教室里就你一个人，不是你是谁啊？”

“不是，真不是我……”

盛喃走到窗旁。围观的同学见她回来，主动把路让开，最近处那个同学的眼神好像还带着点儿同情。盛喃没来得及思考，就看见被围在中间的三人。黎雪晴，陈格格，还有单独坐在她前桌的那个叫丁小君的女生。

从盛喃这周上课开始，前桌这个丁小君就没跟她说过一句话，唯一算得上交流的大概就是老师让传卷子时候，丁小君会转头仓促地看她一眼，不等盛喃说什么又会飞快地转回去。所以前后桌一周了，盛喃连她到底长什么模样都没看清过。

这会儿也一样。站在那个汤汁狼藉的课桌前，女生绞着手，脸涨得通红，辩驳的话僵硬地说了半截，就在眼角的余光瞄到盛喃后快速地低回头。

“什么情况？”郭禹彤从盛喃身后走过来，惊愕地望着那洒了半桌面的东西，“这是菜汤吗？？”

陈格格抱臂，冷哼了声：“丁小君把她带的菜汤洒盛喃桌上了。”

“不……不是我……”丁小君仍低着头，声音比方才低了点儿。

旁边围观的同学里，有人皱着眉说：“教室里又没别人，就你和黎雪晴自己带饭，那会儿黎雪晴又出去了，不是你还能是她啊？”

“我……我不知道是谁，但真的……”

“烦不烦啊你！就会说这一句话啊？！”有人低骂了声脏话。

“你笨手笨脚地弄坏班里多少东西了，有什么不好承认的？”

“道个歉最多再买几本新书的事，非搞成这样，真无语。”

围观的同学陆续有人开口，但都是帮陈格格腔的，没一个替丁小君说话。这个年纪的学生大多还不懂虚情假意，他们对着丁小君，无论眼神或语气都带着不加遮掩的厌烦和恶意。那不是一天两天能汇集起来的，盛喃知道。

事实上，来这个学校一周，她观察最多的还是丁小君，不过是被迫的——在今天上午郭禹彤搬过来前，离盛喃最近的就是前面这个女生。

这个女生每天都穿着有点儿旧的、好像洗了很多遍的衣服，身上偶尔还会有种不太好闻的味道。她说话的语气总是直愣愣的，被老师点名站起来回答问题的时候，就算背对着盛喃，盛喃也能从大笑的同学们眼里“看”到她的木讷和窘迫。

后排的男生们课间的时候会拿她开玩笑，“丁小君”这个名字像什么脏东西似的，只要和它挂在一起说出来，被说的人就一定要露出恶心的反应。

他们不避讳，甚至高声，盛喃听得到，知道在前桌的丁小君也一定听得到。因为每次女生都会把自己已经很低的肩再埋下去一点儿，好像这样就能把自己藏进书里，别人就听不到了。

全班似乎没人觉得这样有什么问题。学生们，包括在沉闷的课堂里让丁小君回答问题的老师，好像都把这种玩笑看成一种消遣，在高三的高压生活里、唯一能让全班同学笑起来的必要的消遣。

可是人是人，再普通也是，怎么会是用来消遣的东西。

盛喃在心底叹气。她不是见义勇为的侠女，即便她很想当，但她初来乍到，还胆小，她怕一切比她强壮的、比她人多的、比她力量大的，她怕群体、怕站在群体的反面，她怕同样被嘲笑、被孤立。所以，她帮不了她什么忙。

“……没关系，”盛喃轻吸了口气，努力让自己对着那狼藉的课桌也能弯下一点儿眼角，“我刚好，嗯，想换套课本了。”虽然这套新书寿命还不到三天。

盛喃走上前，扫过自己桌上几乎全部遭殃的书本，立在旁边的是盛笙前年参加世界赛从 A 国给她带回来的手工软羊皮背包，此时包面上汁水淋漓，油花灿烂盛放。

哦，还有她最喜欢的那个成套软皮薄本之一，浅蓝色的盛夏本，此时也被不知名的厨房材料描了一个大呲花。

盛喃伸手过去，假装不在意但很痛心地拎起，道：“还好我今天上课偷懒，本子里没来得及记笔——”

啪嗒。一块白乎乎的蛋花掉到桌上，拍碎了盛喃剩下的话。

盛喃心痛得想闭眼。她盛小白菜看不得这么残忍的场面。

“啊！喃喃！你的包！”

盛喃听见郭禹彤的惊叫，心说没事我看到了，不就一个限量版纯手工定制羊皮包嘛，不值钱不值钱，反正是盛笙那个坏家伙带回来的，我已经和他恩断义绝了，正好扔了这包断了念想一了百了。

然后盛喃带着坚强的笑容，顺着郭禹彤的手看去……

“哇！”外表一直很平静的盛小白菜突然奓了毛，扔了本子就直接猫课桌下面去了。

围观的学生被她吓了一跳。

“地震了吗？”

“没……没吧。”

“那盛喃这是？”

“不知道……”

盛喃颤抖着手，把桌下湿漉漉软趴趴的纸袋子拎出来，看清楚纸袋子上湿痕蔓延的面积，她心一抖，差点儿跪到地上的蛋花汤里——

这么大一张课桌怎么就没兜住！怎么就让它们泼下来把这纸袋子也给祸祸了！这散发着浓郁的紫菜蛋花汤味道的外套！让她怎么跟跩爷交代！

盛喃充满绝望的脑海暂停了 0.1 秒。

等等，跩爷的外套？她是不是忘了什么——

“盛喃这些东西一看就很贵，这全套的课本和书也得花不少钱吧？”

“丁小君，你看看你干的好事，你说这怎么办？”

“赔钱呗，还能怎么办？”

“我没……没钱，不是，不是我……”

“哦，就因为你没钱就不想赔人家，所以还撒谎不是你弄的？”

“真搞笑，你没钱你爸妈也没钱啊？你孤儿啊？”

往外退身的盛喃眼瞳微微一缩，她捏紧了袋子，起身。

砰！桌子被撞得一颤。

“——啊。”桌下的小姑娘被撞得呜咽了声。

郭禹彤原本表情复杂地站在一旁，此时惊回神，连忙弯腰拉人，问：“喃喃你没事吧？撞疼了吗？”

“没事……”盛喃揉着后脑勺，丧着脸爬起来。

回来的同学比刚刚多了很多，基本都里三层外三层地围在这儿，也有站远一些看热闹的。被盛喃这一撞，有几个没忍住笑，焦点也都落到“受害人”身上了。

盛喃放下惨烈的纸袋："那个，没事，这些东西都不值钱的。"

"别啊，盛喃，你那包是古奇的吧？"陈格格羡慕又同情地瞟了一眼，"我之前有在时尚杂志上见过，好像还是国外专柜特供的限量款吧？"

桌前缩着肩膀站着的丁小君抖了一下。

"啊？不是吧，嗯，高仿的。"盛喃心虚得迅速转开，"而且毕竟也没同学亲眼看到就是丁小君弄的，说不定——"

"盛喃，你，你是在怀疑我吗？"

一个柔软、带点儿恰到好处的委屈的声音响起。盛喃茫然扭头，对上黎雪晴好像快哭出来的眼睛。

不是吧，真在这儿等着我呢。盛喃感觉头有点儿疼，道："你别误会，我没有怀疑任何人。"

"班里只有我和丁小君晚上自己带饭，你说一定不是她，那不就是……"黎雪晴似乎委屈得说不下去了，"希望你不要误会我，我那时候和格格一起去洗手间，一起回来的。"

陈格格也义愤填膺，皱着眉看盛喃："对啊，雪晴一直跟我在一起！"

盛楠心想，果然美人落泪最要命，旁边学生的表情看起来都快忘记谁是受害人了。

黎雪晴微红着眼眶道："如果你还是觉得是我做的，那——"

笃，笃，笃。一串调子散漫的敲门声打断了她的话。

盛喃，可能包括其他人，大概从没听过什么人能把敲门这件事都敲出这么独特的极具个人风格的懒散劲儿。懒散里还透着点儿盛喃熟悉的踱了吧唧。

这一刹那，盛喃像从梦中惊醒，她没像其他人一样回头，而是独自绝望地看向教室正前方的挂钟，6点47分。她放了踱爷鸽子，还放了十七分钟。欢迎欣赏剧目：《小白菜之死》。

盛喃㞞得不敢回头。但看不见不代表听不见。那个清澈的、懒洋洋的，仿佛还带着点儿午睡初醒的低哑感的嗓音，在不远处的教室后门响起。

"你好，《宫心计》剧组吗，"那人仿佛被自己这句无聊的话逗笑了，他冷淡且不掩嘲弄地望着他们，口罩下轻轻一嗤，"我找盛喃。"

教室一片死寂。

第六章
雨和少年

所以别难过了啊，少年。

“万”众瞩目。

这种待遇盛喃只在自我介绍那天感受到过。盛小白菜很蒙，也很惶恐。她实在不懂，既然跩爷就是靳一，那这人是怎么做到在每层都挂着自己大名的通缉榜面前，竟然还能这样坦坦荡荡光明正大地走到他们班门外来的。他以为那张单薄的黑口罩能遮得住他的帅脸吗？尤其还有那颗罪恶的泪痣！

盛喃很没出息地攥起旁边的纸袋子，在寂静里快步溜向教室后门。出去的时候她顺便拎住了靠在门框上的跩爷的衣角，把人一起带出去了。

砰。教室门被盛喃贴心地拉上。确定门内没人跟出来，盛喃这才放心地落下脚跟，仰脸，然后就对上跩爷从口罩上面直勾勾冷淡淡落下来的目光。

盛喃跟着低头——她细白的手指非常自然且熟练地攥住靳一的衣角。

“……啊，抱歉，顺手了。”盛喃连忙松开手。

靳一微微挑眉看她，没说话。

盛喃感觉他这个眼神很嘲讽，于是很认真地澄清：“你不要误会，我没有非礼你的意思。”

靳一本来见小姑娘松了爪已经不打算计较了，闻言他轻轻眯眼，又转回来道：“哦，你还打算非礼我？”

这句轻描淡写的话充满了“就凭你”“你敢吗”的挑衅效果——可惜此时的盛喃在跩爷面前尚未开发到“试试就试试”的胆气值。

所以，盛喃沉默两秒，慢吞吞以示清白地退了半步：“不敢，我对敢于旷课二十四天的勇士只有敬畏之心。”

走廊上安静了几秒。靳一略意外，道：“你知道了？”

“不只是我，全班都知道，”盛喃迟疑了下，含糊地说，“有人有你的照片。”

靳一很随意地点了下头，看起来并不在意。

盛喃绷着脸，严肃劝告：“他们很快就会反应过来是你，说不定还会告诉栾老师。你刚刚应该只给我一个眼神的。”

“眼神？”靳一瞥了一下她头顶，语气半笑不笑的，“前提是我能看得到你，你以为你站在里面像鹤立鸡群？”

长得高了不起吗！盛小白菜抬头怒视。二十多厘米的身高差压制下，她越来越㞞。

……好吧，是挺了不起的，呜呜。

见小姑娘睁圆了的眼睛又沮丧地垂下去，靳一口罩下的嘴角情不自禁地就往上勾了点儿。察觉以后他很快抚平，眸子一垂，下颌抬了抬，道：“你拿的什么？”

盛喃一僵。她怎么把这个给忘了。她刚刚是不是应该表现得再㞞、再卑微一点儿？

微妙的安静里，靳一好像猜到什么，微微挑眉。

“你说的外套洗完再还我，”他瞥过袋子边角挂着的一点儿罪证，漆黑的眸子半压下来，“是指用紫菜蛋花汤洗？”

盛喃绝望道：“如果我说半小时前它还不是这样的，你能信吗？”

“信不信还重要吗？”

盛喃郑重回道：“重要。”

“考虑到从我们第一次见面你就对我产生过不必要的误会，”盛喃义正词严，“只有你相信了，才能证明我不是故意把它弄成这样来促成我们下次见面的。”

靳一垂眸凝看她，片刻后转开脸，轻淡一哂，道：“知道了。”

盛喃松了口气，知道就好。

靳一又道：“原来你是这个目的。”

盛喃纠结了好久，都没能从那人露在口罩外的颓懒眼神里看出他到底是在玩笑还是真的这么以为。挣扎数秒，盛小白菜的大脑宣告运转过热自动待机，她也蔫耷下眼，放弃分辨，浑然拿出一副蔫白菜不怕开水烫的表情，道：“没错，我就是这个目的。”

靳一停顿了下，转回来。

盛喃严肃地绷起脸，盯着他衬衫上的第二颗扣子开始扯淡：“此外我还有个后续计划——以不小心用紫菜蛋花汤洗了你的夹克外套为理由，请你吃一顿饭作为谢礼和道歉。”

靳一没说话，眼底泛起微澜。

盛喃还在木着脸对着那颗扣子发功，说：“所以请你考虑一下，要不要答应我这个心怀不轨动机不纯的邀请。”

靳一道：“那要看你的最终目的是什么了。”

“总不能是想——”盛喃恼得仰脸，然后噎住。

靳一正居高临下地睨着她，眼尾一点儿情绪漫至泪痣，勾得似笑似刀，道：“想什么？”

她觉着是刀，就横在她的小细脖子前，杀意四射冰凉冰凉地抵着她的颈动脉，问她要命还是要骨气。

小白菜能有什么骨气呢。盛喃一秒就蔫蔫地缩回去了，道：“总不能是想……说服你回来上课吧？”

靳一不作声。盛喃屏息。

几秒后，靳一眼神一松，那点儿看不出是真是假的笑意退了，他声线恢复了那种干净清澈的懒散：“念‘说’。”

盛喃茫然道：“啊？”

不愧是看书很多的跩爷。

“盛喃？”一个声音突然从旁边传过来，“快上课了，你还站在后门干什么——”

栾钟海的话声，在那个戴黑口罩的男生侧眸望过来的那一秒里，戛然而止。他呆了几秒，终于难以确信地开口：“……靳一？”

盛喃心里咯噔一下。她下意识地转身，往靳一身前一挡——完全没考虑到以她的小身板根本遮不住什么的问题，以至于连那句“我掩护你快跑”的话都差点儿就脱口而出。

长廊上寂静数秒。

嗤。一点儿压得微哑的笑声，从盛喃头顶后的薄黑口罩下逸出来。

盛喃：“……”

她错了。她之前怎么会天真地以为自己已经把所有能丢的人都在他面前丢过了呢。

栾钟海也终于回神，他既震惊靳一会出现在这儿，又疑惑于面前的场面，问道："你们两个，认识？"

盛喃正想开口，那人却立马绕过她，反遮住她半身："嗯，刚认识。"

他声音依旧懒懒散散的，听不出起伏。

"那天送盛喃过来的真是你？"栾钟海更震惊了，随即皱眉，"你们是……"

靳一回道："那天她迷路了。"

盛喃立刻配合地点头。

栾钟海盯着他道："那你呢？你也迷路了？"

靳一很平静地道："我日行一善，所以送她过来。"

盛喃艰难地克制住扭头看他的冲动。

日行一善？行善者也有 101 个替补女友吗？拉响的自习课上课铃声止住了盛喃揭穿他的冲动。

栾钟海皱着眉等铃声停了道："盛喃，你先进去上自习吧。"

"……好的。"盛喃想看一眼跩爷，但没敢，就灰溜溜地拎着纸袋子进去了。

自习课已经开始了，又有栾钟海站在后门，11 班的教室里自然安静得落针可闻。不过在听到盛喃进来的动静后，还是有许多人忍不住回头看。

盛喃装没感觉到，走去靠窗的最后一排。原本狼藉的桌面已经被擦干净了，多半是郭禹彤做的，盛喃放下袋子，在她期盼的眼神里轻轻道了声谢。

郭禹彤摆手。作为班长，自习课上以身作则不说话是最基本的，但她又实在按捺不住，就干脆翻出个本子开始写字："门外那个来找你的男生，是不是靳一？"

盛喃看完，点头。

郭禹彤又写："难道他就是借给你外套的人？？？"

盛喃对着那三个硕大的问号，迟疑了下，再次点头。

郭禹彤露出敬佩的眼神，她似乎还想说什么，但视线往盛喃额头一落后又愣了下，转而在本子上写："你看你额头。"

郭禹彤没写字，拿出来一枚小镜子，递给了盛喃。

门外，靳一站在墙前，听栾钟海在他耳边念叨那些老生常谈。

什么“作为学生上课是你的基本义务”，什么“成绩再好也经不起蹉跎荒废”，什么“同学们都在你追我赶老师不忍心你一个人掉队”诸如此类。

靳一听得不经心，视线漫无目的地掠过走廊，掠过长窗，掠过白墙，最后还是落到那有一条透明玻璃的后门里面。

小橘猫刚好就坐在他视线可及的最后一排，正比量着一只小镜子看自己的额角，表情苦巴巴的。看来是终于注意到被她自己撞桌那一下撞出来的红痕了。

明明㞞得要命，但为了给人解围，对自己下手还挺狠。靳一垂眸，口罩下的嘴角轻牵了下。

“……靳一啊，我知道你和你父母间可能有些沟通没有做好，但你要相信，天底下没有父母是不爱自己的子女的，他们也是为了你好，只是表达的方式可能没那么妥当。”栾钟海正在滔滔不绝地游说。

靳一眼底刚浮起的那点儿淡笑，在这一秒之后冻成冰，又碎成粉。

他抬头，道：“老师。”

“所以你不要为了和他们置气——啊？”栾钟海突然听到靳一回应，连忙停下，以为自己的谆谆善诱起了效果。

“我 7 点 30 分跟人约好了打球，要先走了。”靳一冷淡着眸，微躬身，“老师再见。”

说完，他转身离开。

“哎——”栾钟海愣在原地，过去了好几秒才回过神来。可惜靳一的身影此时已经消失在楼梯拐角后面。

“不该提他父母吗，”栾钟海叹了口气，把手落回来，“明明是父子俩，怎么就弄得跟仇人一样……”

盛喃提心吊胆了半晚上，终于还是在第一节晚自习还剩十分钟的时候，被班主任栾钟海单独叫到了办公室里。

“盛喃，你上次说来送你的朋友其实就是靳一，对吧？”栾钟海的第一个问题就让盛喃充满了懊悔。

“其实，”盛喃小声，“我们那天真的只是第二次见面，他帮我领路，算不上朋友。”

栾钟海道："那现在能算朋友了？"

盛喃试图挣扎，道："应该也不能完全算……"

"不用完全，部分算就够了，"栾钟海没给她挣扎的机会，"老师知道，你是个好孩子，你一定也不想你的朋友这么自甘堕落下去，对吧？"

盛喃很想说她觉得跩爷算不上自甘堕落，毕竟那是个在台球室都会看书的好少年。但她没敢。一方面说了栾钟海也未必会信，另一方面他可能还会进一步误会她和靳一的关系。

把盛喃的沉默视作默认，栾钟海又继续引导："同学之间互帮互助一直是咱们学校的校训之一，尤其你们两个都是复读生，这样的情谊就更难得了，对不对？"

被殷切的目光看着，盛喃只得点头。

栾钟海面露欣慰，道："既然这样，那你愿意帮老师一起劝劝靳一，让他回来上学吗？"

来了。盛喃在心底叹气，她蔫耷着眼道："栾老师，我和他只见过几面，还没有结下这种程度的深厚友谊。"

栾钟海继续苦口婆心："就算只是普通同学，难道同学有困难，对于你来说又是举手之劳，你就不能帮忙吗？"

盛喃轻声道："但对他来说，这可能不是帮……"

"怎么不是？"栾钟海打断她，难得地严肃起来，"你要知道，他在警示栏上已经高挂将近一个月了，年级主任对这件事很恼火，再这样下去，学校很可能对他做出严厉的处分！"

盛喃一惊，抬眸道："会……很严厉吗？"

她从小"平庸"到大，学校表彰与她无关，处分就更是她的盲区了。

栾钟海肃然反问："你觉得，一个学生无故旷课近一个月，学校给他的处分会不严厉吗？"

盛喃不安地移开视线。

栾钟海道："再这样放任下去，等学校做出严重处分，直接记入他的档案，那就没有挽回的机会了。档案可是要跟你们每个人一辈子的！"

"记入档案"四个字听得盛喃手都凉了。

栾钟海适时地放缓语气："你们还在很好的年纪，难道你希望他因为这时候的一点儿小冲动，毁了自己将来的一生吗？”

看小姑娘被自己吓得小脸发白，栾钟海多少是有点儿心虚的。他说的基本是实话，只有一点儿没透露：靳一的成绩情况太过特殊，只要他不主动退学，那就是给学校留了一个明年高考市状元甚至省状元的希望。这种情况下，他们不到最后是怎么也不会舍得严厉处分他的。

但盛喃对这一无所知。因此皱着眉苦思冥想了许久，她还是犹豫着慢慢点了头，道：“栾老师，我尽量试试看。不过我和他确实不熟，不能保证有效果。”

“那你愿意和老师一起劝靳一回来上课了？”

“嗯。”

“好，”栾钟海露出笑容，“效果不用你保证，就这周日吧，你跟老师一起去他家做一次家访就行了！”

周日，下午 3 点。

栾钟海开着与他日常威严形象完全不符的红色奇瑞，载着盛喃，一路驶出安乔的校园。校外是条两旁种满了杨树的柏油道，阳光躲在叶子后面时隐时现，光斑擦身而过，眼前一会儿晃眼一会儿晦暗的，格外扰人。

不过此时靠在后排窗边的小姑娘大概完全不会觉得——她这会儿正困得厉害，双手还乖乖放在膝前的书上，脑袋却时不时往前磕一下。晃醒了，她就赶忙绷起脸正襟危坐，但用不了三五秒，努力支起的眼皮就又慢慢耷拉下去，然后小白菜就开始了新一轮的梦里朝拜。

估计这一梦把东西方的神仙都拜了个遍，红色奇瑞终于抵达目的地。被栾钟海无奈又好笑地叫醒，盛喃揉了揉眼，抱着怀里的书下了车。

天色不知道什么时候阴下来，仿佛夜晚提前降临，面前半条长街被笼入昏暗的剪影，路灯未起，就显得格外沉默幽静，像后印象主义笔下被模糊成只有色彩的街景。

对着这样充满艺术感的画面，盛喃凝眸数秒，表情透出一种半梦半醒的严肃，道：“这条街看起来好叛逆。”

栾钟海：“？”

嘀——一声巨大的鸣笛把盛喃从梦境边缘拽回现实。

她睁大了眼，认认真真把这条街从左看到右，又从右看到左，然后盛小白菜陷入了呆滞。

难怪她觉得面前的街景陌生又熟悉。这分明就是那条菜市场接轨百货城的最叛逆的街。只不过现在的位置应该是最北边的她没有踩过的那个入口。

盛喃回头道：“栾老师，我们不是来家访的吗？”

栾钟海回她：“是啊，这条街后面的居民区就是靳一同学留在学校的住址信息。”

盛喃惊讶，又转回去打量街景，道：“他竟然住在这里？”

想起盛喃下车那句感慨，老栾也不知道他们艺术生的思路是不是都这么神神道道的，只能发挥一下为人师表有问必答的精神，回道：“这附近是老城区了，叛逆应该还好，不过确实有挺多不上学的坏小子的，靳一应该不至于……”

剩下的话老栾没说完。因为说到一半，老栾突然想起了某人在隔壁省重点留下的不亚于他光辉成绩的“光辉”履历。

“咳，”栾钟海清了清嗓子，拍拍盛喃的肩，“走，我查过路线了，我们从这边进。”

“嗯。”盛喃快步跟上去。

街后确实是一片老城区，更接近于城中村，房屋看外观也有些年纪了。比较临街的那片都是低矮的平房，房屋间交叉着七拐八绕的水泥路。路很窄，最宽的道口看起来也只能勉强通过两辆车的样子，隔好远才能有一盏不知道坏没坏的路灯。

周日下午，除了重点高中没人上学，附近的孩子扎着堆地追逐疯闹，才十岁出头的样子，就骂着难听的字眼嬉皮笑脸不以为意地跑过去。

盛喃越走越茫然。相较于 B 栋和 A 栋的差距，这里对她来说才是真正意义上的第二个世界，生活在她待的那个大城市里，她没见过像眼前这样几乎称得上破败的房屋，更没听过同龄人在身边跑过去的小孩这么大的年纪说这样难听的、就算只有一半程度也会被家长严厉责怪的话。

而那个人，是在这样的环境里长大的吗？盛喃不自觉地把手里的书抱紧了，精装书本的坚硬棱角硌得她手心疼，她低头看向怀里抱着的书，眉头微微蹙起来。

书名叫《卡拉马佐夫兄弟》，是她昨天特意委托赵阿姨帮她买的，也是《白痴》同作者的代表作。盛喃不喜欢严肃文学，连那个很长一串的陀思妥耶夫斯基的名字都背了几遍才记下来。她选这本单纯是因为靳一在看的书是这个作者的。

不过书只是附带的，真正的谢礼夹在书里面，是一枚盛喃自己绘的书签。从设计到勾线，再到蘸着洒了金箔银粉的水彩上色，再到用盛笙给她一起带过来的专业工具小心烘干……一直折腾到今天早上 4 点多，盛喃才总算弄完。

可是现在来看，这个礼物透着一种过分的不实用的精致感。他说不定又会嘲讽她吧。盛喃抱紧了书，小跑两步，跟上因为思绪而落下的一段距离的栾老师，喊道："栾老师。"

"嗯？"栾钟海正在比对门牌号，闻言回头，看见和自己一起来的小姑娘像做错了事似的低着头。

盛喃犹豫了会儿，轻声问："靳一为什么不来上学啊？"

栾钟海提起来就有点儿头疼，只能含糊道："可能是……家庭原因吧。"

盛喃沉默，抿住嘴巴。

栾钟海有点儿不适应这突然中止的话题，等了会儿仍没听见盛喃再开口，干脆主动问："怎么了盛喃，他有跟你说过什么吗？"

"没有，"盛喃摇了摇头，"我和他不熟，一点儿都不了解他家里是这种情况。"

小姑娘的语气莫名地哀愁。

栾钟海听出了点儿古怪，道："他家里……哪种情况？"

盛喃叹气："他一定是因为交不起学费，所以才不来上学的吧？"

"……"栾钟海低头。

盛喃是个典型的零方向感的路痴。尤其老城区这片房屋道路没有按正南正北排布，栾钟海带她绕了一会儿，等到终于抵达后半区、也终于见到低矮平房以外的三层小楼的时候，盛喃早就连东西都不分了。

靳一的住处倒是比她来路上脑补的离奇画面好了很多。虽然也是看外观就有些年纪的老楼，但圈在城中村后单独的小院里。院里楼不多，加起来也就四五栋的样子，每一栋有两个单元，楼前楼后的花坛里种着盛喃叫不出名的花和树。盛喃没来得及多看几眼，就跟着栾钟海上楼了。

靳一家在二楼右边那户，老式楼房的楼道稍有些窄，如果要过两个人，那大概只能侧身才能不碰到地通行。栾钟海敲门时，盛喃就乖乖抱着书，在比入户平台矮两级的台阶上站着。

门开之前，盛喃预想过很多种可能。但都没想过会像此刻这样，在现在的城市里已经很少见到的木质内门和金属外门依次打开以后，露出来的是个慈眉善目的老太太。

“你们找谁呀？”老太太声音温和，慢条斯理地。

盛喃呆看着，心想是不是走错门了。

栾钟海好像并不意外，低了低身问：“您好，请问这里是靳一家吗？”

“对，”老太太扶了下老花镜，认真瞅了栾钟海两眼，笑，“你是今天上午打电话过来的老师吧？”

“是，是，那您一定就是靳一的奶奶了？”

老太太笑着点头道：“栾老师进来吧，小一这会儿不在，一般傍晚才能回……”

老太太转到一半，才看见在台阶下蒙着的盛喃。盛喃的身高在这座北方小城里原本就是女生中偏矮的行列，整个高三实验 11 班也没第二个一米六一的女孩；偏偏这会儿她又站在两级台阶下面，看起来跟个初中小姑娘似的。

靳一奶奶看着她，不确定地问栾钟海：“这是栾老师家里的女孩？”

“哪儿能啊，我闺女才十二岁，”栾钟海笑道，“这女孩是靳一班里的同学，跟靳一认识，算是朋友，我就带她一块儿过来看看靳一。”

“小一的朋友？”老太太意外之后，脸上笑意更浓了些，“那你也快进来吧。”

盛喃回神，忙抱着书鞠躬道：“谢谢奶奶。”

靳一奶奶眼睛笑弯下来，笑道：“这小姑娘真懂礼貌，还可爱。”

明明这种哄小孩似的夸奖在爸爸朋友们那儿听过无数遍，早就麻木了，但盛喃不知道怎么还是微红了脸。

进门以后，盛喃就乖乖坐到沙发上，听栾钟海和靳一奶奶交谈。起初无非是一些对学校情况的介绍，盛喃早就在赵阿姨那儿听过一遍，此时靠在柔软的沙发里，再听着这絮絮叨叨的话，她只感觉意识跟着身体一点点地往下陷。

不知过去了多久，在盛喃的意识即将掉进黑暗的边缘时，一声惊讶的语气拉回了她——

“老师的意思是，小一他从开学以后就没去上过课？”

“您……”栾钟海都愣了，“原来您不知道吗？靳一爸爸为这件事也去过学校的。”

盛喃一下子清醒了，看看这个又看看那个。

靳一奶奶的惊讶没有持续很久，很快就平和下来，道：“这孩子，答应我回来复读，结果还跟我玩这种心眼……我还奇怪呢，都说安乔是市重点，怎么课业这么轻松，每天早早就回来了。”

栾钟海苦笑：“原来靳一是答应您才复读的，难怪那天靳一父亲去学校，我看他们关系不是很融洽。”

“小一从小跟在我身边长大的，小学的时候被他爸妈带去泉市。”

栾钟海点头道：“原来靳一父母在泉市工作。”

“他们？”老太太笑着摇头，有点儿无奈，“他们都不在省内，各自也离这儿很远。”

“啊？那怎么还要接靳一去泉市？”

“他们那时候觉着安城太小，没有省重点中学，执意要接小一去他们那边，小一不同意，中和了一下，这才选了泉市。”靳一奶奶扶了下老花镜，眼里微微闪烁着什么，“这孩子从小就倔，他父母对他要求很……高，也从不惯着他，小学的时候还有人照顾，从初中起就自己住了。”

栾钟海一时似乎都不知道该做什么表情了，道：“所以靳一从小学开始父母就不在身边，一直是一个人在泉市那边？”

靳一奶奶这回没说话，只点了点头，轻叹了声。

客厅里的空气一时沉寂。盛喃捏着精装书的硬质书角失神，心想那她还是挺幸福的。虽然盛天刚很忙，但至少基本每天都能见得到面。她没法想象一个人住在空荡荡的房子里，一年三百多天，每天推开门喊一声“我放学了”，没人回答，听到的只有寂寥的回音。那样的话再小的房子也会觉得大吧，再燥热的夏天都会觉得清冷。她想着，忽然有点儿难过。

“你要不要参观一下小一的书房？”打破安静的是靳一奶奶。

盛喃呆了两秒才惊觉抬头，回道：“我？”

“嗯。”靳一奶奶望着她笑得很和善。

盛喃无措，道：“这……会不会不合适？”

“没关系，你是小一的朋友啊，”靳一奶奶起身，“我们小一总是独来独往的，没什么朋友，我以前还怕他有那个自闭症什么的呢。”

盛喃收到栾钟海的眼神默许，就起身跟上靳一奶奶，到她身旁虚扶着，说：“可能因为靳一太帅了。”

“嗯？”老太太不解地转头。

盛喃脸绷得认真，道：“奶奶您不知道，我们年轻人里有种说法，叫‘帅到没朋友’，靳一就是典型。”

“原来是这样，”意外过后，老太太笑起来，“小一能交到你这样活泼的小朋友，那我就放心多了。”

盛喃一窘。活泼的小朋友……对年满十八周岁的她来说，这好像不能算是褒义词啊。

盛喃被靳一奶奶领进客厅里面的小书房里。外面阴天，天好像是已经全黑下来了，云在窗外压得低低的，随时能下起雨来的模样。

咔嗒。开关轻响，书房的灯被靳一奶奶打开。

“小一上学以后就很少在这边住了，今年由于复读月初刚搬过来，没什么私密东西，”靳一奶奶说，“你不用拘束，随便看看没关系。”

“谢谢奶奶。”

盛喃说着话，目光已经被书桌角落的一个小相框吸引过去。

它斜撑在最墙角的位置，一个巴掌大小，很普通的木质相框，玻璃里面压着一张单人照，应该是小时候的靳一，穿着白衬衫小长裤，站在绿油油的树丛前，表情酷酷的，嘴噘着，比现在都要跩上天的样子。

如果不是怀里还蹭着一只又胖又圆、还扒着他衣领伸懒腰的大橘猫，那应该能显得更帅更酷点儿。盛喃不由得弯唇。

“那是以前家里养的猫，”靳一奶奶本来要出去了，见状停下，语气怀念又遗憾，“靳一刚转去泉市上学那会儿，我看他舍不得，让他一起带过去了。”

盛喃情不自禁地笑道："他一定很喜欢这只猫，不然以他的性格，肯定不会容忍它这样。"

"是啊，小一很喜欢它，那时候他每天回家，第一件事就是胖橘胖橘地唤，想叫它出来。可惜……"

盛喃回头问："可惜什么？"

靳一奶奶轻叹声："他带它去泉市以后，学习成绩下滑了一些。他爸妈说他是玩物丧志，就把猫送人了。"

盛喃眼底的笑蓦地滞住，问："他没阻止吗？"

"没告诉他，他放学回去的时候，猫已经不在了。"

"那后来呢？"

"其实小一那时候就有情绪，不想在泉市上学，但他后面一次考试很努力，成绩又回去了，"老太太声音更低了点，"不过再去问接走猫的那家人，说猫已经死了。送过去的第二个月它跑出家门，被车轧死了。"

盛喃连呼吸都屏住了："怎么会……"

"是啊，就离开他两个月，怎么就死了呢。"老太太摇头，"他懂事以后，我还是第一回见他哭，他从泉市自己一个人打车回来，一直抱着那个空了的猫盒子，回来以后就靠在以前猫最喜欢趴着的那个沙发角上，睡觉都不肯离开。"

"……"

"我看他那么难受，就想让他爸妈再给他买一只，他们那回也吓着了，主动带他去猫舍选，但到那儿发现是猫舍，他看都不看就走了，还说以后再也不会养猫了，让他们不用费心，"靳一奶奶苦笑，"这孩子真的从小就倔，认准了一个就不会改，我怕他以后……"

话没说下去，老太太像一下子从回忆里醒过神来，停了两秒才笑道："人老了就这样，爱念叨些旧事，你别介意啊。"

盛喃摇头，手里的书抱得更紧。她只是听都觉得胸口发闷，不敢想如果是亲身经历，那会有多难过。

"小一从那之后就没交过什么朋友了，所以他能认识你，我还是很高兴的。"靳一奶奶笑得很和善，"希望你们以后也能好好相处。"

"嗯，"盛喃不知道从哪来的勇气，昂首挺胸得像立誓，"奶奶您放心，等靳一回学校，我会照顾好他的！”

老太太一愣，看着面前这个还没自己孙子肩膀高的小姑娘，随即笑起来：“好，奶奶相信你。”

靳一奶奶和盛喃又说了几句话就离开了，盛喃独自在书房里绕了一圈，最后还是停在那个相框前。

她弯下腰，把相框玻璃上那层浮灰擦掉，然后戳了戳里面小男孩的脸，对着他言语：“胖橘只是去喵星找它的小伙伴了，”像穿过时空对着镜框里的小男孩，她轻声说，“所以别难过了啊，少年。”

老房子的隔音都很一般，即便客厅里声音压得很低，盛喃也还是能隐约听见栾老师在和靳一奶奶聊靳一父母的事情。

听到以后她刻意往书房里面走了走，等走到声音听起来模糊不清的位置才停下——靳一奶奶让她来参观书房未必是支开她，但她自己要有分寸才行。不该听到的事情，再关心再好奇也不能听。

还好书房通着小阳台，盛喃干脆跑去窗台边上，趴着往下看。她还没住过这么矮层的楼房，更没见过住处外这么有烟火气的小街。

天阴了半下午，不负众望，果真还是下起一层薄薄的雨。雨丝结成了雾，笼在小楼下的街外。天色更暗了，但陆续有摊铺的灯火点起来，在昏暗的傍晚像萤火虫似的，一颗一颗缀成长街。

盛喃突然觉得这个住处很好，比她习惯的那种推开窗外面只有高楼和高楼的发达中心区，不知道好多少倍。

她以后也要住到这样的地方来……盛喃看得入迷走神，完全没注意到就在她趴着的二楼窗台下，几个男生从院里出来，停在路边。

“这破天气，下什么雨嘛，都没法撸串了。”有人抱怨。

裴朔扭头，恨铁不成钢地问：“你的人生除了撸串还有别的吗？”

对方认真想了想道：“其实火锅也行。”

裴朔抬脚作势要踹他。

“哈哈，老林你能不能有点儿出息，咳咳咳，”旁边有人笑到一半突然好像被呛住了似的，“朔哥！你回头看看二楼那人——这不是靳哥家窗户吗？”

“嗯？我哥已经上楼了吗？”

裴朔回头，熟练地找到靳一奶奶家的窗户，眼神聚焦在夜色里趴窗的那人身上。举到一半的胳膊蓦地僵停在半空。

几个男生跟着回头。雨丝里，是同样微妙的寂静。

“我要是没看错的话，”有人大着胆子，低声嘀咕，“这好像是，靳哥唯一带去过台球室的小姑娘吧？”

“所以还真是那种关系？上周谁的预言啊？”

“咳……别瞎说，朔哥不是都说了，人家没那种不清不白的关系。”

“这天都黑了，那小姑娘自己一个人待在靳哥房间等他回来……嗯，这关系可真是够纯洁、够清白的。”

“难怪靳哥今晚这么早就回来，原来——”

裴朔终于醒过神，没好气地打断：“少在这儿胡咧咧啊，我哥还是清白之身呢，一定是这小姑娘耍了什么手段才进了门。”

其余男生交换眼神。

“怎么，你们不信？”裴朔恼怒，“那就在这儿等着看吧——待会儿我哥上楼了，肯定会把她赶出来！”

第七章
你像一颗星星

我见过你的光。
如果可以，请你不要落进淤泥里。

吱——

砰。

金属外门打开又关合的声音。

趴在窗台看雨的盛喃听见动静一下子就机警起来，绷直了腰背，她有点儿紧张地左右看看，心里莫名地一阵无措。

然后她想起，自己明明是正大光明进来的。盛小白菜这才找到点儿勇气，转身回到书房，走向通着客厅的门。她听见门后，有清澈懒散的少年音从门缝里溜到耳边——

“我回来了。”

伴着说话声的脚步在进入客厅后蓦地一滞。

“靳一同学。”这是栾钟海。

“小一，你们老师来家里了。”这是靳一奶奶。

寂静两秒。少年再开口，声音已压得低哑冰冷：“你怎么在这儿？”

吱——

很不凑巧，盛喃刚好就是在这个时候拉开房门的。

站在门外侧背对着她的靳一闻声转身，那一秒里他眉眼间刚激起的戾气未退，被灯光在眉骨下削出冷厉的阴影来。盛喃被他那一眼吓到，僵在门边。

靳一眼底的情绪按捺下，他视线转回栾钟海那儿，声音仍沉：“栾老师为什么在这儿？”

他喊着老师，但语气听起来完全和客气不沾边。栾钟海也是第一次见靳一这样，有点儿懊恼又不自在地起身道：“我是来做家访的，关于你一直旷课的事情，想来你家问问你家长的意见。”

靳一像是认真在听，听完沉默了一两秒，他慢慢嗤出声笑：“问家长？

哪个家长？”

栾钟海没来得及说话。

靳一冷眼看他，道：“我的个人履历表上没写年龄吗，还是老师对十八周岁成年人的公民权利义务有认知缺失？”

栾钟海脸色微变，道：“靳一同学，你——”

“老师有这方面认知缺失也没关系，我可以告诉你，”靳一上前两步，“公民已满十八周岁，在法律上叫作完全民事行为能力人——换句话说，我所做的一切决定我自行负责，其他人无须、也不能干预。”

尾声近乎一字一句。栾钟海第一次在这个总是颓懒散漫、就算当着全办公室老师面被亲生父亲抽了一巴掌也能笑得满不在乎的男生身上，感受到这样毫不掩饰的冰冷和怒意。在之前几次交流里都没有过的，少年撕破了勉强维系的散漫但还算彬彬有礼的外表，冲他露出桀骜尖利的爪牙来。栾钟海有点儿不明白原因。

寂静之后，房间里另外两个人回过神。

“小一，你怎么突然这个态度跟老师讲话，”老太太有些不满，但责怪也是温和的，“快跟老师道歉。”

靳一眼都没眨，道：“我一直很尊重老师，但老师似乎并没有尊重我。”

“好，我承认，来之前我应该跟已经成年的靳一同学提前沟通，这点是我疏忽了。”

能在学校里开奇瑞的老栾显然是个能屈能伸的人物，面不改色就把软话说了。但靳一并不买账，眼神仍是冷的。

栾钟海话锋一转：“但我也是事急从权，靳一同学，我希望你知道，你无故旷课近一个月的行为已经严重违反校规校纪。如果一周内你仍然没有到校报到，那校方会对你做出严厉处分。”

“哦，有多严厉？”

“最严重，”栾钟海提气沉声，想吓住他，“勒令退学。”

站在书房门边的盛喃脸色一白，而靳一毫不意外，还低头轻笑了声。

栾钟海说话间已经走到他面前，靳一笑完很淡定地往前迈了半步，抬手，像给了老师一个诚挚的拥抱。然后在老太太听不见的范围里，他温声道：“那麻烦栾老师，务必让校方尽快落实这项处分。”

栾钟海拧眉，想推开靳一说话。在他开口前，另一个娇小的身影慌里慌张地扑出来。

老太太年纪大听不清，可盛喃听得清清楚楚的，靳一说完话就把她脸上最后一点儿血色吓没了。她想都没想就跑上前去，把靳一从看起来要发火了的栾钟海面前拉开。

“老老老栾！他不是那个意思！”

死寂过后，栾钟海僵着半怒不怒的表情转头道：“老什么？”

盛喃心虚地飘开眼神：“老……老……栾老师？”

栾钟海还未做出反应，盛喃突然感觉到自己拽着的衣角被一道隐忍的力度拂开。

小姑娘愣了下，仰回头，正迎上那人垂眸睨过来。这还是她第一次见靳一拿这样冷冰冰的好像带刺的眼神看她。

“她为什么在这儿？”

这话不知道是问谁。盛喃没说话，轻抿起唇，眼神黯了一点儿。

靳一奶奶轻“哎”了声：“你注意态度，这小朋友可是为了你专程跟着老师过来的。”

“朋友？”靳一望着盛喃，嘲弄带笑，“你以为你是谁？”

砰。盛喃听见自己心底那只小鹿撞到了树上。

也对，他又从来没说过我们是朋友了这种话，栾钟海问她的时候她就应该完全否认说不认识、不知道、爱谁谁。

听见严厉处分勒令退学什么的就自作多情跟着跑出来，来的前一晚还熬得只睡两小时给他做个破书签……盛小白菜你作为颜控的自我修养都喂了狗了吧。天底下帅哥千千万，这个不好换下个，傻子鹿才在一棵树上撞死。

就因为发配边疆遇上第一个对你好还救了你几回的你就傻傻地来了，你欠不欠得慌呀，你前面十八年的帅哥白看了吧。再不行，三 W 战队还那么多帅哥呢！牺牲一下盛笙那个坏家伙都可以换回来好多了！

心里的小盛女侠连蹦带骂地教训心里那棵蔫得一点点软趴下去的小白菜，一秒五十倍速嘴炮输出。

可是没用。小白菜还是好难过。

……真没出息，肯定眼圈都红了。盛喃蔫蔫地低下头道：“老师，我今晚请假，先回家了。”

栾钟海很想说你胆子挺肥的敢用这个语气请假，但毕竟是被自己“连累”的小姑娘，他又没忍心，道：“好，我给你叫个车吧。”

“不用，我让家里来接。”

“那你路上注意安全。”

“嗯。”

盛喃说完就转了一点儿。视线里是跩爷的大长腿。她没抬头看他，可能是怕再看到之前那样的眼神。

很奇怪，她和这个人也没认识多久，但是好像就很了解他了。比如她莫名地就知道，这会儿她就算按照心里冲动，跑上去在跩爷的长腿上狠狠踹一脚然后扭头就跑，他也不会说什么或者做什么的。

这么一想，还真是个有诱惑力的想法。

盛喃这样想着，憋着她满肚子的委屈，给跩爷鞠了个躬，道：“对不起，打扰了，我没别的意思，就是觉得你帅想泡你来着，既然你拒绝那就算了，祝你退学愉快。”

在栾钟海“这孩子是不是想上天”的震惊眼神里，盛小白菜扭头走了。

刚开始那两步的背影应该还是雄赳赳气昂昂的，但是两步之后她就有点儿塌下肩膀，又两步之后那些一直憋着的委屈劲儿也憋不住了。

她鼻子有点儿酸。于是没坚持到门口，小姑娘快步跑出去了。

关门声响。老太太回过神，又恼又气地过来拍了孙子胳膊一巴掌，道：“你……你怎么回事你，一点儿面子都不给人家小姑娘留！”

“……”

靳一眼神变了几遍，最后不疼不痒地落回视线，回道：“关我什么事。”

他那点儿怒意不知道什么时候一点儿也不剩了，说完甚至没再看栾钟海一眼，转身就进了书房，然后把门合上。

在门前默站了几秒，靳一皱起眉，想摁下那些乱七八糟惹人心烦意乱的思绪，却在一抬眼间，看见书房角落干净的书桌上，靠左边放着一本陌生的精装书。靳一眼神动了动，下意识地走过去。

这本他早就看过了，不过拿进手里还是本能地翻了翻，然后就看见书页自动开到夹着书签的地方。

是枚手绘书签。一笔一墨都勾描得很精致，画的是一个站在长窗边阴影里的冷漠少年，他右边挂着恶魔角头像的通缉榜，左边窗外如雪的落叶纷纷往窗里扑，拟人的俏皮表情，还配着字幕说“大帅哥快贴贴”。

右下角写着一行很漂亮的小字：

“长得帅”同学为什么不开心，是因为长得太帅了吗？

……真幼稚。靳一明明是这样想的，但就是感觉心里某根弦像被猫爪很用力地挠了一下似的，惹得他心口发闷。

他情不自禁地把书签夹回去，合上书，走去阳台往院区的出口望去。没见到小姑娘的身影，倒是看见风中呆立的裴朔几人。其中也有看到他的。

“厉害啊靳哥，”有个人惊叹，“辣手摧花，果然心狠。”

靳一皱眉道：“你们看见什么了？”

“咳，那个小姑娘她刚刚哭着就跑过去了欸。”

旁边的人不确定道：“啊？哭了吗？我怎么没看见？”

“哭了吧，眼圈好红的。”

裴朔也好半天没回过神，心说不愧是他哥，还是这么狠。但面上自然不能这么说，他清了清嗓子，假装不当回事的样子，道：“看你们这少见多怪的样子，我哥他当初在泉市九中那才叫辣手摧花，从他面前哭着跑走的小姑娘没有一百也有八十了吧？”

裴朔越吹越来劲儿，把脖子都昂起来了：“你看我哥他什么时候在意过吗？这就叫王者风范，你们都学着点——”

砰。一声闷响。裴朔一滞，然后僵着脖子扭头。

前一刻还在二楼窗户里的人，这一秒已经跳到他们身后的空地上了。

盛喃本来是打算跑到院门口就停下，让赵阿姨按地址来接她的，但没想到刚绕过那扇铁门，迎面就撞见裴朔几人。

她眼圈红得没法遮掩，他们显然看出来了。

对峙两秒。不知道哪个二百五心直口快道：“还真被靳哥给赶出来了啊？”

“……”

最后一丝吊着她情绪的线断了。咔嚓，土崩瓦解。

盛喃没停顿就跑出去了。

天上还下着细密的惹人心烦的雨丝，头顶的云黑压压的，好像随时要塌下来。盛喃跑出去好远才慢下来，感觉终于把那些似乎在嘲笑她、同情她的眼神和声音都甩在身后了。没有认识的人看到就不会那么狼狈，回家洗把脸忘掉所有的不愉快，明天又是崭新的一天……

小白菜这样一边往前走一边自我安慰着调整情绪。

直到某一刻她停下脚步，在蒙上纱雾似的陌生小路口前茫然四顾。

这是……哪里？面前好像陌生可又好像有点儿熟悉的房屋让她困惑，盛喃此时才想起进来时经过的这片城中村道路又细又杂，绝对克她这种零方向感的路痴。但显然她发现得有点儿晚了。

盛喃在原地踟蹰了会儿，还是决定掉头，原路返回。被嘲笑也比被丢在这儿好。

结果几分钟后，盛喃又一次站到一个熟悉又陌生的小路口。而她甚至没办法确定这是不是刚刚走过的那个。

盛喃只得翻出身上的手机，不抱希望地打开地图——不出所料，这片城中村和它的平均宽度难过两辆车的水泥小道，完全没有被收录进地图。

难道她要像丛林探险一样，给自己留标记来确定有没有走过重复的路？三秒内否决了这个会显得自己很幼稚的想法，盛喃决定拿出路痴的终极生存技：问路。

经过数个路人的指点和自己的直觉性领悟，盛喃在这片迷宫一样的城中村里又绕了足足十分钟后，终于绝望地停在一个新的路口。

盛喃痛苦地揉脸。果然这座城市和她八字不合吧！说好的物极必反、否极泰来呢，为什么她来了以后就只有倒霉以及更倒霉？她还能遇到更更倒霉的事情吗！

盛喃这个想法尚未落地，就听见一个让人起鸡皮疙瘩的笑声突然在不远处响起——

“真巧啊，又遇上了。”

盛喃抬眸，看清楚了那张快要忘记的脸。

古董店老板，丁九。这次他身后跟了两个小弟，其中一个就是上次配合他演戏的售货员。

盛喃慢吞吞退后半步。可惜她很不走运地正站在一处屋檐下躲雨，这会儿雨是停了，比雨讨厌一万倍的令人恶心的笑脸却黏进视线里。

丁九打量着她，上前，笑里带着咬牙切齿的恶意，道："哟，这次你小男朋友不在？"

盛喃木着脸看了他两秒，突然拿起手机摁了一下就放到耳边，两秒后她对着电话："哥，我要是出了什么事，你就找安城盛大百货街听雪轩老板丁九，一定是他做的。"

丁九和他两个小弟还傻着眼的时候，盛喃已经把手机扣回去了。

事情发生得太快，丁九还有点儿不确定，问道："你刚刚干什么呢？"

"我给我哥打了个电话，"盛喃仍绷着脸，"你还有事吗？"

丁九气得咬牙笑："小姑娘你挺会啊，真觉得这样我就拿你没办法了？"

换平常盛喃可能已经怂了，"不与他人硬碰硬"从来都是她的人生准则。但今晚她太委屈了，委屈得想给随便什么不无辜的人挠上血淋淋的一爪子，现在谁伸手到她面前，她都觉得自己能发发狠给对方咬掉手指头。

盛喃攥紧空落落的手。她突然想起放在靳一书房里的那本精装书，如果那本书还在就好了，边角很硬，砸人一定很疼。

可惜了那张书签，她忍着困熬了那么晚才做出来……

唰。风被斩开。

盛喃心心念念的那本硬壳精装书，就这么突然出现在她面前，挡住了丁九望着她的恶意丑陋的脸。盛喃怔了好几秒，视线攀过攥着书脊的修长指节，延展，望到那张凌厉微绷的侧颜上。

那人在落手的那一秒就已经开口了，不过是望着丁九，声音低得发哑，像玩笑又像恼怒："看谁呢？谁的女孩你也敢看？滚远点儿！"

风声都像被他喝停了。

盛喃望着他的侧脸，淡蓝色的血管在他冷白的额角微微绽起，平日里颓懒的眉眼此时锋利得像要割伤人，眸子里也压抑着亟待爆发的张力。

和之前她熟悉的跩爷太不同了，从他今天迈进家门看到两位不速之客后，他的情绪就一直这样，带着剑拔弩张的紧绷感。

不知道是被这个状态的靳一吓到了还是别的什么原因，这一次丁九面色变过以后，竟然比上次退缩得还要快。他咬牙切齿地望着靳一，依言退了两步，竟然还挤出个笑："别发火啊，大家也算是熟人了，我就只是过来打个招呼，没别的意思。"

靳一把书换手，同时把盛喃拉到身后，斥道："你跟谁是熟人？！"

"当然是跟靳哥您啊，"丁九从兜里摸出盒烟，示意后面站着的小弟过来，拿打火机点上了，"之前有眼不识泰山哈，不知道您和朔哥都是——从泉市过来的，冒犯了，冒犯了。"

靳一眸里情绪一跳，像干柴里蹦起来的火星，但火苗还是被他压下去了。

见情势缓和，丁九笑得更明显，眼角挤出让人不适的皱纹，道："我们辉哥听说您以后，也特别想和您交个朋友，前两天还在找人搭桥呢，没想到今天就让我遇上了，这不就是缘分吗？"

他说着话，把手里点燃的烟递上来。

靳一没接，道："交朋友？"

"对，对。"对方仍举着香烟。

"还是拉人入伙？"

丁九一顿，继续笑："不都差不多吗？多条朋友多条路，您和朔哥刚来安城不久，大家熟了以后也能互相帮衬。"

靳一没说话。盛喃被他拉在身后，听得胆战心惊。要不是还清清楚楚记着那句冷冰冰的"你以为你是谁"，那她肯定已经忍不住要拦靳一了。

虽然只见过一两面，但她知道裴朔这些人和丁九那些人完全不同，后者在她看来就是污黑肮脏的阴沟，里面藏着的全是狰狞丑陋又叫人恶心的东西。如果真和那些人搅在一起……

"行啊。"

盛喃突然听见身前的人哑笑了声，应了，语气都漫不经心的。

盛喃心头一凉。她几乎本能地就想起自己的手腕还被这人钳着，低头拽了拽，没拽出来，盛喃绷着脸去掰他的手指。

丁九不知道靳一身后进行着这样一出，他显然没想到靳一会答应得这么痛快，愣了几秒笑得更大声了："我就知道，靳哥肯定不是那种计较的人——以后大家就是兄弟了，一家人哪有隔夜仇啊，来，靳哥，抽根烟。”

“靳哥？”靳一自己重复了一遍。

“怎么，靳哥不喜欢这称呼？”丁九困惑了会儿，继而恍然，“哦哦，之前在泉市那时候他们都是喊——”

“叫什么哥，多生疏。”

靳一舌尖抵着上颚，从嗓子里哑出声笑。他突然松开盛喃的手腕，拿过了丁九那根香烟。然后手指一松，猩红烧破夜色，落进半湿的泥土。

靳一抬脚，慢慢踱过。雨后的空气黏滞，风都寂静。

再抬头时，他眉眼冷得浸冰：“我不该是你祖宗吗？”

“丁哥，咱就这么让他们走啦？”望着那一高一矮两道背影，丁九身后的小弟不甘心地问。

丁九转过头去狠狠抽了对方脑门一巴掌，道：“不是你跟我说，他很可能就是泉市九中那个一哥吗？咱现在就三个人，打不过他怎么办！”

“我也是听裴朔的人说的嘛。连裴朔私下都管他叫哥，多半就是了。”小弟委屈得捂脑袋。

“什么叫多半？查准了到底是不是他！”

“噢，”小弟放开脑袋，“不过丁哥，辉哥什么时候让您找他了啊？”

丁九回手又一下，道：“你是不是傻？我就那么一说，不然当时怎么收场！”

“哦……”小弟更沮丧了。

“还有一件事。”

“啊？”

丁九望着两人离开的方向，咬了咬牙：“给我找人打听打听，他一直护着的那个小姑娘是什么人，在哪儿上学。”

“好的，丁哥。”

盛喃此时完全不知道自己已经被惦记上了。她正心不甘情不愿地跟在跩爷身后。小白菜也不是没想着有骨气一点儿，事实上，两分钟前她还在脱离丁九等人视线的拐角后，皱着眉头跟靳一对峙——

“你都问我‘你以为你是谁’了，还来找我干吗？日行一善吗？”

走在前面的靳一闻言停下，回身道："可以。"

"可以什么？"

"对你日行一善。"

盛喃："……"

跩爷就是有种能力，说什么话都像在嘲讽。

而事实上，盛小白菜也确实不记得这是第多少次蒙他搭救了。可惜她现在满腔的感激之情已经喂狗，挤不出半点儿笑意，回道："好，谢谢，您今日的日行好事任务已经完成了。告辞。"

说完盛喃就脚底抹油，往前开溜。

可惜溜出去没两米就被身高腿长的某人一探胳膊拎回来了。二十多厘米的身高差距真的是不可逾越的天堑，盛喃只能恼得仰起头看他："你还要干吗？"

靳一垂眸睨了她两秒，慢慢松手，转开视线："你知道怎么从这里出去？"

"当然知——"盛喃卡壳，过了一两秒，她泄气成了蔫小白菜，"不知道。"

一丝浅淡的笑意划过眸底，靳一开口："我带你。"

"哦，"盛喃蔫也冷淡，"日行一善超标了大师。"

"补昨天的。"

"……噘。"小白菜从心底发出了冷淡不满的声音，但没敢太大声。万一跩爷真把她扔下了，那她岂不是今晚就要睡在这个迷宫村里了？

就这样，盛喃跟在靳一身后又一通七拐八绕，才总算是回到了……通到他家楼院的路。

盛喃没表情地道："为什么又回来了？"

"这边离得近。"

"……"路痴不信，但路痴对此没有发言权。

也来不及发言，因为随着最后几步被她磨蹭到铁门外，盛喃的视线里就再次出现了裴朔等人。盛喃眼神一僵，不自在地低了低头。

靳一也意外，道："你们怎么还没走？"

"等你呢靳哥，"有人目光偷偷往靳一身后的盛喃身上瞟，"小嫂——

咳，没事吧？”

“嗯。”靳一敷衍过他们，回身看盛喃，道，“你衣服淋湿了。”

“……知道。”女孩头低得很低，声音小小的，还带点儿轻闷的鼻音。跟那天要哭了之前一模一样。

“跟我上楼吧，换一件。穿湿衣服会感冒。”

“不用，我让家里阿姨来接我，回去换。”盛喃被提醒回神，说着就拿出手机来。

靳一微微皱眉道：“有可能继续下雨。而且，这片路太绕，计程车不进来，不熟悉的司机开进来也要很久。”

“没关系。”

盛喃说着已经拉出联系列表，一不小心看到那个刺眼的“J”，她手指一颤，当没看到，飞快拉下去。

赵阿姨的备注出现在视野里。盛喃指尖刚要落上去，手里突然一空。

盛喃顺着手机“飞”走的方向茫然仰头，就看见了跩爷把她的手机塞进他的口袋里。

顺便看见了……他同样被细雨丝打湿的白 T 恤下，微微凸显的腹肌线条。

盛喃脸一红，迅速瞥开眼，过了好几秒才找回声音：“你……你把手机还我。”

小姑娘声音都是抖的。靳一起初不解，直到看到女孩逐渐透上艳粉的耳垂，还有她刚刚最后一瞥视线的落点。

靳一一顿，不禁笑了：“等你上楼换好衣服，我再还你。”

“我说了不用——”盛喃头转到一半又想起来，连忙再转回去，可疑的红晕仍趴在她脸颊久居不下。内心百感交集，还要捶打教育心底那棵没过去多久就开始抖擞蔫叶子动摇起来的小白菜，盛喃已经有点儿接近奓毛了：“您指标不是达成了吗？月底赶考核也不带这样攒一块儿做的！”

靳一道：“这个不在范畴里。”

“……”

盛喃忍不住微微磨牙。她强迫自己的视线直接跳过前方视野，完全仰脸和靳一对视，同时也借着他的身影躲过一边走一边回头的裴朔等人的窥探目光，问道：“那、这、个、是、什、么？”

“道歉。”

盛喃更恼火，道：“我为什么要跟你道歉？”

“是我跟你道歉。”

盛喃怔住。

“虽然有原因，但很抱歉我那时候不该发火，更不该迁怒于你。”跩爷说这话时声音淡定，似乎道歉这件事对他来说没什么困难，唯一暴露了他情绪并不平静的，大概只有他难得没去找盛喃眼眸的视线了。

更不平静的人还在后面——裴朔等人假装走开，实际上都绕到旁边石砖墙的拐角后，一个比一个努力地竖着耳朵听那边的动静。

雨夜长街寂静。两人说话的声音不高，但在这阒然里却足够听得清晰。

为首的某个黏人弟弟此时此刻如遭雷劈，完全不敢相信自己听见了什么——他亲表哥，靳一，那个作为他偶像、把前十八年人生都活成了“牛气”词汇注解的人，竟然跟人道歉了？还是跟一个小姑娘？？裴朔仿佛听见自己世界观碎裂的声音。

“哎，朔哥朔哥，别冲动，冷静冷静——”旁边的小弟见势不对，赶忙一把抱住了要冲出拐角的裴朔，把人往后拉回巷子里。

“我哥竟然被逼得道歉，我冷静不了！”黏人弟弟扭动。

又一个也赶紧从另一边拦抱住他，道：“不是，靳哥这语气真的没有被逼的成分。”

“是啊朔哥，明显靳哥在哄小姑娘呢。”

“哄？”裴朔停下，僵硬扭头，“我怎么不知道我哥还有这项技能？”

“朔哥，你以后说不定会发现，靳哥还能开发很多新技能。”

“……”

角落里，一个黏人弟弟失去了他的梦想。

而拐角外的长街上，身为“始作俑者”的盛小白菜完全不知道发生了什么。听到靳一的道歉后，盛喃眨了眨眼，安静片刻。

“哦，”她假装平静点头，“那我接受你的道歉了，手机可以还我了吗？”

“不行。”

“？”

“湿衣服不能穿，等你换好我送你回去，”靳一声音平静淡定，“这点我坚持。”

盛喃恨得磨牙。

就在对视焦灼的这一两秒里，她视野里的跩爷突然笑了一下，不算多么明显、张扬的笑，但那一笑里那颗会蛊人的泪痣好像妖起来了，变得撩拨人心。他说：“放话的时候挺勇敢的，怎么现在㞞了？”

颜控喃正被晃得走神，道：“什么？”

“不是你说的，想泡我吗？”

“……”

那人说完也不多话，转身就往院里走。跨进铁门前，背影里他抬了抬手，修长的指骨间夹着，盛喃的粉色流沙手机壳在路灯下晃过细碎的光。

这和“来，有本事你就泡”的挑衅有什么区别！是不是瞧不起她！盛小白菜怒从心头起，恶向胆边生。她袖子一撸，露出细白的手腕，却感觉自己此刻就是《猫和老鼠》里喝了膨胀药水即将勇战天敌的杰瑞——

谁怕谁！

事实证明，在小白菜身上，勇气这种东西，就跟大发明家汤姆猫研究的膨胀药水一样——时效性总是短得难以估量，说没就没。

追着靳一的步伐进到单元楼道里时，盛喃就已经有点儿想掉头往回跑了。不过手机还被“挟持”在某人手里，她就算再㞞也只能慢吞吞跟上去。

一楼到二楼加起来十几级台阶，再磨叽也用不了多久就能走完。偏偏那人早就上去了也不进门，就靠坐在入户平台的栏杆上，长腿半支半垂，好整以暇地等着她。

楼道里浅黄的光把他的侧脸勾描得很好看，像画似的，他弯着修长的颈，碎发轻遮下来，漆黑眸子跟着手里翻动的书页微微移动。直到终于听见小姑娘磨磨蹭蹭挪上来的脚步，他眼一撩，侧过脸望下来。

盛喃一秒就警惕起来，道：“你干吗不进？”

“出来得急，没带钥匙，”靳一合上书，长腿一压就从栏杆悬空踩到地面，“顺便等你。”

盛喃前一秒还在盯着他的长腿心生羡慕，如果是她大概就只能蹦下来了吧，下一秒就听见他的后半句。

盛喃顿时更加警觉，迈上去一级台阶的脚都试图往回收，道：“这么客气干吗，你这样会让我觉得你想骗我进去卖肾。”

靳一好气又好笑，干脆转过来往下走，说：“说不定呢。”

盛喃立刻收回小腿，向后退去，道：“你别过来啊。我胆子很小的，容易乱喊乱叫，大……大晚上的万一打扰到你的邻居，让他们对你的人品产生不必要的误会就不好了……”尾声越来越低，底气越来越虚。

盛喃一直退到两层楼中间休息平台的墙角，面前罩下的阴影挺拔修长，背光的角度她看不太清他的神情，被迫近到无路可退，她还真生出一点儿害怕的情绪来。

几乎同时，那人停下了。楼道里寂静几秒。她头顶那个干净慵懒的声音压得微微发哑，像笑又像无奈：“你们小橘猫都这么忘恩负义又记仇吗？”

盛喃：“？？”他骂谁小橘猫呢?

“救了你多少回，就说错那一句话，”头顶的声音低了点儿，那人身上清冽的木质淡香纠缠上来，迷香似的，周身的温度好像都被他的气息拉高，搅得盛喃面红耳赤，“道歉也没用，你是打算记我一辈子仇了？”

那种亲密距离被陌生气息侵犯到的感觉终于逼得盛喃奓了毛：“谁要记你一辈子……不准再往前了！”

靳一眼底浸出笑意，道：“我没动过。”

不自觉交叉挡到面前的胳膊挪下去，盛喃小心睁眼。

然后她才发现，跩爷真的一直停在半米开外，而她主观感受到的亲密距离被入侵什么的，似乎完全是某人的声音在这样逼仄的楼道内自带混音效果而导致的——她的错觉。

她盛小白菜今天干脆就自绝于此好了。

嘎吱。寂静的楼道里突然响起金属门被打开的声音。盛喃心里一抖，本能地朝楼梯台阶上方抬头。

“小一？”靳一奶奶正推开门，探出半身，茫然环顾楼道内，“是你在和谁说话吗？”

话声落时，四目相对。隔着跩爷的半边身体，贴靠在墙角的盛喃像棵干净无辜的小白菜，还微红着眼也红着脸，仰头看着她。

靳一奶奶沉默几秒，道："你们两个这是在……"

盛喃估计从靳一奶奶那个方向角度看，他们此时的距离和姿势看起来一定很容易让人误会。她张口试图解释。

"没做什么，"身前那个声音突然望着她开口了，懒洋洋的，还带一点儿从容的笑，"我正欺负她呢。"

盛喃呆滞转头。

因为这句放肆话，靳一进门时候，胳膊上又挨了老太太一巴掌。

"你今天怎么回事，成心气我是不是？"

"没有。"靳一没躲，淡定挨完巴掌就探身去柜子里取了吹风机，递给盛喃。

先进门的盛喃正在玄关里面手足无措地看着，望见跩爷很自然地递过来的吹风机，她愣了下。

靳一下颌微抬，示意她，道："头发吹一下，湿着容易感冒。"

"……好。"盛喃接过吹风机，进到卫生间。

老式房屋的门板薄薄的，就一层，即便打开的吹风机在耳边嗡嗡作响，她还是能隐约听见卫生间门外玄关里的祖孙两人的交谈声。

"栾钟海走了？"

"是栾老师，"靳一奶奶听起来还是有点儿不高兴，"还说不气我，傍晚老师和你那小朋友都在的时候，你看你那是什么态度。"

"谁让他来扰您清静。"靳一声音微凉。

"对，如果你老师不来那我都没办法知道，你这每天早出早归，全是演戏给我看？"

靳一沉默了会儿，道："您就别管这些破事，当他没来过。"

"你老师费心说了好久，让我做你的思想工作，你真不肯去学校？"

"不去。"

盛喃本以为这里免不了一通训斥，就算靳一奶奶性格温和，也是要说两句的。然而她没想到，这话题到这儿就这么停了，老太太似乎完全没有继续规劝的意思。

这是什么神仙家长。盛小白菜流下了羡慕的眼泪。

门外，靳一趁话隙回了一趟卧室，他脱下被细雨淋得湿潮的衣服，听过两秒浴室里吹风机的动静，还是放弃了冲澡的想法。靳一从大抽屉里拿出毛巾擦干身体，兜头套上件有连衣帽的黑色薄款卫衣，又拎出条长裤换好。

从卧室出来以后，他对上客厅里奶奶若有所思的目光。埋进毛巾和碎发间的修长腕骨明显一停，靳一抬眸，有点儿莫名，道："您那是什么表情？"

靳一奶奶问："你没听到栾老师走？"

"嗯。"

"那你是什么时候出的门？"

对奶奶想问的靳一已经了然，他顶着那坨毛巾走到冰箱旁，拎出来一罐易拉罐装的苏打水，单手屈指扣开，懒洋洋道："我觉得您最好别问。"

"嗯？"

靳一灌了两口，一抬罐尾，道："容易对您老心脏不好。"

老太太对自己这个在身边长大的孙子还是很了解的，何况她之前几乎没离开过客厅，也没见靳一出门，答案如何她很快就琢磨明白了——没走门，那自然只能"走"窗了。

"你啊，"带着老一辈脱不掉的又惯又气的口吻，老太太瞪他，"你就找刺激吧。十八九的人了，净出洋相。"

靳一转过身，半靠到冰箱门上。

湿得透黑的碎发搭过他的眼睑，长睫半垂，淡色小痣在眼尾微烁，道："嗯，冲动了，"停了几秒他蓦地笑了，垂眸闷了口苏打水，"没忍住。"

老太太闻声，有点儿古怪地望了他一眼。

这一眼末尾是要转向浴室的，也恰在这时候，门内吹风机的声音停了，门缝拉开一条，小姑娘吹得毛茸茸的脑袋慢慢探了出来。

靳一靠在冰箱门上，闻声回头，笑还未尽地撩了眼，问道："吹干了？"

"嗯。"盛喃被热风吹得脸红扑扑的，眸子沾了雨水似的，透着晶亮的黑。

靳一放下苏打水罐，走向卧室，又说："我给你拿衣服。"

盛喃不确定地问："你有女孩衣服吗？"

"没有。"

盛喃茫然："那你要给我拿……"

靳一已经从卧室里出来了，手里拎着件白色的连帽卫衣，眼神和语气平静淡定："我的。"

盛小白菜后退半步，身心表情都充满了抗拒。

靳一似乎是读懂了她试图抗争的眼神，懒懒散散地补上一句："或者你也可以选我奶奶的，老年款红牡丹针织衫，怎么样，喜欢吗？"

盛喃："……"

盛喃："太客气了，我穿你的就行。"

说着，小姑娘嗖的一下拉开门，把他手里那件白色卫衣勾进怀里，然后又嗖的一下缩回去了。门也被关上。

靳一看着空了的手掌，不意外地一笑，垂手插进口袋里，他踱步回到冰箱旁。骨节分明的手指刚搭上苏打水罐，他好像察觉什么，回眸。

老太太正端详他，问道："我有红牡丹的针织衫吗？你买的？"

靳一眸里笑意更盛，道："您要是喜欢，明天我就去给您买。"

"我看是你喜欢。"靳一奶奶拿起放在茶几上的茶碗，过了几秒，她突然像随口问，"你真喜欢？"

靳一抬苏打水罐的手一停。半晌过去，他抿了一口，细凉的泡沫在他唇间碎开，道："没喜欢过，不知道。"

"知不知道的，可都不许再欺负人家。"老太太没抬头。

"嗯。"

"更不能像今天一样，再把人弄哭了。"

"……嗯。"靳一垂眸似笑，"以后就算我哭，也不让她哭，这样行吗？"

老太太瞪了他一眼。

没多久，盛喃换好衣服出来了。靳一递给她的这件本来就是宽松版的卫衣，他又是那种肩宽腰窄的衣架子身材，还有一米八七的身高，盛喃在一米六一群体里都偏瘦的骨架不知道比他小了多少号，肩线更是完全撑不起，快要耷拉到胳膊肘了。于是最后软塌塌挂在她身上的卫衣，比那天穿的他的夹克外套还要显得再长一截。

……手指头尖都够不着袖口。盛小白菜由衷地感到羞耻而绝望。

不过难得跩爷目光一扫而过，几乎没在她身上停留，嘲讽就更没有了，道："好了？"

"嗯。"

靳一放下苏打水罐，拿起置物台上的钥匙，说："我送你，走吧。"

"……哦，"盛喃捏着袖子里面，往前走了两步，朝客厅沙发上的老太太躬了躬腰，"奶奶再见。"

靳一奶奶笑得很慈祥："嗯，再见。"

靳一扶门站着，等盛喃拎着她的湿衣服走过去。尽管竭力避开视线了，但眼角的余光难免掠及——还没到他肩膀的小姑娘沮丧又蔫地走出去，卫衣盖过腿根，又拖下来几寸，衬得腿细瘦白净。很小的一只。拦腰抱进怀里的话，应该能完全被他的身影裹住吧……

"咳……咳。"

意识到自己在想什么的靳一眼神难得地慌乱了下，他勾起门后的棒球帽，扣到头上，又往下压了一点儿。

"奶奶，我走了。"

"路上小心。"

"嗯。"

已经走下去几级台阶的盛喃茫然回头，她听着跩爷的声音语气好像都有点儿和平常不一样。但那只棒球帽给他遮下半张脸的阴影，什么都看不出。只在那人转身关门时，盛喃瞥见他环着耳骨钉的白皙左耳上，泛起一圈淡淡的红晕。

盛喃不是没意识到靳一拿的那把似乎是车钥匙，但直到坐上副驾驶座了，她还是觉着不太真实。抱着系好的安全带迷茫了好几秒，盛喃终于在发动机启动声里回过神，扭头问："你竟然会开车？"

"嗯。"

"你……不会是无证驾驶吧？"盛喃把安全带抱得更紧了。

靳一瞥她，道："你不觉得这个问题问得有点儿晚？"

话声落时，车身蓦地后退，腾挪转向。

盛喃忙道："等等等等！我改主意了，还是让赵阿姨来接我吧，这么晚了，就不用麻烦您老人家了！！”

无人回应。车身也平稳得出乎意料。

已经扒在门边的盛喃小心翼翼地睁开眼，就听那人嗓音哑然带笑，像促狭，在车厢这狭小的空间里格外撩人地好听：“有驾照，坐稳。”

“真的有吗？”盛喃心有余悸。

“还要拿给你看？”

盛喃很努力才咽下了那个好字，摇摇头：“人与人的信任还是要有一点儿的，”停了两秒，她还是没忍住，小声咕哝，“你学车好早。”

“今年高考后学的，”靳一瞥过后视镜，像全不在意，“找工作会方便一些。”

盛喃一愣。过了好几秒她才眨了下眼，抱着唯一能抱的安全带，她扭头看向窗外，很轻地：“……啊。”

“啊是什么意思？”

盛喃安静了会儿，小声道：“就是想说话但是又怕会冒犯你的意思。”

靳一轻叹：“我正式收回我之前说过的话，以后你随便冒犯我，行吗？”

盛喃屏息，道：“你知道你这话有歧义吧？”

靳一思索几秒，了然。他不得不再次感叹盛小白菜这种胆子很小但说话很敢的猫属相行为，慢条斯理地道：“虽然我没有在表达那个意思，但如果这样能让你原谅傍晚的事——”

盛喃憋得脸颊都红透了，道：“我已经原谅了！”

靳一眸里掠过笑意，道：“好。”

盛喃：“……”

靳一道：“你刚刚想冒犯我什么，问吧。”

盛喃：“……”

车里安静了会儿。直到一个红灯前，车身减速停下。

窗外不知道什么时候又下起了小雨，很细的雨丝像落地的银针，在五光十色的灯火前，轻轻刺破这座小城里的朦胧与静谧。盛喃望着窗玻璃上的斜痕，听见自己的声音小心地：“你真的……不打算回去复读啦？”

靳一本想点头，看见扭向车窗外的小姑娘，又改作开口：“应该不回了。”

“应该？”盛小白菜很敏感地转回头。

“嗯，”红灯转绿，靳一换挡，“不读的原因有很多，回去的理由嘛，还没找到一个。”

盛喃眉心轻皱，好像纠结起什么问题。

靳一问：“你是想问原因有什么？”

盛喃不确定地道：“可以问吗？”

“虽然有点儿冒犯，”靳一眼角的余光瞥见女孩蔫下去，不由得莞尔，“但我说了，随便你冒犯。”

盛喃憋住。虽然很想特别有尊严特别有骨气地大声说：不用了，你爱回不回，关我什么事。但事实上她确实好奇得抓心挠肝的，简直有一万只小猫咪同时在她心窝里蹭来蹭去似的。于是小白菜选择了默认。

“一部分原因是，学校里很没意思。”靳一说。

明明几秒内就可以清晰理出的解题思路，任课老师却要在讲台上翻来覆去地讲很长时间，而且最后也未必是最简答案；同一个理论体系下的类似题目，还要在不同学习阶段进行解题和讲解无数遍。除了重复还是重复，所以很没意思。

思考过后的盛喃绷起脸，无比赞同地用力点头道：“确实没意思，我最头疼文化课了。听说X省那边在推行全方面减负和素质教育，高中下午5点就放学，那样的校园生活应该有意思多了。”

靳一指节轻叩了下方向盘，最后还是只笑了下，没说话。

盛喃等了一会儿，转头道：“那另一部分原因呢？”

这次轮到靳一沉默。在盛喃几乎以为她等不到他的答案了时，她看见方向盘上那只修长的手慢慢捏紧，苍冷的白葱骨节间透出，像在压抑某种激烈的情绪、像傍晚她离开前一样。盛喃不安地抿唇。

可又只那一瞬。一瞬之后，握着方向盘的指节微松，驾驶座里倚着的少年长腿踩油门，单手挂挡，车身加速超车的瞬间他嗤出一声薄凉的笑，几乎没入引擎声和雨雾里——

“因为不想叫他们如愿。”字字切齿，冷意透骨。

盛喃没敢问“他们”是谁。她扭头看窗外。不用问，她大概猜得到。

二十分钟后，车停到盛喃新家楼下。盛喃还在低头拿副驾驶座前放着的衣服袋子，就听左侧车门关上，她刚茫然直起身，右边车门已经打开了。

带着湿潮气息的雨雾扑入车内，盛喃凉得一抖，连忙拎着袋子下车，还不忘要跟跩爷道谢："谢——"

她肩膀被人一搭，裹到撑开的黑伞下。还蒙着的工夫，那人已经把她带到面前的独栋楼内了。亮起的感应灯照亮女孩透红的脸。靳一收伞时瞥见，薄唇溢出丝浅淡的笑，那种懒散又跩的熟悉感漫漫染回他的眼角和眉梢，道："打一把伞都脸红，你倒是敢在栾钟海面前放话。"

"你……你不要污蔑我，我哪有脸红！"盛喃说话的同时往后缩了一点儿，完美诠释什么叫嘴硬身𡲢。

靳一含笑敛眸，把长黑伞收起，没拆穿她。

盛喃道："那个，衣服的话，等我……"

"不急，"靳一懒懒出声，"等你攒一衣柜吧。"

盛喃："你这是咒我，我盛小白菜绝不可能每次都这么倒霉的！"

"嗯？"

盛喃一时上头，醒神才发现自己把心里话都吐了出来。但说都说了，必须绷住。于是盛小白菜摆出一副"就是这样怎么了"的外强中干的气势，仰着细白的尖下巴试图用自己一米六的气势压过高她二十几厘米的跩爷。

靳一眼底笑意染得更浓，道："行，盛小白菜不会一直这么倒霉。"

这困窘的场面盛喃实在快绷不住了，他要是用那种干净又磁性的嗓音再这么慢条斯理地念两遍，盛喃怕自己真做出什么太过"冒犯"的事情。毕竟这夜深人静月黑风高孤男寡"白菜"的……

盛喃转身道："那我先回去了。"

"嗯。"

"你路上小心，"盛喃憋了两秒，"今天谢谢你。"

靳一微怔，眼见女孩走出去了，他下意识开口："等等。"

"嗯？"

盛喃茫然转回。她见靳一在朦胧的雨雾前无声地站了几秒，夜色模糊了他的清朗眉眼，看不清情绪。

好几秒后，靳一开口："《卡拉马佐夫兄弟》，我看到了。"

盛喃反应了两秒才想起那是她送给他的那本书的书名，她还是没懂他的意思，就点了点头：“嗯……我应该也看到了？”

这个回答叫靳一好笑又无奈，有时候他确实不知道小橘猫的思路都搭在什么奇怪的频道。靳一道：“里面的书签是你画的？”

“嗯，”盛喃点头，随即想起什么，“啊，是不是没告诉过你，我是美术艺考生。”

“猜到了，”靳一说，“礼物我很喜欢。”

盛小白菜顿时骄傲昂首道：“未来美术大家之作，你记得珍藏，以后肯定会升值。”

靳一不禁笑了：“好，那我应该回什么礼？”

盛喃茫然道：“不用回礼啊，本来就是谢谢你之前几次帮我解围的。”

“我以为那几次应该和今天傍晚的事功过相抵了。”

盛喃被提醒，绷着脸道：“有道理哦。”

靳一正思考拿什么礼物邀约她下次见面，就听盛喃说道：“不过还是不用啦！”

“嗯？”靳一抬眸。

“念你今晚护驾有功，”盛小白菜自觉非常大度地一挥她的小细胳膊，“就当朕赏你的！”

“……”

周一，课间操。

盛喃今早发现自己来例假了。不知道是不是昨晚淋了凉雨的缘故，她从早上开始就不太舒服，等到学校挨过晕晕乎乎的三节课，脸上更是没什么血色了。郭禹彤找班里的体委帮她请好假，这才免去她课间操跑圈的折磨。同学们都下去列队了，教室里就剩她一个人。盛喃吃完止疼片后，皱着眉趴到课桌上，透过窗玻璃的阳光晒得她暖洋洋的，意识也跟着昏沉。

不知道睡了多久，在同学们回教室的喧闹声里，她慢慢醒来。身旁的凳子被推开，郭禹彤回来了。

盛喃支起身，道：“班长，我们今天上午有英语课吗？”

“英语？没有吧，”郭禹彤翻开课程表看了一眼，“周一老栾的课排在下午第三节呢。”

盛喃松了口气：“那就好。”

“嗯？你干什么亏心事了？这么怕见到老栾？”

盛喃心虚地拄着脸，眼神往别处飘。

“我没别的意思，就是觉得你帅想泡你来着，既然你拒绝那就算了，祝你退学愉快。”

昨天她当着老栾的面给靳一撂下的狠话犹在耳边。她当时一定是脑抽了吧。不知道这个理由老栾能不能接受。

大概很难。哐。生无可恋的小白菜再次把脑袋磕上了桌面。

“哇，可算被我逮到你了！”一个激动的声音在盛喃耳边炸响。

身魂俱麻的盛喃木着脸，抬头道：“……文姐？”

文梦佳“嘿嘿”笑着挤到前桌的空位里，靠墙坐的丁小君不知道什么时候回来的，很小心地往里面缩了缩。文梦佳并没注意，正兴奋得滔滔不绝：“你还真是真人不露相啊，小喃同学，快说快说，你怎么认识的靳一大帅哥？”

盛喃装傻：“靳一是谁？”

“就是周五晚上来找你的那个人啊！”要不是有课桌阻隔，文梦佳可能已经要冲上来疯狂摇晃她了。

“啊，他是靳一吗？”

“绝对是！拿我的英语成绩做担保！”文梦佳信誓旦旦，“就他那张脸，还有那颗泪痣，就算化成灰我也能认出来！”

文梦佳激动得厉害，没注意自己为了凑近盛喃越来越往里，丁小君被挤得快要贴墙上了，但还是没敢说话，只是更努力地缩起肩，埋着头。

盛喃犹豫了下，起身绕到郭禹彤外面的走道上，对文梦佳说：“我跟那个人就是一面之缘，借了件衣服，不熟的。”记仇小白菜把这话说得脸不红气不喘。

文梦佳立刻跟去过道：“啊？你不认识他啊？”

“嗯，他也没告诉我他叫什么。”

跩爷确实没告诉她。她还是通过文梦佳的偷拍照才知道的。

文梦佳狐疑地问：“真的？那他怎么还专门来找你？”

“拿衣服。”盛喃自觉很诚实。

文梦佳又道："可他还为你撑了黎雪晴欸。"

盛喃眨了眨眼，道："可能这个人喜欢日行一善？"

文梦佳有点蒙，还想说什么，不过这时候正巧看见黎雪晴和陈格格从教室后门进来了。她们两个坐在盛喃这一列的中排，要回桌位必然得经过。

文梦佳抬手和对方打了个招呼。

陈格格搭上文梦佳的肩，道："文姐，你们聊什么呢？"

文梦佳道："你猜？"

"看你这么激动地缠着盛喃，肯定是上周五那事吧，"陈格格说，"知道你这两天就想抓着盛喃逼供了，怎么样，有收获吗？"

"没有欸，"文梦佳苦着脸，"盛喃说她和靳一不熟。"

"哎，算了算了，反正再熟再帅，人家不来上学我们也够不着，而且我看这大帅哥肯定眼神不好。"

文梦佳不解地道："怎么说？"

"还用怎么说，"陈格格一歪身，勾住正巧过来的黎雪晴的胳膊，"我们雪晴多漂亮啊，他竟然那么不给面，肯定是眼神不好站在门口没看清！"

陈格格大概是个没脑子的，完全没注意自己这话一出，被她挽着的黎雪晴表情都冷了一下。

气氛正微妙。坐在旁边一直没插话的郭禹彤放下笔，道："我觉得，文姐你们还是少惦记人家。"

"哎呀，怎么连你也这么说。"文梦佳叹气。

郭禹彤道："我们校女篮队好几个在 B 栋的，她们跟我说过一点儿小道消息。"

"嗯？说什么？"

"这个靳一，好像是跟裴朔有点儿牵扯的。"

"真的假的？"文梦佳惊了。

郭禹彤郑重点头。

四人沉默。紧跟着，明显或者遮掩的，她们的目光飘向试图把自己边缘化的盛喃。

盛小白菜想跑，没来得及，只好接话："……你们看我干什么？"

"好你个盛喃，又隐瞒不报是吧？"文梦佳佯怒扑上去，"裴朔小弟对你那么恭敬，靳一又跟裴朔混，你还说你什么都不知道！”

盛喃差点儿被当场锁喉，忙道：“等等等等——请组织上再给我一个坦白从宽的机会。”

“最后一次，老实交代！组织上对叛徒的处置可都是沉塘喂鱼的！”

迫于“淫威”，盛喃只得把靳一上回在贸易市场搭救她那件事掐头去尾地简略说了一遍。

文梦佳听完概括：“所以就是他借给你外套，你跟着去了一趟台球室，认识了裴朔他们？”

“没错。”盛喃点头。

郭禹彤突然插话：“台球室设施好吗？”

盛喃被问得蒙了下，道：“呃，应该还好吧？”

“那太好了！正好周末大休，你带我去看看吧？”郭禹彤难得地也兴奋起来，“我之前就想找个打台球的地方了，但我家附近没有台球室，离得最近的也都破破烂烂的。”

盛喃道：“……你不是篮球队的？”

“我是全能好吗，”郭禹彤骄傲地龇牙，“而且丁俊晖是我偶像！要不是我长得太高被我爸送去学篮球，那我肯定要学斯诺克，向我偶像的道路进发！”

一直怀疑自己大脑里没长运动神经区的盛喃对此毫无发言权。文梦佳和陈格格闹着哄着要跟去，一个和三个差别不大，盛喃也答应了。

陈格格问身旁：“雪晴，你也一起去看看呗？给他们展现一下咱们安乔校花的魅力！嘿嘿。”

黎雪晴摇头道：“我就不去了。”

“啊？为什么啊？”

“大休回来就该第一次月考了，我在家复习。而且……”黎雪晴看了盛喃一眼。

陈格格似乎没察觉：“而且什么？”

“裴朔那些人去的地方，应该很乱吧。”黎雪晴微皱起眉，像担心似的看着她们。

陈格格道：“也对哦。”

黎雪晴轻叹："还有盛喃，你对人太没有戒心啦。"

"我？"盛喃抬眸。

"嗯。像靳一那样无故旷课一个月，迟早要被学校劝退的。这种人流到社会上去，除了模样没有别的长处，以后不知道会走上什么歪路。"黎雪晴声音柔和，"你对他们这种人还是要防备些才好。"

"……歪路？"盛喃感觉自己很轻地笑了一下，"哦，比如某某会所那种吗？"

黎雪晴一愣，脸上微红，道："你在说什么啊，我不是那个意思。"

文梦佳这种班里豪迈派女生代表都愣了下，一边"哦噢"一边撞盛喃肩膀："喃喃你看着软得很，没想到这么敢说啊。"

"那也挺好的，"盛喃只看着黎雪晴，嘴里扯淡，眼神却凉，"反正我从初中开始梦想就是包养小帅哥，走上人生巅峰，求求他务必给我这个机会。"

"……"

课前预备铃响得很是时候。黎雪晴走的时候还在笑，但表情却不太自然了。盛喃没再看她，这边一散，她脸上那种介乎小软妹和小太妹之间的表情瞬间就垮掉了，只差扶着后墙爬进座位里——"疼疼疼……"

"你还不舒服啊？"郭禹彤哭笑不得，"看你刚刚那架势，我还以为你已经好了呢。"

"药劲儿还没上来，"盛喃苦巴巴的，"此刻就仿佛有人在拿刀捅我肚子。"

"那你还有力气和黎雪晴吵架？"

"噫，我这种为爱与和平代言的美少女战士怎么会跟人吵——啊疼疼，"盛·美少女战士·喃刚昂首挺胸到一半，又被打倒在桌面上，这回明显气短了，"好吧，只是不明显地撑了一句嘛。"

郭禹彤忍不住笑道："怎么不继续怂着了？第一回看你生气。"

盛喃软趴在桌上，气哼哼地："天大地大，例假最大，现在就算哥斯拉入侵城市我都能给它拎起来抡三圈甩回海里去。"

"尤其是说靳一坏话的'哥斯拉'？"

"……哼。"盛喃很想反驳来着，但心虚，而且确实疼得没什么力气了。

她蔫蔫地垫着下巴，歪头，对上窗玻璃外闪烁的叶子。

好吧好吧，她承认。她就是不喜欢黎雪晴说靳一坏话，尤其是对方说话时候的眼神和意味深长的用词，就好像在跟盛喃说，像靳一这种人，以后注定了就是要一路堕落、烂在淤泥里的。

甚至黎雪晴那样说的时候，连文梦佳都觉得是对的吧。

可是为什么呢？不用考虑任何客观条件、不必了解其他任何方面，成绩就是这个世界判定一个普通人价值的唯一标准了吗？

"黎雪晴虽然有点儿针对你，但道理还是有的。"

"……"盛喃听见脑袋后的声音，慢慢直起身。

郭禹彤正在看一篇英语阅读理解，一边关键段画线一边说："安乔这边的规定是，无故旷学一个月以上，开除。"

盛喃下意识地攥了攥手，像想要握住什么，却握了个空。

郭禹彤抬头看她，道："这周就是最后一周了。"

盛喃道："我知道。"

"高考是人生的分水岭，"郭禹彤说完就露出嫌弃的表情，"噫，没想到我也会这么自然地说出这句话——不过是大实话。这道分水岭他都没打算跨欸，你们以后确实会是两个世界的，朋友都很难做得成。"

"我没想和他做朋友。"

盛喃很自然地说出这句话。不是报复不是记仇，她恼怒黎雪晴的时候确实没想过——那时候她想的不是他们两个人的关系，而是靳一本身。

就像昨天她听他说高考后考了驾照，为了找工作，那一瞬间她心底涌出难以言明的满溢的遗憾感。她甚至不知道自己遗憾什么。明明她的人生也没过得多美满，但她就是觉得遗憾。

"知道啊，"郭禹彤玩笑，"你没想和他做朋友，只是单纯地想包养小帅哥嘛。"

盛喃被勾回神，窘了一下，道："你出去可别乱说，我那是气黎雪晴的。"

"放心吧，不说。"郭禹彤刚低头又转回来，"不过，你为什么喜欢他啊？"

盛喃手忙脚乱，道："你你你别胡说，我什么时候喜欢他了！"

郭禹彤笑道："好吧，那换个说法，你为什么对他有好感？"

盛喃绷住脸，道："长得帅，我颜控。"

"就这么简单？"

"嗯！"盛喃用力点头，很骄傲地说，"我多肤浅啊，就这么简单。"

"……行吧。"郭禹彤终于放过她。

盛喃压下心虚和表情变化，慢吞吞转向窗外。

转过来那一瞬，阳光晃了她一下。她好像又梦见昨晚的那个梦了：傍晚的雨雾，阴沉的风，还有扭曲丑恶的模糊的脸。比它们更近的是身影凌厉修挺的少年，像光撕开阴云愁雨，破雾而至。而他只拦在她身前，既笑也怒。

"谁的女孩你也敢看？"

谁的女孩啊……反正不可能是你的。谁知道你这种祸害，过去现在以后，有过或者会有多少个你的女孩。盛喃在心底偷偷撇嘴。

她随手拎过来只薄本，拧开笔盖在上面郑重其事写下几行字——

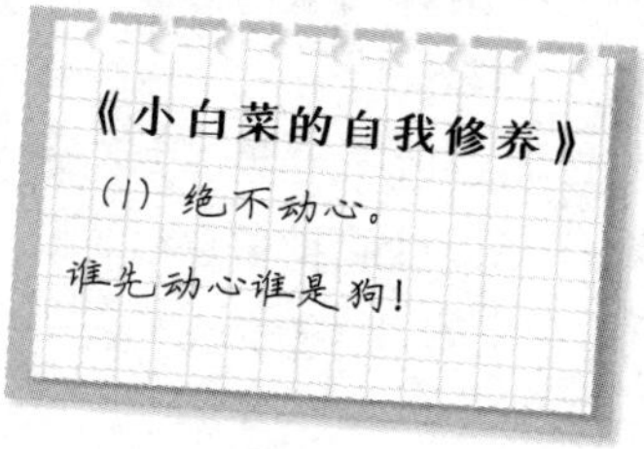

周六，期待已久的大休。

盛喃依约，午饭一过就带郭禹彤三人去了盛大贸易街北街角的台球室。中午时候人不多，文梦佳和陈格格两人显然不是来玩台球，而是来"守株待兔"的。

可惜一待待了两个小时，一无所获。两人前后找理由回家了，只剩盛喃继续"折磨"着郭禹彤教她台球。

两人选的是角落的台球桌，盛喃拿台球杆和支架杆戳了整整一下午，太阳都被她从正中当空戳到了天西边，击球准度总算是能看了。

终场，休息时间，盛喃扶着杆表情肃穆地道："我觉得台球是一项需要手感的运动。"

郭禹彤回她："你找到了吗？"

"找到了。"盛喃认真点头。

郭禹彤一言难尽地看了她会儿，摇头叹气："我妈一定会很乐于你给我做家教。有你在，我自信能戒掉所有让我无心学习的体育项目。"

盛喃扭头道："你这样说我会很受伤。"

"不说出来我更受伤。"

"好吧，"盛喃沿着长凳往郭禹彤身边挪了挪，严肃地问，"你觉得以我现在的台球水平，可以跟人对打了吗？"

郭禹彤想了想，诚实道："以你现在的样子，可能都还没到能称为'水平'的程度。"

盛喃："……"

见盛喃被打击得就差蔫到凳子底下的模样，郭禹彤忍不住笑道："不过总算是能够着母球了不是，这也是一种进步啊。"

盛喃闻言木着脸道："不会夸人可以不说话。"

"喃喃你变了，一周前你还不是这样对我的！"

"一周后你会怀念现在的。"盛喃说。

郭禹彤一边说原来你的本性是这样，一边笑得快要跌到凳子底下去了。

盛喃叹气，拿出手机看了一眼。上面的信息很简单，就是她约跩爷今天傍晚到台球室，她把洗好晾干的卫衣和夹克外套一起还他。不过再往下……

小白菜：你会打台球吗？

J：问这个做什么？

J：玩过。

小白菜：……打得好吗？

J：新手水平。

小白菜：！

小白菜：那今晚我们打一场台球怎么样？

J：好。

盛喃没想到靳一会答应得那么干脆，虽然中间似乎停顿了几秒的时间。

既然都是新手水平，那胜率应该可以对半开……吧？盛喃忐忑不安地送走要回家吃饭了的郭禹彤，又忐忑不安地窝在台球室角落里等了会儿，最后忐忑不安地想起了她书包里还没做完的一堆卷子。而且老栾周五刚通知，从这周开始，每个大休也要周日下午到校报到。

盛喃：……

这是怎样悲剧的小白菜生啊。她看过手机，距离约定时间还有将近一小时，盛喃干脆打开书包把卷子翻出来。反正角落这边的三张台球桌已经被她包下整个下午加晚上的时间了，老板应该不会管她是拿来打台球还是写作业。

于是，半小时后，裴朔一行人刚迈进台球室的门，就瞧见在台球室其他人时不时看一眼的方向，某个娇小熟悉的身影正坐在台球桌前，艰苦卓绝地……写卷子。

几人呆了数秒，回神。

“哈哈哈，那不是那个小姑娘吗？”

“跑这儿写作业，这绝对三好生啊。”

“哈哈哈哈，只有我发现她坐那个高凳竟然还能晃腿吗？她是不是连一米六都不到？”

“但是小姑娘晃腿很可爱欸，你们不觉得——哎哟！谁打我！”

突然被一本厚书敲了脑门的男生气愤回头，对上身后比他高了一截的那人冷白的下颌，再往上，那双漆黑的眸子透着冰凉的笑意。

“觉得什么？”

“靳……靳哥，”男生识趣地退开，“什么都没，我说梦话呢。”

靳一反身，把书塞回柜子，走向角落的那张台球桌：“别乱说。”

几个男生面面相觑。

“难道是还没追到？”

“不应该啊，靳哥还用追吗？长他那么一张脸，一般不是勾勾手指女生就扑上去了？”

“那小姑娘肯定不是一般人啊，我觉得靳哥这是在暗示我们呢。”

“暗示什么？”

“那当然是暗示我们捧捧场，给他们创造机会呗。”

“哎，有道理啊……”

大约是裴朔影响得好，几个憨憨迅速达成一致，脑袋凑到一起开始商量起来。靳一走过去时，盛喃正对着数学卷上的一道空间几何题苦大仇深，小白菜脸皱得跟卷心菜似的，连身旁停了个人都是好几秒后才反应过来。

盛喃仰头，看见靳一后她惊讶地看了眼时间，问："你怎么这么早到了？"

"没你早，"靳一瞥了眼卷子，似笑非笑的，"你把这里当自习室了？"

"作业太多了，"盛喃叹气，"不然做不完。"

"那还找我玩台球。"

盛喃一噎，随即想起旁边的袋子："主要是还你衣服嘛，然后顺便，嗯，老栾说了，要劳逸结合！"

靳一轻嗤，修长的食指在卷面上轻点了点，道："这题错了，选 D。"

盛喃低下头去凝视数秒，怀疑地抬头道："你才刚过来，看了有两眼吗？你怎么知道选 D？"

"猜的。"靳一靠到她面前的台球桌上，懒洋洋地撑着长腿，"我运气一向很好。"

盛喃无话可说，想了想，把答案划掉，改成 D 了。

靳一轻挑眉道："就这么相信我？"

"反正我也是猜的，"盛喃蔫撑着脸，"单从运气来看，你肯定比我好多了。"

靳一莞尔。

正在此时裴朔表情复杂地走过来，对靳一开口："哥，我们那边——"

他蓦地停下。盛喃跟着顿了两秒，茫然抬头："哥？"

感受到某束死亡凝视，裴朔急中生智道："咳，是……是啊，靳一年龄比我大，所以我平常偶尔也会喊他哥。"

盛喃恍然道："这样。"

她对裴朔的印象更好了些。这么尊老爱幼的不良少年团老大，多难得。

见盛喃似乎信了，裴朔好像劫后余生，看向靳一问："今天台球室满桌了，要不我们换个地方？"

"啊，"盛喃想起正事，伸出爪在面前一比画，"这边的三张桌我今晚租下来了，你们随便玩。"

裴朔一愣，难得地不好意思地摸后脑勺道："这不好吧？"

盛喃已经嗖地起身，眼巴巴地看着他："只要你再教我打一会儿台球就行。"

裴朔惊讶地问："我？"

盛喃立刻点头。

裴朔："……"

这个女人果然好狠毒的手段，她就是想借他哥的手弄死他对吧！裴朔已经脑补到这盛喃到底是哪个昔日结怨过的不良少年团派来使美人计的橘猫精的时候，他听见靳一说话了。

"不是要跟我玩一局嘛，"靳一抬手，把殷切得快要蹦上台球桌的小姑娘点着额头单指压回来，"放我鸽子？"

盛喃想都没想就拍掉他的手，道："不急，你往后稍一稍。"

裴朔已经震惊得失去言语功能了。他哥的手竟然被拍开了？竟然有人敢拍开他哥的手还叫他哥往后稍稍？泉市九中那些人要是看见此情此景还不得疯了？

靳一倒是没太多意外，他把手撑回身旁，似笑似叹："那我也领个号？"

盛喃怔了下，小心转回："我没要放你鸽子你的意思，我就是需要，嗯，找人热身一下。"

"有也没事，"靳一从台球桌前直起身，看裴朔，"你陪她玩两局吧。"大约是想起盛喃站旁边了，他又敷衍地补了一句，"可以吗？"

裴朔："……可以。"

他敢说半个不字吗！趁盛喃收试卷，裴朔立刻溜去靳一身旁，道："哥，你看我就说这小姑娘手段很多，她这摆明了是要对你欲擒故纵啊。"

靳一手里拎着盛喃那张数学卷，视线慢速移动，一边心算解题，一边漫不经心地应："嗯。"

"嗯是什么意思？"裴朔迷惑。

"意思是，"靳一看完左半页最后一道选择题，换页，"让她擒。"

"……"

盛喃过来拿最后一张卷子，裴朔没法再往下说了，痛苦走开。

靳一抬了抬卷子，道："今晚玩台球，作业还写得完吗？"

盛喃长叹："回家通宵，大概可以。"

"那这张我帮你写吧。"

"……"

身旁一静。靳一好像想起什么，抬眸，慢条斯理地道："当然，如果你有坚决不抄作业的优良品德——"

"没有！"盛喃终于回过神，语气认真，"我完全没有任何品德。"

靳一失笑，忍了好几秒才没伸手去女孩短发上揉一揉。他刚刚就发现了，她这样睁着眼睛眼巴巴看人的时候，更加像只扣着梅花爪、仿佛在等小鱼干投喂的乖巧小橘猫了。

从盛喃那儿接过笔，靳一扫着卷面问了句："你平常数学多少分？"

如果换班里的学霸们来，大概此时已经惊叹一句"是控分大佬"了，可惜对身为学渣的盛喃来说，控分这个词还是一个不可理解的新概念。所以她完全没多想，就只回忆了下："嗯，三四十吧。"

靳一抬眸："？"

盛喃鼓励地拍拍他，道："对你来说有难度是吗？你不要有压力，选择题随便猜，填空题能写就写，大题写个解和开头步骤就行。"

靳一忍笑："第一步都不会的呢？"

"那等我教你，我有经验。"盛小白菜信誓旦旦。

靳一还是没绷住，眸里笑意满溢，直染到眼尾，泪痣都跟着微挑起来，道："好。你说的，等你教我。"

"放心吧，我盛小白菜一言九鼎。"盛喃保证完，昂首挺胸地去练球了。

尽管靳一看起来并不在意，但裴朔还是觉得自己这半晚上都仿佛在悬崖边走钢丝——从古至今，跟嫂子走得太近的小弟都没什么好下场。因此当盛喃宣布练习可以结束了的时候，裴朔着实有种死里逃生的幸福感。不过这种幸福感在盛喃神秘兮兮地溜到他身旁时，又迅速转为警惕。

盛喃并没注意，悄悄问他："你觉得我赢靳一的概率有多大？"

裴朔还有点儿没回过神来，道："你赢谁？"

"靳一呀，"盛喃转回来，"他应该不怎么玩台球吧？"

"开什么玩笑，我哥——咳，斯诺克小王子，本地台球室扛把子好吗？”

盛喃：“？”

裴朔被她用眼神质疑了。不过在靳一的台球技术上，裴朔实在都懒得辩论，只给了盛喃一个“你完了”的眼神：“等你跟他对局，你就知道他有多厉害了。他可是在泉市九——呃，在我们那儿的台球室里拿过最多次单杆满分 147 纪录的人！”

盛小白菜表情凝重极了。

四十分钟后，几个了解靳一台球水平、等着看虐菜局的男生，集体石化在窗边的夜风里。

“靳哥……果然是高手啊。”

“这个喂球，换我在靳哥对面早就单杆 147 了！”

“好想跟靳哥打一局，我还从来没拿过单杆满分呢。”

“哈哈，别做梦了，你上去能有这种喂球喂到洞边上的待遇？靳哥打你个单杆 147 还差不多。”

台球桌边，盛喃一局打得云里雾里的，到交杆才回过神，茫然道：“我赢了？”

充当裁判的裴朔已经不想有表情了，说：“是的。”

盛喃狐疑地看着靳一道：“你是不是放水了？裴朔说你打得很好。”

“没放水，今晚运气不好。”靳一说。

裴朔站在旁边：“……”

是，没放水。是放了一整个太平洋好吗！

盛喃眼神里流露出雀跃：“所以真的是我赢了？”

“嗯，你赢了，”靳一撑到台球桌上，屈着长腿看她，眸里隐着笑，“要奖励吗？”

“要！”

大概是回答得太快，靳一露出意外，裴朔也跟着愣了下。

盛喃紧张地问：“这可是你自己提的，不会反悔吧？”

“不会，”靳一回神，莞尔一笑，“你想要什么？”

盛喃眼睛晶亮地道：“想要什么都可以吗？”

靳一陷入微妙的沉默。旁边裴朔目睹全程，现在只想扛起他哥朝着台球室门外来一个百米冲刺——这橘猫精简直太可怕了！

可惜他哥没给他付诸实践的机会。靳一坐上台球桌，垂着长腿，道：“好啊。”交扣的十指分开，抵在身后桌面上，他半落着眼笑，一副颓懒又踽的样子，“想要什么都可以。”

比盛喃更兴奋的是窗边过来的男生们。

“这是让靳哥做什么都可以的意思？”

“啧啧啧，刺激。”

“这玩得太大了吧？那她甚至可以让靳哥学狗叫，或者当她男朋友。”

靳一转回头，眼神懒散危险：“谁想让我学狗叫？”

几个男生瞬间缩回去，你看我我看你，全是一脸无辜。

盛喃回神，立刻摇头道：“不敢不敢，绝对不敢。”

靳一转回来，垂眸睨了她两秒，他慢悠悠地道：“你要是一定想，也可以。”

旁边的男生们忍不住了，笑得豁出命去起哄——

“就这个，就这个，小姑娘快选这个！这个值！”

站在原地的女孩轻吸了口气。台球室灯光很亮，能看得出她的紧张屏息，连垂在身侧的手指都无意识地攥得很紧。

其余的人不由得安静下来。裴朔在旁边更紧张，生怕他哥今晚一个冲动，把自己卖出去暖床。他都做好不顾安危冲上去给小姑娘捂嘴的准备了。

这方角落的一片寂静里，盛喃看向台球桌上坐姿散漫的靳一。

“你去上学吧，”她轻声说，“好不好，靳一？”

话声落时，灯火寂静。

靳一撩起漆黑的眸子。盛喃一眼不眨地望着他的眼睛。

我知道你不是她们说的那样。

你像一颗星星，清澈干净，闪闪发亮。

我见过你的光。

如果可以，请你不要落进淤泥里。

炙阳卷

原来他是星星啊，

别人的星星。

那星星的太阳到底什么意思嘛？！

第八章
这个夏天的太阳好烫

一个热烈灿烂的拥抱，像盛夏炙热的阳光。

裴朔杵在台球桌对面，震惊得失去表情，甚至不敢扭头去看他哥，但内心还是忍不住想给小姑娘鼓个掌。

他爸妈早就受他姨母委托，让他劝靳一回去上学，他就斗胆试探了那么一次，之后提都没敢再提一个字。结果这小姑娘不但敢提，还是作为赌注直接摆出来的。这种不畏死的精神实在是……

裴朔还没等想完，就看见他哥从坐着的台球桌上跳到地面，放下球杆朝盛喃走去。

背影瘦削修长，侧颜凌厉。裴朔看得心里一慌，赶紧给盛喃使眼色，试图暗示她快跑。

可惜盛喃没在看他。盛喃从小就有这个毛病：越是紧张越爱走神，脑袋里胡思乱想，身体却总一动不动。所以，等她把心底那棵上蹿下跳的小白菜死死压住的时候，已经来不及做什么反应了。

靳一就停在她身前，嗯，两人最多相距半米。

盛喃小心仰头。背光角度下，靳一的眼眸幽黑且深，面上那点儿散漫笑意不知道什么时候抹掉的，现在只剩一种意味难明的情绪。

盛喃想了几秒没有结果，就直接开口问了："我是不是，又冒犯到你了？"

"你觉着呢？"靳一声音淡淡的。

盛喃认真道："我觉得吧，你是一个守信的人。"

"嗯？"

"所以就算我真的又冒犯到你了，"盛喃偷偷看他，"你也会遵守诺言，不会跟我计较的对不对？"

"未必。"

盛喃一凛，微绷住脸，道："……那你生气的时候打人吗？"

靳一险些没控制住情绪，他长眸半垂，抑下笑，道："还能给你最后一次机会。"

"什么机会？"盛喃表情更严肃了，"比如让我先跑三十九米那种吗？我腿短，跑起来比较慢，你能等我说我好了再追吗？"

靳一终于忍不住，快破功前他俯身，直逼到她眼前，那双漆黑眸子里强抑着笑，又莫名地凶："你再说一句。"

盛喃憋住。尽管这人声音拖得悠长，但她还是听出威胁了。这种距离，这种身高差，这种实力悬殊下——识时务者为俊杰，她盛小白菜是绝不可能说出"试试就试试"这种话的。特能嘴炮的小橘猫终于安静下来了。

话题恢复正常。靳一直回身，道："最后一次机会是让你确定——你真的要让我做这件事？"

盛喃明显松下那口憋住的呼吸，想开口。

"想清楚再说，"靳一提醒，"说了就不能反悔了。"

盛喃根本没想，毫不犹豫地再次点头。

靳一沉默了会儿，问："为什么？"

"嗯，你之前不是说没有回去的理由嘛，我就想给你一个理由。"

"那你的理由是什么？"

"啊？"盛喃抬头。

"我回去对你又没有益处，"靳一神情似乎松弛下来，眼神都变得懒洋洋的，"赌注是一件事的话，你可以有其他很多……选择。"

盛喃迟疑。"想你不要落进淤泥里"这种话，心里想想就好了，让她说出来是不可能的。

但是不说好像又确实找不到其他理由。盛喃苦思冥想数秒，某刻灵光一闪，她恍然大悟地仰脸，道："近水楼台先得月，那当然是为了更方便地泡——"

理智回归，"你"字夭折。盛喃屏息。

"泡什么？"靳一似笑非笑。

她这个越紧张越走神、一走神就说话不经大脑的毛病，迟早有一天会害死她的。也可能就是今天。

靳一见盛喃耳垂都微红，就没再继续逗她，他主动侧身走去一旁，坐到椅子上："你说话会不会算数？"

"啊？"盛喃转头。

"本来只有你是近水楼台，"那人淡定地拿过她的卷子，"以后就都是了。"

"有道理哦，"盛喃恍然，随即大度摆手，"不过没关系。"

"嗯？"

"我们看颜值的人移情别恋很快的，分分钟的事。"盛喃骄傲仰头。

靳一抬眸："？"

盛喃还没来得及体会靳一这一眼里笑里藏刀的凉意，突然就呆住了。几秒后她惊愕地看向坐在椅子里的靳一，道："你刚刚，难道是同意了？"

"嗯，"靳一翻过手里的卷子，垂眼去看，"不是答应过你嘛，想要什么都可——"

"啊！"一声惊叫。盛喃激动得直接扑了上去——

"谢谢你！欢迎回校跩爷！！！"

扑通。

一个热烈灿烂的拥抱，像盛夏炙热的阳光。

靳一攥着卷子，僵在椅上。从来飞快的思绪难得地迟缓、停滞。

很久后他才回过神，轻轻垂眼。他想怀里这个小姑娘真是疯啊。

这个夏天的太阳好烫。

冰都化了。

周日下午 2 点，安乔中学高三大休返校的统一时间。

随着学生们陆续到校，安静了一天半的教室里又弥漫着鲜活热闹的生气，连窗外的鸟雀也踩着树叶子叽喳起来。

同一片绿荫掩映下，A 栋四楼走廊尽头的班主任办公室要安静得多。

"这样的话，手续基本就办齐了。"栾钟海在电脑上敲完最后一个字，转去身旁，"你还有什么其他要了解的吗？"

被他问话的是个身影修长挺拔的男生，就站在栾钟海办公桌的外侧。栾钟海开口时他正望着窗外，像是在走神或者放空，清俊的眉眼间透着一种心不在焉的颓懒劲儿。

明明穿着校服站在那儿，还是浑身一副“了无生趣”“不用管我”“我不是来上学只是来梦游”的气场。完全不像这个年龄的学生应该有的活力嘛！栾钟海很气愤，并且忽略了自己平常最恨的就是班里男生们那些过剩的“活力”了。

栾钟海的话问完四五秒，靳一才像睡醒了。

“其他，”他拽回之前跑过耳边的话，“座位可以自选吗？”

栾钟海回道：“不可以。”

靳一微微挑眉。

“你这个身高，只能在最后一排。”

“……行吧。”

“没别的问题了？”

“没了。”

栾钟海眉头一松，像是卸下什么重担似的，道：“那你去办公室外面等我吧。我把这些电子表格发给政教处，待会儿就领你去教室。”

靳一懒垂眸子，修长的脖颈折低，道：“老师再见。”然后他不紧不慢地直身，出去了。

栾钟海嘴角抽了抽。他实在不懂，怎么就有学生能把这么礼貌的问候说得这么踘里踘气的？

一直到男生的背影消失在关合的门缝外，坐在栾钟海对桌的女老师没再忍，笑了出来：“栾老师，你们班这个学生，挺有个性的啊。”

栾钟海按了按太阳穴，道：“我进安乔二十年了，见过的学生五花八门，他这样的……”想想那精彩纷呈的学生履历，栾钟海嘴角又抽了下，“确实没见过。头一个。”

“您之前还巴望着他回来呢，怎么现在人家回来了您又头疼上了？”女老师笑。

“两回事。”栾钟海叹着气，在页面上点了提交。

“要我说哪，您之后还有的头疼。”

“嗯？”栾钟海刚起身，听见这话，抬头看向对桌。

女老师抬起胳膊，右手张着，在脸前从上往下划了一下，随即笑道：“就这长相，等到了班里，您可得多看着点儿了。”

栾钟海一愣，反应过来，道：“是哈。”他本来就不皱也褶的眉头更往一块儿攒了。

女老师乐得不行，又说：“开学测验，您班里平均分可就比我们班高0.3，别因为这孩子再给拉下去。”

“哦，那没事。”

“嗯？”女老师意外，“这还没事？”

栾钟海欲言又止，斟酌了会儿才走到女老师桌前，压低声音：“你知道我为什么非得把这学生弄回来吗？”

女老师想了想，道：“难道他成绩……”

栾钟海压着快上眉梢的喜色，点头道：“不只是我，教导主任都为他往我这儿跑好几回了，上周五，主抓成绩的那位副校长还给我打了电话。”

女老师露出惊愕的神情，道：“这么厉害？不对啊，真要是尖子生，不该塞1班去？”

“他情况比较特殊。”提到这个老栾就半喜半忧，但没多说。

“那您就直说，他要是进了您班里，一个人能带起多少平均分？”女老师咬了咬牙，“3分？”

栾钟海忍下炫耀的心思，回道：“他要是能好好考，那都不是平均分的事。”

“嗯？”

“哎哟，时间不早了，都快上第一节自习了，我先领他去班里啊，”栾钟海直起腰，又补了一句，“今天跟你说这些，可别往别处说去。”

“哟，您还准备当秘密武器？”

“哪能啊，就怕他回头再给我抱个零蛋，我这老脸不丢没了？”

“哈哈……”

栾钟海一边往外走，一边露出点压不住的喜色。

安乔够不上省重点，每年双一流的学生能出不少，但最顶尖的还是稀有；尤其是F大S大那种国内最高学府，一届都未必能碰上一个。

往前数，最近一个也是上上届的江肆了吧。想起那个男生，还有当时总被气得吹胡子瞪眼又舍不得真罚他的1班班主任，栾钟海脚下突然一顿。跟着，他的表情也变得古怪起来——

难不成这些学习拔尖的，都这么祸害？听说林老师带完江肆那届，头发都少了一半呢。栾钟海顿时很忧心，他推开办公室门出来，正好瞧见站在走廊窗旁半扣着棒球帽的靳一。两个女生挽着胳膊从他旁边过去，走出去好远了还在偷偷回头看，满眼都压着激动雀跃。

栾钟海好像想起什么，更不放心了，他走过去道："靳一啊。"

靳一闻声，从窗外回眸。

"刚刚我忘了问，"栾钟海停住，"你是为什么答应回来上课了？"

靳一没说话。

楼外花坛里，好像有只小橘猫的影子蹿了过去。靳一嘴角轻勾了下，随即压平。他转回身，声音懒洋洋地："大概是被您的家访感动了吧。"

"大新闻！同志们，大新闻！！"乔子然一路号叫着冲进教室里。

文梦佳正按老栾的要求，通知大家下午第三节自习前收英语作业的事情。乔子然冲进来这会儿，她刚巧站在离门口最近的讲台旁边，突然被乔子然的大嗓门吓得一激灵，文梦佳醒过神，抓起黑板擦就要砸过去，道："乔子然你要死啊！？"

"哎哎，文姐息怒，息怒，我这儿有个天大的新闻，打死我可没人告诉你了！"乔子然连忙跳到一边，嬉皮笑脸地说。

文梦佳怀疑地放下黑板擦，问道："什么新闻？"

乔子然清了清嗓子，面向被他叫唤得安静下来的教室："我们班那个超级帅的复读生——回来了！"

教室里一寂。然后立刻响起成片或惊讶或兴奋的议论声。

"真的假的？"

"他都旷课一个月了吧？不是说肯定不回来了吗？怎么突然回来了？"

"没听说啊。"

议论声里，最后排的郭禹彤在一愣之后，表情微妙地转过头去，看向同桌。盛喃正对着周末作业的英语卷子埋头苦练，笔都没停一下。

郭禹彤道："哎，靳一回来了？"

"嗯，是吧。"盛喃一边做题一边头也不抬地应着。

"你好像一点儿都不意外？"

“没啊，我挺意外的，”盛喃唰唰写完一道阅读，抽空缓了口气，“我是顾不上——说好的周末作业哎，为什么都要下午收？缺了半下午加一晚上的周末还能叫周末吗？”

郭禹彤不搭理她，道：“你就装吧。”

盛喃心虚得赶忙低头写下一题。

讲台上，文梦佳呆了好几秒，惊喜地一把薅住乔子然的衣领子，问道：“真的假的？你从哪儿知道的！快说，要敢放假消息，今天就把你扒光了游街示众！”

“啊？还有这种好事？”乔子然觍着脸凑上来，“到时候要对我温柔一点儿……”

“你——”文梦佳白着脸气震山河地来了一嗓子，显然被恶心得不轻。

这边文梦佳拎起黑板擦，开始满教室追杀乔子然。前门外，栾钟海刚站定就对着眼前一幕群魔乱舞的课间画面黑了脸，大声道：“闹什么闹！都高考完了是不是？”

教室瞬间安静下来。还在过道上的全都回了座位，文梦佳狠狠瞪了乔子然一眼，也不敢吭声地把黑板擦送回讲台上。然后她转回身，在老栾的怒视下灰溜溜地往座位走。只是刚走出去两步，文梦佳就看到老栾身后，被教室外墙挡着，只露出半道侧影的男生。

他站在长风清朗的走廊间，落后老栾几步远。一只低扣的棒球帽下压着烟灰色碎发，眉目清俊但眼神颓懒，鼻梁挺拔，优美的颧骨线条下是黑色连帽卫衣，外面很敷衍地套了件校服外套，穿着黑裤的长腿正懒洋洋地支着——从头发丝里都透出一种“莫挨老子”的冷淡疏离。

文梦佳不知道是被这颜值还是这气场震的，半天没回过神来。

栾钟海对自己的科目科代表容忍度稍高一些，但也快到极限了，道：“还不回座位，想在门口罚站？”

“啊，哦。”文梦佳回神，红着脸飞快地跑了。

“安乔八大奇迹啊，文姐竟然还会脸红？”乔子然在中后排忍不住嘴贱。

于是一本书忍无可忍地隔空飞过来。砰。正中乔子然项上狗头。

不过这会儿已经没人在乎他了。随着靳一的身影从教室前门进来，全班目光都像磁性金属被磁铁捞走了似的，不约而同地齐刷刷贴上去。

寂静数秒。混合着“好帅”“我眼镜呢，快让我看看”及其同义词的各种小声议论，迅速覆盖全班。连郭禹彤这种在校篮球队见惯“大世面”的，都在愣了几秒后惊讶地转向盛喃：“高风亮节啊，喃喃。”

“啊？”盛喃第一次被夸得这么茫然。

“这么帅的你竟然没留着自己藏起来，还舍得拽回来贡献给全班，”郭禹彤赞叹，“令人敬佩。”

盛喃憋了两秒，还是没忍住嘴回过去：“客气了班长，这在江湖上叫有福同享，我辈义不容辞。”

郭禹彤“扑哧”一声笑出来。

盛小白菜还没来得及得意自己的机智应对，就突然感应到一束存在感极强的视线。盛喃一凛，慢吞吞挪看过去——正对上讲台旁不知道什么时候抬了眼的跩爷。

目光接轨。压低的黑色棒球帽被那人不紧不慢地抬手，拎起半寸，然后他隔着整个教室，望住她，眼睑轻轻敛紧。

像是某种靶心捕捉，让人有种对面狙击手下一秒就要放枪了的错觉。盛喃呼吸一顿。虽然因为老栾在所以教室里有点儿安静……但是隔着这么远呢，他也不至于听见她刚刚小声叭叭了什么吧……

此间，讲台上栾钟海已经做完了例行训话，把话头抛给讲台下懒散杵着的男生：“靳一，你做个自我介绍吧。”

“哦。”靳一把那点儿外溢的情绪敛回眼底。他拿起根粉笔，走上讲台，唰唰写了两个龙飞凤舞的粉笔字，然后松手，让粉笔头直坠进黑板槽。

“靳一，”他转身，“复读生。”

班里寂静。显然大家以为还会有什么后续，都眼巴巴地等着，然后就见那人支起眼皮，以情绪空白的眼神懒懒扫视全班一周，道：“请问还有问题吗？”

众人一蒙。

“既然没有，”靳一撑着长腿，敷衍躬身，“很高兴加入 11 班这个大集体。”

说完，他下了讲台。

全班：“……”

你满脸冷漠到底哪里看得出高兴啊？？

栾钟海在旁边悻悻地看着。果然，不是他一个人有这个待遇：这种在礼节上做得十分完善远超旁人但就是特别欠又特别跩的劲儿，大概也是一种天赋技能吧。

“咳，靳一，你就先坐在——”栾钟海视线落到教室最后排，然后迟疑地皱起眉。

教室里明显躁动起来。一只胳膊在中排高高举起，栾钟海看过去，就见他的英语科代表文梦佳同学正激动地小幅度挥着手臂：“老师！我我我！我同桌刚刚说她不想和我一起坐了！”

还蒙着的同桌回过神，咬牙切齿：“文梦佳！三年同桌情一朝喂了狗啊？”

班里哄堂大笑。栾钟海也气笑了，道：“再闹出去罚站！”

同桌不肯配合，文梦佳只能遗憾地把手放下了。

经过这个插曲，栾钟海也已经有了主意，他视线落向靠窗的后排，道：“丁小君。”

笑声停下，全班一静。有两三秒的时间，几乎所有人都回头看向角落。

一直仰着头走神的丁小君蓦地一抖，扶着桌子起身道：“到……”

盛喃怔了下，看向身前低着头的女孩的背影。

栾钟海转向靳一道：“班里后排目前就那个位子空着，你过去坐没问题吧？”

靳一原本就是望着那里的，不过某个小姑娘确实是很小一个，前桌一站起来，她已经被挡得影儿都见不着了。

靳一也就落回视线，没什么所谓地应下：“嗯。”

班里到此时才回过神来。

“不是吧？凭什么是她啊？”

“啧啧啧，鲜草插在了牛粪上。”

“鲜草是什么，哈哈哈……”

“今年的校草评比啊，新校草百分之百是他没跑。”

“班里都没人愿意跟她坐一桌，老栾竟然让新校草跟丑女坐同桌？”

“好惨。”

“老栾这手防早恋可太狠了，这下不用担心校草跟同桌的关系了。”

“哇，绝了，她也配吗？”

低杂的议论声像张让人无处逃脱的网。想躲开却无迹可寻，那些声音从四面八方压来，放眼望去甚至找不到一个起始或终止的点，只是蔓延再蔓延，层层叠叠。于是网变成能溺死人的水，不留一点儿容人喘息的缝隙。

盛喃看见原本挺起一点儿腰背的丁小君再次低下头去，她几乎怕她把脖子折了，才能埋得那么低。

盛喃觉得自己憋住的那口气汇作一处，又回来找她了。

放在课桌上的手指攥了又松，松了又攥，她感觉得到掌心渗出的细汗。在这样燥热的夏末，不知道为什么汗却是凉的，凉得让人想发抖。

冷静一点儿啊小白菜。她在心里努力拽着自己。你还要在这个学校这个班级待整整一年，在这座城市里连一个你能哭诉的家人都没有，他们有自己的生活你知道的，他们离你那么远。

以前也不是没有犯过二的嘛。打开的保温杯里的奇怪味道，被撕烂的书本，被胡乱涂画难以入目的课桌，走过楼梯会有人嬉笑地唱着“没妈的孩子是根草”从你身后跑过去，你甚至连他们的脸都看不清……那些你都忘了？好不容易转学才逃掉的，难道几年过去你就忘了还想要再回去经历一次吗？冷静点儿，冷静点儿，冷静——

“你怎么了？”

某个遥远的声音撕破雾霭，像从天边飘来。盛喃瞳孔轻缩，仰脸时焦点才聚住，她看见站在桌前的少年。

这样热的夏天他还套着黑色卫衣和长裤，被棒球帽压着的碎发从额前垂下，是很柔软的弧度，从低着头的角度望去，她能看见他清澈干净的瞳孔里那个渺小的战栗的自己。

“脸色怎么也这样？”靳一皱眉问。他仗着挺拔的身影和桌上的书架遮挡，没几个人看得到，伸手过去，在呆着脸儿的女孩额头上用手背轻试了下。

没等他判断出温度，盛喃一栗，摁下他手腕就突然站起来了，大声道：“……老师！”

靳一微微停顿，侧身让开。他退到过道最后。

讲台上的栾钟海回头，问：“盛喃，你有什么事吗？”

“有，”盛喃紧张得绷着脸，“报……报告老师，靳一太高了，他……他挡我看黑板。”

栾钟海皱眉道：“你的意思是？”

“能不能，”盛喃声音小下去，没敢往眼角的余光里看，“让他去别的地方坐？”

教室里一静，随即又热闹起来。新的希望燃起，不少学生跃跃欲试地看向栾钟海。

唯独最后方这个角落安静。

半分钟前靳一就退到教室的后墙根了，此时他正靠在墙前，眺望着窗外，漫不经心得像随口而说：“……忘恩负义。”

他声音不高，但最后这两三张桌还是听得到的。几个同学好奇地扭头看他。

盛小白菜原地装死。靳一的目光慢悠悠地从窗外扯回来，罩到窗边站得绷直僵硬的小姑娘身上。他等了好几秒，女孩都没回头看他一眼。

“行，还挺绝情。”靳一懒洋洋地笑了声。他的嗓音是自带冷淡感的那种磁性，偏偏这会儿被压着，尾调轻飘飘的，缱绻得像往人毛孔里钻，“我可记仇了。”

盛喃：“……”

下课就给你磕头赔罪行不行！盛小白菜已经做好负荆请罪的准备了。

可惜白准备了，没用上。栾钟海听完她的意见思索了没几秒，就很大度地表示：“没关系，这不是问题。实在不行你们两桌下课调换一下前后桌顺序。郭禹彤，你是班长，你来负责就好。”

郭禹彤只得在盛喃绝望的注视下答应了。

于是“维持原判”。靳一还是坐去丁小君同桌。

盛喃委顿下来。这事定下前自习课的上课铃已经打响了，高三抓得严，每到自习时间教导主任经常在楼道里“巡逻”抓纪律，所以教室里安静得落针可闻，算得上和平。

但某种情绪一直压抑着，这和平来得又像极了暴风雨前的安静。盛喃有点儿忧心，做英语卷子都做得心不在焉。

某一刻她胳膊被人轻轻捅了捅，盛喃回头，看见郭禹彤没抬头地塞过来一个小本子——她俩上课的“传声筒”。盛喃习惯地接过来，翻到新的一页上。

喃喃，丁小君她脑子有点儿不好使的，听说是小时候发烧烧的，说话、表情和动作都不自在，面相也会跟着犯抽，看人的时候眼神直愣愣的，有点儿吓人。班里一些老师都不愿意看见她，其他同学肯定就更容易跟着孤立她……

现在已经好很多了。高二那会儿有隔壁班的跟她走得近的，都被他们班同学排挤了，说和弱智待久了也会染上毛病，不能再传染回班里什么的。上高三以后复习忙，大家顾不上她几次。你刚来没多久，最好别蹚这趟浑水，免得让一些人抓着由头，也排挤你。

盛喃攥着笔，对着本子沉默了会儿，轻轻写字：那隔壁班她那个朋友呢？

郭禹彤接过去，似乎愣了下，才不确定地写道：不知道，没见他们再打招呼碰面，应该没多久就跟她绝交了吧。

盛喃回道：这样啊。

郭禹彤又写道：你能想象到吧，一个人的恶意很简单，而想抵抗那么多人的恶意真的很难很难。多数人的高考只有这一次，她自己都不争气不反抗，我们更不想把时间和机会耽误在别人身上……不然出了万一，以后后悔怎么办。

盛喃这次沉默的时间更久。郭禹彤都以为她不会再说什么了，直到一分钟后本子再次塞回来，小姑娘的字娟秀漂亮：我知道啦，谢谢你，班长。

后面还画了一个简笔画的短发小女孩笑脸，特别灿烂。郭禹彤看得忍不住笑了下，把本子收起来。

插进书架前她突然想起，盛喃说的只是知道了，并没有明确要按她劝的意思旁观。

喃喃胆子那么小，应该……不会做什么傻事吧。郭禹彤往旁边看了一眼，小姑娘似乎已经重新埋头作业开始苦做了。她松了口气，也顾不上想太多，拿出数学卷子继续做起题来。

学校对他们这一届高三新出了变态新规：大休周日下午的自习和小休周末的自习一样，保持两节课下课一次的节奏；中途课上想去洗手间的，要单独跟班长请假。两整节课坐下来，小白菜人都麻了。

文梦佳作为英语科代表，下课铃响起的时候，积极得几乎是原地起飞式地跳起来，道：“收英语卷子了啊，赶紧准备准备！”

话是公事公办的话，眼神却一直在往后排瞟。

“得了吧你，中饱私囊，”她同桌还记着仇，背后拆台，“平常收作业怎么没见你这么积极？”

“滚滚，要你管！”

大约是为了证明自己是秉公办事，文梦佳很矜持地从第一排开始收的，最后才逐渐靠近盛喃这个角落。

可惜终于到了以后她大失所望——新到的复读生看起来没有半点儿身为准校草的自觉和包袱，棒球帽一摘一扣，半遮着被他揉得微微凌乱的碎发，整个人伏在桌前，腰腹长腿都憋屈着，睡得下课铃都没打起来。

文梦佳走去盛喃和郭禹彤那桌，做口型问：“睡啦？”

“睡一节课了。”郭禹彤苦笑。

按道理说她是班长，这种在班长眼皮子底下公然挑战班级管理层权威的事情，她是不好忍的。但面前这位毕竟是新生。尤其按自我介绍那架势，也不像是个好说话、能招惹的主儿。

这也是为什么下了课以后，教室里一半以上的目光时不时往这边飘，路过者众，却没一个敢在这旮旯里大声说点儿做点儿什么的。

唯一有这个胆子的是跟跩爷熟悉的盛喃。

可惜小白菜埋头苦“写”，一直到文梦佳收作业收到她们课桌旁，她才算紧赶慢赶，成功地把英语卷子最后那篇作文的最后一个自然段潦草写完。长松一口气，盛喃把卷子交给失望的文梦佳。

文梦佳心不在焉地接过去，小声问郭禹彤：“你说我要是叫他起来，会出事吗？”

郭禹彤沉默两秒，道：“你相信我吗？”

“当然啊，咱俩可是初中同学，初一开始你就是我班长了。”

郭禹彤点头道：“那就以我中学六年识人无数的班长经验，郑重告诉你。”

文梦佳睁大眼。

“一般这种长相，还能养出这种脾气的，你见到了记得离远点儿就行。”

“嗯？”

郭禹彤拍拍她肩，道：“不然你会‘死’，而且会‘死’得要多惨有多惨。”

文梦佳：“……”

郭禹彤又道：“你看他在我面前睡了整整一节课，我敢说一个字吗？”

文梦佳：“……”

文梦佳似乎还挺听郭禹彤劝的，在桌上磕了磕卷子，恹恹地说：“丁小君，你作业。”

里桌的丁小君一直在紧张什么，似乎没听见。文梦佳皱起眉，绕开趴着的靳一，不满意地拿卷子拶了她一下，低声道：“英语作业。”

“哦……哦！”丁小君低头在她那堆杂乱的卷子里翻了翻，扯出来一张，不自在地举起手臂，避过趴着睡觉的那人，递给文梦佳。

文梦佳拧着眉，咕哝了句：“举这么高干吗，都快戳我脸上了。”她接过去扫了一眼，刚要给她压平，看见左上角的空白，嫌弃得拖重语调，“你名字没写。”

丁小君赶忙站起来，拿着笔要补上。

“哎呀，算了算了，我给你写上吧。”文梦佳跟郭禹彤借了笔，唰唰写完，抱着卷子走了。

丁小君局促地站在里面，对着趴在课桌上的靳一，手欲抬又落。那头烟灰色碎发实在扎眼得很，看起来格外不好惹。

丁小君前桌是个男生，叫黄逸晨，他平常就很能挤对丁小君，这会儿和斜后排的朋友隔空交流，被对方眼神示意，一回头看见了尴尬的丁小君。

黄逸晨瞅了几秒，讥笑：“怎么啦丁小君，你要上厕所啊？”

丁小君木着脸站在那儿。

黄逸晨压着声：“不敢叫醒同桌？没事啊，我给你让个地儿，你从桌洞下面拱出来不就行了吗？”

“哈哈哈，黄逸晨你也太损了吧？”

“哎，你这人，我明明是助人为乐，给她出主意呢好不好？”黄逸晨龇着牙，“我还给她让位置欸，没让她顺便从裤裆下面过已经很不错了吧？”

“哈哈，有本事你让她钻！我看明天你俩绯闻就能传遍校园。”

“和她传绯闻？你恶心谁呢！”

黄逸晨和前桌说闹着已经转回去。剩下丁小君一个人僵在座位里站着，她侧脸憋得通红，死死低着头瞪着眼睛。大约是因为情绪太紧绷或激动，嘴角偶尔会抽搐一下。但到最后她也只是一声不吭，慢慢坐地下去。就像郭禹彤说的，那是很难让人生出亲近感的模样，甚至有点儿吓人，还不争气。

盛喃面无表情地对着书架，她不知道在朝着谁微微咬牙。

……你怎么就那么不争气。

僵持数秒。书架没回答她。盛喃在沉默里扶着桌边，推开凳子撑起身。

郭禹彤停下手里的笔，想说什么，但最终没开口。

盛喃绕过她，走到过道，最后又停在趴着睡觉的靳一身旁。后排有几个人看向她，然后目光逐渐传染目光。

盛喃轻轻抬手，在从哪儿下手这个问题上短暂地迟疑了一下，最后还是遵从本心，她拽了拽那人的衣角，道：“靳一。”

兴许是她力度小了，下课铃都没打醒他，沉睡的程度可见一斑。

盛喃又加大力度拽了下：“靳一。”

“……”

“靳、一。”

还是没醒。

那些蔓延开的目光倒是越来越多，去送作业的文梦佳不知道什么时候回来了，迟疑地停在郭禹彤后面，小声问：“你光劝我了，没劝劝你同桌啊？”

郭禹彤叹气：“劝了。”虽然劝的不是一个事。

文梦佳道：“好家伙，那我还是低估小喃同学了。她这柔软胆小乖巧听话的外表下，委实藏了一颗屠龙少女的野心啊。”

郭禹彤没工夫理她的话。因为屠龙少女很明显已经失去最后的耐心，朝着睡美人状态的“恶龙”伸出了她的魔爪。

啪嗒。扣着的那只棒球帽被小白爪拎住帽舌，往下一压。

目睹这一场面的同学几乎无声地倒吸一口气。

“靓爷！”盛小白菜紧绷着脸，豁出命去了，“你再不起我可就——”

“……就怎么？”睡梦里突然被摁桌上了的靳一清醒过来。几秒后，他面无表情地直起腰。嗓音还带着浓郁的低哑和躁意。

罪魁祸首小白菜傻在他桌旁，手里还拎着他的棒球帽，作为无可抵赖的罪证。

教室寂静。盛喃眨巴了下眼，像是被他吓着了。

靳一慢慢醒回理智，看清桌旁蹲着的小橘猫，他眼神一缓，想说什么。盛小白菜却突然把他的帽子往桌上重重一拍，气势昂扬地道：“你再不起——我就给你跪下！”

憋了数秒，不知道哪个角落先响起“扑哧”一声笑。

靳一也被她气笑了。他往后桌一靠，眼神一抬再一落，那股子冷淡睥睨又勾人的劲儿就顺着眼尾那颗泪痣又攀上来，道：“行，你跪。”

盛喃绷着脸道：“你先起来我再给你跪。”

靳一本来以为她会靠嘴炮扳回去的，没想到这么听话。

盛喃还小声催上他了：“快点儿快点儿。”

沉默两秒，靳一起身，按着盛喃手指头给他戳的方向，往过道后让了让。擦肩过去的时候他突然低着嗓音喊：“盛喃。”

“嗯？”盛喃仰脸。

“你觉不觉得，你最近在我面前越来越……”靳一想了想，“张牙舞爪？”

盛喃眨了眨眼。她们窝里横的都是这样的。

靳一从她手里勾走棒球帽，拽回来往头顶一扣，压下帽舌去的时候他凉飕飕地笑了声：“猫太皮，会被撸。”

盛喃：“？”

靳一没再逗她，转身往外走。

盛喃下意识往前追了一步：“你怎么要走了？”

“不然，”少年侧过脸，从帽舌下瞥回来一眼，似笑非笑的，“你真给我跪一个？”

盛喃立刻识趣地停住。

那人压低帽舌，手插回口袋。转回去的时候那张脸上轻淡的笑就散了，他从后门走了出去。

盛喃在原地纠结了两秒，想起什么，回头。丁小君正巧此时从她后面过，像是被她吓了一跳似的，慌忙看了她一眼就赶忙往另一个方向跑了。

盛喃松了口气，转回来，恰好对上郭禹彤和文梦佳意味深长的眼神。

沉默数秒，盛喃护住自己纤细易折的小脖颈，道："呃，文姐，你先别急着掐我，我可以继续坦白。"

"谁要听你坦白，你这个小同志觉悟不行，说出来的话谁都不信，"文梦佳撇嘴，随即像是提醒或者别的什么，"冒这种风险，还替她转移火力，何必呢？你听——她跟你说一声谢谢了吗？"

"……"

沉默过后，盛喃揉了揉脸，道："我也不是为了她的道谢啦。"

"那你为什么？"文梦佳靠到桌上，拦住她，低着头问，"乐于助人啊？"

"也不是。"

"那是什么，别卖关子嘛。"

"就，"盛喃声音低下去，"如果你以前也有这样的时候就知道了……总会希望谁能拉你一把，和你站在一起嘛。虽然最后也没人来，但总是想的。"

文梦佳一愣。

盛喃低头，看了看自己空落落的手掌心，轻声说："我以前可胆小了，也很不争气的。看她那么不争气，看着看着就看不下去了。"

就像，在她身上看见过去的那个自己。

"哎，行行，"文梦佳反应过来，没好气地又一把把盛喃揽进怀里，"虽然你这个小同志觉悟不行，还一副要抢走我们新校草的架势，但看你蔫了吧唧的样子，文姐以后罩着你，好不好？"

盛喃仰头道："真的吗？"

"那当然，姐姐说话一言九鼎。"

"好啊姐姐，"盛小白菜该软就软，绝不顾忌自己可能还大她一岁的尊严，“那以后的英语作业，我可以晚点儿交吗？”

文梦佳：“？”

旁边的郭禹彤乐不可支地道：“文姐，喃喃都能把你给套进去，你不行啊。”

文梦佳恼羞成怒：“谁不行！女人不能说自己不行！”

盛喃趁她们对战，迅速溜回自己座位。

“喃喃，你作业还没写完啊？”郭禹彤注意到，问。

“还差语文一科，就解放了！”盛小白菜又吃足了水似的，机灵起来。

“那你什么时候复习啊？”

“什么复习？”白菜叶子一抖。

文梦佳惊奇地看着她，道：“你不会忘了吧，明天是十月的第一个周一，全科月考啊。”

盛喃：“？？？”

靳一回教室的时候，11 班前门后门已经堵着不少女生了。

他来上学的消息传得很快，两节自习课下来，大半个安乔都知道高三实验 11 班来了个大帅哥，准校草。离着近的几个班的学生自然忍不住结伴过来看两眼。

靳一对这种事习以为常。压着帽舌一声冷淡的“借过”后，他从后门进了教室。最后两排多是男生，也是班里最令老师头疼的那种。其中几个原本聚在一起，或坐桌或倚墙地聊什么，时不时地还望两眼教室门外的外班女生们。见到靳一进来，要从中间过，他们不约而同地停下话头。投去的目光里情绪复杂，夹杂着若有若无的敌意。

换成盛小白菜早已经绕路了，但靳一没有，他大概甚至没看见他们，压着帽檐从中穿行，眼皮都没抬一下。

其中一个坐桌上踩着凳子的男生皱眉道：“哎，新同学。”

那人却停都没停。几个男生一愣，回过神来发觉被忽视就来火了。

“我——”桌上那个一摔书，骂人的字眼还没说出口。

懒洋洋走过去的某人缓了两步，停下，侧身道：“喊我？”

漆黑的眼睛没情绪地睨着他们。

咕咚。男生嘴里的脏字变成一口唾沫，下意识地咽下去了。

后排寂静。靳一停了几秒，逐渐不耐烦。他确实是没睡醒，反应都比平常迟钝些，所以刚刚没听进耳朵里，走出去才反应过来。

而面前这几个，似乎压根儿还在梦游。靳一抬手，慢慢捻了捻左耳的耳骨钉。

爱与和平。

放下手，靳一耐着性子，问："有事吗？"

摔书那个被不仗义的"眼神们"推举成代表，他表情僵硬地开口："我们就想问你，那个，周二体育课，打篮球，你有兴趣吗？"

"没有。"他回答得冷漠且利落。

男生们："……"

"没事了？"

几个人互相看看。靳一没剩多少耐心，告罄前他微点了点头，算是打过招呼，转身回位了。

"这就是校草吗，"不知道谁咬牙切齿又羡慕嫉妒恨地嘀咕，"好跩。"

其余人气愤地点头。

靳一回座位坐下前，本能地看了眼斜后桌。他本来以为盛喃是在装死"避难"或者苦赶作业，没想到这一低头，只看见半张桌上散着她的美术用笔，而她不知道从哪儿弄出来好几张彩色卡纸，正在卡纸上勾边拉线，涂涂画画。

有几张画好的。半个巴掌大小，靳一拿起来，拎在指间看。

有点儿像她给他的那张书签，不过这个简陋许多，基本是单色，而且这图案……

"放下我的王母娘娘！"抬头的盛喃惊觉，跳起来够他的手，"还没晾干呢！"

靳一随她小白手抢走，淡定地拿起第二张："玉皇大帝？"

对着王母娘娘直吹气的盛喃瞄他一眼："那个已经干了。"

"孙悟空呢？"靳一放回去。

盛喃莫名其妙地道："为什么有孙悟空？"

"你不是在画《西游记》吗？"

"……我这明明是在画好运卡！"

靳一轻勾了下唇。他也不知道为什么，这么幼稚又无聊的对话，听面前的小姑娘跳着脚说出来，他就觉着心情特别好，刚刚的烦躁感全都被一阵风吹跑了，一点儿不剩。

盛喃等了半天没见他回话，扭头问："你怎么不问我，画的是什么好运卡？"

"嗯，"靳一回神，慢条斯理地顺着她道，"你画的是什么好运卡？"

郭禹彤坐在两人中间，原本一直埋着头在课桌上学习，听到这句她实在没忍住，笔尖顿了一下。

盛喃坐在里面，刚刚又聚精会神画画，没听见，但郭禹彤座位靠外，把靳一和班里那几个刺头的对话听得清清楚楚——这前后态度对比反差，大得简直离谱。

盛喃完全没察觉，骄傲地仰头道："这是考试好运卡！"

靳一挑眉。

盛小白菜得意极了，道："你肯定也不知道，明天就要月考了吧？"

"知道。"

"就知道你不知——"盛喃呆住，"你为什么知道？"

"栾钟……"靳一停顿，"栾老师跟我说过。"

盛喃更呆了，问道："那……你也……复习了吗？"

对着小姑娘那个"难道全世界只有我自己没复习"的石化橘猫脸，靳一没忍心，轻笑了声："没有。"

盛喃长松了口气。她低头一边挑拣一边咕哝："那我选几张送给你。"

坐着的郭禹彤忍不住笑着插话："喃喃，你有这个时间，还不如求求学神给你画画重点呢。"

"学神？"盛喃抬头，"我们班还有学神吗？"

郭禹彤本来就是玩笑，被她一认真还问住了，想了一圈后郭禹彤摇头："咱班只有学霸，学神都在 1 班。"

"1 班？"盛喃好奇地问。

"对啊，1 班名义上是实验班，其实背地里大家都叫他们预科班，"郭禹彤解释，"每一届高三分班前成绩最好的前 70 名，都会被分进高三实验 1 班里。"

盛喃眼睛亮起来："那我们这届 1 班里最牛的学神是谁啊？"

"哟，看不出来，我们喃喃还这么关心学习？"郭禹彤打趣她。

盛喃道："问问嘛。"

"嗯，这个不太好说，一班是有几个学神级的，就是不怎么学习，但成绩好得离谱，不过他们班入班的第一名不是学神，是个学习非常努力的学霸，叫宋晚栀。"

"宋晚栀，"盛喃眨了下眼，"女生吗？"

"嗯。"

"听名字一定长得很漂亮……"

"醒醒，"郭禹彤想戳她，碍于前方威压，忍住了，"你又犯病了。"

"哼。"

盛喃刚直起腰，就对上桌前靳一半落着眼、若有所思地看她的神情。盛喃不解地问："怎么了？"

靳一默然两秒，问："你想找人辅导你？"

盛喃摆手道："我对自己的学习效率还是有数的，剩下的这点儿时间不够我多背 3 分的。"

靳一想说什么，最后变成一声笑叹。懒橘扶不上墙。

虽然这声叹息很轻，但盛喃还是听见了，她转回头拍胸脯："别担心，有我在呢。"

靳一："我担心什么？"

"你的月考成绩啊，"盛喃终于选完卡，骄傲地看靳一，"把手拿来。"

"做什么？"尽管这么问，靳一还是抬起手。

小橘猫的爪子嗖的一下搭上来，把三张卡片放在他掌心，拍了拍，道："虽然知道你多半是要给我垫底的，但毕竟都拉你回来了，还是得我罩着你。"

靳一垂眼道："你罩我的方式就是……好运卡？"

小橘猫理亏两秒，黑眼珠骨碌转了圈，道："那……那不是时间上有点儿紧嘛，我自己都还没开始复习呢……等月考后，我一定好好辅导你！"

靳一莞尔，眼尾自带那点儿冷淡如雪初融。他低头，仔细看手里的三张卡片。看了几秒后，靳一忍不住低声一笑。

安乔高三的月考都是要考一整个白天的。上午语文和数学，下午理综和英语。一天考下来的感觉基本是飘飘若仙，仿佛随时都能羽化乘风而去。

盛喃在食堂吃完晚饭，回教室以后缓了好长时间才感觉自己活过来了。

而比一整天的月考更可怕的是，刚考完一整天，你身边的人竟然就开始对答案了。盛喃歪过头，垫在手背上，看着郭禹彤和文梦佳她们积极地讨论："你们太强了吧，这才刚考完一个小时不到。"

"就是刚考完才能对答案，再过会儿大题就全忘了。"文梦佳朝盛喃伸手，"让我看看你理综一卷的选择题呗。"

"我的卷子？你也太高估我了，文姐，"盛喃轻拍了下文梦佳手掌，"除非你是要用来排除错误答案。"

文梦佳道："嗯？你理综有那么差吗？"

"数学和理综都是我的超级短板，"盛喃支起身，慢吞吞比画，"如果各科是木桶板，那我数学和理综那两根，也就比桶底稍微高了那么一点点。"

"哈哈哈，至于嘛你，"文梦佳问，"那你语文英语怎么样？"

盛喃放下胳膊，回去托住脸颊："语文看作文发挥，英语好一些。"

"哦？"文梦佳随口问，"你今年英语高考多少分啊？"

盛喃回忆了一秒，道："141。"

"……"

寂静。大约五秒钟后，文梦佳和郭禹彤呆滞的目光才同时落到她身上。

盛喃被她俩看得毛骨悚然的，不由得坐直："你们干吗这样看我？"

文梦佳道："你变态吧？"

郭禹彤点头。

文梦佳又说道："这样你复读什么啊？"

郭禹彤再次点头。

盛喃哭笑不得："如果高考只考一科，那我就不用复读了。"

"过度的谦虚就是虚伪了啊，别当我们不知道，今年高考英语可难了，你都能考 141，"文梦佳明显不信，"就算语文有作文什么的随机性大，那数学和理综再差，能差到哪儿去啊。"

盛喃回道："数学 57。"

文梦佳和郭禹彤再次呆住。

盛喃叹气道："经过暑假的荒废，现在可能只能得 37 了。"

文梦佳气笑了："你这偏科是快要偏出太阳系了吧？你怎么做到的？"

盛喃耷拉着眼皮，撑着脸懒懒的："就……小学时候一个数学老师不知道为什么特别讨厌我，因为我考砸了揪着我头发把我拎出我的座位，当着全班同学面问我是不是傻，吓得我好长时间里一看见她就打哆嗦，后来越来越讨厌数学……"

"可疼了。"说着，盛喃下意识地摸了摸脑袋。

说完她发现桌旁又安静了，盛喃茫然抬头，对上文梦佳义愤填膺的脸。

"这样也配为人师表？！"文梦佳忍来忍去，还是没忍住，炸了出来。

动静大得前面好几个学生回头看。盛喃也被吓了一跳。

还是郭禹彤哭笑不得地把快要跳桌上开骂的文梦佳拉下来，道："息怒，息怒哈文姐，别激动。"

文梦佳道："不是，你听听，我们喃喃多可爱，这老师是不是垃圾，她凭什么因为一时的成绩就这么体罚一个小姑娘！我小学还年级倒数呢，耽误我现在在班里前十名吗？！"

"不耽误不耽误，消消气消消气……"郭禹彤又安抚了好一会儿。

盛喃在旁边没憋住，笑了起来："谢谢文姐替我出气。"

"你就是太软乎太好欺负，"文梦佳撸袖子，"以后有不会的数学题找我，我教你，等明年高考考个高分，拿回去甩给你数学老师看！"

盛喃配合得握住拳，道："好！"

郭禹彤笑得无奈："你俩别搁我这儿犯傻行不行？"

文梦佳道："什么叫犯傻啊？哎呀，再看看填空题……"

那两人又开始如火如荼地讨论。盛喃无聊地转回去，靠着胳膊看窗外。

她从小就不是很能赌气奋进的那类人，小学时被那个数学老师指着鼻子骂她怎么这么笨，骂着骂着她也就习惯自己是不怎么聪明的那种学生了。

好像完全没想过能努力考个高分回去让对方好看之类的，她没这样的气性，也总觉着天赋决定上限，学渣的上限就那样了。特别差和一般差不都是一样的吗。而且，别人考高分会很高兴地说我爸妈答应我考到多少分就给我买什么，她那时候，考得再好，回到家里也没谁可以讨夸奖的。

难不成向盛笙吗……忧郁小白菜表情突然一僵。那个坏家伙在成绩这方面才是真正的变态好吗！他那个从小顶在头顶一直闪耀到大的“别人家的孩子”光环，完全就是笼罩在她身上推不开的乌云！

最过分的是乌云笼罩了她十三年，后来还扔下她一个人，自己长腿跑掉了。盛小白菜想到这里愤而坐起，还没出声就撞见迎面走到前桌旁的跩爷。

“你不是不上晚自习，”盛喃一呆，视线上移，“你头发怎么了？”

他这两天一直戴着的棒球帽不见了，烟灰色被染回纯粹的黑，还剪短了些，露出冷白干净的额头，眉眼到鼻骨的线条更衬出几分挺拔性感的凌厉。他眼角的泪痣倒是冷淡依旧。

上一秒还在专心“论道”的文梦佳，这会儿已经看得目不转睛了。教室里其余人也没好到哪儿去。盛喃久经“磨砺”，还算回神快的。

“老栾让我剪了，”靳一抬手，白皙指骨穿过乌黑半湿的碎发，不耐烦地拨了拨，“他说有伤风化。”

“咳，”盛喃笑起来，“老栾搞错重点了，有伤风化的明明是你这张脸，换什么发型发色也——”

尾音消匿在跩爷逐渐危险的眼神里。盛喃瞬间绷脸，严肃道：“老栾怎么能这么说呢，他太过分了。”

“……”

一点儿淡笑掠过他漆黑的眼。靳一侧回身，钩开凳子，随即懒懒地坐进桌前。他手里还拎着只灰色双肩背，放到桌上以后，就从里面拿出一摞“奇奇怪怪”的书来。杂志、文集、精装本……五花八门，什么都有，唯独没有和学习有关的教辅材料。

文梦佳惊叹：“靳一同学，这些都是你的书吗？”

靳一有些懒得敷衍，但知道文梦佳是盛喃新交的朋友，他支了支眼皮，回道：“嗯。”

“全都是课外书啊……”文梦佳说，“不过我们学校，一般不让带课外书，老师看见了会直接没收。”

“老栾知道。”

文梦佳扭头，和郭禹彤交换了下惊异的眼神。老栾亲自开的特例，总不能因为靳一长了张校草脸吧？

两人眼神交流几秒，还是文梦佳小心开口：“靳同学，我们能借你上午月考的数学卷看一下吗？”

靳一正从中间拎出本杂志，闻言微蹙眉，停下。

两秒安静里，盛喃抬头托腮，道：“文姐，你借他的也没用。”

“嗯？”

“他数学跟我差不多，”盛喃摇头，“不对，可能还没我好。”

“不至于吧，”文梦佳惊讶，“而且你怎么知道？”

“这周末的一张数学卷子是他帮我做的，”盛喃翻出自己那张作业卷，看着上面血红的 30 分叹气，“这应该就是传说中的学渣吸引定律吧。”

“……噗。”

文梦佳和郭禹彤的笑里，前桌的某人懒洋洋地侧回半身，他轻敛着眼睑望着她，眼尾那颗小痣凉凉淡淡的，道：“帮你在台球室里写了半晚作业，你就这么报答我？”

盛喃无辜眨眼道：“我只是替你说出实情。不然，你拿出数学卷让我们看看。”

靳一从桌上崭新的书本里抽出了一张试卷，往后一递。

盛喃接到手里，展开一看，傻了。试卷也是崭新的。新到一滴墨水都没落上去过。盛喃问：“你不会交了白卷吧？”

“答了，”靳一没抬头，“随便写的。”

盛喃绷着脸道：“我们学渣也要有学渣的尊严，就算一道不会，至少应该每道选择题扔一次橡皮作答，再扔一次橡皮检查。”

“扔一天了吧，”靳一低着头轻笑，“猫爪酸吗？”

“……你才猫爪！”盛喃奓了毛。

靳一再次开口前，他的里桌存在感约等于无的丁小君突然站起来，手里紧紧攥着保温杯，声音也紧张到发颤：“同学，我……我能出去接一下水吗？”

靳一一顿，笑意敛去。他合上杂志，起身让开。丁小君快步跑走了，靳一却站在原地没坐回去。

盛喃提醒：“我们接水区在走廊最东边，你要是想等她回来，估计得站五分钟。”

靳一转回眼，道：“她也是你朋友？”

“啊？”这个也字听得盛喃莫名其妙。

旁边还在对答案的文梦佳和郭禹彤却不约而同地停住，对视了一眼，从彼此的眼神里确定了自己不是错觉——这被“也”的盛喃的朋友，好像就是她俩。

盛喃没等到靳一给自己解释，也没在意，想了想含糊道：“算是吧，怎么了？”她有点儿紧张，“你也……不喜欢她吗？”

“我比较随和，”靳一单手拎起凳子，绕过文梦佳两人，“多数情况下一视同仁。”

一视同仁地不喜欢。

盛喃完全没听出这潜台词，松了口气，道：“那就好……等等，你为什么要把凳子放我后面？”

靳一坐上凳子，往身后墙角一靠，翻开杂志：“不是放在你后面。”

盛喃道：“那是什么？”

“是放在教室后面。”

“可我就在教室后面。”

“嗯，”靳一从嗓子里懒散地应了一声，“不满意你可以继续找老栾报告，让他调你去别的地方坐。”

“报告老师，靳一太高了，他……他挡我看黑板。”

“能不能，让他去别的地方坐？”

盛喃被提醒起昨晚的忘恩负义行为，噎住了。过了好几秒，她幽怨地偷偷睃他：“你好记仇。”

“这就算记仇了？”那人靠在她身后墙前，低着眼轻笑了声，慢条斯理地翻页，“那两次喊我踋爷的仇，你准备什么时候、怎么清还？”

盛喃：“……”

她是不是给自己未来一年的校园生活，请回来了一尊硕大的祸害？

周二，高三实验11班上午的四节课分别是英语、数学、语文和体育。早自习前，学生间就流传着昨晚高三全年级老师连夜批了月考卷子统计成绩的消息，盛喃那时候还完全不信。

直到第一节课即将上课前，她亲眼看见老栾面色沉凝地抱着一沓厚重的卷子进来。盛小白菜愣在原地。教室里也立刻掀起一阵杂声。

80% 是纯粹的哀号，情绪约等于“说好的午时三刻行刑怎么大清早就动刀了”；剩下的 20% 则是惊喜或者被掩饰的惊喜——来自学霸们的蔑视。当然，凡事总有例外：也有完全不在乎的，就跟这次月考从没发生过一样的。

盛喃望向讲台的视线毫无阻碍，自然要归功于这个“例外”。

她回头，看向身后的教室墙角。眼前这幕基本梦回台球室，只要到了课间，靳一就会到这片墙角坐着凳子翻书看杂志。偶尔困了就往墙上一靠，把书盖到脸上，不知道是在睡还是在闭目养神。比如此时。

盛喃轻出声：“你睡了吗？”

“嗯。”杂志下压着低哑困倦的嗓音。

盛喃偷偷撇嘴道：“要上课了。”

“好。”

盛喃转回去，两秒后忍不住又转回来：“你是瞌睡虫吗？为什么每天都在睡觉？”

“本来是不用，可以每天晚上 9 点睡，早上 7 点起，然后我输掉了一个要求。”那人还是盖着书，嗓音像是被太阳晒得久了，带着柔适的懒意。展开的薄书盖住了他的脸，却藏不住微微扬起的颈线，随着他的说话，那漂亮的喉结在白皙的颈项上轻轻滚着。

原来喉结也能跟主人一样长得那么好看吗，盛喃看得有点儿走神。

“别看了。”书页下一声干净微哑的笑。

盛喃吓得一绷，本能反驳：“谁……谁在看你了！”

“哦，”杂志被修长的手拉下，露出半合着睫的长眸，他靠着墙面朝她微微歪过头，长睫间微敛的眸子，在阳光下乌黑得像水濯起的石头，“我什么时候说‘你’在看‘我’了？”

盛喃憋气。小橘猫就成了因为心虚还不肯承认试图偷偷亮爪的气鼓鼓的小橘猫。靳一眼尾被笑意压得垂弯，他瞥一眼她身后远处的教室另一边，道：“老栾的课。”

“……嗯。”还在记仇阶段的盛小白菜闷声应道。

靳一又把书扣回去，道：“那不回去了。”

盛喃傻眼道：“你不怕老栾收拾你啊？”

“只要我不影响别人，他不会的。”

盛喃更惊了：“你跟老栾到底达成了什么不可告人的协议？”她搬着小板凳往他那里挪了挪，“能不能也给我传授一下？”

“你？”书本底下传出声低笑，“你不行。”

“为什么？”

“因为懒橘扶不上墙。”

“？”

没等盛喃深究，上课铃已经打响了。盛喃不敢像靳一这样肆无忌惮，只能心不甘情不愿地挪回去。

“昨天月考的各科成绩已经出来了，”铃声结束后，讲台上的栾钟海开口，然后扫视全班，给学生们留了充足的哀号时间后，他才不紧不慢地接上，“年级排名和班级排名，以及各科的单科年级总排名还没统计完，不过，估计今天晚自习结束前也就出来了。”

“啊……”又是一轮哀号。

栾钟海皮笑肉不笑地道：“听动静，你们也知道自己考得不怎么样啊？”

“题太难了！”不知道谁胆肥地号了一句。

“题难？知道人家一班宋晚栀同学总分考了多少分吗？713！再看看咱班，最高的才684，剩下的更不用说，”栾钟海说着说着就把自己说笑了，“怎么，人家跟你们考的不是一份卷子，是吧？”

讲台下寂静无声，学生间的眼神交流倒是停不下来，学霸们都在紧张考684的是班里哪一位，自己又是多少分。可惜栾钟海似乎没打算满足他们的求知心：“总分和总排名等傍晚出来再说，学习委员呢？”栾钟海视线转了半圈，找过去，“黎雪晴，你晚自习前去我办公室拿花名单，贴到前面来。”

“好的老师。”女声清脆地应。

栾钟海低头，放下自己面前的英语卷子，他把上面的英语单科成绩单掀开，卷子推到讲桌边，道：“文梦佳，找人把卷子发了。一边发我一边跟你们说说这次咱班英语又考了个什么东西。”

文梦佳快步上来，就近把卷子分给前排的同学。于是教室里走动的人影多了许多，可空气还是安静的，仿佛都在屏息，只听得到栾钟海一个人的声音。

“咱班英语平均分在 A 栋 20 个实验班里，排名可只有第七，”栾钟海拍书，“你们自己说说，你们对得起英语组长给你们当班主任吗，啊？”

栾钟海拎起名单。老栾年纪算不上老教师，但眼睛却提前有点儿花了，看单子的时候还得稍微抬一下眼镜，所以沉默之后，就见他一边眯着眼一边说：“值得一提的是，这次年级英语单科成绩的并列第一，其中一位在我们班。”

话音一落，班里同学几乎齐刷刷地看向黎雪晴的方向。

黎雪晴在班里基本名列前茅，而且一直是英语单科第一，科代表之所以归文梦佳而不是她，就是因为她先当了相对清闲的学习委员。

在同学们的目光里，黎雪晴不自觉地微微绷直腰背。这个姿势让她的侧影背影看起来都更漂亮了。

讲台上，栾钟海似乎没察觉班里的气氛，他敲了敲名单，拉回眼镜，目光越过前排，直接跳向最后方，道：“145 分，盛喃，你英语很厉害啊。”

全班一寂，随即哗然。前排许多学生纷纷回头，正巧捕捉到刚茫然地从后面靳一那儿转回来的盛喃。

盛喃表情空白了好几秒，突然好像想起什么，她嗖的一下站起来了，试图挡住身后靠墙睡觉的某人，道：“谢谢老师夸奖，我以后一定不辜负学校和老师的栽培和期望，会加倍努力的！”

“……噗。”不知道从谁那儿开始，有人偷偷笑出声来。

讲台上的栾钟海又好气又好笑，道：“小姑娘一个打什么官腔——不用挡了，你就算挡得住他脸，还挡得住他那么长的腿吗？”

“哦……”盛喃顿时蔫了白菜叶子，不过很快又支棱起来一点儿。她发现靳一没说错，栾钟海好像完全没有要跟靳一计较的意思。

“行了，坐下吧。你这英语成绩也用不着加倍努力，不如省点劲儿，多用在别的科目上吧。”栾钟海摆摆手就继续往下说了。

班里同学都以为这是对盛喃英语成绩的另一种肯定。只有郭禹彤和发卷子路过的文梦佳知道更深层的原因，憋着笑。

盛喃心虚得准备坐下，只是还没等她拉回凳子，就对上教室斜前方刺过来的一束目光。黎雪晴正回头看她，眼神里带着某种极重的情绪，说不清是嫉妒还是愤恨。

盛喃一顿。不等她做什么反应，黎雪晴已经把头扭回去了。那条高高束起的乌黑马尾在空中划过一条凌厉的弧线。

那要是把刀，盛小白菜估计自己已经被割喉了。

“在你之前，黎雪晴一直是班里英语单科第一。有这事，她估计更要不满你了。”郭禹彤低声提醒。

盛喃慢吞吞坐下，道：“没关系。”

“嗯？”

“等其他科的成绩也下来，她很快就会知道我对她是完全构不成威胁的。”盛喃自信地翻过卷子，“这点儿信心我还是有的。”

郭禹彤欲言又止地看了她一眼，最后还是没打破小白菜的美好幻想。

两人聊得悄然。谁都没注意，盛喃身后，靠墙的那人抬起手腕掀了一下书尾，冷冷淡淡地瞥了教室前排一眼。

英语课下课，栾钟海没有直接离开教室，而是下了讲台，往教室后面走来。看他的目光落点，是直奔盛喃这个角落过来的。

盛喃被郭禹彤提醒到，连忙伸出左手，没回头地推后面睡着的靳一，压低音：“跩爷快醒醒，老栾来找你算账啦！”

“……”

靳一被“骚扰”得扯下杂志，低头，就看见盛喃的小白手正杵在他腰腹间，就隔着两层薄薄的校服和白 T 恤，生怕他醒不来似的，还勾着指尖挠了两下。靳一低着漆黑的眸子，望着，然后轻嗤出一声微微咬牙的笑。

他扔开杂志，抬手握住了那只不老实的猫爪，道：“……摸哪儿呢。”

“嗯？”一直掩饰着没回头的盛喃茫然了下，回身。看着自己被当作罪证抵在靳一腰腹前的手，盛小白菜呆了两秒，嗖的一下把爪子抽回去。

靳一原本也没用力握她，预料到她反应，把圈握的指节松开了，她手腕顺利地从他掌心逃脱。然后，就见盛喃转身，趴到课桌上，一键开启装死模式。靳一垂回眼笑了笑，把手放回去。

栾钟海此时已经走到教室最后，不过盛喃其实猜错了他过来的主要目的——老栾停到郭禹彤座位旁，对着死死趴在课桌上不抬头的小姑娘犹豫了下，还是出声："盛喃？"

"……啊？"盛喃怎么都没想到是来找自己的，呆了两秒才慢吞吞直起腰，"老师，您找我吗？"

"嗯，早上你父亲给我打电话，关心过你来学校以后的情况。"栾钟海说，"我也就去问了一下你的各科成绩，跟他说了。"

盛喃保持着方才起身的姿势，怔在桌前。好几秒后，女孩才微微低头，很轻地"啊"了一声。

栾钟海道："你父亲说，让你放学时间给他打一个电话，他想跟你谈谈成绩的事情。"

"……哦，"盛喃像被拔了塞子的气球似的，没生气地点头，"谢谢老师。"

"你这个偏科的情况确实比较严重，我看了你的成绩，英语和语文拔尖，理综一般，但数学实在是……"见盛喃蔫得头都不抬了，栾钟海当她是在为自己的成绩难过，也不忍心说重话，"你数学成绩的提升空间非常大，实在不行，就找人做做单科辅导吧。"

"……好。"

栾钟海转身往后门，似乎准备走了。只是原地停顿了会儿，他又转回来，道："靳一。"

那人原本正漫无目的地觑着窗外，闻言转回来，和老栾隔空对视两秒，他起身，懒懒应了声："栾老师好。"

栾钟海被他噎了下，气不打一处来："你……你说你准备这样混到什么时候？"

靳一随口道："高考吧。"

栾钟海再次噎住。

后排几桌寂静得很，连老栾身后那几排的刺头男生都惊得对视了眼，然后表情复杂地看向靳一。他们显然没想到新校草不但对他们踟，对老栾也敢这么踋。

气氛一时僵持。盛喃被迫从自己的恍惚状态暂时抽离，小心冒头，道："栾老师，您别生气，我，"她拍胸脯，严肃认真，"我保证辅导好靳一。"

"？"老栾转身。

靳一也微微挑眉，往身侧低头。

两人视线几乎是同时落到她身上的。盛喃心里莫名地一空，犹豫了下她小声补充："我辅导靳一英语和语文，理综和数学的话……我们互帮互助？"

老栾表情更复杂了，道："你……"

靳一眸里深深浅浅地看她半晌，此时突然轻笑了声："可以。"

栾钟海质问地看向靳一。

靳一像没察觉似的，他转回来，又道："不过既然辅导，坐前后桌是不是麻烦了些，老师？"

栾钟海："你想？"

靳一往身旁的小姑娘那儿压了下肩，乌黑的碎发在他额前一落，泪痣勾起了一丝淡笑，道："我要和她做同桌。"

栾钟海："……"

盛喃侧仰头："？"

长达十秒的安静里，除了盛喃站在靳一身旁茫然仰头，被无辜波及的郭禹彤也忍不住回头看过来。后排其余学生没动，可全都竖着耳朵，听栾钟海什么反应。不过没人觉得老栾会答应。

其间栾钟海一直在看靳一，试图从这个好像无论说什么做什么都散漫无谓的少年脸上看出点真实的情绪。

然而还是失败了。栾钟海不太明显地皱了下眉，随即舒展开，他意味深长地开口："如果有同桌'辅导'，那你的成绩会有进步吗？"

靳一和栾钟海对视几秒，似乎达成某种妥协："嗯。"

栾钟海道："进步多少？"

靳一笑了，眼神却冷淡："还没考的试，谁知道。"

栾钟海想说什么，但最终还是没拆穿他："也行，那就等到时候成绩说话。不过丑话说在前，是你和同桌两个人都要成绩进步才行，但凡有一个原地不动……”

老栾念叨的话声里，盛喃纠结地低下头。她并不排斥和跩爷做同桌，只是觉得没有和郭禹彤提前商量，就这样单方面地“抛弃”对方，实在是一棵有违江湖道义的小白菜。

但跩爷又已经直接向栾老师开口了，还有一堆同学竖着耳朵在听，她如果拒绝一定会让他很下不来台吧……

盛喃纠结得眉心都蹙起来。她低着头轻抿着唇，不知道该怎么办。

就在此时，她身旁的靳一突然抬了抬手，道：“老师。”

栾钟海停下话头：“又怎么了？”

“我刚想起来，”靳一声音听起来懒洋洋的，“这件事我没问过盛喃的意见，她可能不同意。”

栾钟海一愣。盛喃也怔了，她抬起头看向靳一。

……这人会读心术吗？

栾钟海回神，表情有点儿意外，他直接问道：“盛喃，你不想和靳一同桌吗？”

盛喃哽住。这让她怎么答。

“想”得罪郭禹彤。“不想”得罪跩爷。两条路都是“死”啊栾老师……

旁边的靳一低头看了她几秒，此时移走视线，很轻地笑了声：“算了老师，您别为难她了。我们讨论一下，周末前再找您确定。”

栾钟海有点儿牙疼。他现在算是知道上两届教 1 班的林老师是怎么秃的了。这种学生确实就是祸害啊。可毕竟是校长都重视的状元苗子，不捧着还能薅了不成？栾钟海忍下恼，瞪了靳一一眼，道：“最迟周五，时间过了我就当你没说过。”他转身往外走。

靳一平静接话：“老师再见。”

等栾钟海身影消失在教室后门外，靳一不紧不慢地侧过身，对身旁扭头就想往回溜的盛喃道：“……回来。”

盛喃绷住，一两秒后，她慢吞吞转回身。

靳一垂着眼睨她，道：“一边把我拉回学校，一边在同桌座位这件事上背刺我两回，嗯？”

盛喃心虚，不说话。

沉默之后靳一朝她低了低身，微眯起眼，道：“果然，忘恩负义就是你们小橘猫刻在骨子里的天性吧？”

“我——”理亏的盛小白菜仰头到一半，难得没反驳，又蔫耷回去。

靳一道：“有负罪感、想补偿我吗？”

盛喃仰脸，点头。

靳一直回身，抬起一只手，修长漂亮的手白皙而骨节分明。

盛喃还记得自己被他第一面就开发出来的手控属性，瞄了两眼就没敢再看了，仰头道：“这是…什么意思？”

靳一勾点冷淡的笑：“不是想补偿我吗？”

“所以？”盛喃不解。

“让我揉一把猫毛，”靳一说，“揉完我就原谅你了。”

盛喃：“？”

靳一下颌微抬，朝小白菜脑袋示意了下。

盛喃呆了两秒，回神，蓦地抱头退后了一步，她难以置信地睁大眼睛看着他：“你确定？”

“嗯，”靳一慵懒地笑，“很确定。”

“不可能！”盛小白菜脸都红了，“你想都不要想！”

“为什么不可能？”

“喵可杀不可辱！”已经自觉代入橘猫位置的盛喃说。

“……嗤。”

盛喃顾不得再和他嘴炮，吓得滑了爪也得往回跑，很迅速地躲进自己位子里。

第二节课的预备铃打响，她身后的魔爪没有追上来强行“撸猫”，而是慢悠悠回了座位。见那人在桌前落了座，盛喃才心有余悸地放下手。

“你可以啊，喃喃，”郭禹彤低声说话，“没有见色忘义，让我很感动。”

盛喃回道：“我也很感动。”

郭禹彤笑：“我夸你就行了，你自己就不用夸自己了吧？”

“你不懂，”盛喃扭头，绷着脸，小声道：“为了守护我们的友谊，我差点儿失去了我作为橘猫……呸，作为人的尊严。”

郭禹彤：“……”

又经历了数学和语文两节课的摧残，高三实验 11 班终于迎来了每周仅有的两节体育课。语文课刚下课，就已经有学生迫不及待地去操场了。

盛喃坐在座位上犹豫。

“喃喃，你还不走吗？”郭禹彤问。

“啊，”盛喃转头，“我不着急，要不你和文姐先去吧？”

“上体育课不积极，思想有问题，”郭禹彤玩笑了句，“你是想等靳一回来吧？”

“……嗯。”盛喃望向前桌。

这人在课间操消失以后，连语文课都没上。语文老师不知道是忘了还是压根儿不晓得靳一回来上课了，也并没有提。

郭禹彤想了想，道：“他会不会是因为数学老师点名他数学考了全班倒一的事情，生气了？”

“不应该。”

“嗯？你怎么这么确定？”

盛喃理直气壮地说：“我倒数第二，我也没生气。”

郭禹彤没憋住笑：“你还挺自豪？那你不生气，也不能代表他不生气啊。”

“嗯……”盛喃沉吟了两秒，“你再跟他多相处几天就明白了，他真的不是那种在意成绩和别人怎么评价他的人。”

郭禹彤拖长了语调：“哦噢，所以你才叫他跩爷？”

“嘘嘘嘘嘘！”盛喃连忙拉住她，“不能再传开了，再传他还不知道要怎么收拾我——”

“你们也知道传开了？！”

突然出现的文梦佳把盛喃和郭禹彤都吓了一跳。郭禹彤先回神，听得一头雾水，道：“什么也知道？传开什么了？”

文梦佳咬牙切齿地道：“不知道咱班哪个叛徒，把靳一成绩特别差的事情传到学校论坛里了！”

“哈？”郭禹彤都愣了一下，“谁干的啊？”

“匿名论坛，谁知道披着的皮下面都是些什么，”文梦佳看起来气得不轻的样子，“你们不知道啊？我还当你俩也看见了。看那帖子热度，闹得挺大。”

盛喃皱眉道：“他们说得严重吗？”

“有维护的，也有嘲讽的，不过，”文梦佳古怪地瞅了盛喃一眼，“传得比较厉害的一条跟你有关系。”

“我？”盛喃惊愕。

文梦佳表情复杂地点头：“没点你名，就说，嗯，说靳一想跟一个女生同桌，结果因为成绩太差被嫌弃然后拒绝了。”

盛喃呆住，几秒后她立刻奓毛了，骂了句，道：“谁说的？怎么可以这么过分——”

没等她说完，一只棒球帽突然扣到她脑袋上。像经过的风带来的，她身旁萦绕了一点儿淡淡的清冽木香。盛喃今天刚闻过这个味道，第一节课后课间的时候，在跩爷身上。

果然，头顶后面紧跟着响起来的，就是那人懒散微哑的嗓音。

“说什么脏话？”

盛喃憋气：“……没。”

“我听到了。”

盛喃道：“你……幻听了。”

文梦佳和郭禹彤对视了眼。

“那，你们聊，”郭禹彤戳戳盛喃，“我们先走了啊。”

“好。”两人自觉且快速地离开视线。

不过随着靳一进到教室，班里其他还没走的学生还是有不少微妙的看戏目光投来。盛喃敏感地觉察到了。

靳一早就松开手，像把棒球帽忘在女孩头上，他绕去前桌，靠坐在桌边上，撑着长腿垂眼望她，问道：“谁惹你了？”

“没有，不是惹我，”盛喃皱着眉小声咕哝完，“你上节课去哪儿了？”

靳一道：“裴朔找我。”

“哦。”盛喃皱了下鼻子，心想给人当小弟果然很麻烦，还要随叫随到才行。

想到这儿她突然吃惊地抬头："你不会是去打架了吧？"

"没有，"靳一没多解释，"不要转移话题。"

盛喃心虚得沉默。

"你要是不说，我只能找别人问了？"靳一靠坐在桌上半侧回身，对上的视线纷纷挪开，"他们看来了解情况。"

"别。"盛喃连忙拉住他，"我说。"

靳一回眸。

盛喃迟疑几秒，轻声问："你进过学校论坛吗？"

靳一微怔，随即低头轻哂出声笑："……我还以为你出什么事了。"

盛喃茫然。

靳一抬眸，此时神情已经跟平常一样散漫颓懒，道："成绩帖的事情我已经知道了。"

盛喃一惊："谁跟你说的！"

"裴朔，"靳一说，"帖子也给我看了。"

"他怎么什么都直接跟你说！"盛喃有些恼。

"哦，"靳一微微挑眉，"你对安乔老大有意见？"

"我……"盛小白菜蔫回去，不满但㞞地咕哝，"不敢，谁敢对你大哥有意见。"

靳一不禁莞尔。

沉默片刻，盛喃轻声问："你真没事吗？"

"我会有什么事。"靳一问。

"就那个帖子，"盛喃低头，声音也小下去，"对不起，我不知道他们会那样传……早知道会这样我当时肯定就答应了，后面再跟班长解释也行的……"

"啧。"

盛喃听见那人似乎不太爽地轻声打断，不等她去看，头上忘记摘的棒球帽被压着帽舌往前一拉。

盛喃没防备，差点儿撞到那人胸膛上。清冽的草木香浸润呼吸，头顶那个干净又好听的嗓音压着一点儿情绪，俯下来，轻叩了叩她的帽舌，道："关你什么事？"

那个磁性微哑的少年音就像在耳边，盛喃心跳蓦地失速了一拍，仿佛某种跌落的失重感。

靳一原本以为以小橘猫的胆子，就算被他拽到面前，肯定也会立刻㞞回去的。没想到她像是吓呆了，一动不动地待在他眼皮子底下。帽舌挡着，他看不清她的神色，犹豫了下，靳一伸手给她轻轻摘掉，半是玩笑道："干什么，要给我磕头认错？"

摘掉棒球帽后，小姑娘稍浅一点儿的头发露出来，在阳光下像某种柔软的栗色。接近额发发梢位置，还被他的帽子祸害得毛茸茸地翘起来几根。

靳一正微微失神，就听见耳边擦过去句轻声。

"你说什么？"他垂眸。

小姑娘在他身前低着头，慢吞吞往他胸膛方向凑了点儿，声音又轻又小："给你……撸猫。"

眼底的笑停滞，靳一怔在窗边潋滟的阳光里。

第九章

纯洁的同桌情

我就问你，你要不要跟我坐同桌。

砰。

砰。

砰。

明媚灿烂的操场上，学生们像抛洒进草丛里的豆子似的遍地蹦跳散落。在篮球场最边角，一个小姑娘正蹲在角落，抱着篮球架的底座慢吞吞地把自己往上撞。

她身旁不远处，郭禹彤和文梦佳正表情复杂地望着。

文梦佳道：“小喃同学这是怎么了？失恋了还是失心疯了？”

郭禹彤回她：“不知道，反正上课以后她就这样了。”

文梦佳：“难道是我们走了以后，靳一对她说了什么很过分的话？”

郭禹彤琢磨了下，摇头：“也不像。”

“怎么说？”

“刚刚我听她自己在那儿叨叨，什么‘让你犯傻’‘让你心软’‘让你冲动’之类的，”郭禹彤得出结论，“更像是在自怨自艾。”

文梦佳联想了一下，肃然道：“也有可能是冲动告白被拒，然后自怨自艾。”

郭禹彤哭笑不得地道：“不能吧，喃喃哪像有那个胆子的？”

“你没听说过一个词，叫色胆包天吗？”

“这个词用在你身上，我会比较相信。”

“呵，你文姐我还用得着色胆吗？什么样的男生我不敢上？”文梦佳一甩头，“算了，先去拯救一下小喃同学的小脑瓜，别让她再撞坏——”

话声戛然而止，郭禹彤听得奇怪，顺着文梦佳视线一望。

隔着半个阳光灿烂的操场，某人一身松散休闲的卫衣长裤，单手拎着瓶矿泉水，带着满操场女生们或明或暗的目光朝这个角落走近。

大约是腿长的优势，明明那人半低着头插着袋，懒洋洋地走得散漫，但还是转眼就到面前了。

近处看，剪短的黑发下露出漂亮的额头，五官线条更衬得清俊冷淡。

郭禹彤回神，戳了戳还在看的文梦佳，道："文姐，咱不是什么样的男生都敢上吗？"她忍笑问，"这个也敢吗？"

文梦佳回神，板起脸道："朋友妻不可欺，做人还是要有底线的。"

"我看你这个脸皮厚度不像是有底线的啊？"

"滚滚。"

全操场还是有个例外，比如墙根角落刚种下的，正在以头抢篮球架的，某棵小白菜。

盛喃确实看不到，因为她正低着头闭着眼窝在篮球场被太阳烤出胶皮味的地面上，一边撞柱子一边咕哝。

"你一定是疯了，一定一定是疯了对吧？你怎么会说出那句话的，你身为橘猫……呸！你身为人的尊严都不要了吗？盛小白菜你不能这样，人可以堕落，但不能没有底线地堕落……"

撞到某一下的时候，盛喃突然察觉了什么。这个触感……怎么不太一样了？盛喃抬起额头。出现在她眼睛前方十几厘米位置的，是一只骨节修长的手掌。

"啊！"盛喃一吓，下意识往后一躲。

"扑通"，蹲着的小白菜一屁股坐到后面的地上。于是视角拉广，手掌的主人也出现在她视野里。

不知道什么时候，靳一坐到了她方才蹲着的旁边的地上。他蜷着一条长腿贴地，另一条屈起，胳膊搭在膝上，手就挡在她刚刚撞额头的篮球架前。也不知道放了多久，到此时，那人才垂回手腕，似笑非笑地撩回眼望她，道："撞完了？"

盛喃还不自在地绷着："你怎么在这儿？"

"我听人说这边有个小傻子在撞墙，过来看热闹。"靳一说。

盛喃直了直腰，试图找回并不存在的底气，道："我只是……在让自己清醒一点儿。"

"哦，"靳一屈指，叩了叩篮球架，在邦邦的清脆声里他勾回视线，"你确定不是想让自己彻底昏过去？”

盛喃：“……”

见小姑娘的脸红扑扑地扭开，也不知道是太阳晒的还是情绪使怪，靳一垂眸笑了笑，手里拎着的矿泉水朝她抬起来。

盛喃转回来，望着水瓶迟疑了下，道：“给我的？”

“总不会是让你帮我开瓶盖。”靳一声音被太阳烤得越发懒散，他靠到身后的操场围墙根，半眯着眼望过来，那模样好像随时准备睡过去了一样。

“……谢谢。”盛喃伸手接过，忍住撑他的冲动。

水冰冰凉凉的，在这样燥热的暑夏尾巴的正中午，拿在手里就感觉有一种舒服的沁凉感通透地蹿进掌心。盛喃握了一会儿，感觉脸上的热度稍减。小姑娘轻轻咳了声。

靳一原本漫无目的地在操场上扫视，听见她声音，眸子焦点就拉回来了，拿眼神无声地望她。

盛喃道：“那个，上节课间的事情，你能不能当没发生过？”

“哪件，”靳一撩眸，停了两秒，“主动邀请我撸猫的那件事？”

盛喃羞耻地抱紧水瓶，低着头，刚降下去的热度又要上脸了。

这世上最耻辱的事莫过于主动当猫。比主动当猫更耻辱的事情，就是主动当猫还被拒绝了！

一想起当时头顶安静许久后那一声哑然的笑，随即是她被那人拿手指点着额头轻轻推后一点儿的动作，盛喃就感觉自己能用羞耻当燃料原地把自己发射到外太空了。

偏偏那人还没放过她，问道：“原来你撞篮球架，就是为这件事？”

盛喃木着通红的脸。

靳一转开脸，嗓子里轻压出声闷闷的笑。

盛喃接近奓毛边缘，道：“你还笑。”

“没被揉毛，伤害这么大吗？”靳一转回来，漆黑眸子里晃着斑驳的笑意。

“你才被揉毛！你狗咬吕洞宾！你忘恩负义！我明明是怕你被骂心情不好所以才——”盛小白菜成功被气成了鼓鼓的生气鱼，把人撑到一半她突然反应过来什么，嘴巴一闭又气鼓鼓窝回去了。

靳一始终撑着膝盖靠在墙前，垂眸望着她。

他嘴角始终牵着一点儿很不明显的弧度，长眸半合，不知道是不是身侧的阳光太暖太倦，睫睑间漏出的眼神竟像是温柔带笑的模样。

可惜盛喃气得脸朝一旁，完全没有看到。

而等她转回来时，靳一已经将视线垂回去了。他从篮球架旁起身，似乎有点儿燥热，就伸手把袖口挽起，露出在太阳下白得像能反光似的皮肤，还有凌厉的腕骨线条。

盛喃完全出于颜控本能，下意识地瞄上去。然后被那人漆黑的眸子逮了个正着。他居高临下，似笑非笑地望着她，道："不生气了？"

"哼。"盛喃用拉平的语气回答了他。

靳一也不说话。

盛喃绷了好一会儿，终于绷不住，她微微磨牙仰头看他，道："你一直盯着我干吗？"

靳一想了想，在她面前屈膝蹲下来。那人被光影打磨得极好看的面孔突然靠近，盛喃愣了下，机警地缩起肩膀想要后挪。

"那天去台球室接你的人，你的那位'朋友'，"靳一语气淡淡的，"不是你男朋友吧。"

盛喃傻了两秒才想起他说的是哪天。期间片刻无声过去，小姑娘表情变得异常古怪，且嫌弃道："怎么可能。"

靳一点了点头，似乎并不意外，道："想你也没这个胆子。"

"什么胆子？"盛喃茫然。

"一边有男朋友，一边当着老栾的面说要泡我的胆子。"靳一语气平静极了。

盛喃憋得脸蛋通红，道："那你还问！"

"为了不用下次急刹，确定一下。"

"什么急刹？"盛喃木着脸，"听不懂，说人话。"

靳一却没解释，他站起身，拿出口袋里振动的手机看了一眼。

盛喃被他明目张胆的动作惊到，道："你知道体育老师就在那边吧？"

"嗯。"靳一懒洋洋地应了。

“那你还敢玩手机？”

“可能，”靳一挂断电话，把手机塞回口袋，他随口道，“我胆子比较大。”

盛喃：“……”

虽然是实话但听起来真的很放荡不羁。

跩爷显然自己并不觉得，他瞥了眼女孩怀里抱着的瓶子，道：“记得喝水。”

“哦。”

“下午见。”

“哦……啊？”盛喃抬头。

靳一平静道：“我先下课了。”

“……你真的要把逃课说得这么清新脱俗吗？”盛喃木住脸。

靳一嘴角轻勾起来。想打的招呼已经打完了，他抬起长腿往操场树荫角落走。

盛喃侧回头道：“出口在另一边。”

“我不走那个。”

“……翻墙？”盛喃终于逮到嘲讽机会了，“你看你胆子明明也很小。”

“因为要迟到了，这边更近。”

“谁信呢。”小姑娘撇嘴。

靳一垂眸，莞尔一笑。

那人的身影很快就消失在后操场的林荫小道里。躲在旁边的郭禹彤和文梦佳终于可以放心地走过来了，一左一右把一脸无辜的盛小白菜夹在中间。

文梦佳打趣道：“哟，我们大校草专程过来给你送水的？”

盛喃绷住脸，道：“这明明是歉礼。”

“他欠你什么了？”

盛喃心虚，道：“那不能讲。”

“啧啧，我们小喃同学开始和大校草有不可告人的秘密了。”文梦佳故作感慨。

“不要胡说，”盛喃认真纠正，“我们是纯洁的友谊。”

文梦佳笑得歪过来撞她肩膀，道：“得了吧你。”

夏天的体育课基本也是聊天课。盛喃三个在篮球架下面的阴影里坐了大半节课，一通胡天侃地，到快下课才回到现实。

“喃喃，靳一跟你走得近，好说话，”郭禹彤突然说，“有机会的话可以提醒他一下。”

盛喃茫然回头，道：“提醒他什么？”

“他在班里有点儿……太独了。”郭禹彤斟酌着用词。

盛喃了然，弯眼笑道：“你不如说他跩。”

郭禹彤点头：“他这样在男生里，容易被排挤。说实话，我怀疑靳一成绩那件事，就是班里哪个或者哪几个男生看他不爽，所以才那么做的。”

盛喃一愣。

文梦佳歪过身来插话：“不用怀疑，肯定就是。”

“嗯？”盛喃又扭回头看她。

文梦佳扬起手臂：“就靳一那张脸，只要不伤天害理违法犯罪，再跩我都能原谅他。班里女生护着他还来不及，怎么会舍得举报他嘛。”

盛喃失笑。

“不过靳一这个人还是很低调的。”郭禹彤说。

盛喃趴膝，闻言忍不住笑，道：“他都快跩上天了好吗？”

“哎呀，不是说性格，”郭禹彤也忍不住笑，“我不是听我 B 栋的姐妹说过嘛，他和裴朔那群人走得很近？”

盛喃点头道：“嗯。”

“可班里绝大多数人都不知道，他自己也完全不提，”郭禹彤说，“但凡他这两天透露一点儿，班里男生估计就不敢招惹他了，更不可能有人敢在论坛里发那种帖子。”

文梦佳赞同道：“这倒是，裴朔在学校里还是没几个学生敢得罪的。”

“……对哦，”盛喃反应过来，“裴朔明明知道这件事。”

“咦？那朔哥没反应？”

盛喃回忆了下：“好像没有，靳一没说过。”

“啊？不应该啊？”文梦佳都意外了，“裴朔完全不是那种能放任自己小弟被欺负的人吧，怎么会不管？”

盛喃叹气，趴回膝上，道：“一定是跩爷太跩了，不懂要怎么讨大哥欢心。”

她话声刚落，藏在口袋里的手机突然振动了下。盛喃左右看看。临近下课，体育老师们似乎都走去角落了。没人注意，她把手机拿出来。

一条新信息。

J：走之前忘记问了。

盛喃打字：“嗯？”

J：撸猫特权，可以顺延到下次吗？

盛喃发过去两个问号。

操场上杨树叶被吹得沙沙作响，像绿色的海面上粼粼的阳光。风掠过半座城市，停靠在垂着悬铃木的窗旁。两颗褐色的球果在玻璃外轻轻一撞。

嗡。靳一低头，看见咖啡杯边上手机亮起的屏幕。

胖橘：你！做！梦！吧！

靳一无声笑了。看来记仇也是小橘猫深刻在骨子里的天性。他放下刀叉，垂手过去要拿起手机。

“迟到也就算了，”桌对面响起清冷的女声，“和长辈进餐的时候，不动手机是基本礼仪，这点你奶奶没教过你吗？”

靳一的手搭在手机上，停住。几秒后，他像没听见似的，在对面女人皱眉前把手机拿起，调出键盘。

“没有，”他一边回复，一边不抬眼地冷淡轻讽，“父母都没教过的孩子，怎么还能指望别人。”

“靳一。”女人警告地沉声。

“回完了。”靳一放回手机，眼尾微垂。他重新拿起泛着冰冷银光的刀叉，听见它们在开着凉风的寂静餐厅里撞出锋利的轻鸣，“您可以继续训话了。”

炽热的阳光下，蝉鸣噪动。盛喃走进操场外拥挤的放学人流里，拿出振动的手机。

J：好。

J：那就梦里见。别迷路了，小橘猫。

餐厅里原本就是清冷安静的气氛，空气中流淌着不知名的小众法语音乐，性感的女低音在静默空旷的空间里缓缓清唱。可惜靳一并不觉得好听。

餐厅是江兰诗选的。高档，清冷，是她一贯的格调。

江兰诗就是坐在他对面的女人，也是他血缘关系和法律关系上的母亲。和他父亲一样，除了这两重关系外，这两个人在他前十八年的人生里基本没有扮演过什么重要戏份。

往前再推将近十年，这两人至少偶尔还会一起出现在他面前。

现在……想来下次能同时见到他们两人的场合，最大概率就是民政局的离婚窗口了。

不过一对从婚前就貌合神离，只把对方当作自己在当时能选到的性价比最高的一朵“领花”的夫妻，能拖个十几二十年才离婚，已经算得上当代婚姻楷模了吧。

靳一刀叉交错，轻嗤了下。

江兰诗似乎听到了，道：“我专程过来和你吃饭，你穿成这样迟到不算，还要跟我摆这种脸色？”

靳一语气冷冷淡淡的，并没抬眼，道：“我需要再次为我没能盛装出席您的午餐邀约而道歉吗？”

江兰诗皱眉道：“我很不喜欢你这种语气。”

“我的建议是找您喜欢的人一起吃饭，而不是把吃饭的人变得喜欢。”靳一放下刀叉，懒懒抬眸，“可能您忘了，我今年初一的生日已经过了，十八周岁已满，您不需要再向我尽任何抚养义务——半年一次的精神慰问这种表面仪式，从今年开始可以省略了。”

江兰诗冷了声：“靳一，就算你成年了我也是你母亲，你注意跟我说话的态度。”

寂静里，母子僵持对视数秒。靳一垂了眼，自嘲地笑了笑：“好的，抱歉。”

沉默过后，江兰诗再次开口，稍稍放缓了神情和语气，道：“我这次回来，是听说你已经回学校上课了。”

靳一搁在桌上的手一动，几秒后他又笑了：“难怪。”

“难怪什么？”

“之前不懂半年一次怎么突然提前，现在懂了，”靳一的状态似乎更散漫了，他向后靠上沙发椅的椅背，懒洋洋地瞥向窗外，“希望您别误会，我回学校没别的意思。只是不小心输给了别人一个要求。”

江兰诗再次皱眉，道：“要求？你什么意思？”

“看来安乔那边没来得及通知您，”靳一说，“昨天月考结束，您猜我得了几分？”

江兰诗似乎想起什么不太好的事情，脸色变得十分不虞，道：“你是想告诉我，就算你回到学校，明年跟今年一样交白卷，是吗？”

靳一懒得再重复。

江兰诗望着他的眼神变得冷下来，道：“你真不愧是靳凯岚的儿子，尤其在自私这方面，你们父子俩简直一模一样。”

靳一靠在椅子上，闻言望着窗外轻嗤了声，道：“我一个高中生都懂的道理，江大律师怎么就不明白？”

江兰诗沉声道：“你叫我什么？”

“哦，抱歉，”靳一转回来，“不过纠正您刚刚说的——按自己的想法过自己的人生不叫自私，强迫别人按自己的想法过他们的人生才是。”

“你的想法？你才多大，你能为你的想法负得起责吗？”江兰诗上桌以后第一次露出笑容，不过是讥讽的。如果有一面镜子拿到她面前，那她或许就会发现，其实面前的少年比起像靳凯岚更像她一些，尤其是这样嘲弄地笑时。

靳一慢慢坐直，道：“负不负得起，我都得自己走下去。倒是你们，按你们的想法走出来的人生，你们能替我走下去吗？”

江兰诗的嘲笑在眼底微滞。

靳一拽起腿上铺着的雪白餐巾，很没西餐礼节地随便一擦嘴角，就搁到旁边。他站起前还朝江兰诗小幅度地欠身，照样是颓懒散漫的，然后直腰，道：“今天中午就陪您到这儿了，我下午还有课，先走了。”

江兰诗冷眉冷目，看都没看他一眼，似乎已经完全失去了和他再说话的兴趣。

“哦，关于我迟到的问题，”走出两步去，靳一回身，“安乔中学是中午 12 点 20 分下课，不是您以为的 11 点 30 分——我知道您不关心这点儿小事，没考虑到是我的错，抱歉。”

江兰诗的手蓦地停住。几秒后她眼睫一颤，抬头想说什么，却发现靳一已经走出去很远了。少年身影挺拔修长，比她高了许多。早已不是当年她离开的时候，会抱着她腿哭的男孩了。

江兰诗慢慢攥紧手里的刀叉，最后还是什么都没说，她低下头去，继续保持礼节地吃完了自己的午餐。

盛喃刚迈进 11 班教室的后门，就发现今天中午的班级格外热闹。已经到教室的学生分作两拨，一拨在前门一拨在后门，全都是拥堵得死死的，盛喃费了好半天劲儿，才终于挤回自己的位置。

“他们这是怎么了？”盛喃一边放下背包一边问。

郭禹彤回道：“成绩排名提前出来了，老栾让人贴了两张在前后门墙上，他们挤着看名次呢。”

“这样哦，”盛喃点头，“那你怎么不去？”

“我看完了，名单就是我拿回来贴上的，”郭禹彤朝盛喃挤了挤眼睛，小声说，“我还拍了两张电子的，省得我们过去挤了。”

“嗯？那你考得怎么样？”

“还那样，就二十名左右呗，”郭禹彤说完皱眉，“你这不该先问自己吗？”

盛喃不在乎地摆手道：“我对自己多了解啊，肯定倒数。”

郭禹彤乐了，道：“那确实，你总分 402，在咱班倒五。”

“啊？”盛喃惊讶地睁大眼睛。

郭禹彤刚想安慰她。

盛喃说：“竟然还有这么多比我差的吗？”

郭禹彤：“……”

郭禹彤被她气笑了，道：“喃喃啊喃喃，我真是服了你了。”

“哎呀，我们艺术生对分数毫无追求和信念感的，”盛喃抬起手拍拍她肩膀，“你以后就习惯了。”

郭禹彤推开她爪子，道：“噢，那你就没别人的成绩想问了？”

这波简直是直钩钓猫。偏偏橘猫本猫是只经不起钓的。于是乌黑的眼睛努力憋了十秒都没到，盛喃就放弃地慢吞吞凑过去，道：“那让我看看跩爷的。”

“看你那点儿出息！”郭禹彤虽然早料到，但也恨铁不成钢地指指点点，“不用看，他的成绩我都背下来了。”

盛喃惊讶道：“啊？班长你记忆力真好。”

“呵，那是我记性好吗？那是他考得‘好’。”

盛喃：“？”

郭禹彤拎过来一只本子，在上面画了个硕大的100，推过去。

盛喃接过去，茫然问：“他哪科100？”

郭禹彤道：“总分100。”

“……”

郭禹彤道：“除了语文50分，数学英语包括分科的物化生，每科10分。”

盛喃：“？？”

两人寂静数秒，郭禹彤道：“别说你不信了，我们班都没几个信的，本来以为就算数学倒一，他可能也跟你一样是个严重偏科选手——这好家伙，没想到他完全不偏科，成绩均匀得不得了。”

盛喃回神，叹气扶额。

郭禹彤问道：“你这是什么反应？”

“没什么，只是突然觉得自己的辅导事业，实在是任重而道远。”盛喃语气严肃。

郭禹彤：“？”

热闹了半中午，离下午第一节课还剩不到十分钟，教室前后总算清闲下来。靳一还是没出现。

后排有个男生来迟了，这会儿才在看成绩，看完以后就哈哈了声，回位道：“笑死了啊，总分100？我估计安乔建校以来，高三A栋的实验班里，就没出过这么离谱的成绩吧？”

他同桌接话：“一个月没来上学，来了以后四节课能逃两节半，不知道的还以为他成绩很牛呢。”

“是很牛啊，创纪录嘛。”

“哈哈哈，也是哦。”

后排几个男生早就看靳一不爽了，这会儿一齐打着哈哈，班里也没几个愿意跟他们搭腔的。于是大半个安静的教室都成了他们的“主舞台”，几个人聊得更欢。

“自我介绍那会儿就跩得二五八万的，真当自己是什么东西了，嘁。”靠门那个踩着凳子，之前被靳一眼神吓得咽口水的也是他，这会儿咬牙切齿颇有一雪前耻的架势。

“问他打不打篮球，他还说没兴趣，我看根本就是菜鸟，拿不出手。”

“要成绩没成绩，要实力没实力，草包一个。”

“也不知道怎么进的实验班，别是校长私生子吧？”

“哎，别说，还真有可能啊。”

“长相遗传亲妈吧，要是女人生这么张脸，那确实很容易给人当插足者啊。”

盛喃紧握住书。她实在是听不下去了。小姑娘深吸了口气，憋住，抬头挺胸刚要说话，突然就僵在那儿了——

后门外，跩爷正懒插着兜走进教室。而他身前十几厘米位置，那个唾沫横飞的男生毫无感觉，还踩着凳子恶狠狠地说：“靠龌龊路子才转进来，要啥啥不行，他到底有什么好跩的？！”

“……”

一片安静。男生正意外自己几个兄弟怎么不搭腔了，就听身后高一头的位置，慢悠悠晃过去个漫不经心的嗓音——“脸吧。”

“？”

“他有什么好跩的？！”

“脸吧。”

众人回神，表情复杂。这人真……

让人无话可说。

开口的男生反应过来也噎住了。等他僵着脖子机械扭头的时候，身后那人早就没停顿地过去了，看都没看他一眼。在全教室安静的注视下，靳一好像什么事都没发生，他懒懒地耷拉着眼皮走回自己桌位里，坐下，伏桌补觉。从头到尾，一点儿情绪都没露过。

寂静数秒。班里各个角落掀起低低的议论声。

郭禹彤扭头赞叹："……牛。"

盛喃倒没多大意外，拄着脸忧愁地望着那个背影，叹气道："你是指成绩还是指脾气？"

"二者皆是。"郭禹彤竖起拇指。

盛喃绝望地把脑袋往下一耷。

下午四节课一晃而过。第四节课的下课铃声在学生们的企盼里响起。可惜台上的物理老师似乎没听见，道："我们再看此时这个球的运动轨迹……"

"老师！我的红烧肉要抢没了！"

不知道谁号了一嗓子。

物理老师把粉笔一扔，道："吃吃吃，就知道吃！再吃下去你还没这个球跑得快——下课吧！"

"谢谢老师！"拖长了调的杂声里，学生们迫不及待地往座位外去。

"喃喃，你还不走吗？"

"……啊，哦，我今晚不饿，"盛喃回神，轻声说，"你和文姐先去吧，不用等我了。"

"那好吧。"

等学生们走得差不多了，教室里只剩下自己带饭的同学。

盛喃目光飘向前桌。跩爷保持着物理课上的姿势，正侧撑着头在翻一本她看不清内容的杂志。盛喃犹豫了下，拿起自己的保温杯，走去靳一桌旁。

那人翻页的手一停，撩起眼。

盛喃晃了晃水杯，道："你，嗯，你想去打水吗？"

靳一回道："不想。"

小白菜绷脸，道："不要欺骗你的心，它说你想。"

"哦，你听见了？"

"当然，读心术是我们橘猫的天赋技能。"盛喃面无表情地说话，心里却流着泪想盛小白菜你身为人的尊严到底还是彻底被你抛弃了。

靳一垂下眼去，遮住了笑意。

然后他合上杂志，起身道："那走吧。"

盛喃有点儿意外，道："这么好商量的吗？"

靳一没回头，懒洋洋地走过空荡的教室道：“不是说好了，对你日行一善吗？”

盛喃迈着小短腿追上去，道：“那我要算算，你可欠我好多次了。”

“啧……得寸进尺也是小橘猫天性？”

“跩爷就能说话不算话了吗！”

“不能，”那人像笑了一下，“算吧。”

开水房在每一层楼的最西边。傍晚时候，霞光从天边铺过来，正是窗边这片天空最美的时候。可惜盛喃此时无心欣赏，她正一边慢吞吞拧着保温杯盖子，一边思索着要怎么打开话题。

开水房里，除了他们外的最后一个学生走出去。盛喃鼓足勇气，道：“你……”

“你想说什么。”窗边好像在看风景的某人突然开口，把盛喃吓得一惊。

盛喃呆了两秒，走过去，道：“你知道我是有话跟你说呀？”

“等没人了单独叫我出来打水，两种可能。”靳一转回来。

盛喃好奇：“哪两种？”

“一，有话说，”靳一靠在窗边，垂着眼淡定看她，“二，想泡我。”

盛喃：“……？”

靳一眼里露出一点儿淡淡的笑，道：“不然你是哪种？”

盛喃反应过来，十分惶恐地道：“是！！”

靳一顿了下，侧过脸，道：“……别连读。”

“啊？”盛喃还蒙着。

“说吧，再拖一会儿又来人了。”

“哦。”盛喃今天搜肠刮肚半下午，才打出了一篇腹稿，内容无非是诸如“我们毕竟是学生”“学习是我们的天职”“别人不学习还好，你不学习就会被嘲讽是草包美人”“反正来都来了，干脆就凑合学点呗”此类。

费去两分钟的时间，她才终于磕磕绊绊地给跩爷当面背下来了。

开水房很安静，盛喃悄悄抬头，就看见跩爷正望着她，神情似笑非笑的，好像没有生气的样子。

靳一道：“稿子背完了？”

“嗯，背完——”盛喃绷脸，“谁背稿子了，我这是肺腑之言！”

“所以你这番肺腑之言的结论就是，”靳一从窗边直起身，往前迈了步，“我们应该好好学习，天天向上？”

盛喃下意识地往旁边躲了下，她很想反驳来着，但憋了几秒难得哑火——实在是她在努力学习这方面毫无心得经验可谈。于是盛小白菜很沮丧地蔫了下去。

“一起学习的话，也不是不行。”

“嗯？”盛喃蓦地抬头。

靳一又上前一步，声音低低的，好像很随意：“你去找老栾说，同意跟我同桌了。我就答应。”

盛喃怔了下，似乎很意外。

靳一道：“不行？”

“不是不行，”盛喃回神，“只是我本来就已经跟班长商量过，要和你同桌了。”

这次轮到靳一一怔。

他眼皮子底下的小姑娘毫无察觉，正皱着眉说：“论坛里竟然有人造谣说我是嫌弃你成绩才拒绝和你同桌的，那当然不能给他们留这样的把柄！”

小姑娘越说越愤慨：“放心吧，我很讲义气的，这次一定配合你击破谣言，打他们的脸！”

靳一哑然失笑。盛喃正觉着勇气充盈，却被那人的笑勾没了一半，她木着脸扭过去：“你笑什么？”

“你很在乎别人的评价？”靳一嗓音笑得透出来点儿低哑，在空间不大的开水房里格外好听。

“没有啊，”盛喃本能反驳，沉默几秒后又蔫回去了，“好吧，可能是有一点儿……难道你不在乎吗？”

“嗯，我不在乎。”

那人语气轻轻淡淡的，没有半点儿自矜或为此得意的情绪。就像这句话本身一样，他不在乎别人的看法，也不在乎在不在乎这件事情。

盛喃叹气，小声咕哝：“所以你才那么踐嘛。”

靳一垂眼看她，道：“我听见了。”

盛喃心虚，随即想到什么，昂首挺胸地道：“你又不在乎别人说什么，听见了又怎么样？”

“……”

小姑娘那个找到证据了似的骄傲又得意的模样落进眼底，靳一看得很想抬手揉一揉她。

这次费更大力气才忍下来的。他忍得叹气道：“别人我确实是不在乎。”

“啊？”盛喃捕捉到什么，但没来得及细想，又被另一个突然冒起的想法侵占了注意力，“哦对了，你今天中午明明也反驳他们了！”

靳一落眼看她：“嗯？”

“就后排那几个男生说你坏话，你进门的时候也反驳他们了嘛。所以你看，你还是会在乎的……”

盛喃试图说服他。她极力想否认靳一说的，他不在乎任何人对他的评价这件事。她不想他真的这样认为。因为那样太孤独了，就好像和这个世界上的任何人都没有任何关联一样。她不想靳一活成大海上的一叶孤帆，就算那样很厉害，很了不起。

“不是因为他们。”靳一却突然开口了。

“……啊？”盛喃堪堪回神，抬头看他。

“回答他是因为，”靳一好像想起什么，很轻地笑了下，“那时候窗边蹲了只快要奓毛的小橘猫，看起来像，我再不开口，她就要扑上去咬人了。”

“……”

盛喃憋住气，她一时竟然不知道是要从“奓毛”还是“橘猫”还是“咬人”先开始反驳。于是窗边又多了只濒临奓毛、看起来就要扑上来咬人了的小橘猫。

靳一忍不住笑着垂眸。

盛喃气鼓鼓半天，绞尽脑汁终于想到一个突破口，道：“你这个人实在太自恋了！”

“有吗？”

“有！他们质疑你有什么好跩的，你说脸，”盛喃翻旧账，“还有之前在校内通缉榜下面，你还夸自己长得帅！”

“虽然我没有夸，”靳一被她奓毛的反应逗得不行，“但也算实情。”

“哪有实情？”

“我长得不帅吗？”

“……”盛喃深吸气，毅然决然地把自己的颜控本性踩在脚底，“不——帅！”

靳一笑意更深。

“不应该啊，”他懒懒地撩起眼，扶住盛喃身旁的窗沿，俯近了些，把小橘猫挤到角落，“不然你再看看？”

盛喃：颜控暴毙。

眼见着盛小白菜脸颊红得要跟她身后窗外的晚霞媲美。昏暗的开水房外，突然炸响一声粗犷的中年男高音——

“你俩！干吗呢！！”

盛喃被这突然的声音吓得一栗。

“好啊，早恋都跑到开水房来了是吧？够大胆的啊你们？哪个班的？姓名学号报上来！”男老师气势汹汹地冲进来。

靳一眼底笑意没了，一点儿戾气攀上冷淡的眼尾。

他放下手臂，缓缓地直起身，刚要说什么，衣角突然被拉了一下。

靳一垂眸。盛喃吓得脸有点儿白，但此刻还是紧紧攥着他衣角，像是生怕他做什么。

望着女孩细白紧攥的手指，靳一眼尾垂下，心底轻叹了声。

几秒后，靳一站直，转身道：“老师，我们没早恋，您看清楚再说话。”

男老师怒目道：“我还用看清楚？你俩这距离还不够清楚的吗？非得亲一块儿去才叫早恋吗？！”

“真不是早恋，”男生单手插兜，懒洋洋地说，“我单方面耍流氓呢。”

男老师：“？”

第十章
谁先动心谁是狗

汪！

郭禹彤一回到教室，还没来得及站稳，迎面就见盛喃慌慌张张地扑过来，道："班长，十万火急，救命救命！"

"怎么了这是？"郭禹彤吓一跳，赶忙往盛喃身后看，可除了半个教室松散如常的同学们，也没见到盛喃身后跟着什么洪水猛兽。

"不是我，"盛喃把她拉回来，压低声音却压不住焦急，"是靳一，他被带到教务处去了！"

"啊？怎么回事？"

"就是傍晚我们在开水房说话，被巡逻的纪检老师看到了，他说我们，"盛喃磕巴了一下，"说我们早恋，结果靳一说是他在单方面纠缠我，还把那老师气得不轻，然后他就被那个老师带去教务处了。"

郭禹彤听完表情复杂得一言难尽，道："你俩这是趁我们吃顿晚饭的时间演了一集电视连续剧啊？"

盛喃现在哪儿还有心情跟她开玩笑，急得直拽她袖子，忙道："班长，你帮我想想怎么办，我是去找老栾还是直接去教务处？但是我自己去好像又没用……"

"你先别急，冷静，让我捋捋。"

"好好，你快捋。"

她们这角落刚安静下来没一会儿，班里最大喇叭的乔子然跑进来了，道："哎，你们听说了吗？咱班大校草被带去教务处了啊！"

本来就心不在焉的盛喃一惊，脸色刷白地抬头。

"真假？什么情况啊？"

"真的，二楼教务处门口有人亲眼看见的，"乔子然说得眉飞色舞，"纪检老师带过去的，好像是大校草趁晚饭时间，把一个小姑娘堵在开水房了，要对人家做什么。"

“刺激啊。”

“不可能，乔子然你编瞎话也编得靠谱点儿。今天我就见隔壁班来送小礼物了，靳一可看都没看就过去了，干吗要堵那个女生？”

“我没编啊，那是自己在教务处承认的！好几个学生趴门口都听见了！”

“自己承认？？”

“哪个女生啊？”

乔子然回忆了下，道：“纪检老师说没看清，还说当时他被咱大校草气得厉害，把那小姑娘给忘了。”

“靳一也没说？”

“没有……哦不对，他说了，说是个高一的，要不能那么小一个吗——这他原话。”

“噗。”郭禹彤原本跟盛喃一样紧张地听着，听到这句实在没忍住，埋下脑袋趴桌上忍笑忍得肩膀都在抖。

盛喃又气又急，低声道：“什么时候了你还顾得上笑我？”

“不是，哈哈，这话你应该说靳一啊，都什么时候了他还顾得上跟你开玩笑？”郭禹彤忍着笑抬起头，“他这明显是知道乔子然这群大喇叭在外面听，所以故意说出来逗你的吧？”

盛喃怔了下，但也顾不上，道：“管他什么想法呢，他现在又出不来——班长，你捋完没有啊？”

“捋完了，这事真没辙，”郭禹彤无奈，“你不用找老栾，教务处肯定会通知他的，估计还得通知靳一家长。尤其他有一个月的旷课前科，反正，挺难搞的。”

盛喃脸上秀气的五官都快皱到一起去了。小姑娘一个人趴桌上发呆了将近半分钟，突然坐起身。

郭禹彤被她吓了一跳，道：“你干吗？你不会要独闯教务处吧，我可告诉你，你现在去了可能只加重不减轻噢。”

“不是，”盛喃眼神还是不安，但表情绷住了，“我记得你说你有好几个姐妹在B栋，有人还和裴朔走得近？”

“呃，确实。”

“那你能让你姐妹帮我通知一下裴朔这件事吗？”

郭禹彤一愣，道：“你是想让裴朔帮忙？虽说学校对 B 栋那些学生是有点儿纵容的，但裴朔肯不肯管也是个问题啊。你不是还说那帖子的事情他知道都没管吗？”

“不知道他会不会管，但先试试。”盛喃难得坚定又严肃。

“……好吧，那我给我姐妹发条信息。”

“谢谢班长。”盛喃说完就站起来了。

郭禹彤刚低头，见状又抬起头看她，问道：“喃喃，你还去哪儿？”

盛喃停住。从郭禹彤的角度望过去，小姑娘站在窗边最后一抹夕阳里，半低着头，手攥得紧紧的，背影还是软趴趴的乖巧模样，但又像棵挺着的小白菜似的，特别执拗。郭禹彤见惯了这个小姑娘软乎乎很烦的样子，这还是第一次在她身上见到这么倔的一面。好像不管前面挡着什么，她都能跑上去撞开似的。

“我……”她听见女孩低低地说，“去打个电话。”

“？”

盛喃快步跑出了教室。

电话响起来的时候，盛天刚正跟殷娟在家里的餐桌上吃晚饭。他拿起手机，看到来电显示，镜框下的目光明显意外地停住了。

殷娟问：“又是公司的事？”

“不是，”盛天刚拿餐巾擦了下嘴，起身道，“喃喃的电话。”

殷娟愣了下，道：“你刚吃一半……”

“这个时间她都快上晚自习了，还打电话，应该是有急事，”盛天刚起身离桌，安抚道，“你先吃吧，不用等我。”

“好。”

盛天刚拿起手机回到房间。接通前他在心底默念了一遍“不要动气”，然后才把手机拿起来了。

“盛喃？”

“嗯……是我。”对面声音听起来闷闷的。

盛天刚不自觉又皱了眉，道：“你怎么这个时间打来电话，没在学校上课吗？”

“在啊，”女孩小声说，“不是您让我们班主任告诉我，让我给您打电话吗？”

“那也没让你在学校给我打，学校是有纪律的，你跑出来打电话让老师遇上，那要怎么说？”

电话对面一阵沉默。

其实盛天刚说完就有点儿后悔了，盛笙之前暗示过他，盛喃这个年纪的女孩最听不得他在公司练就的这种上司对下属训话的口吻，让他收敛着点儿。可惜每次跟盛喃搭上话茬儿，要么被气，要么着急，这种严厉语气总是忍不住就出来了。

而且按常规，盛喃肯定是要憋不住软里带刺地哼哼几句，或者就干脆不聊要挂电话了，这种时候他就总是气得更厉害……

“那成绩的事情之后说可以吗？”盛喃在电话对面轻闷着声。

盛天刚一愣，盛喃这个反应他没料到，也绝不常见。这么一想，盛天刚语气更严肃了，道：“到底出什么事了？”

“就……我一个同学被老师误会了，还被带去了教务处。我想让您帮忙跟班主任讲一讲情。”

盛天刚问：“跟你有关系？”

“……有，”盛喃听起来很沮丧，“其实是我们两个犯的错，但他自己揽下来了。”

“犯错？”盛天刚声音一沉，“我特意送你去个没这么多花花东西的地方上学，想让你收收心好好学习，结果你跑那儿去带头犯错？”

电话这端，盛喃愣了下。这还是她第一次听盛天刚说他到底为什么把她送来这么一个小城市复读。

等回过神，盛喃先看了一眼手机上的时间——距离靳一被带去教务处已经有半小时了。

拿回手机，不意外还是盛天刚没结束的训话。盛喃顿时急得皱起眉，连奶奶家的南方方言都跟出来了：“我知道错了嘛，之后再跟您认错，但这件事真的很急！”

盛天刚那边蓦地安静。

盛喃有点儿心虚又后怕，不知道是不是自己语气太急了，但又实在顾不得服软，小声拿方言问："你帮不帮的啦……"

再不帮她就只能去求盛笙那个坏家伙了，呜呜呜。

没想到沉默之后，盛天刚语气虽然有点儿沉，但还是应下了，道："我会给你们学校打一通电话，让他们酌情宽待一下那个学生。"

盛喃眼睛一亮，感觉憋住的那口气总算松动了。

"等这事之后，你给我好好解释一下你这段时间都在学校干什么了，知道吗？"

盛天刚的训话此时听着都顺耳了，盛喃忙应："知道了知道了，那您快给老栾打电话，我不占用您时间，回去上课了，拜拜！"

啪。电话迫不及待地挂了。

盛天刚一个人坐在卧室的大床上，对着手机失神了好一会儿。

他印象里喃喃已经很长时间没有用这样的态度跟他说话了，可能是从她上初中以后，父女两人间就越来越生疏了。以前他还以为是她长大了性格也变了，现在看，好像倒只是跟他这个当父亲的藏起来了。

盛天刚莫名有些空落落的，但很快就调整好情绪姿态，从通讯录里翻出安乔那位教导主任的电话，拨了过去。

和对方客套几句后，盛天刚说明来意。对方似乎意外，道："噢，原来另一位当事人是您女儿啊？"

盛天刚回道："是，抱歉给校方添麻烦了。她第一时间来找我承认了错误，不管他们闯下什么祸，做家长的总是有责任……"

"哎哟，您言重了，算不上闯祸，照您的说法这本来就是场误会嘛。"

盛天刚微皱眉，觉着有点儿什么不对，但还是开口接了话："那她的那位同学？"

"您放心，这位同学本来也是品学……啊，品学兼优，不然就不会在这种时候站出来主动承担错误，是吧？我们校方对这样的好孩子都是很重视、很保护的。"

盛天刚沉默了下，试探道："那校方准备怎么处置这次的事情？"

"也不是什么大事，青春期的孩子吗，躁动一点儿是在所难免的，再说也没发生什么事情，"主任在对面念叨，"教育几句就可以了，您是家长，您觉着呢？”

隔着电话，教导主任是没看着，这边卧室里坐在床上的盛天刚脸色已经黑得跟什么一样了。他大概猜到是个什么“误会”了。但毕竟对面是安乔的教导主任，盛天刚有什么情绪也不会在他这儿露，只开口道：“孩子不懂事，只能劳烦校方代家长批评教育一下了。”

“您客气，这也是学校的责任嘛。”

又几句客套后，电话结束。

盛天刚狠皱着眉，本来打算给盛喃拨过去，不过想到她还得上晚自习，他还是作罢，拨前换成了另一个号码。

大约二十秒后接通了。盛天刚再忍不住起身，恼声问：“盛笙，你妹妹在学校怎么回事，跟谁谈恋爱了吗？？”

“……”

第一节晚自习，盛喃上得非常不安，好几次偷偷猫到桌边往下瞄手机，想看看盛天刚有没有给她回信息。但是等到快下课了，还是一条都没有。

“行啦，别看了，没信息还能看出花来吗？”身为班长本该以身作则的郭禹彤都忍不住，小声叫她，“再看几次被巡逻老师抓到，你就等着去教务处跟他鹊桥相会去吧。”

盛喃蒙了两秒才反应过来，道：“谁鹊桥……”

丁零零——

下课铃声骤然拉响。教室里静了两秒，慢慢起了杂声。盛喃终于不用压着声音，她绷着脸严肃道：“班长，你身为一班之长，怎么能随便造谣同学呢。”

“行啊，喃喃，刚利用完我，转头就说我造谣了是吧？”郭禹彤开玩笑道，“再说了，你看看你坐不住那样子，可不就是跟急着下凡的七仙女一样吗？”

盛喃憋了口气，最后变成一声轻哼：“看在你夸我小仙女的分儿上，我不跟你计较。”

郭禹彤刚要再说句什么。

砰。第一个拉开教室门要出去的学生陡然把门甩上了。

后面几人一愣："你干吗啊？"

门口那个表情呆呆地扭头道："裴朔，朔哥他们守在外面。"

刚闹腾起来的班里蓦地一静。沉默里，盛喃和郭禹彤对视。

盛喃道："这是不是……"

郭禹彤点头道："找你的。"

"……"

郭禹彤道："别祸祸咱班同学了，瞧瞧都吓得不敢去厕所了，你赶紧出去看看吧。"

"好。"盛喃刚顺着过道走到教室中间，前门就被外面敲了敲。

门口的男生下意识地堵住了门。几秒后，寂静的教室里听得到长廊窗外透进来一声叫骂。

"谁啊这是？开门！"

门口那男生缓了两秒，反应过来，他没敢再堵，慢慢把门拉开了。

裴朔正巧拨开门口骂人的那个男生："文明点儿，这是A栋，全是好学生，再让你吓着两个，拿你那几个破分补人家啊？"

"哈哈哈……"外面传回来男生们放肆的笑声。

教室里的学生们表情都有点儿僵。连后排那几个比较刺头的男生脸色也不是很明朗了。

A栋本来就自诩和B栋是两个世界的人，那边的摸爬滚打干什么的都有，而他们一心向学两耳不闻窗外事，打架动手这方面，自然也是三五个未必打得过对方一个。更别说门口站着的是裴朔这帮凶人了。

空气悄然。一时竟没人敢说话。

裴朔的目光在11班教室里一扫，很快就看见靠窗过道里站在中间的小姑娘了。她似乎是被他们出现的阵仗惊了一下，正茫然望着。裴朔抬胳膊，想招招手让人过来。

还没等挥呢，裴朔突然想起来，这要是让他哥看见他招呼小橘猫……不是，招呼盛喃跟唤小猫小狗似的，那他回去以后这乐子可就大了。

想起靳一收拾人那几下，裴朔一怵，差点儿原地给盛喃打个敬礼。他立刻非常妥帖地放下胳膊，就仿佛没抬起来过，主动绕过教室前面朝盛喃走过去。

他身后那几个男生习惯性地跟上了。阵仗吓人。盛喃完全出于本能地往后退了半步。

裴朔停在过道头上，顺便想起了他哥最早就在台球室说过，盛喃胆子非常小，尤其陌生人面前，㞞得很。裴朔有点儿脑壳疼，道："我不进去，就问两句，我……靳一还没回来吗？"

盛喃摇头。

裴朔拧眉道："教务处那边什么意思？还真打算为这么点儿破事处分他？"

"……"

裴朔在安乔私立中学本来就很有名气，本人体格也是肌肉型的，他的声量一提，旁边几个女生吓得脸都白了。

后面有个男生凑上来，道："朔哥，您问盛喃也没用，她又没去教务处。"

裴朔没好气地道："那你还让我来 11 班，问谁？"

"乔子然，"男生一扬头，声量放出去，"乔子然人呢？"

"这……这儿。"中后排举起只颤巍巍的胳膊。

男生跟裴朔往那儿一指，道："喏，他们班大喇叭，我找人问了，最早趴教务处门口听风的就是他，他肯定知道得最多。而且就他听完以后，回来编派靳哥的闲话呢。"

裴朔目光挪过去。对盛喃以外的 11 班的人，他自然就不用顾忌他哥那层了。这会儿眼神也立刻回到安乔不良少年团老大的气场，看着就凶得很。

刚从座位上起来的乔子然吓得腿一软，差点儿蹲回去。

此间盛喃回神。裴朔毕竟是她找人通知的，虽然她也挺怕这个不良少年团老大的，但也不好意思让别人替自己担惊受怕。

盛喃往前追了两步，道："朔……"哥字还未出口。

"裴朔，你能不能别在我们班这样？"一个清淡的女声突然插进来。

裴朔和盛喃同时停下，一前一后望向教室中排。说话的黎雪晴起身，微蹙着眉："靳一被老师带到教务处去了，也不是我们班学生弄的呀。"

裴朔没表情地道："确实不是你们班，但乔子然知情，我就算去教务处也得先知道是个什么情况吧？"

“他能知道什么，”黎雪晴细声咕哝了句，“靳一自己承认的，就算受处分也是没办法的事情。你撒火来我们班也没用啊。”

裴朔道：“那你什么意思？”

黎雪晴放轻声：“你就当给我面子，这事别牵连我们班了，好吗？”

“……”

盛喃不知道直面校花魅力、据说还追过黎雪晴的裴朔是什么感觉。

至少她是觉着骨子酥一半了。美人不着痕迹的撒娇哎……这谁扛得住？

让盛喃难以相信的是，裴朔竟然还真就扛住了——

“换别的事，你说话，没问题，”裴朔冷着脸，有点儿凶横的眉眼压着丝怒意，“但靳一的事，谁说都不行。”

黎雪晴一怔。

“乔子然！”裴朔错过身，沉声，“你还打算让我叫你几遍？！”

盛喃跟着乔子然的身体抖了一下。她低头紧张地闭了闭眼，默念了两遍“没事，他是靳一朋友”“自己惹祸自己背锅”，然后睁眼拦下从自己身旁经过的脸色煞白的乔子然。

盛喃转过来，道：“其实是我……”

砰，砰，砰。教室后门叩得一声高过一声，又懒又重地打断了盛喃的话。

班里学生齐回过头。后门不知道什么时候进来那道清挺修长的身影，就站在门前。那人垂下手，靠着后门微微皱眉道：“吵什么，隔两个班都能听见。”

教室死寂数秒。

裴朔回神后表情一松，跟着惊喜，刚要张口，那声“哥”就被扼杀在靳一冷淡掀起的眼神里。

不过这记眼神杀没来得及持续多久。教室中间有一个，难得最早反应过来的，惊喜地绕过半个教室跑向后门。小姑娘眼睛乌黑，笑起来时眼里亮晶晶的，像揉碎了星子和灯火。

“啊，你没事了吗！”她扑过来。

靳一本能地抬了下手臂，以为她要像上次在台球室那样抱上来了……

可惜没有。盛喃就刹停在他面前，高兴得忘我，脸颊扑红地道：“老师没罚你什么吧？？”

靳一轻眯起眼。这一刻预测落空的不爽远远大于今天一整晚的不爽积累。以至于他生出了一点儿极其罕有的幼稚的报复心思。

“……罚了。”少年靠在门旁，声音被夜色浸过，听起来低低哑哑的。

女孩顿时紧张地道：“罚什么了？”

“一千字早恋检讨，下周一升旗仪式后背诵，”靳一往前朝她塌了塌身，眼眸漆黑，他懒懒出声，“一人一份。”

盛喃：“？”

接下来几天的时间，靳一的名号在安乔中学更深一步地传开了。其中广为流传的核心故事就是“大校草被带教务处，朔哥冲冠一怒为小弟”，虽然最后在11班现场草草收尾悄然离去，但朔哥仗义的精神却永远地留在了安乔学生们的心中。

托裴朔的福，之后两天11班的学生见到靳一都很有点儿敬而远之的意思。就连论坛里那个曝他成绩的帖子，也在不知道什么时候被人删掉了。

“果然，有大哥罩就是很幸福。”晚饭后，再一次见到后排刺头男生们不阻不拦还恭恭敬敬给进门的靳一行注目礼的时候，盛喃由衷感慨。

靳一腿长，很不巧在她还没说完的时候就路过了，然后停下来，道：“什么？”

盛喃一脸无辜地道：“什么都没有。”

靳一刚要开口——

砰。郭禹彤的身影突然从下插进两人中间。装满书的纸箱被她重重搁上课桌：“哎，累死我了，这些书怎么这么沉？”

班长抱怨完一抬头，突然发现自己桌旁就站着靳一。靳一也被她的身影拦下了望向盛喃的目光。

就那么一两秒的时间差，郭禹彤能清晰地看见那些明显的表情细节从靳一脸上退去，他情绪还是散漫的，但眼神一下子就变得淡漠疏远。

郭禹彤：“……”

这种没被当人看的屈辱感是怎么回事。跩爷显然不针对任何一个人，所以他还很礼貌地朝她点头表示了一下打招呼——尽管郭班长完全没被安慰到。

那人走回前桌，郭禹彤收回注意力，一低头就看见旁边小姑娘从她扶着书箱的胳膊弯上趴过来，像只好奇地对着纸箱子探头探脑的小猫。

“班长，你书真多哎，我帮你一起吧……嗯，这几本分给我，我们可以多拿几趟。”

“别别，不用你，你这细胳膊细腿的，压坏了我可赔不起——我自己就能搬。”郭禹彤连忙拒绝。

“不要客气！”盛喃还是把靠边的一摞书拎起来，严肃，“就这么半个教室的距离，怎么会压——”

话音未落，她手里一轻，那十本左右厚度的书从她怀里“飞”了。盛喃回头。

靳一不知道什么时候站起来还转过身来，那十几本压她不轻的书拿在他手里，就跟掂了个篮球似的，他懒垂着眼，视线在书箱上一扫，道：“这什么？”

郭禹彤回神，望向盛喃，道：“你还没跟他说？”

盛喃道：“啊，我忘了。”

靳一撩眼。

“就周二和你说过的，”盛喃转向他，难得有点儿不好意思，“我和班长已经去找老栾说过了，班长还是回原桌，你直接坐过来就可以。”

靳一怔了下。空气安静了几秒。原本懒洋洋地站在位里的男生突然走出来了，他把几本书插回郭禹彤的箱子里，道：“我来吧。”

郭禹彤呆住。

“哪张桌？”靳一把桌上的书箱拿起，问。

郭禹彤下意识地抬手指向教室中间，道：“……谢谢？”

“客气。”那人语气介于礼貌和冷淡中间，转身朝教室中排过去了。把女篮队的郭禹彤也压得不轻的书箱，到他手里仿佛是只空纸箱。

“咦，跩爷今天怎么这么善良？”盛喃惊奇，随即立刻转向郭禹彤，“班长你看，我就跟你说靳一这个人其实特别平易近人，他只是脸皮薄，所以不好意思表现出来而已。”

郭禹彤沉默之后，道：“虽然很感谢你男朋友帮我搬书。”

盛喃：“？？”

即便是面对班里关系第一好的班长，盛喃还是差点儿没憋住“你在说什么屁话”这句。最后忍下了，意思却从眼神里流露出来。

“啊，不好意思，一不小心把背后代称说出来了，”郭禹彤回神，“虽然很感谢你朋友帮我搬书，但我也不能让你这么瞎说。”

“怎么会是瞎说，你看他是给你搬书了。”

郭禹彤道：“你就没感觉到他搬书背后，那种‘你麻利地给我让位’的压迫感？”

盛喃绷住脸，道：“不要把人想得这么阴暗嘛，班长。”

说到这儿，腿长的某人已经回来了。他很平静地扫了一眼郭禹彤这边桌上剩下的东西，道：“这些也是？”

郭禹彤连忙伸手，道：“这些我自己就可以了，不用……”

“不用客气。”跩爷平静而轻松地拎起东西，再次转身。

安静过后，郭禹彤没表情地转向盛喃：“不是我怎么想的问题，而是他真的完全没有掩饰他的目的。”

盛喃：“……”

郭禹彤又瞄了一眼那背影，小声靠过来：“不过你男朋友，嗯，跩爷体力真不错，绝对是男篮队的好苗子。”

盛喃放弃纠正她了，道：“这不是男生正常的力量吗？”

“并不是好吗？现在的男生明明都是清清瘦瘦的白斩鸡。”

“他也很清瘦。”盛喃严肃地道。

“他是看起来清瘦而已。你看他刚刚搬纸箱没？完全靠臂力，箱子后边一点儿都没沾过身前。”

“也是，”盛喃勾起点儿记忆，“他确实有腹肌。”

“好家伙，腹肌你都见过还说不是男朋友？”郭禹彤惊叹。

盛喃压住情绪，道：“……那只是因为淋了雨！”

“啧啧。”

盛喃立刻转回话题：“这样就算很厉害了吗？”

郭禹彤上下扫视她，道：“至少，他抱你应该就跟玩一样。”

盛喃终于扛不住了，一直压着的燥红差点儿染到耳尖上，道：“班长，你……你身为班长，不该以身作则吗，怎么总是举这些乱七八糟的……”

“什么乱七八糟的。”某人冷淡的嗓音再一次在桌前响起。

盛喃噎住，心虚得没敢回头。

“啊，”郭禹彤不怀好意地憋着笑转过去，“喃喃在跟我聊你有腹肌呢。”

盛喃震惊地扭头。

不等盛喃拉她辩解，郭禹彤已经脚底抹油地溜了，道：“那我就回我的位置了，明天见啊喃喃。”

“班——长！”盛喃拍桌想追，可惜小短腿还没来得及迈出去，就被桌前那人一抬胳膊，拎回来了。

僵了两秒，盛喃绝望地扭头，对上跩爷微敛的眼，道：“你……你不要冲动，听我解释。”

“解释什么，”靳一靠坐到空出的半张桌上，把试图逃跑的小橘猫用眼神压迫进墙角，他垂着眼，语气懒散，“看来你对那天印象挺深，还要找别人聊？”

小姑娘昂头道：“我没有！”

“没聊过？冤枉你的？”

“也……也不是完全没提。”盛喃又心虚地怂回去，“就……美好的东西，分享一下，也没关系吧？”

安静几秒，头顶一声嗓音微哑的轻嗤：“你只是喜欢长得好看的，不管是谁都行，是吗？”

盛喃莫名生出种恼意。她没想明白原因，好像并不是因为靳一拆穿了她是个外貌至上的人，毕竟她也从未羞于承认这一点。但就是很生气。

盛喃不再去想，就扬起脖子睖着靠在桌前的那人，顺着本能驳回去：“我们美术生对人体美的欣赏是……是艺术性的好吗？”

盛喃越辩解声音越小……

跩爷的眼神好像更可怕了。她说错什么了吗。

盛小白菜终于撑不住，慢吞吞地趴回去，道：“哦，对不起，我不该提你有腹肌……我真的就只是提了一下，绝对没有任何别的意思。”

听见那句补充，靳一眼角都好像跳了下。半晌过去，他从嗓子里压出声毫无温度的笑：“……行。”

话末，那人起身，回到前桌，就直接坐了下去。到自习课铃响，他也没再起来。

盛喃呆在座位里。好几秒过去，她眨了眨眼，委屈地低下头去。

晚自习变得无比漫长。盛喃一边写作业，一边杵着沮丧的脸想靳一为什么那么生气。想了半晚上都没想到答案。

倒是那人，第二节晚自习上一半就走了，一直到下课都没回来。知道他和裴朔很熟以后，班里也没人敢拿他说闲话了。

盛喃心塞地趴在课桌上，忍不住翻手机想要不要再给他发条消息什么的，然后她就收到了盛笙的信息。

充话费送的哥哥：明天中午请你吃饭。

小白菜：？

小白菜：你又对你亲妹妹起了什么歹心？

充话费送的哥哥：。

充话费送的哥哥：别多想，奉旨巡查。

小白菜：……

小白菜：哦。

充话费送的哥哥：去不去？

小白菜：日理万机，朕不去。

充话费送的哥哥：那让太上皇亲自请你？

小白菜：聊天就聊天，你总威胁人算什么英雄好汉！

充话费送的哥哥：去不去？

小白菜：明天小休！两天自习！

充话费送的哥哥：你从小到大唯一无师自通的事情不就是请假吗？

小白菜：……

充话费送的哥哥：不想来没关系，我替你转达。

小白菜：别别别。

小白菜：我去还不行吗！

盛小白菜气愤地把手机塞回书包里。

第三节晚自习前，栾钟海惯例来教室走一圈。盛喃找准时机，跑去栾钟海身旁，小声道："栾老师，我明天想请一天假。"

"嗯？"老栾回身，"为什么？"

盛喃木着脸道："我哥结婚，哭着求我去参加他的婚礼。"

老栾："？"

盛喃道："您要是不信，我把他手机号给您，您打电话问他一下就知道了。"

老栾："……"

在盛喃从小到大的请假史里，盛笙结过的婚没几十次也有十几次了，兄妹配合起来驾轻就熟。老栾打完电话，只能将信将疑地准了假。

盛喃回到座位，心不在焉地熬过最后一节晚自习。不意外地，到放学铃声打响的时候，她斜前方的座位还是空着的。

那人一晚上都没回来。盛喃更蔫了，她叹了口气，但闷闷还有点儿发酸的胸口并没有因此而舒畅多少。

盛喃收拾好书包，就准备走了。没想到丁小君却转回来了。两人对视，盛喃愣了下。

丁小君还从来没主动跟她说过任何一句话。这会儿也是，憋红着脸，好像不知道怎么开口。

盛喃小心地问："有什么事吗？"

"今晚的值……值日，"丁小君表情僵硬地说，"轮到你这张桌了。"

盛喃一怔，随即反应过来。11 班的教室打扫一直是轮值制，每张桌负责一晚，要等同学们都走了以后再开始。而今晚，就这么好巧不巧的，在她没同桌的时候……

"昨晚是我和……和靳一打扫的，"丁小君说，"你要不要找班长，和你一起。"

盛喃僵住。过了两秒她才低下眼。

……好讨厌。讨厌在这个时候听见他的名字和别人出现在一起。更讨厌这样莫名其妙的自己。盛喃攥紧了书包带子。

"不用啦……"她努力让自己的语气听起来轻松些，"我自己可以打扫的，谢谢你提醒我。"

丁小君问："那要不要我帮你一起……扫地？"

"没关系，我一个人就好。"

盛喃放下书包，给赵阿姨发了消息说自己值日会晚点儿下去，然后她就出了教室，去这层楼的工具间拿打扫教室用的扫帚。回来的时候，走廊上放学的大部队已经走了，教室里外也没剩多少人。

盛喃拎着扫帚转进后门，刚抬头就愣住了。

靳一回来了。他就站在丁小君那张桌的外面，正低着头听丁小君说话。丁小君还是憋红着脸，靳一安静地靠着桌边，一动不动地在听她说什么。

画面温和得刺眼。盛喃怔了好几秒。

那人似乎察觉到了什么，抬眸望来。对视几秒，他又好像什么都没发生一样，把视线压回去了。

盛喃低着头，僵着手脚走进去，快到她桌旁时，她听见他用低低哑哑的嗓音很轻地说了一句："我知道了，谢谢。"

"……"

他今天还凶她来着。盛喃突然觉得特别委屈。她都认错也道歉了，她不是故意提的。胸口憋闷的情绪快要炸了似的，盛喃紧紧攥着扫帚，好半天才走到他面前。

"靳一，"她听见自己声音低低的，"你明天，跟不跟我坐同桌？"

教室里本来就没几个学生也没什么动静了，仅剩的目光好奇地投过来。

靳一望着女孩。沉默后他起身，一边收拾背包一边低声道："这由你决定。等你想清楚是想跟我一张桌，还是跟随便哪个——"

"我想不清楚，"盛喃仍低着头，声音闷得更厉害了，"我就问你，你要不要跟我坐同桌。"

靳一蓦地停住。几秒后他轻轻一嗤，分不清是嘲讽还是自嘲："如果你想不清楚……那我宁可不要。"

盛喃心突然一空，坠了下去。有那么一瞬间她知道完蛋了，要出事了。她跟自己说忍住忍住忍住别冲动……

可惜忍不住。自封著名精神病的谈梨同学说过：再软弱的人，被踩到最疼的地方，都会发疯的。

盛喃不知道自己这是哪儿疼，但就是疼。特别疼。积攒了一晚上的委屈在她心窝里炸开。她放任那棵疯小白菜上前，朝那人笔直修长的小腿狠狠踹了一脚。

"你爱坐不坐！"仰头朝他说完，她就扔了扫帚转身跑了。

如果不是眼圈通红，声音都哽得差点儿断了，那她觉得这个收场应该也挺气势汹汹的。她这辈子再也不要和戚爷说话了。她再也不要认识他这样的人了。

盛喃一直跑到走廊拐角后最尽头的窗户。

这边是办公室外，老师已经走了，感应灯在她身后慢慢暗下来，盛喃在窗边下面的角落里蹲下身去。最后一点儿从窗户透进来的光被墙壁遮去，昏暗裹住她。盛喃把脸埋进胳膊里。

很久之后，她带着哭腔，很委屈地哽着声。

教室内，一片令人窒息的寂静。仅剩的几个学生有点儿惊恐，生怕那个据说和裴朔私交极好的新校草发怒，或者做出点儿什么危及他们的举动。

然而都没有。那人在原地站了几秒，弯腰，他捡起地上被她扔下的扫帚，从最角落的空着的女孩的位置开始扫地。

他垂着长睫，一言不发。

丁小君僵了一会儿，才敢开口："盛喃不知道……你是问……她的事。"

"……嗯。"靳一退后时，不小心撞了桌子一下。

一个本子掉下来，落到地上。靳一弯腰捡起。然后他的视线停在本子展开的那一页上。

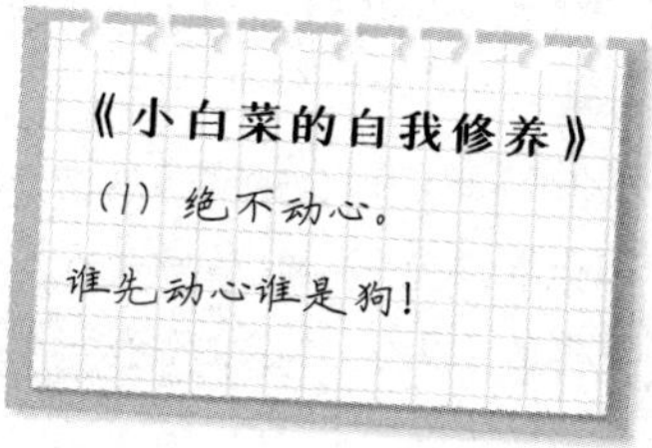

靳一眼神微动，然后视线下移。

右下角画着两幅小插画，笔墨半干，应该是今晚刚画的。

画里有一颗星星，还有一棵小白菜。星星走远了，剩下小白菜孤零零的，很沮丧地停在原地。

插画旁注释着几行小字。

戚爷为什么生气了？

小白菜想了好久都没明白。

小白菜很委屈。

靳一拿本子的手轻颤了下。几秒后他垂眸，像难过、无奈和笑。靳一放下本子，拿起旁边的笔，他俯身下去。

认真几笔。秀气的一行“谁先动心谁是狗”下，多了一个笔触狂放的留言——

“汪。”

盛小白菜把腿蹲麻了。起来时候她下意识地轻“啊”了声，差点儿腿软得又坐回去，从足尖一直延伸到膝盖的酸涩针扎感，让她顿时觉着自己更凄凉了——

就仿佛是《海的女儿》里跟巫婆割了鱼尾巴换成腿、走路像踩刀尖的小人鱼。这童话一定是作者腿麻的时候想出来的吧。

走廊上已经没什么学生了。盛喃耷拉着头慢吞吞地往回挪。一方面是沮丧，另一方面是她不想让人看见自己通红的眼圈。

剪掉鱼尾巴踩着刀尖上岸却发现王子“嫁”人了什么的。小人鱼也太惨了呜呜……盛喃就这样一边发散思维，一边跟刚学会走路的小人鱼似的，沿着走廊墙边慢慢挪去 11 班教室的后门。

路过的时候她发现有两个班已经关灯锁门了，而她这边卫生还没做，还要一个人做。因为没有同桌。

盛喃抽了抽鼻子。她停在 11 班门口，抬头。然后她愣住了。

教室里的凳子都被倒扣在课桌上——这是教室打扫的基本流程，方便扫地，最后打扫完了是还要再放下来的。看不到半点儿纸片杂物的地面似乎也确实是做过了卫生的。

可是她没……

盛喃还没想通，就看见一道身影从长廊另一个方向走近。教室顶窗漏出来的一点儿灯光把他影子拉得很长，白衬衫被染上浅浅的荫翳，像盛放开好看的花一样。但白衬衫还是不及颈线往上的那张清俊面孔，乌发黑眸，清冷得媲美块玉。

盛喃愣怔时，靳一已经走到她身前了。长眸微微垂敛，他轻皱着眉把她哭得花猫似的脸打量过，道："……真哭了？"

盛喃蓦地回神，又惊又恼又愤："你才哭了！"

她说完就扭开头走进空无一人的教室，欲盖弥彰地想找被自己扔下的扫帚。身后那阵低哑好听的嗓音跟进来："我送回工具间了。"

盛喃僵住。

那人又说："教室打扫完了。"

"谁……"盛喃张口就觉得自己问了个傻问题，她绷了两秒，低头，"哦，谢谢。"

小姑娘努力让自己的声音听起来短促，也不去看那人的眼睛，这样就足够态度冷硬了，但她不知道自己这会儿哭得眼睛鼻子都白里透红的样子，其实一点儿说服力都没有。更像是只奓过毛后缩在角落偷偷拿黑眼睛瞪你的委屈橘。

靳一轻叹了声，走近，道："我最近很能自讨苦吃。"

盛喃被他弄得莫名其妙，偷偷瞪他的同时还有点儿迷惑。

靳一停在她身旁，拎下她那张桌的凳子放在她面前，他自己则松着长腿靠坐到桌边，道："明知道你有多记仇，还是一次两次地惹你难受。"

盛喃憋住，绷脸，一时不知道该反驳还是该赞同。在原地纠结了两秒，她表情空白地仰头道："你干吗坐我的桌子？"

靳一眼尾垂下来点儿，像描上很淡的笑："以后我做全部的打扫任务，能换个同桌的位置吗？"

盛喃毫不犹豫地道："不能。"

靳一叹声，却不意外，道："那你说吧，我听。"

"……说什么？"盛喃狐疑。

"条件，"靳一撩起漆黑的眼，"再给我一次机会，做你同桌的条件，你随便开，好不好。"

盛喃怔了下。

她其实特别抵不住靳一这种时候的眼神，她觉得不是她颜控的问题，换谁来应该都很难。他的眼睛是颜色很深又很干净的黑，专注而不懒散的时候会透着一种澄澈的亮，像最漂亮的玉石或者别的什么反射的光。

尤其他只这样望着你一个人的时候，无论感官还是效果，都像是在给人下蛊。还是明着下的。

还好盛小白菜久经帅哥沙场——盛笙那张脸她从小看到大，三 W 战队又最被粉丝戏称靠脸选人，她虽然是颜值至上的人，但到了关键时候抵抗力反而更强一点儿。

于是小白菜扭头，在心底偷偷朝他凶得龇牙，面上不为所动，道：“不必了，就算你求我我也不——”

“好。”

盛喃迷惑转头：“好什么？”

“认错，道歉，求你，”靳一平静地说完，起眸望她，“我们就先按这三步来，到时候如果你还是不肯，可以再继续想四五六。”

盛喃还迷瞪着，那人已经起身朝她过来了。盛喃想都没想往后连退两步，结果就把自己抵在了墙角，她慌了一下，道：“你……你要干吗？”

靳一长身背光，似乎很淡地笑了下：“跟你认错。”

盛小白菜慌张道：“这光天化日，啊呸，这月黑风高四下无人孤男寡白菜的，你也不怕认完错传出去明天全校皆知，你……你清白不保吗？”

靳一如今越来越熟悉盛喃语出惊人的水平，接起来也熟练而平静：“嗯，我不怕，你怕吗？”

“我当然怕，”盛喃夙得理直气壮，“到时候全校女生都以为我乘人之危玷污了你的清白，那我岂不是什么便宜都没占着就要成为全校公敌了！”

靳一气得低声笑：“你嘴巴上的便宜没少占。”

“……我跟你说你别往前了啊，不是我吓唬你，”盛小白菜一边虚张声势，一边把自己往墙上贴得更严丝合缝，“你再往前我可不只占口头便宜那么简单了！我很可怕的！你不要被我虚假的一米六的外表欺骗了！”

靳一实在是禁不住，笑得眼睫都颤着垂下来。

他终于停下。也听得出，小白菜确实很慌，所以什么乱七八糟的话都一股脑冒出来了。

盛喃见他不再向前，感觉怦怦乱跳的心总算平复一点儿。

但神奇的是，除了松了口气以外，她竟然好像还察觉到了自己一丝遗憾的情绪生出？

颜控喃你清醒一点儿！！十分钟前才刚发的誓就被你吃了吗？！

对着心底没出息的小白菜一通怒斥后，盛喃总算找回了理智。她木着脸在窗边站了会儿，声音回到前半晚的低闷状态：“你真的想跟我坐同桌吗？”

“嗯。”

“那你还……”盛喃头抬到一半就气得咬着唇压回视线，气鼓鼓了会儿，她闷声，“谁稀罕你的认错。你就告诉我，你今天晚上为什么那么生气？”

靳一沉默。

盛喃微蹙起眉，小声咕哝：“难道真就因为我不该提你有腹肌吗？”

靳一顿了下，无奈地垂眸看她道：“我有那么幼稚？”

“可你不就是因为这个才……”

“不是。”

这人否认得冷静坚决，让盛喃愣了一下。

靳一看她两眼，敛回眸子，道：“我给郭禹彤搬书过去，她后桌的女生跟我说了几句话。”

盛喃下意识地看了一眼空荡教室的座次，道：“黎雪晴？”

靳一回道：“她同桌。”

“陈格格？”盛喃疑惑，“她跟你说什么了？”

到了这个话题，靳一撩起眼，漆黑眸子凉凉淡淡地瞥了她一眼。多少又让盛喃感知到今晚他那种格外不同的情绪了。

盛喃下意识地咽了口口水，看来是真的很气。

靳一似乎也察觉自己的情绪起伏，垂眼回去压了两秒，开口：“她问我，是不是你把我带回学校的。”

盛喃呆了下，问道：“你怎么说的？”

“我说是。”靳一平静答。

盛喃：“……”

你可真是诚实楷模啊。

靳一道：“然后她告诉我，在我回来前，应该也就是你去台球室找我的前一天，你在班里公开说过一句话。”

盛喃突然噎住。她有一点儿很不好的预感以及随之而来的记忆……

“你跟她们说，”靳一抬眸，晦深的眼神密不透风地罩下来，包裹住她，“你从初中的梦想就是包养小帅哥，走上人生巅峰，希望我能给你这个实现梦想的机会。”

盛喃：“……”

陈格格是和她单方面结下了什么不共戴天之仇吗？？

靳一平静地看她道：“你说过这话吗？”

盛喃咽口水，道：“我如果说没有……你信吗？”

“不信。”靳一冷淡低眼，“你的表情已经告诉我答案了。”

盛喃：“……”

在小姑娘心虚得一度要飘开眼神时，靳一道：“你就没什么想说的？”

盛喃表情尴尬地道：“嗯，比如，她和你的记忆力都挺好的？”岂止是好，隔了这么久，简直要背得一字不差了。

靳一轻嗤：“有你觉悟好吗？从初中就有这样的想法，可惜一直没实现？”

盛小白菜更尴尬了。她能说这梦想其实是梨哥的吗，只不过人家是有固定指向的，而她就跟着嘴上骚一骚罢了。但毕竟也确实说过……

靠坐桌旁的男生突然撑着桌边，俯了俯身道：“所以，你付诸行动了几个。”

“什……么？”盛喃还没回神，茫然仰头。

她对上那人近距离下漆黑的眼眸——

长睫如羽，根处细密地半遮着漆黑的眼，尾尖还轻轻翘起来点儿，好看极了。

颜控本性蠢蠢欲动——如果不是时机不对理智尚在，盛喃可能已经想抬手摸一摸，试试手感了。

不过此时她自然只能乖乖的。

靳一懒哑着声，慢条斯理地重复：“你从确立这个梦想开始，实施了几个？”

盛喃呆滞。这次她听懂了，但这要怎么说？像她这种窝里横、见生人的，让她嘴炮没问题，但落到实操上，她的极限操作就是面对面的对视欣赏了。

怎么可能有“实施”这种过程？但是直说似乎又显得很丢人……盛喃陷入沉思。而零经验的盛喃完全没有想过，她这种沉思落进别人眼里很顺理成章就可以解释为一种可能：太多了，正在数。

靳一觉得再这么自我折磨下去，今晚他跟小橘猫可能就至少要有一个“死”这儿了。于是这次带着报复和忍无可忍的恼怒，靳一抬手，很不客气地在小姑娘头顶揉了一把。

软毛橘猫，触感极好。

被揉蒙了的橘猫抬头看他。靳一没忍住，放轻力度又揉了一把。

盛喃：“？”

靳一揉完就收手，他好像什么都没做似的起身，嗓音冷冷淡淡的：“……肤浅。”

盛喃回神，又羞又恼地道：“你才肤浅！你还小心眼儿，你就因为这个跟我生气？”

靳一侧过脸，垂眸道：“我不应该吗？”

盛喃憋住，好半晌她才心虚地轻声道：“我当时就那么一说，故意气她们的。”

靳一没说话，不知道信了还是没信。盛喃抬眸，小心偷瞄他侧脸情绪：“那你还要跟我做同桌吗？”

“要。”

盛喃眨了眨眼，道：“不生气了？”

靳一淡淡地瞥了她一眼，没回答这个问题：“方便以后互相辅导。”

“你总分 100，”盛喃眼角轻弯，“你辅导我什么？”

“比如，教你‘负责到底’怎么写。”

“啊？”

盛喃还没来得及想这话的意思，两人一站一靠的窗外，突然从楼下平地炸起怒声——

“那是哪个班的，大晚上全楼就剩你们班亮着灯了！靠着窗在那儿干吗呢！！”

“……”

室内一静。盛喃顿时慌了，她拎起背包，拽着靳一的手腕就往外跑，道："怎么又是那个风纪老师啊！"

靳一被她拉出去，他长睫半垂，掩下眸里笑意，道："你跑什么。"

"第一份千字检讨我还没写完呢，才不要写第二份！"盛喃慌跑出门，顺手拍上教室的灯。

靳一懒着长腿跟上去，前面小姑娘着急得拖着他边跑边催："快点儿，快点儿！"

"……嗯。"

昏黑的长廊里，他突然想起画在那个本子上的，像牵着手一样靠在一起的星星和小白菜。靳一垂眼，不禁笑了。

安乔的教学楼建得四通八达，楼梯都有好几条。几分钟后，盛喃总算带着靳一躲过了纪检老师的"缉捕"，成功踩着墙影溜进了校园。

白天里吵闹的校园在夜里安静了许多。路灯藏在树叶的缝隙里，把细碎的光投在树下走过的人身上。

半路寂静。盛喃好几次回过头，去看靳一肩上挂着的她的粉白色背包。那是刚刚出教学楼，靳一帮她减轻负担时拿过去的，出来以后那人没提，盛喃也不知道要不要打破这安静。

想着想着她就忘了，专注地踩起地上影子间的光。

等快到校门，树没了，树叶影子和碎光也没了，盛喃眼睛转转，干脆去踩跩爷投到身后地上的长长的影子。

这个还是会动、能追的。

嗯，只要踩到一次，下次月考就进步十名好了！

盛喃开启无赖的打赌式许愿。她刚为自己的月考排名奋斗了三十名，突然就发现脚下的那道影子停下了。

盛喃茫然仰头。那人站在几米外，眼睛里的情绪看不清，声音倒是听得清楚："你在帮我提前感受十年后的生活？"

盛喃一蒙，问道："十年后，什么生活？"

靳一道："领幼儿园放学的女儿回家。"

盛喃道："你……"

盛喃习惯的句式套用放在这儿大概是"你才女儿"，但是这样听起来好像奇奇怪怪的。思索这几秒已经错过了最佳反击机会，盛喃偷偷撇嘴，决定放过他这一次，不过她还是走向他了。

靳一等她从他身旁过去，重新迈开腿。然后他听见小姑娘突然“咦”了声：“但是你怎么知道呀？”

靳一抬眸。

盛喃背过身，倒退着走过校门：“你怎么知道，你以后的小孩会是女儿？”女孩的眼睛里像藏着天边的灯火和星子，亮晶晶地望着他。靳一难得一怔。

盛喃没察觉他神情变化，因为她突然发觉自己心里正慢慢冒出种酸溜溜的感觉，很不舒服，就忍不住轻轻哼了声。她决定结束这个让人不愉快的话题了，就要转回去。

转身那一秒，她听见身后夜色里，那人嗓音压得低低哑哑的，好像带上一丝掩藏很深的不自在。

“因为女孩，”他偏开眼，“……很可爱。”

盛喃呆了两秒，扑哧一声笑出来。

她笑得杏眼都弯成放肆的月牙，倒回去两步，想抓住这绝对罕见的机会调戏靳一。

“你是不是——”

就在此时，校门外空地上，停着的轿车车门突然拉开。

“盛喃。”

年轻男人下车，温柔又可怕的声音在僵住的盛小白菜耳边响起来。

第十一章
第四根火柴

你的第四根火柴，就是想见我？

盛喃望着从车上下来的盛笙，人都呆了，道："你怎么会在这儿？"

"我不是给你发信息了。"盛笙说。

"你是发了，但你发的是约我明天？"盛喃从口袋里掏出手机，翻出信息从头到尾确认一遍才抬头，"你看你确实没说今晚来接我——"

盛喃话声停住。因为她突然发现，盛笙这个坏家伙从下了车以后看都没看她这个阔别已久的亲妹妹一眼，那双温柔里藏着犀利的眸子一直是望着她身旁的……

盛喃仰头，发现靳一也凉着眼眸在看盛笙。

她倒像是空气了。盛喃憋了几秒，见这两人还是没有开口的意思，她终于忍不住道："你们要是倾盖如故相见恨晚，要不去对面咖啡厅点两杯美式，坐下聊？"

靳一眸子一敛，左手垂下，挂在他肩侧的盛喃的粉白背包滑落到掌心，他单手递给她。

盛喃接过，道："啊，谢……"

她还没来得及感受书包的重量。背包带在她掌心被另一只手攥住，直接拎了过去。盛喃茫然抬眼，看到盛笙温柔弯着的笑。

"我以前没给喃喃养成好习惯，她总喜欢找人帮她拎包，看来麻烦到你身上了，实在是对不住。"

盛喃："……"

喃喃这种离谱的称呼也就算了，她怎么不记得从小到大这个坏家伙给她拎过包？在他兄友妹恭的梦里吗？？

靳一冷冷淡淡地垂着眸听完，问盛喃："是你上次电话里的朋友？"

盛喃回神："啊，对，他是我——"

"哥"字没来得及出口。

盛笙胳膊一抬，很自然地把站在靳一身旁的小姑娘钩过来，亲密搭肩，温和笑道：“我是她邻居家的哥哥。”

盛喃扭头一脸蒙。

靳一看清盛喃肩上扣着的年轻男人的手，像是回神，这一秒他蓦地抬眸，横向盛笙，眼神冷得厉害。懒垂身侧的指节也握起凌厉紧绷的弧线。

但他到最后都没动。因为视线里的小姑娘虽然蒙着，可没有表现出半点儿本能的排斥。

……她并不排斥和对方身体接触。

这几秒波涛暗涌的寂静里，一阵夜风吹过，身旁树叶沙沙作响。

盛喃回神，她张口就想反驳：“你不要胡——”

“我爸让我来看看你的，”盛笙没看她，温柔打断，可惜声音比快要入秋的夜色都凉，“他可非常‘关心’你，你要不要回车上给他打一个电话？”

盛喃绷紧脸。这个坏家伙就知道搬出盛天刚来吓唬她。偏偏还叫他屡试不爽。哼，好白菜不跟狗斗。盛喃一边腹诽着偷偷瞪他，一边从他手里抢回自己的背包，道：“上车就上车。”

盛喃转身前犹豫地看了跩爷一眼。

理智知道，此刻盛笙在旁边，她表现得跟靳一越不熟悉，对她之后可能遭受的“刑讯逼供”越好。但她不想听理智的，所以假装和盛笙转身往车旁走，等到车门打开，盛笙坐进驾驶座，盛喃把包往副驾驶里一扔，就飞快地跑回靳一面前。

靳一难得怔神，问道：“怎么回来了？”

“还没跟你道别呢，”盛喃理直气壮，随即轻声问，“这么晚了，你一个人回去？”

靳一道：“有人等我。”

“嗯？”盛喃顿时警觉，乌黑的眼睛紧盯着他。

靳一垂眸，好像很淡地笑了下。然后他微侧过身，朝大门南边大柳树下的阴影里示意。

盛喃抬头看过去。裴朔为首的几个男生或站或靠地聚在墙边，夜色里隐约还有几点猩红，夹在男生们的指间。他们似乎是一直看着这边的，人影里互相推搡几下，裴朔朝这边挥了挥手。

盛喃心里一虚，偷偷回头。靠在车旁的盛笙也正望着那个角落，然后慢条斯理地抬了下眼镜。

盛喃嗖地一下转回来。

靳一察觉，道：“你很怕他？”

盛喃本能地回道：“我怕他？怎么可能？”小姑娘满脸写着“我心虚”“我在说假话”。

靳一轻叹，抬手揉了揉女孩头顶，道：“有事给我打电话。”

盛喃被摸得脸红又想奓毛，最后憋着小声咕噜：“我警告你这是最后一次哦，要不是看在我今晚踢了你一脚你也没反抗的面子上，我不会这样忍你的。”

靳一垂手，莞尔道：“好。”

“还有就是，我明天不来上学了，”盛喃小声，“座位……你可以一个人独享一天。”

“嗯。”

“还有……”

“盛喃，你今晚打算在这儿过夜？”盛笙笑里掺冰的声音传回来。

“知道啦！”盛喃不满地转回来，犹豫好几秒，她大着胆子朝靳一招手，“你往下一点儿。”

靳一意外，随即微微挑眉：“你确定？”

“当然啊。”

“你朋友会看见。”

“……我又不怕他看见！”盛喃这话说得自己都心虚，但是她强行压住了还朝他更大幅度地勾了勾手，“你下来一点儿嘛。”

“好。”靳一轻笑了声，蓦地俯身。

盛喃没防备他突然面对面压得这么深，被他拉近到睫毛可见的距离惊得杏眼都睁圆了。差点儿跳开。

“也……也不用这么近，”盛小白菜慌得很，眨了眨眼回神，她咽了下口水把视线转开，声音放到最低，“那个，其实，他不是我朋友，他是我亲哥。”

靳一微怔，撩眼望她。

盛喃道："真的，他叫盛笙。"

靳一回神道："为什么告诉我？"

"就……感觉你好像不太开心，"盛喃不确定地鼓了口气，她转回来，认真看他眼睛，"踘爷不要不开心。"

小姑娘最后一句说得郑重其事，靳一听怔了神。等他回神时候，盛喃已经跑回车旁，钻进车里关上车门前她朝他飞快地挥了挥手："后天见！"

车门关合，轿车扬长而去。靳一在原地站了很久，直到身后脚步声凌乱走近，裴朔有点儿不安地冒头："那个是？"

靳一语气淡淡："她哥。"

"啊……"几个男生长松了口气。

不知道谁笑着嘀咕："差点儿以为捉奸现场了。"

"胡说八道。"裴朔抬脚踹过去。

随即有人吹了声口哨："奔驰哎。"

裴朔皱眉道："什么奔驰？"

"盛喃她哥开的车，奔驰，最少也得四五十万元，她哥看起来可比我们大不了几岁，"那个男生嘿嘿一笑，"小公主哦，靳哥有眼光。"

"……"

夜风骤寂。几秒后，靳一懒懒散散地一掀眼帘，瞥过去，道："有眼光？"

男生僵住笑。

靳一眼底情绪晦深，但最终也没做什么。他垂了眼，转身走了。

等那人身影走出去十几米，这边几个男生才纷纷松下那口气。然后他们咬牙切齿地转向中间那个。

受惊最重的这个摸了摸后脑勺，道："朔哥，我……说错话了？"

裴朔拧着眉望着靳一背影，不知道在想什么。

旁边有人接话："你傻吧？听你刚刚说的啥，靳哥是缺愿意给他花钱的啊？"

"我也不是那个意思，而且我就开个玩笑嘛，哪知道靳哥会那么生气。"

"谁让你哪壶不开提哪壶？盛喃家里条件这么好，那她家肯定不会希望她跟我们这种人交朋友呗。"

“也是……”

“是什么是，”裴朔醒神，回过头不爽道，“瞎说，我哥跟我们是一种人吗？他认真起来，优秀得你们连背影都见不着知道吗？”

几个人面面相觑，不知道哪个胆肥的小声说：“可我听人说，靳哥这次月考总分才 100，是他们班倒一哎。”

裴朔涨红了脸：“……滚滚滚，你懂什么。”

风又起了。路边悬铃木岔出来一根高枝，枝头的球果被风吹得晃荡。它在夜色里摇摇欲坠。

兴许是因为时间太晚，盛笙送盛喃回去的一路上，竟然什么都没问。枉费盛喃打了半路腹稿的苦心。

第二天，盛喃终于睡了个自然醒的懒觉，起来以后竟然都日上三竿了，感动得眼泪都快流下来了。赵阿姨听见她起床的动静，敲门进来，跟她说盛笙在客厅，要带她出去吃饭。

盛喃既有点儿忙里偷闲的雀跃，又觉着不安——怎么想怎么来者不善。

果然，到了火锅店，菜还没上全呢，放下擦手湿毛巾的盛笙已经不紧不慢地开口了：“昨晚跟你一起从校门里出来的那个男生……”

“什么男生？什么一起出来？”盛喃茫然，“哥哥昨晚做梦了吧？还没睡醒吗？”

盛笙温柔地笑起来：“负隅顽抗，罪加一等。”

盛喃木着脸。

盛笙道：“而且太上皇说了，他能给他说情，就能给他说罪。你最好还是诚实点儿。”

盛喃皱眉，轻声嘀咕：“他怎么连这事都跟你说了？”

“如果不是因为这事，”盛笙给她倒了杯水，推过去，“我还需要专程跑这么远来？”

见抵赖无用，盛小白菜蔫下去，道：“哦，那你审吧。”

盛笙问：“他就是上次借你衣服的那个朋友？”

“嗯。”

“还跟你是同学？”

“嗯。”

“你们什么关系？”

盛喃想了想，道：“准同桌？”

“除此之外呢？”

“没了啊，”盛喃表情怪严肃的，“我们之间是非常非常纯洁的友谊，就算泡水里 pH 值也绝对 7.0 的那种。”

“没谈恋爱？”

“绝对没有。”

盛喃表情肃穆地等了半天，没等到下文，她茫然回头，却发现盛笙已经开始往火锅里下菜了。盛小白菜蒙了几秒，道：“你这就……问完啦？”

“嗯。”这次轮到盛笙敷衍应声。

盛喃惊奇地道：“组织上这么信任我的吗？我好感动。”

盛笙含笑睨了她一眼，道：“组织上交代下来的问题就这么多，我问完回去交差。至于撒谎与否和后果承担，那是你的事，和我无关。”

“……你这么无情无义，你们战队粉丝知道吗？”

“对于初中就学会把我照片和联系方式卖给女同学的好妹妹，”盛笙温柔地笑，“无情无义已经是我对你感情关系最大的仁慈了。”

盛喃噎了两秒，道：“你才感情关系。”

“那你脸红什么。”

“火锅……热的。”

“哦，看错了，没红，”盛笙笑，“还热吗？”

盛喃：“……”

菌菇汤锅里的豆皮已经飘起来了。盛笙用公筷给盛喃盛进碗里，收筷时他像是随口说了一句：“你对这个人了解吗？”

盛喃想了想道：“可能，算了解一部分吧？”

盛笙笑了下。

盛喃莫名有点儿恼，问道：“你笑什么？”

“本来我是不同意他让你自己来这个城市的，现在看，他确实更有经验。”

“什么？”盛喃听得更迷惑了。

盛笙放平筷子，道：“如果是以前我这样问你，你肯定会拍着胸脯告诉我，那当然。”

盛喃一噎。虽然很不想承认，但按她一贯的脾性，可能还真会这么说。

“长进不少，你兄长很欣慰。”盛笙拿起饮料杯，温和地碰了一下她的。

盛喃尽管露出嫌弃，但还是接了：“三 W 战队的粉丝要是见过你这一面，一定会觉得非常幻灭。”

“那也好，知道人有很多面，跟你一样长进。”盛笙继续给她挑菜，“继续聊聊吧，你了解他哪些部分。”

盛喃道：“你刚刚还说你只是交差。”

“嗯，承诺你这部分不会作为呈堂证供，够了吗？”

看在盛笙难得这么善解人意的分儿上，盛喃勉为其难地点了点头，把踋爷和她的相识经历简单说了一遍。部分细节，譬如昨晚教室里的，自然略去不表。

盛笙听完，安静了会儿，终于慢悠悠地点了点头。

盛喃眼睛一亮，道：“你是不是也觉得他——”

盛笙淡定开口：“不是好人。”

盛喃张口想反驳他，但最后还是憋住了，轻哼了声低下头去吃菜。

盛笙有点儿意外，道：“不说服我？”

“不要，浪费时间。”盛喃撇嘴，“他说他不在乎别人怎么评价他的，价值是自己赋予自己的。我觉得那样很酷，我要向他学习。”

盛笙怔了两秒，一笑：“行啊，进步比我想象的还大。所以你是觉得，他全是优点？”

“当然没有，”盛喃停下来，拿筷子杵着脸颊，歪着脑袋想了想，“他缺点挺多的。嗯，和裴朔走那么近，肯定打过架；不爱学习，经常逃课或者睡觉；有时候凶巴巴的，跟人一点儿都不亲近……”

盛笙问：“缺点这么多，还是好人？”

“哎呀你好肤浅，”盛喃被打断思路，不满绷脸，“人又不是颜料，哪有那么好定义的。更何况色彩三原色也只有三种，还不是能调出世界上所有的颜色吗？”

盛笙笑意从眼角淡去，他这次是真的有点儿惊讶，只是没说也没流露，压在心底了。

盛喃又说了几句，终于忍不住问盛笙："那你为什么说他不是好人？"

"听你说的，再加上昨晚的接触，"盛笙没多解释，"不过某种意义上，他确实算你的好人吧。"

盛喃茫然："什么叫我的好人？"

"对你好，至少不坏，"盛笙轻笑，"不然就你这点儿心理年龄，够被他欺负死的。"

盛喃严肃道："你说话就说话，为什么人身攻击。"

"忠言逆耳，"盛笙说，"他心理年龄大概比你多一两倍了，想事情也跟你们这些还在上中学的孩子不太一样。"

盛喃木住脸道："你的意思是我只有九岁吗？"

盛笙失笑："本来是想说他心理比较超龄，你这么一说，我又觉得可能是你使我对你的同龄人一直有不必要的误会。"

盛喃："……"

没错，她的嘴炮技能就是这么被这个坏家伙给锤炼出来的。盛喃忍下回撑的冲动，自己思索了会儿，道："可我觉得也没什么不同，除了比普通人更跩？"

盛笙一笑："我举个例子。"

"嗯？"

"他那个月考成绩，"盛笙举杯，玻璃杯棱面折射过他的笑，层层叠起来，"一定是假的。"

盛喃抬头，怔住。

午饭后，盛笙驾车把盛喃送到安乔中学门外。

面对高大威严堪比铁栅栏的校门，盛喃本能地抱住安全带，试图挣扎出点儿余地来，蔫蔫地说："刚提审完就送回关押，放风时间都不给，组织上这样处理是不是也太不人性化了？"

"提审之后不是直接押赴刑场，而是送回，"盛笙语气温柔地俯身过来，然后毫不留情地打开了她的安全带扣，"你已经该感激了。"

盛喃："……"

果然她就不该指望在盛笙身上看到人性这种东西。小姑娘心里偷偷哼了好几声，不情不愿地拎起书包，推开车门。

“差点儿忘了。”盛笙在她关上车门前突然开口，“有件东西要给你。”

“嗯？”盛喃好奇地停下，低头。见驾驶座的盛笙解开安全带，从驾驶座后排的扶手箱前拿出了一只礼盒袋。他坐回来，抬手把黑色印纹的纸袋递给盛喃。

盛喃接过去，茫然问：“这是什么？”

“你猜。”

盛喃拿起纸袋到耳边晃了晃，回道：“定时炸弹？”

盛笙一顿，微眯起眼，他转眸看她：“如果是，那你这一晃，我们可能已经同归于尽了。”

盛喃不受吓唬，道：“哦，那真是同时经历了死和比死更惨的事情，太可怕了。”

盛笙懒得再卖关子，转回去，道：“是发夹，你不是剪短发了吗？应该用得到吧。”

盛喃惊讶地问：“你买的？”

“不是我，他买的。”盛笙淡定道。

盛喃刚扒开纸袋一隙，听见这句，她往里瞅的动作僵了下。

盛笙似乎不察，道：“我跟他提过你剪发的事，他前几天出差，去这家专店给你买回来的。”

“……哦，”盛喃慢吞吞地垂回身旁，“不会是小红花款吧？”

盛笙笑了下：“他审美还没差到那个程度。而且肖一炀说这是那家今年这一季里最受女孩子追捧的时尚单品，最近被时尚博主们推得很火——他买之前应该做过功课了。”

盛喃低了低头，有点儿不自在地摸了摸额角软垂的刘海儿。

盛笙道：“没事就进去吧。”

“嗯。”盛喃拎着纸袋和背包，转过身，停了两秒，她又扒着车门小声说，“你帮我跟他说声……谢谢哦。”

盛笙眼底浮起点儿笑意，嘴上却不饶：“你有手也有手机，自己说。”

盛喃恼得睃他。

盛笙道："别磨叽了，进去搬砖吧。"

盛喃被他气得磨牙："你——没——人——性！"

小姑娘放完话，气鼓鼓地背着书包抱着纸袋跑了。盛笙坐在车里，没急着启动，就扶着方向盘，他安静地望着前挡风玻璃外。

女孩跑到校门前，和保安说了什么，保安给她开了大门旁边的小侧门，她抱着纸袋颠颠跑进去，走之前朝保安很用力地鞠了个躬。好像把保安吓了一跳，她没看到就跑了，背影也傻乎乎的。

在这座北方小城里她应该算是最矮的那批学生了吧，往人堆里一扔，大概找都找不见。也不知道会不会又被人欺负。可她已经十八岁了，他也不能再像以前一样，把那些欺负过她的坏小子拎出来挨个收拾一顿了……

盛笙面上的笑意淡了淡。低头启动轿车前，他想起什么，拉开驾驶座旁的扶手箱。里面躺着一只和盛喃拿走的那个几乎一模一样的礼盒纸袋。

"……真有这么火吗？"盛笙叹气，"肖一炀也不早说。"

扣上箱盖，他发动起车，挂挡离开。

盛喃进教室时，是第二节自习课后的大课间。正巧她刚进教室前门，文梦佳和郭禹彤就姐俩好地勾着胳膊出来了。两人见到盛喃，眼睛一亮。

郭禹彤招呼她："喃喃，你怎么回来了？一起去卫生间吗？"

"不……"

"不用客气，走着！"

盛喃拒绝的话没来得及出口，文梦佳已经顺手把她也拐上了。盛情难却，盛喃只好也加入了队伍。

"不过老栾说你是去参加你哥的婚礼啊，"走廊上，郭禹彤疑惑问，"怎么这么快就回来了？婚礼在安城办的？"

"没，"盛喃随口道，"新娘跑了，婚礼提前结束了。"

"……"

路过后门，盛喃往里瞄了一眼。她那张桌上是空的，后面几排都没见到靳一的身影。盛喃心里正不解，转回头就对上郭禹彤和文梦佳震惊又沉默的表情。

盛喃眨了眨眼，反应过来，她眼角一弯，道："你们不会当真了吧？"

两人对视。文梦佳最先回神，气笑地扑上来要挠她，道：“好啊，你个臭喃喃，连我们都开始骗了！”

“玩笑，玩笑而已啊——别挠那儿太痒了，我错了，呜……”

“晚了！”

于是盛小白菜惨遭“毒手”。等见她毫无还手之力被文梦佳欺负得惨兮兮地求援，郭禹彤终于忍不住笑着帮腔：“行了文姐，快别欺负喃喃了，看她被你痒得气儿都快上不来了。”

文梦佳这才收手：“还敢吗？小喃同学？”

浑身痒痒肉的盛喃抱着自己无辜摇头道：“不敢了，不敢了。”

文梦佳得意地一扬刘海儿，随即想到什么，她严肃道：“先说好啊，我们闹我们的，你之后可不许耍赖搬场外救兵！”

“救兵？”盛喃一蒙。

文梦佳撞她肩膀，道：“少装无辜，大校草今天早上就搬去跟你同桌了，你难道不知道？”

“……这我还是知道的，”刚刚闹得太厉害，盛喃这会儿眼睛乌黑湿漉漉的，脸颊也透红，有点儿不好意思，“但我刚刚看他不在后面，是出去了吗？”

“哦对，今天上午他来了，不过快中午的时候，裴朔来找他，把他叫走了，之后下午就没来。”

“裴朔？”盛喃绷起还红着的脸，眼神有点儿纠结。半下午没回来，他不会是跟着裴朔去打架了吧……

“对，那会儿都放学了。我当时有道题没做完，想做完再走，就听见裴朔来找他，”文梦佳回忆了下，“好像裴朔还说，是靳一以前的几个同学周末放假，来找他见见面什么的？”

郭禹彤很意外，道：“以前的同学？裴朔和靳一认识那么早啊，难怪那天那么着急呢。”

“听他们语气确实挺熟稔，而且我发现裴朔私下跟靳一说话的态度……”

“怎么？”

“算了，没什么，”文梦佳耸肩，“应该是我想多了。”

郭禹彤没当回事，道："不过既然是靳一以前的同学，那估计跟喃喃认识的一样，都上大学了吧，也难怪有时间周末跑出来。"

"周末跑这么远来见复读的老同学，"文梦佳摇头感慨，"果然还得是大校草的魅力。"

"哈哈哈哈，文姐你够了，别以己度人。"

"这叫人之常情！"

文梦佳和郭禹彤都住校，而且是同一个宿舍的，关系本来就好得不得了，你一句我一句能聊半天。盛喃没加入她们的对话，一边走路一边蹙着眉。

又逃课，他那总分 100 的成绩可怎么办？而且盛笙之前说的那话，能是真的吗……

"喃喃，你又想什么呢？"郭禹彤的声音打断了盛喃思路。

盛喃回神："啊，没，没事。"

"噢。"

盛喃犹豫了两秒，出声问："班长，文姐，你们有没有觉得，靳一这次月考的分数太巧了？"

"当然巧啊！"文梦佳先声夺人，"我还以为他是故意的，每科只做了 10 分的题呢，所以后来收改错重交的英语卷子时我还特意看了一眼。"

"怎么样？"盛喃紧张地问。

文梦佳表情复杂地道："挺心疼的。"

盛喃问："心疼什么？"

"笔油啊！"文梦佳惊叹，"每一道题都写了，卷子答得满满的，结果就拿了 10 分——换你你不心疼笔油吗？？"

盛喃："……"

那她还是更"心疼"靳一的脑子。盛喃虽然对盛笙骨子里的人性含量之低非常不齿，但她很了解盛笙，从小到大，能被这人笃定说出来的事情，似乎从来没有过被验证为错的时候。

盛喃纠结地捏了捏手里的袋子，问："那你们觉着，他是故意的可能性有多高？"

"啊？"文梦佳不解，"在这份卷子答题情况的基础上吗？"

盛喃点头。

文梦佳哭笑不得，道："那他得多离谱，至少英语要跟你一样吧？题都写了还都错了，那就是所有题都得知道正确答案，还选个错的。最后确保就对了 10 分的。"

盛喃想了想，道："英语的话，作文不写的前提下我应该可以做到。"

"那是你变态，"文梦佳翻白眼，"更何况，他可是后面五科全都 10 分，要是故意的，那得变态到多——么夸张的程度？"

盛喃表情肃穆地沉思。

安静数秒，文梦佳探头问："你还觉得可能吗？"

"不可能。"盛喃斩钉截铁，"作为一个人，怎么可能会那么变态。"

文梦佳点头道："没错。"

文梦佳刚准备转回来夸一句"孺子可教"，然后就发现盛喃已经不在面前了。她连忙扭头喊："小喃，你干吗去啊？"

"我去联系他回来上课，"盛小白菜传回来的声音又软又严肃，"成绩差没关系，但我们不能这么自甘堕落。"

文梦佳被教育得有点儿恍惚，道："那……你确定，他肯听你的？"

"互相辅导是我们同桌的前提，双方必须遵守。"

"啊，好的。"文梦佳看着小姑娘已经远去的背影，表情一时复杂。

郭禹彤问："还看呢？"

"多看两眼，值得珍惜，"文梦佳慨叹，"这么励志的早恋组合，不可多得。"

郭禹彤失笑："他俩还早恋？人家两个早几个月就成年了好吗？"

"是哦，"文梦佳愣神，随即摆手，"没办法，小喃同学那个子、那长相、那性格，感觉完完全全是个十五六岁的小软妹嘛，还是最惹人想欺负的那种。刚刚挠她痒痒的时候根本忍不住，就特别可怜她但又特别想看她哭出来求饶的感觉。"

"……"

"你怎么不说话了？是我表达得太变态了吗？"

"我在录音。"

"录音干吗？"

"等将来你得罪我，我就拿去放给靳校草听——他一定会让你死得特别特别惨的。”

干净的落地窗，明亮的木地板，柔软的深蓝短绒长沙发，环桌而坐的年轻男女们。笑语欢声里，大片阳光灿烂慷慨地抛洒下来，只被窗顶的吊兰钩住了几抹。

这家主题茶酒吧的空气里，满满的洋溢着阳光的温暖，悄然的荷尔蒙，还有不知名但好闻的香水味。但这一切裴朔都感觉不到，他只觉得紧张，紧张得要死了。因为他今天犯了一个十分大的错误。

“吴毅彬你可以啊，这种小破城市都能被你挖到这么一家宝藏？”桌对面有人说。

“别乱分功，这可不是我找的，”斜角的男生扶了扶眼镜，朝裴朔身旁示意，“这些周到都得归功我们乔美人。”

坐在裴朔右手边，被点名的乔菀放下咖啡杯，轻轻一笑：“我只是上个月查了一下这边的攻略。”

“哎哟，上个月？那会儿我们可还没定下要来找一哥啊，乔菀，你这是未卜先知，牛啊。”

“你别装了，”吴毅彬笑，“明知道乔菀早就想过来找谁的。”

“没有啦。你们不要胡说。”

松散着栗色卷发的女生似乎被说得有些不好意思了，她借着拿咖啡杯的姿势略微掀眼，朝左边望过去。

裴朔僵住。那目光自然不是看他的。他左手边就剩下那么一位主儿，懒撑着长腿靠在沙发最尽头，黑色棒球帽扣住半张脸，露出在光下都白得透着冷的肤色，还有凌厉的下颌与修长的颈。即便这样散漫颓懒的姿势，那人微蜷的腰腹依旧勾着 T 恤也藏不住的漂亮曲线，惹得路人不知道多少次回眼。

“裴朔，你快拿只麻袋给你哥套上吧，这货就算盖着脸横在这儿，还是帅得抵不住啊。”最早说话的这个叫殷浩，开起玩笑来最肆无忌惮，“看北边那桌的小姐姐，都打这边路过几回了？”

殷浩和戴眼镜的吴毅彬中间坐了一个男生，从头到尾一直在不抬头地玩手机，没说过几句话，此时突然开口：“红裙子七次，黑短裤五次。”

“数据帝发话，”吴毅彬笑，“那准没错。”

殷浩啧啧几声：“听听，乔菀，你快显显神通，把这祸害收了吧，再这样下去我们谁还找得着女朋友？”

玩手机的舒琚仍没抬头：“大学开学一个月，你已经换了两任女朋友了。”

殷浩道：“嘿，你这嘴——”

“而且，”舒琚淡定打断，“据我三年观察，靳一应该是个性冷淡。乔菀要是能收得了他，九中一嫂的位置早该三年五换了，毕竟想和他在一起的也不止一个两个。”

“……”

乔菀温柔的笑容凝固，桌旁和谐的气氛戛然消失。舒琚一左一右的殷浩和吴毅彬回过神，不约而同扑去中间给人捂嘴灭口：

“舒琚你不会说话快别说了，这么聪明的脑子怎么就长了张嘴呢！”

“谁让你刚把话茬儿递给他的？”

“人有失足马有失蹄，这能怪我吗！”

“那你还——”

砰。横在中间的水晶几座被不轻不重地踹了一脚。殷浩和吴毅彬纷纷噤声，扭头。

黑色棒球帽下，扣住的嗓音透着倦懒但冷淡的低哑：“我是睡了，不是死了。当我听不见吗？”

“嚯，你可终于醒了，”殷浩最先收手，缩回到自己离靳一最远的沙发对角，“我还以为你打算冬眠呢。”

吴毅彬扶了扶眼镜，道：“话是数据帝说的。”

“过失段里，”舒琚嫌弃地抹了下嘴巴，“殷浩五句，吴毅彬三句，我三句。”

“我虽然说得多，但最找死的还是你，”殷浩幸灾乐祸，“想和靳一在一起的这话可不是我——”

倚着的沙发枕被人抽出，隔空一甩，正中殷浩奸笑的脸。

殷浩被砸进沙发里，恼声道：“靳一你没人性啊？？”

落地窗旁的那人掀掉帽子，懒洋洋地支起身。那双漆黑的眸子一撩，冷淡又踐：“嗯，没有。你有脾气？”

“你——”脏话到底没胆出口，被那双黑眸淡淡一燎，殷浩就有种火烧屁股的逃生欲，他只得抱着抱枕委委屈屈把自己缩进沙发了点儿，“没有。”

靳一习以为常，半点儿没被他恶心到，扫过视线。被他望住的吴毅彬顿了下，扶了扶眼镜，道：“我可是什么过分的都没说。”

靳一很冷淡地笑了下：“我这两天看戴眼镜的文质彬彬的都有点儿不爽。”

吴毅彬僵住，问他：“哪个戴眼镜的惹你了啊？”

靳一眼神微烁，没接这话，他重新靠回沙发，问：“你们什么时候走。”

“别啊，我们才来半天呢，屁股都没坐热。”殷浩又复活了，“我刚刚特意问服务生小姐姐了，他们这主题茶酒吧很会玩的，下午六点以前是下午茶，六点以后就是酒吧，听说会很热闹啊！”

“高中生，”靳一懒懒抬眸，“不喝酒。”

殷浩笑骂：“装嫩也不带这样的，在座哪个生日不比你小啊？”

靳一唇角微扯了下，眸含轻嘲。

“靳一，”乔菀声音柔柔的，她企盼地微微侧身，朝向僵硬的裴朔那边，“你今晚……”

“去趟洗手间。”靳一突然按着沙发扶手起身，声音冷淡抛下，“你们聊。”

桌边一静。乔菀脸色微白，几个男生尴尬地交换目光。

那人走出去一段，像是突然想起什么，长腿退了两步，扣低的黑帽下眸子冷飕飕地一起。

“裴朔，你过来。”

裴朔一抖。但挣扎不了几秒，他面色惨淡地起身，跟过去了。

“啧啧，真惨啊。”殷浩看着裴朔背影，颇为同情，“白长了这一身彪子肉，在靳一面前跟小媳妇似的。”

吴毅彬嘲讽：“你比他强？”

“呦，你看你说这话我就不爱听了，”殷浩理直气壮，“放眼整个九中，谁比他强？也就因为靳一收拾他时多顾忌一层血缘关系罢了。”

吴毅彬说："不过这次估计得惨。"

"怎么说？"

吴毅彬给殷浩使了个眼神，趁对面乔菀魂不守舍地起身看向洗手间方向，俩人脑袋凑到一块儿。

吴毅彬压低声："乔美人要求，不让我跟裴朔透露她也来了。"

"好家伙，"殷浩惊了，"难怪乔菀在靳一也肯来，我还奇怪呢。你这太不仗义了，这不害裴朔吗？"

吴毅彬无奈道："那乔菀都梨花带泪的了，换你你狠得下心啊？"

"也是……"

两人正感慨着。水晶几座上放着的数部手机里，不知道哪一部传出嗡嗡的振动声。桌边四人寂声。那三个没打算理会，倒是低着头玩手机的舒琚手指停了，意外地抬头："听振动频率，是靳一的手机。"

那三人同时回头。殷浩目瞪口呆地道："吴毅彬，你有一哥手机号吗？"

吴毅彬同样呆住，道："有什么有，他高考前就换号了，全九中除了裴朔，谁还能联系得到他啊。不然我还用专程打电话找裴朔叫他吗？"

殷浩说："那难道是他那对奇葩爹妈？"

吴毅彬回道："不应该，那对估计在他手机黑名单里躺着呢。"

"……那就是诈骗电话了？"

"有可能。"

又寂静数秒。殷浩大着胆子朝那部黑色手机伸手过去，掀开。果然，亮着的屏幕上是电话打入的状态。

"不是诈骗电话，竟然还有备注！"殷浩惊呼。

吴毅彬忙问："备注什么了？"

"胖……橘？"

殷浩震惊又迷惑地读出来电显示的备注。呆滞后他抬头，问另外三人："我要是接通了，对面会喵一声吗？"

吴毅彬回他："不知道，你可以接了试试。"

殷浩也回："试试可能会逝世。"

吴毅彬怂恿道："大胆点儿，万一有急事呢？说不定是一哥自己在安城这边太寂寞，就养了只小橘猫，白天寄养在宠物店，人家有事给打电话？”

殷浩无语地道：“你这想象力，不编剧本可惜了。”

吴毅彬又催：“你接不接？再不接要自动挂断了。”

殷浩：“……”

好奇心最终还是战胜了求生欲。殷浩伸出罪恶的手，拿起手机，滑开了接通键。

不等他开口，对面响起个小姑娘忧愁的声音：“靳一，你怎么又逃自习课了，你打算什么时候回来上课啊。周一语文老师要抽查文言文背诵的。”

桌旁一寂。殷浩捂着收声器，抬头，表情惊悚得接近扭曲……

“女的？！”

尽管殷浩把收声器捂得很严实了，但声控属性的盛喃还是听出来，对面模糊传来的男声并不是靳一。

她疑惑地拿下手机，确定自己没有拨错号码。盛喃绷脸，难道是……

裴朔他们跟人打架打输了，然后所有人全都倒在了漆黑的巷子里，路过的人听见声音走进来，捡起了掉在血泊里的手机……

盛喃顿时被自己脑补的画面吓得小脸煞白。好在殷浩此时出声，及时拯救了盛小白菜脱缰野马一般的思维和想象力。

“哦，那个，不好意思啊，我是靳一的高中同学，你是哪位啊？”

盛喃下意识地追问：“靳一没受伤吧？”

“啊？”殷浩蒙了下，“受伤？他为什么会受伤？”

盛喃回神，她这才反应过来，刚刚惨烈的打架场面只是她的脑补，现实里，跩爷应该正在和他的高中同学们欢乐地聚会。欢乐得自习课也不上，手机都扔了。哼。

殷浩半天没听到回应，疑惑地道：“你好？还在吗？”

“在，”盛喃犹豫了下，“我也是靳一的高中同学，不过是现在的。”

“咦，只是同学吗，那你怎么会有靳一的手机号？”殷浩追问。

盛喃想了想，道：“嗯……我们也是同桌。”

虽然还连一天实质性的同桌都没做成。盛喃不知道她这一句又在对面扔下了怎样的“炸弹”。殷浩几乎要把手机扔出窗外了，他再次捂住收声筒，朝舒琚和吴毅彬疯狂做表情。

吴毅彬忙问："你脸抽筋啊。"

"滚蛋，"殷浩双手捂着拿手机，跟拿了个压感地雷似的，"不然你来接，知道我冒多大险吗——这对面的小姑娘竟然说自己是靳一同桌，这怎么可能，一哥在九中三年也没个同桌啊，这小姑娘是不是忽悠我呢？"

吴毅彬也惊讶，还看了对面的乔菀一眼，随即道："她又不认识你，骗你有什么用？"

"也是，那这真是靳一同桌啊？我完了，那他回来不得怪我？"殷浩像拿了个烫手山芋，端也不是扔也不是。

"瞧你那点儿出息。"

"你出息大，你来！"殷浩试图拉上吴毅彬垫背。

吴毅彬倚回去，道："我又不傻。"

"吴毅彬！之前可是你劝我接的，你别想逃！"

殷浩刚要扑上去和吴毅彬"同归于尽"，胳膊却突然被乔菀拉了过去。

"我接吧。"乔菀仰头看着他，姣好的脸透着一点儿苍白的固执。

殷浩愣了两秒，道："呃，你确定？其实我觉得没什么必要，要不还是……"

"我确定。"乔菀说。

殷浩挠了挠头，只得把手机递给她。他自己坐回对面的沙发里。

于是水晶儿座旁只剩下乔菀温柔沉静的声音。她半低着头，微卷的长发从耳后落下，遮住了脸庞，表情也被掩得看不分明："你好，我是靳一以前的同学，我叫乔菀，怎么称呼你？"

电话对面的盛喃正在因为方才的杂声感到迷惑，她几乎要以为对面还是在打架，只不过中间中场轮换休息了。此时突然替换的女声让她呆了一下，忙说："啊，你好，我叫盛喃。"

"盛喃……没有听靳一提过你呢，"女生在对面轻笑，"他去洗手间了，你找靳一有什么事情吗？"

盛喃莫名听得有点儿堵得慌，回道："是有事。"

"那需要我给你转达一下吗？"

"我觉着，"盛喃绷脸，"我还是亲自跟他说比较好。"

“也可以呀，不过不知道他什么时间回来，而且今晚我们老同学很久不见，可能会玩挺晚的，后面也未必有时间。”乔菀话锋一转，“或者，你要过来找他吗？”

“啊？”盛小白菜没跟上这道急转弯的速度，差点儿没甩出去，接话的时候都满头雾水。

坐在乔菀对面的三个男生同样表情各异。乔菀没给任何人反应时间。她把这家店的名字和地址报给对面，三言两语内就挂断了电话。她攥着那人的手机沉默了会儿，慢慢把它扣回桌面上。

这次连舒琚玩手机的手都放下了，他表情严肃地扭头，示意吴毅彬。

吴毅彬扶了扶眼镜，顺便叹了口气：“乔美人，你这样做……靳一是真的会，非常生气。”

最后几个字他说得极轻，对面低垂着头的女生却轻抖了下。靳一上一次的“非常生气”还在九中的高一学年。那场架打得轰轰烈烈，后果恶劣得差点儿让未来状元的光环都罩不住他，校方在开除与否的问题上足足纠结了一个月，才因为双方的协商成功而告一段落。不过也是那场一架成名，“九中一哥”这个被靳一本人嫌弃至极的称呼从此牢牢地绑在了他身上，想甩都甩不掉。

“不能吧，”殷浩回神，哆嗦了下，“那会儿一哥是年轻气盛，而且对方确实嘴贱，非得拿家人开涮还死扛着不松口才自食恶果的……这怎么也到不了那程度？”

吴毅彬耸了耸肩，语气里透出不明显的不愉快：“我不知道，我只是提醒。”

殷浩看看这个又看看那个，僵硬地问：“我现在跑回S市，还来得及吗？”

“靳一要是真想和你算账，”吴毅彬笑着拍拍他肩，“你现在改学航空航天争取将来最早一批去火星上探索宇宙，那估计还有点儿逃过去的可能。”

这两人插科打诨的玩笑，让桌旁的气氛总算没那么凝重了。

乔菀不知道什么时候抬起头的，她眼圈发红，像是哭过，但是此时已经没什么表情。她就那么静静地望着窗外，也不介意对面三个男生看见自己的狼狈。

阳光照得她有点儿恍惚。她听他们提起高一时那个光芒万丈也桀骜气盛的少年，才突然想起来，原来她真的已经等了他好久，好久。明明最开始就被明确地告知不可能了，但她还是很天真地以为，反正没有别人，只要她陪他最久，只要她在那棵树下张开双手虔诚地等，那最后，那花瓣落下，应该会是她的吧，应该会落进她怀中。

可她忘了，世上哪有那么多应该呢。

很久以后，乔菀听见自己轻轻说："我没有别的意思，我就是想看看……她。"

看看接住了花瓣的女孩，和自己有什么不同。

盛喃是趁着晚饭时间出校的。她在老栾那儿原本就是请了今天一天的假，所以不算担心。倒是送她到校门的郭禹彤有点儿忧愁："万一有人跟老栾说，你下午来了又走了，那怎么办？"

盛喃对着手里速记的地址纠结，没心没肺地道："就说我哥跑了的新娘子又找回来了，婚礼继续。"

"……你哥知道他在你口中的人生这么悲惨吗？"

盛喃抬头道："你以为在我还小的时候，他那个好学生模范代表想请假打游戏都是找的什么理由？"

郭禹彤茫然地道："比如？"

"什么我妹尿床了，我妹被狗咬了，我妹下床把门牙摔掉了——"盛喃面无表情，"在他口中，我能活下来还长这么大，简直是人间奇迹啊。"

郭禹彤听得震撼，道："你们兄妹俩真是，一脉相承。"

"我可不敢跟他那没下限的比。"盛喃撇嘴。

"不不，你谦虚了，你已经深得他的精髓传承。"

"……"

下午放学到晚自习前，校门是开放一段时间的，供那些不上晚自习的学生离开。也只有这个时间，出校不需要请假条。盛喃顾不上和郭禹彤扯太多辛酸往事，道别以后出了校门，拦下出租车，报上地址，她就踏上了自己"督促跩爷返校学习"的旅途。

这家名为“爱之初”的主题茶酒吧坐落在安城最繁华的一条商业街上，大概也是安城唯一称得上繁华的街道。这边原本人流量就大，今天又是周六，街口都人影攒动。

安乔中学放学时间比较晚，再加上傍晚下班时间的堵车，盛喃到街口时天色已经擦黑了。

商业街内不让机动车进，盛喃在街口下车，问路查地图的，辨别了好一会儿，总算是找到“爱之初”茶酒吧的招牌。它是藏在商业街中段向内的一个拐角，比整条长街稍凹进去一些，落地窗外种着几棵细叶生花的树，进来的行人不多，风景也不显得拥挤。

盛喃攥了攥手里拎着的背包带，走过去。结果还没进门就被一条粗壮的胳膊拦下了。盛喃茫然仰头，对上门口虎背熊腰的西装男的脸。

两人无声对视两秒，男子开口：“这里晚上 6 点后是酒吧。”

“啊，”盛喃腹诽了下跩爷的同学聚会为什么会办在这种地方，然后就点头，“所以？”

“酒吧，”西装男加重咬字，“未成年人不得入内。”

盛喃这小脾气顿时就上来了。她把腰杆微微挺直，退后两步，让视线不用这么仰视的角度和对方对视，道：“你可以问我要身份证，但你不能说我是未成年。”

西装男面无表情张开手，道：“行，身份证出示一下。”

盛喃一噎。她低头摸了摸身上的口袋，以及背包的小前袋。几秒后盛喃像是被霜打了的茄子似的低下头：“没……没带。”

西装男被女孩沮丧的样子逗得笑了一下，但很快就很职业地板起脸道：“小姑娘，这里不是让你们这些小孩胡闹的地方——看你模样最多刚上高中吧？就算好奇，也还是等两年再来。”

盛喃气到屏息，回道：“我真的已经成年了！”

西装男上下扫视她一遍，然后用一种“你这样的小学生我不知道撵走多少了”的嘲讽眼神看着她，道：“小姑娘，你下次再想混进这种地方，可以想个更适合你的角色，比如进去找爸爸的女儿。”

是可忍孰不可忍！盛喃拿出手机，道：“我朋友在里面，我让他出来跟你做证。”

西装男完全不慌。这样的孩子他见多了，一般都是打着打着电话就会慢慢离开他的视线，最后假装无事发生地消失进人群里。

果然，西装男用眼角余光瞥着，就看见小姑娘歪着脑袋把手机扶在耳旁，刚站了几秒，她突然朝门旁的一个方向走去。

沿途是这间茶酒吧的落地长窗，小姑娘的影子映在玻璃上，起初还犹疑，没几秒就轻快起来，她朝着长窗最尽头轻跑过去，在那棵翠绿的龙爪槐下停住。

这片落地玻璃里面有一张最近的水晶几座，还有两张长沙发。其中一张沙发的临窗位，靠坐着一个侧颜清淡好看的男生。

电话也是这时候接通的。盛喃见隔着双层玻璃，靳一直起身，意外地道："盛喃？"

"看外面！"盛喃叩了叩玻璃。

咚，咚咚。水晶几座旁一静。里面的人前后望向玻璃，一个女孩就站在落地窗外。夕阳余晖像橡木桶里开塞的葡萄酒，赤红迤逦，从巷口一直流淌到她脚旁。女孩穿着天蓝色的掐腰连衣裙，外露的白皙锁骨和颈被描上一层暖粉，碎光金箔似的熠熠在俏皮的发丝上。

大约是走路走得，她脸颊微红，眼眸乌黑湿漉，望着靳一时晶亮晶亮的，好像翻山越岭历经劫难以后终于找见了什么宝藏。

"抓到你啦，"她开心地朝他摇手，在他耳旁和他睫睑间黑瞳的倒影里得逞地笑，"你又逃课，靳一！"

完全没料到她会出现，靳一怔了神。有那么短暂的一两秒，他又以为窗外欢快蹦跳的女孩，要跳起来扑进他怀里了。

可惜隔着玻璃。幸好隔着玻璃。

靳一落下眼睫，对手机里哑声笑道："是，被你抓到了。你不是参加婚礼吗，怎么会在这儿？"

"什么婚礼，明明是提审犯人，还是因为你……"盛喃差点儿说漏嘴，她乌黑的眼睛无辜地眨了眨，又想起什么，往玻璃前凑了凑，细白的鼻尖差点儿撞到玻璃上，"不说那些，你先出来一下好不好？"

靳一被女孩眼神一点就通，他轻勾嘴角："不让你进？"

"啊，门口那个人他竟然说我肯定是未成年，还说我最多上高一，"

提起来盛小白菜差点儿气成充气白菜，“明明是你们这边的人长得太高了，我在我们那里可是标准身高的。”

靳一撩起眼帘，漆黑眸子打量她，道：“标准的白菜身高？”

盛喃气愤地要掉回去，不过很快她就想起来，自己能不能进去的决定权还在玻璃里面这人身上。于是小白菜苦着脸道：“帮帮忙嘛，你再不出来，我就只能在这儿划火柴了。”

“夏天可没人卖火柴。”靳一笑。

“你们这里的夏末秋初都很凉了，”盛喃小声咕哝，“比我们那儿凉多了。”

“那你先划完一盒吧。”靳一这样说着，却已经起身，搭在沙发扶手上的黑色外套被他拎进指节间，他迈着长腿朝门口走去。

耳边小姑娘轻哼了声：“划就划，你听着啊……第一根，烤鸡？”

靳一低眸，笑道：“火炉。你是饿了吗？”

“哦，火炉，”盛喃绷脸，假装没听出他的揶揄语气，“是有点儿饿……那第二根一定是烤鸡了！”

靳一笑得嗓音也低哑下来：“烤鹅。”

盛喃认真想了想，道：“鹅大一点儿，那就换鹅吧。”

靳一睫毛被笑意压得垂弯下来，推门而出。

“第三根！第三根我记得！”小姑娘在电话里的语气笃定得只差骄傲地拍胸脯了，“圣诞树！对吧？”

“嗯。”

“让我想想第四根，啊，第四根好像是……”低着头踩地上影子玩的盛喃突然听见身后，很轻但已经开始熟悉了的脚步声走近，她回头，眼睛亮起来，朝他招手，“跩爷！”

靳一把没挂断的手机塞回裤袋，手里的外套朝盛喃一掀。

最后一两米距离被他几步走完，他抬手展开，给她披衣服的动作几乎要练得熟稔了，眉眼间是他自己都没察觉的耐心和笑意：“所以你的第四根火柴，就是想见我？”

他故意使了个坏，外套把小姑娘兜头套住。盛喃挣扎了好半天才拽下来，露出软毛凌乱的脑袋，听见头顶这句她脸一红：“那是口误，不小心岔开句子了。”

“嗯。”那人懒懒应着，垂手给她正外套衣领。

盛喃脸红得更厉害，偏还要硬撑着：“而且我要是想见你，还需要划火柴吗？”

靳一听见这句时垂眸看向身前的小姑娘。正遇她抬头，乌黑的眼睛在窗旁灯火下亮晶晶的，弯起的睫毛藏着女孩的羞赧，还有怦然一击的直白：“我想见你，就来见你了呀。”

靳一怔住。

几秒后，他身后天尽头的夜色里，有人放起一朵烟花。

斑斓熠熠，照亮了夜深处的星星。

落地窗外的天空剥去最后一缕绯霞，深蓝的夜色从天边铺染过来。

隔着透明的玻璃长窗，“爱之初”主题吧里灯光迷离，音乐安静而暧昧。虽然是打着唯美、初恋名号的清吧，但晚上还是比白日里要喧闹些，人也比下午作为茶餐厅时多了不少。在这样的背景下，窗边角落的长沙发上，望着窗外的那四人就显得寂静近呆滞了。

殷浩还是第一个开口的：“老吴，你掐我下，我看看我是不是在做梦。”

吴毅彬一早就落回目光，闻言头都不抬，道：“够不着，让舒琚掐。”

“我今天算是彻底见识到你有多不仗义了。”殷浩哀怨地抽回视线，“你们说是不是安城这个地方比较邪气，还是说，一哥让人给夺舍了？”

吴毅彬无语地看他。坐在两人中间的舒琚一边玩手机一边认真阐述：“建议你少看修仙文，以你的智商，不具备区分现实与小说的能力，长此以往容易脑残。”

殷浩冷笑一声：“我还建议你改改你这张嘴呢，长此以往容易被人打死。”

舒琚不以为意，殷浩也懒得和这个数据控说话，他抬头去找吴毅彬的目光，道：“你说呢老吴，外边站着的那个怎么可能会是靳一？他不该是最以辣手摧花闻名的吗？”

吴毅彬回道：“我怎么知道，你问裴朔。”

“裴朔这不是走了吗！”

“那你问当事人呗。”

“我问什么当事——”

殷浩停声。因为他发现对面沙发上，从方才看到玻璃外那两人开始就半低下头去的乔菀突然绷紧腰背，直眼望向他头顶后的方向。殷浩若有所悟地回头，果然就见从入口方向，靳一和那个来找他的女孩并肩走过来。

小姑娘大概是第一次来这种地方，进来以后一路上都好奇得东张西望，也巧了，路过吧台区时他们正遇上两个年轻男女靠在吧台边上，酒喝着喝着就亲到一块儿去了。两人吻姿火辣，像两条水蛇似的交缠，看得她路都忘走了，惊讶地在那儿停着。

落后半步的靳一察觉，朝身前女孩呆望的方向略一撩眼。

那边热吻正酣，女人十指摩挲着男人的夹克，亲吻空隙里还抬了视线，媚眼如丝地缠上他的身影。靳一眸里冷淡，没波澜也没恼怒。酒吧里最不缺食色男女，这种级别的意淫他早习惯了，不过……

他低眸，视线罩回身前的盛喃，问：“好看？”

“好看哎，”听见头顶低哑嗓音，盛喃全然未察其中情绪，还好奇巴望着，“这种就是在电视剧里都会被剪掉的程度吧？那个小姐姐看起来好会亲——”

啪嗒。黑色棒球帽从天而降，扣到了小姑娘的头顶，帽舌还被人故意往下一扯，更遮住了她大半视野。不等盛喃把染着淡淡木香的棒球帽扯下来，就听见一帽之隔的上方，那人清澈懒散的嗓音缓缓震动了空气。

“少儿不宜，你少看。”

“你才少儿，我成年了！”盛喃把帽舌抬上去，恼得睃他，“我都成年好几个月了！”

靳一懒淡垂眸，不轻不重地睨着她：“还想继续看？”

“嗯！这是成年人的权利！”

“行，”靳一点头，“那我就把刚刚的保安叫过来，跟他说我记错了，你应该没到十八。”

盛喃绷着脸。

靳一：“还看吗？”

“这有什么好看的？”盛喃认真又严肃，“我们快进去吧，别让你朋友等久了。”

靳一不禁低头笑起来：“算你有觉悟。”

盛喃心里腹诽跩爷好几句，才不情不愿地往里蹭过去。

他们之前停下时的位置已经离这桌不远了。殷浩等人把全程看得清楚。在那两人过来前，殷浩突然低声说了句：“竟然不是他女朋友哎。”

“嗯？”吴毅彬回头，“你确定？”

连乔菀和舒琚也看向他了。殷浩得意地笑：“别说在座了，这整个酒吧里也未必能找到个比我恋爱经历丰富的啊，我能不确定？”

吴毅彬回道：“你还渣得挺自豪？”

“呸呸呸，你情我愿的事，怎么能叫渣？”殷浩不正经说完，朝靳一那边歪了下脑袋，“就他们这状态，一看就不是男女朋友关系，说不定手都没牵过呢。”

“嗯？”

旁边舒琚从他说完就开始观察，表情认真得像在做什么科研实验，道：“目测距离五十厘米左右，波动范围介于社会距离中小于四十五厘米的亲密距离和四十五厘米到一百二十厘米的个人距离两者之间，确实不像是确定的情侣关系。”

“我一听他讲数据就头疼，”吴毅彬靠着沙发扭头，问殷浩，“你肯定不是根据这些，怎么看出来的？”

“简单啊，你看靳一进来以后一直有意无意地挡着那小姑娘，明显不想让别人碰到——说起来我还真没想到他在男女关系里竟然会是这种占有欲重攻击性强的类型，在九中那会儿天天看他对谁都爱搭不理那个冷淡样儿，我还以为他以后就算开窍了也肯定是被动派的代表人物呢。”

吴毅彬伸长了腿蹬他，半笑半骂：“乔美人还在，你瞎说什么。”

“哦哦忘了，对不住，”殷浩回神，扭头给对面沙发上的乔菀赔不是，“我们几个开玩笑开惯了，不好意思哈。”

乔菀失神摇头。

“别拉外传了，”吴毅彬又踢了他靴子一下，“按你说的，不该说明他们就是情侣关系吗？”

“不不不，这只能说明靳一单方面地对那小姑娘非常有……嗯，”殷浩露出一个“你懂”的表情，“决定性的部分是，他虽然一直在挡，但是从头到尾手完全没碰过那小姑娘——隔着他自己的外套，都没有过。”

吴毅彬恍然。

殷浩道：“如果真交往了，肌肤接触渴望那是不可能也没必要压制住的。按他表现出来的属性，真到那会儿，没藏怀里带进来就不错了。”

吴毅彬笑道：“有那么夸张吗？”

“希望是我的错觉喽。不然长他这样的还当情圣，那多显得我像个一无是处的渣男啊？”殷浩叹气。

“不用显得，你本来就是。”

“滚！”

他们的插科打诨很快就息声了，因为靳一已经领着那个披着他外套、戴着他棒球帽的短发小姑娘走过来。

小姑娘个子不高，尤其在靳一的身影和外套衬托下，显出巴掌大的脸，白白的；她模样算不上漂亮，更谈不到惊艳，只是一双眼睛格外乌黑灵动，好奇巴望着时会让人想到一些狡黠灵慧的小动物。

殷浩看了几秒，跟吴毅彬低声：“可爱哎，想……”

靳一停顿，侧了侧身，漆黑的眸子掠过来。殷浩噎在那儿，一动不动。

“一哥听力变态着呢，”吴毅彬幸灾乐祸，借着扶眼镜的姿势挡住嘴，低声说，“想死你就明说，为什么非找这么刺激的法子。”

在面前这几人的群体目光注视下，盛喃莫名地有点儿紧张。犹豫之后，她还是决定主动打个招呼，于是就攥着手指轻声说：“那个，你们好，我是盛喃，是跩……”她心虚得停了下，“是靳一现在的同桌。”

“你好你好，我是殷浩，是靳一高中三年的同学，也是他朋友。”殷浩十分殷勤地挤出笑脸，从沙发里起身半弓着腰过来，要和盛喃握手。

盛喃下意识地抬起胳膊道：“你好……”

殷浩的手还没来得及碰上女孩细白的手指尖，就被往前走的靳一很自然地挡掉了，道：“过道人多，先坐下吧。”他回眸对盛喃说。

“哦，好。”盛喃连忙垂回手，跟着跩爷到对面沙发。

被遗忘了的殷浩忧愁地收回手。

盛喃被靳一安排坐在沙发中间。在靠里的位置，她看见有个安静的半低着头的女生，对方手里紧紧地攥着只玻璃杯，但似乎并没意识到已经空了，指腹也在杯沿上压出不见血色的苍白。

盛喃正迟疑着，在她外侧的沙发上，靳一也坐下了。

茶酒吧的服务生看到他们这桌多来了客人，自觉上前询问需求。

“你喝点儿什么？”靳一问盛喃。

盛喃眼睛一亮，期盼地看向服务生道：“我可以喝——”

靳一低头翻着酒水单，懒声插了句：“高中生，只能喝零酒精类的。”

盛喃严肃绷脸，试图挽尊道：“我这么遵守校规校纪，本来就是要喝没有酒精的，你把我当成什么人了。”

靳一点头，看过一圈没找到自己想要的，索性抬眸问服务生：“你们这里有牛奶吗？”

服务生没听清，俯身问：“先生您要什么？”

靳一回道：“纯牛奶，温热的最好。”

服务生笑容僵住。隔着水晶几座，殷浩笑出声来：“好家伙，来酒吧要牛奶，你来砸场子的吧？”

“不是茶酒吧吗？”靳一不在意地问。

盛喃终于回神，恼红着脸，微微磨牙道：“你怎么不给我要婴幼儿奶粉？”

“也可以。”

“……不用麻烦了，”盛喃绝望地拯救了更绝望的服务生，“给我一杯水就好，谢谢。”

靳一放回酒水单，侧回头，低声跟服务生说了什么。

服务生一走，桌旁又回到私交圈。舒琚和吴毅彬先后做了自我介绍，除了低头点开手机的靳一，几个男生的目光都聚到唯一没有开口的乔菀身上。

盛喃跟着转过头，犹豫了一下，道：“我记得你名字，你是叫乔菀吧？”

桌旁一静。对面三个男生的表情都变得有点儿微妙和不安，目光还都落在盛喃旁边的靳一身上。

盛喃正奇怪自己是不是说错什么话了。靳一从沙发里微微直身，翻到通话记录页面的手机被他甩上水晶几座，沿着桌面滑向正中。

砰。一个酒瓶子被撞得晃了晃，瓶底在水晶几面敲出微微刺耳的声音。而那人抬眸，声音里带笑，语气却透着寒凉：“谁让你接的电话？”

殷浩在对面僵了两秒，尴尬地笑，道：“我……我也是怕有什么急事，你又刚巧不在——”

“那接了以后，为什么不跟我说。”靳一问。

殷浩一默，忍住了没去看乔菀。

靳一明显也在气头上，这会儿他总不能让一个女生上去堵枪口，即便之前确实是她要求不说的。可惜殷浩忘了，靳一是他们之中对凡事最漠不关心的一个，但也是最不好糊弄的一个。所以即便桌旁寂静，靳一也还是了然，他冷淡地低了眸：“乔菀，地址是你给她的？”

乔菀肩膀一抖，勉强地回头，轻声说：“对不起啊靳一，我是听她要直接跟你说什么事，所以才——”

“你凭什么。”那人声音平静得近冰冷。

乔菀僵了下，道：“什……么？”

“我问你，凭什么替她和我的事做决定？”

乔菀的脸唰地白了。没几秒时间，女生眼圈再次红起来，而且这一次眼泪都掉得很快。不等她低头遮掩，就啪嗒嗒地连成了串。

对面三个男生里，除了舒琚没什么反应，另外两个都露出不忍的神色。殷浩大着胆子，半玩笑的语气：“哎——哥你别那么凶啊，有什么话不能好好说——”

“现在已经是我好好说话的态度了，你想看更差的吗？”靳一冷着眸子看他，“那等之后算你账的时候吧。”

殷浩一噎，缩回去不敢吭声了。吴毅彬起身给乔菀递了纸巾，此时坐回来，犹豫过后还是低声劝靳一：“我们当时都在旁边，乔菀其实也没什么恶意。为这事把人女孩子都吓哭了，也差不多了？”

“做错事，哭一下就可以了，连道歉都不用，”靳一很轻地勾了下唇，眼神却冷得像结了冰，“原来还有这么低的错误成本。”

这下彻底没人敢说话了。于是桌旁隐约就剩乔菀压抑的啜泣声，而盛喃坐在她和散发低气压的跩爷中间，茫然又恍惚。

等终于整理完这些信息量，盛喃往靳一那儿挪了挪。沙发不算很长，靳一给自己留的空间不大，被小姑娘往这儿一蹭，他眼神微微停滞，低气压和情绪都敛下一部分。

盛喃不察，小声问："他们没跟你说我打电话的事情呀？"

"嗯。"

"原来你不知道我会来，难怪你当时那么意外，"盛喃咕哝完，又不解，"那你刚刚怎么都不问我是怎么找来的？"

靳一撩眼望她，道："不是你说的，我再不出去你就要划火柴了。"

盛喃憋气，道："……对哦。"

盛喃就是想缓和下气氛，如果乔菀能趁这时候离开，那对大家来说都再好不过了。但她发现这个女生格外地倔，就算眼泪都压不住了，还是挺在沙发角落没挪窝，也不知道还想做什么。

盛喃有点儿愁。这样下去，真要搞得像跩爷欺负人了。盛喃正纠结着，感觉自己手里拎着的背包被轻扯了下。盛喃低头，顺着另一条背包带看到了靳一好看的手，那人正拎着背包带问她："你从学校过来的？"

"嗯，"盛喃点完头，一下子醒悟过来，"对哦，我是来找你回去上课的，怎么进来还坐下了。"

靳一微怔，眼底冰冷融碎，擦上淡淡笑色，道："你真是……以后出门小心些吧，被卖了都不知道。"

盛喃严肃地道："谁说的，我一般警觉性还是蛮高的。"

"那就这样跟我进来了？"

"你又不是其他人。"盛喃想都没想地说。

靳一一停，微掀起眼皮望她。盛喃没察觉，继续接上后面的话："对你的人品我还是很信任的。"

靳一沉默几秒，似乎轻叹了声："你最好不要。"

"嗯？"盛喃没听清他后面的话。

"没事。"

正巧这时，服务生过来了。除了加上柠檬片的白水，他还给盛喃端过来一只不大的骨瓷盘，上面躺着曲奇和三明治之类的小点心。

盛喃茫然接过，道："这是？"

"是这位先生帮您点的，我们 6 点后只能供应这种餐食，抱歉。"服务生说。

盛喃道谢后，回眸，凑过去小声问靳一：“这是你点的吗？”

“嗯。”

“怎么只有我自己的？”她更小声了，像怕他们听见会说靳一什么似的。

靳一也配合她低着声：“因为他们都吃过了，只有某只傻橘猫，接了电话就颠颠跑来，晚饭都没吃一口。”

盛喃忍了忍，还是没忍住道：“你才傻。”

“嗯，我傻，”靳一莞尔，随口接了，“你尝尝看，不喜欢就换别的。不过我问过了，这里没有烤鹅。”

盛喃：“……”

跩爷真的是个很记仇也很记事的跩爷。盛小白菜决定大人不记小人过，宰相肚里能撑船，看在这一盘小点心和他朋友都在这儿的面子上，不跟他计较这一时的口舌之快。

说实话，她确实饿了，不过当着好几双还不算熟悉的眼睛，独自吃东西是很需要勇气的事情。还好曲奇做得很小块，盛喃每次就装作若无其事地转开，然后飞快地塞一小块进嘴巴里。然后腮帮子就被撑得一鼓一鼓的，偏偏她还要假装什么都没发生，微微绷着脸，表情严肃。

靳一从侧边看她。明明只是小仓鼠进食似的重复，但他就是入了蛊似的，看得眼都没挪开过。

中途有次他轻抬手臂，似乎忍不住打算摸她头一下，不过女孩不经意地转了下身，她细白后颈和他的距离一下子拉近，使他手抬到半空，却又把指节克制地轻握起来。僵了好几秒，靳一有点儿不自在地偏开了视线。

这一幕幕完全收在对面几人眼底。殷浩早就看得目瞪口呆了，道：“这小姑娘叫什么来着？”

“盛喃。”吴毅彬提醒。

“待会儿，待会儿我一定要她联系方式。”

吴毅彬回头，道：“你就算嫌命长，也没必要把主意打到她身上吧。”

“呸呸呸，别胡说，我是要留她的联系方式救命，”殷浩扭头，“你刚刚没看到吗？靳一多大火气啊，她凑过去才说了几句话就给灭了？”

吴毅彬眼神动了动，道：“留吧，回头也发给我。”

殷浩还在啧啧感慨："这小姑娘了不得，堪称人间灭火器啊。"

等盛喃把那一盘小饼干吃完，旁边乔菀也终于收拾好情绪了。她起身，走到盛喃腿边停下。盛喃还没来得及擦掉嘴角的饼干碎屑，捂着嘴巴望她。

乔菀低着头道："对不起，我不该私自决定，还给你地址让你过来。"

"没……没关系。"盛喃心想这个小姐姐也是很好看的，一边想着她一边偷偷舔掉唇上沾着的饼干碎。

"我之后就不会打扰你……们了。"乔菀好像很艰涩才把这句话说出来，她垂在身前的手攥得很紧，指甲下的月牙白都没入苍白，看不分明。

盛喃正犹豫该不该纠正她这句里好像有的歧义。乔菀却似乎鼓足了勇气，抬头看她，道："走之前……我们能单独，说几句话吗？"

盛喃怔住，问道："我们？"

"对。"

盛喃心想不对啊，按常规剧本你不应该是要求和跩爷最后说几句什么话吗？刚想完她立刻在心底狂摇起那棵小白菜：不要被她塞给你的"你们"带偏了，你在脑补代入什么常规剧本！等意识回转，盛喃看清了面前还在等她回答的乔菀的眼神，她点头："好——"

"没必要，"冷淡微哑的声线震过她耳旁空气，"你们以前不认识，以后也不会再交集，不需要说什么。"

即便盛喃见识过且印象深刻最初遇见的靳一是什么样子的，此时听见这句话她也不得不在心里感慨一句。好一个冷酷无情不留半点儿余地的跩爷。她总算是见到在某种意义上比盛笙更没人性的活物了。不过，当他女朋友应该会很有安全感很幸福吧……盛喃被自己最后一个擦过脑海的想法惊得悚然，蓦地绷直腰背，也吓回神了。

靳一察觉她异样，垂眸问："你怎么了？"

那人嗓音就在她身后咫尺。到此刻盛喃才突然醒悟：之前因为她试图给乔菀让出位置，好像距离跩爷坐得太太太太近了！盛喃僵了两秒，在那人微灼的呼吸更近一寸前，她蓦地从沙发上弹起身，道："我觉得我跟她挺有缘分的，说不定是什么异父异母的亲姐妹呢，但聊无妨，先借一步。"

靳一半靠在沙发里，撩起眼道："你真要去？"

盛喃点头。小姑娘刚刚吃完饼干，来不及擦只能偷偷舔掉碎屑，浅红唇上此时还亮晶晶的，在吧内灯光下，像上了一层透明偏诱人的釉色。

靳一几秒后妥协垂眸，道：“那去吧。”

“好嘞。”盛喃立刻放下心了，拉着后面还恍惚的乔荛就要走。

“等等。”靳一低声道。

盛喃回眸：“嗯？”

“嘴巴，擦一擦。”靳一抽了桌上纸巾，递给她。

盛喃茫然地接过去：“……哦。”

女孩身影离开没一会儿，却又独自绕回来了。靳一正靠在沙发里，微皱着眉，不知道在沉思什么。突然见到盛喃身影回来，他还不太明显地顿了下，问道：“怎么回来了？”

“就是突然想起来，怕你等得久会无聊……”盛喃拎过背包，低着头翻啊翻，从里面哗啦一下抽出来两张卷子。

靳一停了两秒，挑眉道：“你不会是想让我帮你做作业吧。”

“怎么会呢？”盛喃表情严肃，把卷子和笔一通递到他手里，“英语卷，今天下午刚发下来的，每人一份，这是你的。你好好做，不会的可以等我今晚，嗯，或者明天自习课上给你讲！”

靳一：“……”

盛喃说完就放心地走了。留下靳一拿着手里的练习卷，陷入沉默。然而十几秒后，他竟然还真的拧开了笔帽。

于是被震住的只剩对面三人……殷浩嘴角微微抽搐，道：“真没想到，有生之年我竟然能在酒吧里看到有人做高中英语试卷这种变态的事情。”

吴毅彬：“更没想到那个人会是靳一。”

“对哈？”殷浩突然反应过来，“她刚刚是说，她之后要给靳一讲题？”

舒琚难得开口，还是带着罕见的咬牙情绪：“很明显，无耻的控分狗又出现了。”

“啧啧，”殷浩摇头，“阴影重临。”

靳一似乎对他们的话完全不在意。只在答完一道题的间隙，他没抬头，低声说了句：“别告诉她。”

第十二章
星星的太阳

你是太阳，
至少是那颗星星的太阳。

“爱之初”有一条细窄的短廊，大约是设计时空间分割的缺陷，但被店里很好地利用起来，做成了在两面墙上挂起客人们的照片和留言的地方。

廊顶亮着两盏很小的灯，光线柔软，将那些照片里的笑脸和纸条里的留言变成定格的回忆，一眼望去，让照片外的陌生人也觉得安静美好。

盛喃就是在这里听乔菀讲完那个不算长的故事的。

故事很俗套，也很普通。无非是一个很优秀的女孩某天见到枝头一朵盛放的花，她觉得那朵花很美，只是生得很高，她够不着，别人也够不着。

于是女孩每天都来树下，张着手等啊等，等了很久很久，等过了她的整个高中。但最终还是没能等到。

乔菀说的时候情绪已经很平静了，说完以后她自己一个人站在照片墙前，半低着头，栗色的卷发藏起她眉眼，盛喃也看不清她的表情。于是盛喃开始纠结。理论上她应该安慰对方一下了，但是相比起来，她跟乔菀故事里那个冷酷的枝头上的花都更熟，实在不知道要怎么开口。

难道要跟乔菀说……恶人自有天收？不行不行，万一乔菀再跟跩爷告一状，那被收的可能就是小白菜了。

盛喃还没想出答案，乔菀已经抬头了。她转回来，脸色有一点儿苍白，但眼神总算不像之前那么失神：“谢谢你愿意听我说这些……也很抱歉跟你说这些。我想今晚应该是一个结束，需要一个结语，只是在这里我找不到别的人可以讲了。”

“啊，没关系，”盛喃回神，她有点儿不好意思地拽了拽短发，“但我不太会安慰人，只能当个不合格的听众。”

“你能做听众，我已经很感谢了。”乔菀很轻地笑了下。

这是今晚盛喃第一次看这个女生笑，带着某种释然，也很好看。于是，盛喃也弯下眼角：“不客气！”

乔菀微微怔了下。

此时脱离了之前的低落情绪，她才注意到面前女孩的情绪是很有感染力的那种，单纯灿烂。她记起她站在玻璃窗外，朝那个背影挥手，安静晚归的余晖铺在她足底，而她像阳光本身。

乔菀突然开始有点儿明白，靳一为什么会喜欢她了。乔菀在心底轻叹了声："以我的立场，其实没资格说什么，就祝你们以后长久、幸福吧。"

盛喃蒙住。这个听起来很像新婚祝福的祝福，是她理解的那个意思吗?

乔菀低下头，好像打算走了。盛喃迟疑了下，还是轻声开口："那个，你可能误会了，我和靳一不是男女朋友关系。"

乔菀停住，回头道："只是现在不是吧。"

"啊？"盛喃不解。

"以后一定会是的，不是吗？"乔菀轻笑，"我很羡慕你，成为接住那片花瓣的人。"

盛喃微蹙起眉，似乎在纠结要不要开口。

乔菀察觉，意外地问："我说错什么了吗？"

"也不是错，"盛喃慢慢松出口气，她轻轻用脚尖踩住墙根，视线跟着压落，"只是我觉得，这个世界上可能没什么是'一定'的。"

就像模糊的记忆里，病床边的妈妈说一定会陪着她长大；就像小时候，盛天刚答应她只会有这一个完整的家；就像她在某个夜晚被噩梦吓醒，哭着趴在盛笙的肩头，听他讲喃喃别怕，哥哥一定不会离开啊……

那些"一定"都是因为时间不够久而已吧，说过一定的人，总有一天也会忘的吧。

会记得的，只有那个抱着破破烂烂的小熊玩偶固执地等在原地的小女孩而已。还会被人笑，怎么只有你没长大。

盛喃低着头，然后很轻地笑了下。

"我是不相信一定的，"她轻声说，"不能相信一定，相信了的话就会觉得理所当然，等到那时候再被否定或者被打倒，就会比相信前难过很多很多。"

乔菀不解地望着她，好像不能接受她说的话，道："可是你……你离得很近，一抬手就能够到，你不想接住那朵花吗？"

盛喃想了想，又弯着眼睛笑道："你觉得他是花吗？"

乔菀点头。

"噫，哪有脾气那么跩的花？"小姑娘玩笑地嫌弃，"我不觉得他是花哎，花总要凋零坠落的，我也不想接住他，因为我不想他落下。"

乔菀怔然望着她。

盛喃眼睛笑得更弯下来。

"其实我认识他也没多久，甚至还认识了两个他，两个都有瑕疵的他，一个超级跩，一个是学校的问题少年，他一点儿都不完美，但是我觉得两个他都很厉害，和其他人不太一样。好像我们都是被锁着的，只有他是自由的，他不担心我们担心的任何眼光，不在乎我们在乎的任何评价，不介意世俗定义给我们的荣辱，从不否定自己、从不自卑也不沮丧……总之就是，很帅啦。跟别人都不一样的那种帅。"

盛喃说完一长段又停下，有点儿不好意思地看向乔菀道："我是不是说得太多了，不过你喜欢他很久，应该也懂我说的那种感觉吧。"

乔菀慢慢点头，很认真地道："请你继续说。"

"也没什么要说的了，"盛喃被她弄得更赧然，抓了抓柔软的发梢，"就是觉得这样的他不应该落下，我想他更像星星，应该升起，应该闪闪发亮，应该是一片璀璨里也独一无二的那颗。"

"可是星星，"乔菀忍不住说，"星星可能就不属于你了。"

盛喃怔了下，随即笑道："那就不属于我吧。"

乔菀有些仓皇地追问："你不会觉得遗憾？"

"我小时候晚上看星星，跟我哥说我很喜欢，想要他摘给我。我哥说星星摘下来，它就不亮了，就只是普通的黑黢黢的石头了，那还要摘吗？"盛喃歪过脑袋，眼睛弯着问乔菀，"那你还要摘吗？"

乔菀想说话，却又语塞。

盛喃转回去，道："我说那不要啦，还是让它一直很亮很亮地挂在天上就好了。我喜欢星星，也喜欢它陪着我，我看它的时候它也在看我。可如果有一天我看不见它了，也没关系，只要它一直在某片夜空里亮着，那就好了。"

乔菀慢慢沉默。她恍惚明白过来，自己确实错了。那个人从来不是花瓣，他的女孩也不要他凋零坠落，她想他像星星，皎皎于空——星星属于我，那很好；不属于我，那也很好。

只要星星记得，有个女孩在夜空里仰望过他。她关于星星最大的愿望，不是和他在一起，而是愿他璀璨，与光长明。

这样想着想着，乔菀突然笑了。

盛喃原本还在思索，突然被这笑声勾回来，她吓了一跳，以为自己说了什么不该说的，刺激到对方了。

“你……笑什么？”盛喃不安地问。

乔菀笑得很厉害，看起来也确实被刺激到了，笑了好几秒才停下，道：“我要先跟你道歉。”

“嗯？”盛喃茫然。

“实话讲，我本来是觉得你站在他身旁都很不合适的。你应该也能想到，像他这种人，身边最不缺的就是各种各样的女孩子了。”乔菀朝她眨眨眼，似乎因为那笑活泼了许多。

盛喃叹气道：“我懂你的意思，我是最普通的那个吧？”

“其实你很可爱，性格很好，只是没有我见过的很多想追求他的女孩子那么，扎眼，”乔菀选了个温和的词，随即笑了，“然后我发现，我真的错得很离谱。就像你说的，你也是独一无二的那颗。”

“嗯？”盛喃不解地看向她。

乔菀走过来，轻拍了拍盛喃肩膀，到此时她终于像个学姐那样了，自信又不遗憾地道：“如果他是星星，那你一定不是看星星的女孩。至少不完全是。”

盛喃被她绕得更茫然了，问她：“那我是什么？”

“你是太阳，”乔菀微微弯腰，“至少是那颗星星的太阳。”

盛喃：“……啊？”

盛喃更糊涂了，可乔菀却没有给她解释的意思。比她高了将近十厘米的女生潇洒转身，步伐轻松地走到短廊出口。然后她在阴影前停了一下，叹声：“以前没发现你这个人这么小心眼。”

盛喃蒙蒙地回头。墙角后斜开的荫翳边缘，那道清挺修长的身影正懒洋洋地倚墙站着，闻言依旧冷淡：“是你耽搁太久了。”

“才十几分钟。”乔菀看手表。

“已经十几分钟了。”那人终于回过眸，微皱着眉纠正。

“好好，”乔菀无奈，“我到此为止了。你的女孩还给你。”

乔菀离开。

靳一无声地望着她的背影。

比来时潇洒多了。他能感觉到她心理和情绪上近乎豁然开朗的变化，他对这变化本身不感兴趣，但他却知道，这变化是因为谁来的。就像他一样。

而以后，还会有不知道多少人注意到。意识到这一点，靳一察觉自己心里泛起明显的焦躁。他垂眸，直起身，绕进短廊里。

盛喃呆望着，道：“你什么时候来的？”

“没多久。”那人随口说着，走进来。

“没多久是多久。”盛喃微绷起脸，故作严肃，脸颊上却飘起点儿可疑的红晕，“我跟她说的话，你不会，都听见了吧？”

靳一撩起眼，拿那双漆黑眸子无声地望着她。停了几秒，他落开眼，声音低低淡淡的：“没有。我过来时你们已经说完了。”

盛喃明显地松了口气。

靳一又望回来，道：“说我坏话了？”

“哪有！”

“那怎么这么紧张。”

盛喃心虚得眼神乱飘，最后决定还是反将一军，道：“偷听别人讲话是很不好的行为！”

“我没偷听，”靳一瞥她，“我当时故意出了声，乔菀都听到了，你却没听到。”

“……啊？”盛喃茫然，“有吗？”

靳一无声默看她。

在这种逼仄的空间内，被这人的眼神和气息这样包裹着，对任何人来说都是一种“煎熬”。盛喃感觉呼吸都不自在了，红着耳朵转开，和他说：“那我们回去吧？”

靳一垂眸道：“嗯。”

盛喃想起什么，说：“你英语卷子做了吗？”

“做了一部分。”

“咦？为什么只做了一部分？”

“你没听到我和乔莞说的话？”

“没听太清哎。”

半晌，靳一低叹了声：“那就是因为我不会做吧。”

“哎呀，不会做也没事，”盛喃很豪迈地抬起胳膊，艰难拍了拍跩爷肩膀，“等明天我就开始辅导你！”

靳一无奈地道：“不早了，我先送你回去。”

“……哦。”

“以后不要自己一个人跑来这种陌生的地方了。”

“那……不是接了你朋友的电话嘛……”

“就算是我打电话给你，让你来，你也不能来。”

“啊？”

“你是女孩子，”靳一低声，“你要有保护自己的意识。”

“……哦。”

“记住了？”

“嗯，记住了。”

两人走出短廊，向后投下，拉长的影子在地上相傍相依。

安静的交谈声音一点点传回来。

“跩爷，问你一个问题啊。”

“你是越叫越顺口了。”

“咳，忽略细节嘛。”

“问吧。”

“你说，如果说一个人是星星，而另一个人是星星的太阳，那是什么意思啊？”

“……”

“你怎么不说话了？”

“你地理很差吧。”

“你为什么突然人身攻击？而且我是理科生，地理差不是很正常的吗！”

“嗯，正常。”

“你又摸我头！不能再摸了听到没？再摸要加钱，呸！要摸回来的！”

“可以让你摸回来，你够得到吗？”

声音渐渐远去，没入昏暗里。

廊下的灯依然熠熠。这天晚上这家茶酒吧收工，依照惯例，把各桌想留言的客人的字条贴到那面墙壁上去。

那天多了三张，贴在角落里。

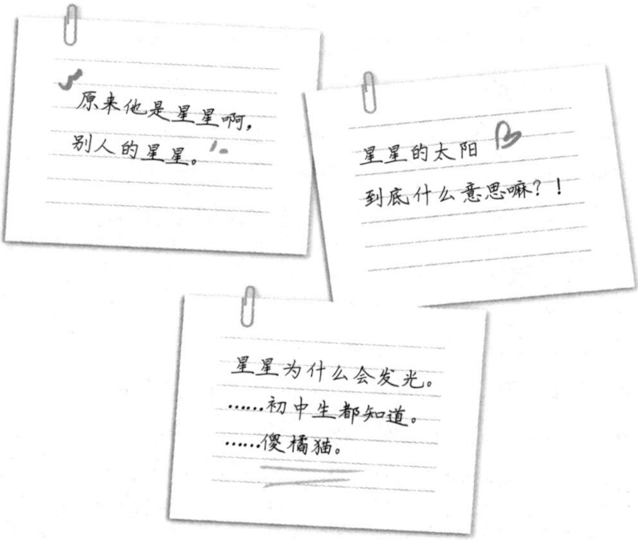

第十三章
我保护你

我又不傻，还能连这个都分辨不出来？

周日早自习，盛喃很不幸地迟到了。

更不幸的是，她恰巧撞上栾钟海今天一早来学校突击检查 11 班学生的出勤情况——于是盛喃急急忙忙从楼梯里跑进走廊，结果刚转进来就看到不远处教室前门黝黑的背影，她心里一慌，还没来得及转身躲回去，被闻声回头的老栾逮了个正着。

“盛喃。”威严的声音如巨石天降，把试图逃跑的盛小白菜砸在原地。

盛喃僵着表情慢吞吞转身，蔫蔫地垂着脑袋道：“栾老师，早上好。”

“再晚几分钟就 7 点了，还早吗？”

“我……那个……不小心起晚了。”盛喃内心流泪。

“你说你都高三，不对，都高四了，怎么还能不小心起晚？跟你们说过多少遍，高考完以后想睡多久睡多久，天黑睡到天亮再天黑也没人管你们——现在是什么时候，就不能赌上这口气吗？”

盛喃被训得低下头。

老栾瞟她两眼，想起什么，问：“你昨天不是请假去参加你哥婚礼，没来上课吗，怎么还能起晚了？”

“老师，我不是参加婚礼睡晚的，”盛喃心虚完，实话说道，“是为了写明天早上要读的一千字早恋检讨，才睡晚的。”

老栾愣了下，随即皱眉道：“什么早恋检讨？写检讨就写检讨，谁让你检讨早恋了？”

“啊？”盛喃抬头，“可靳一那天回来说是……”

“？”

两分钟后，盛小白菜面无表情地跨进教室后门。

害她在老栾面前丢了好大人的罪魁祸首此刻正安然趴在最后一排的桌上，校服掀起来盖住他上半身，露出半截藏在白 T 恤下的紧实腰背，长腿懒散地倚着桌腿斜撑着地。

睡得可真香，盛喃记仇地磨了磨牙。但最后她还是默不作声走过去，轻手轻脚地把书包放下，没发出任何动静。

但不知道是那人耳尖还是压根儿没睡着，盛喃才刚坐下，还没来得及把怀里的书包拉链拉开，就感觉旁边校服“被子”下那一大坨动了动。

一两秒后，校服边伸出只修长骨感的手，懒洋洋地把衣服扯了下来。

盛喃绷住了，没表情地往外拿书，没去看他。

“昨晚不到9点就回去了，”那人嗓音带着初醒的松懒沙哑，“怎么还迟到了。”

“写检讨了。”盛喃提起这个就憋不住想磨牙。

靳一似乎怔了下，他扯着校服停了两秒，撩过漆黑的眸子来看她，随即失笑：“看来老栾告诉你了。”

“明明只是普通检讨，”盛喃在早读声里也没好意思太大声音，只能用语气和表情来表达自己的气愤，“你还骗我是早恋检讨！”

靳一笑着低头，把校服外套塞进桌洞。盛喃越想越气，道：“我昨晚一边查模板一边找资料地写了好久，才写完八百字，想着今天过来补完剩下的二百字，语文作文我都没这么努力过呢，结果现在还要改……”

话未说完，靳一的手从桌洞里伸出来，比塞进去时多拿了一张信封。很普通款的牛皮纸信封，被修长指节抵着，推到盛喃面前。

盛喃顿住，对着信封严肃注视了几秒，抬头问他：“这是什么？”

靳一懒懒地道：“情书？”

“……”

靳一笑了，没再逗她：“一千字检讨。你那份不用改了，明早上去就读这个吧。”

“你写的？”盛喃惊讶地拿过去，一边拆开信封一边不相信地问，“有一千字那么长吗？”

“一千字整。”

盛喃展开稿纸，原本她是打算正经数数有多少字的，但习惯性地从第一行开始默读起后，看着看着她就逐渐呆了。

两分钟后，盛喃把信纸合上，表情肃然地道：“你这难道是从网上找的高分议论文模板吗？”

靳一微微挑眉。

“不对，”盛喃已经自己接走了自己的话头，“议论文模板不会紧扣检讨主题，可满篇都是作文得分点哎……难道你是找了超牛的代写吗？”

靳一气笑了，上身往课桌中间一靠，道：“是我给你写的，每一句。”

盛喃更惊了。她并不怀疑靳一的话，也没觉得他在跟自己说谎。她对靳一在台球室的“私人书架”上那些奇奇怪怪的书还印象深刻着，按他那离谱的阅读量，这篇议论文里引经据典的程度倒是可以理解。

于是沉思之后，盛喃恍然大悟道：“你上次月考的语文考了 50 分，就是只写了作文吧？”

靳一没承认也没否认。盛喃低头又去仔细研究，道：“如果是这个水平，那我觉得 50 分都给低了，哎，语文老师一定是被你前面的题气的。”

靳一笑了笑，道：“那盛老师还气吗？”

“我？”盛喃回头，茫然，“我气什么？”

靳一莞尔一笑，低了眸子瞥向她手里的信纸上。

盛喃这才想起来被这人忽悠的事，短暂地尴尬了 0.1 秒后她迅速绷住表情：“看在你表现良好的分儿上，我大人不记小人过，原谅你了。”她一顿，迟疑，“这个给我的话，你那份检讨怎么办，你也写了吗？”

“嗯，”靳一淡定说，“写了。”

盛喃刚想点头，就见靳一作势又要趴回去。她手疾眼快，一把把人胳膊抱住了：“等等。”

靳一一僵，掀起眼帘：“？”

盛喃连忙缩回手，语气很认真：“你不能这么睡了，这样成绩很难提高的。既然要辅导，以后你就每天早上跟我一起背单词和词根词组吧！”

靳一此时感受到何谓报应了。他微微皱眉，道：“一定要背？”

“当然一定要背，”盛喃表情严肃，“中学英语，词汇量是一切的基础，所有考题都是要建立在词汇量的基础上的。只要把考纲里的那几千个英语单词背过，你的英语成绩就不会很差的！如果还能有天生语感的加成，或者是通过大量的英语课外阅读来培养后天语感，那你的成绩应该就能更——”盛喃说到一半，突然停下。

靳一正望着小姑娘认真负责的侧脸，察觉停顿，他回神道："怎么不说了？"

盛喃狐疑地望向他，问道："台球室的书架上，都是你的书吧？"

"嗯。"

"我自己好像见过，裴朔也说过，"盛喃鼻尖轻动了动，像是猫咪嗅到什么不寻常的气息后，眼神跟着疑惑，"你书架上有全外文的书哎，那你的英语词汇积累量应该在六级以上，甚至接近专业英语八级的水平，才能流畅通读吧？"

"……"

气氛微微停固。两人之间只剩教室里嘈杂的早读背诵声。停了几秒，靳一垂眸，淡淡失笑："你是觉得，我有英语专八的水平？"

盛喃一默。其实刚刚说到后面她就自我怀疑了，六级还算正常，但专八需要的词汇量和阅读积累量，以他们高中生的课业繁重程度来说，根本没可能吧。盛喃思索几秒，迟缓摇头道："那书架上的外文书？"

"那些旧书是论斤卖的，没注意，夹在中间了。"

"这样哦。"盛喃松了口气，点头。思绪扯回，她翻出自己厚重的词汇书，"我昨晚在网上查到了一个艾宾浩斯记忆法，听说它研究出来的记忆规律对记忆效率有很大的提高，我们每天五十到一百个单词，试一下？"

"嗯。"

早自习在嘈杂的晨读声里结束。下课铃声并没有打扰到后排，盛喃正伏桌给靳一讲一个单词词根和词根延伸出去的系列词汇。只是不听话的柔软短发几次从耳后垂下来，半遮住她视线，拂上去又会落下，让她不胜其扰。

正在此时，教室后门被推开，老栾进来，站在门口喊了一声："靳一。"

靠窗的桌后，两人一停，回头。老栾似乎被这默契度噎了下，皱着眉说："你出来一下。"

靳一停了两秒，回道："嗯。"

靳一站起身，中间察觉盛喃担心的目光跟上来，于是在离开座位前他微微俯身，很轻地说了句："没事。"

盛喃这才放心。只要不是裴朔和他主动惹了什么事就好。

靳一错身过去，门外的栾钟海没走远，就停在不远处的走廊窗边。靳一径直走到他身旁："老师。"

老栾回身道："是这样，有位家长昨天打电话给我，找我聊了你成绩的事情。"

靳一视线瞥向窗外，嘴角似乎勾起来点儿。只是他面上情绪显而易见地冷下来，甚至连开口都不屑。

"哦对，你别误会，不是你父母。"栾钟海察觉到他的情绪，连忙解释。

靳一皱眉回眸问道："那是谁？"

栾钟海停顿了下，道："盛喃的……家长。"

靳一从后门回来时半垂着眼，插着裤袋走得慢悠悠的，面上情绪也寡淡，似乎在思索什么。路过那排的两个男同桌一个坐凳子一个坐桌边，见靳一耷着视线过来，坐桌那个连忙跳下，顺脚踹了踹同桌。他同桌回头看到快走到面前的靳一，立刻自觉抱着屁股下的凳子往前挪，给靳一让出宽敞的通道。

靳一没停，平静过去，道了声"谢谢"。

"靳哥客气了。"男生尴尬地笑，心底第无数遍许愿对方不记得当初他们这群人找他茬儿的事情。

事实上靳一也确实没分半点儿注意力给他们。他一直走到盛喃座位旁，视线落下去时又被小姑娘短发上亮晶晶的东西晃了一下眼睛。

靳一停住，问道："这是什么？"

"啊？"还在罗列今天的词组笔记的盛喃抬头，顺着靳一视线摸了摸耳朵上方的头发，硬硬的发夹硌了她手指一下，"哦，这个是我哥……不对，我爸送我的礼物。刚刚给你讲词组的时候头发总是往下掉，我就把它夹上去了。"

靳一眼神微动，道："你哥，昨天过来给你的？"

"嗯，"盛喃微绷起脸，"你也觉得小蝴蝶结很土气是吗？"

靳一回神道："好看。"

盛喃眼睛微微亮起来。

靳一嘴角微勾："所以能摸一下吗？"

盛喃刚要融化的眼神又冻回去了，她捂住自己脑袋，凶得像要龇牙：

“想都不要想！”

靳一低笑出声，这才放弃地回去。

小休周末的课间操不需要跑操，大概是这种不能回家的周末唯一的幸事了。这个课间最长，前后又都是连着上的两节自习，所以一下课学生们往往就憋坏了似的，约着去学校超市或者校园操场，没几个能安分地坐在教室里的。

文梦佳和郭禹彤养成了在学校里去哪儿玩都把盛喃揣兜里一块儿带上的习惯，一下课就过来找盛喃。

还隔着几米，文梦佳视线瞟过来，突然就顿住了。几秒后，文梦佳扑上来，道：“喃喃，你也买这个单品了！”

盛喃被她吓到，下意识地点头，又摇头道：“不是我买的，我爸送我的。”

郭禹彤跟过来道：“一个发夹，你激动什么？”

“什么叫一个发夹？”文梦佳虎着脸，“不要用‘个’形容它，有辱它的价格。”

郭禹彤愣了一下，道：“难道这就是昨晚熄灯以后，你和陈格格在宿舍里说的那个，三千多一个的发夹？”

“对对，就它，这可是这个月几乎所有时尚博主都在推的一款单品，简直火爆了。”文梦佳激动转回来，“果然我们小喃同学家里就是不差钱啊，不声不响就戴上了。黎雪晴昨天买了一个，陈格格都替她炫耀一整天了！”

盛喃顿住，道：“我们戴的同一款？”

“对啊。”

盛喃表情一苦。

“自信一点儿，小喃同学，”文梦佳拍拍她肩膀，“其实我觉得你比她更适合这个风格。”

“这不是适不适合的问题……”

“嗯？那是什么？”

盛喃叹气道：“她本来好像就对我有一点儿意见，如果看到我这个，那不是更……？”

文梦佳和郭禹彤对视了一眼，不约而同转回来，拿同情的眼光看向她，点头。黎雪晴的小心眼儿，那是熟悉她的人都知道的。所以郭禹彤当初很早就提醒过盛喃了，可惜没起作用。

盛喃叹气道："要不我摘了？"

"凭什么要你摘。"旁边突然插进句凉淡的话。

盛喃回眸。靳一正懒打着哈欠撑起身，扶着颧骨，他半耷着漆黑的眼望她道："又㞞？"

"不是，"盛喃憋气，"主要是，这个，撞衫不可怕，谁丑谁尴——"

啪。尬字没出口，盛喃的额头被男生抬起根手指往后点了一下："你再胡扯，谁丑？"

那人压低声音威胁。他这会儿又是刚醒，嗓音低低的很有那种威慑力。

盛喃气恼地捂着额心道："我明明是讲事实。"

"什么事实？"

"她就是比我好看啊。"

"谁说的？"

盛喃放下手，没表情地道："谁都这样说。"

"可我说你好看。"

盛喃："……"

但凡跩爷说这话的时候能多一丝表情和眼神，那盛喃都得觉得这坏家伙是在撩她了。

然而没有。这人就跟喝了口不冷不热的白开水一样，眼皮还垂着，一副随时都要睡过去的模样，说完这话他可能甚至忍住了一个没打完的哈欠。

但他就是那么跩，而且跩得理所当然。

盛喃好半天都噎在那儿，她觉得面对跩爷这样随口说出来的话，她要是还脸红的话，那也太丢人了！

绝不能输！于是盛喃绷住了，还轻哼了声："你一个人说没用。"

见靳一无声望着她，盛喃绷得更僵，道："你这么看我干吗？"

靳一又沉默了会儿，懒声问："我好看还是她好看？"

盛喃听懂了，但是很迷惑，道："你们俩又不是同性别，哪有可比性？"

"是吗，"靳一撑着脸的手放回桌上，微微压腰，上身懒洋洋地俯近了点儿，"你再看看？"

开水房“噩梦”重临，盛喃差点儿条件反射地跳出去，她吓得闭紧了眼，双手推在身前，道：“你……你这还是在教室你能不能——”

“嗤。”

盛喃睁开一只眼，然后发现蹺爷根本就几乎没挪窝，还在二三十厘米外，正似笑非笑地望着她。

盛喃：“……”

你好坏啊！小白菜差点儿气成了球。

靳一收敛笑意，但还是追问：“谁好看？”

“你你你，你好看行了吧，安乔的校草校花你都兼着吧。”盛喃气鼓鼓道。

靳一差点儿气笑了，他忍住没强行撸猫，道：“那就我说了算。”

盛喃一愣，回头。

“反正都没我好看，”那人扯出校服，又蒙上趴回去了，“所以我说你好看，那就是你好看。其余人都说是她也没用。”

盛喃绷了两秒，没绷住，眼睛被笑意压成弯月牙：“靳一，你好自恋啊。”

安静过后，校服下轻叹了声：“这不是要归功于你嘛。”

“跟我有什么关系？”

靳一不肯说了，盛喃还想追问。

已经退到后面的郭禹彤和文梦佳心情复杂。文梦佳道：“你说他俩从什么时候开始忘了我们这么两个大活人还在旁边的？”

郭禹彤回她：“从他们对上话开始吧。”

文梦佳道：“真是一种神奇的自动屏蔽磁场啊。”

郭禹彤附和道：“嗯，这磁场还是狗粮味的。”

文梦佳：“……”

盛喃原本以为，蝴蝶结发夹这件事就这么过去了。

然而事与愿违。第二天，也就是周一的下午，盛喃进学校以后，在教学楼下遇见刚从宿舍过来的郭禹彤，和她一起上楼。

两人聊着一个英语语法的问题，刚走进教室，就听见一个微微尖锐的女声在后排响起——

“你个学人精，要不要脸？！”

盛喃和郭禹彤同时停下。察觉什么的盛喃皱眉，顺着声音望去——果然，起冲突的地方还是他们教室角落，倒数第二张桌的丁小君那里。

“什么情况啊？”郭禹彤问走过来的文梦佳。

文梦佳耸耸肩，道：“那个蝴蝶结发夹。”

“嗯？”盛喃转头。

“不是说你，”文梦佳放低了声，“也不知道丁小君怎么想的，今天中午也戴了个同款发夹来上课，结果她又刚好和黎雪晴前后进来的，班里好些人看笑了，黎雪晴气得不轻，陈格格正替她出气呢。”

盛喃一时不知道该作何反应。文梦佳以为她是在担心自己，忙道：“没事，你那个和黎雪晴差不多前后拿到的，她不敢说你。”

“……嗯。”盛喃没解释什么，从另一条过道绕回座位了。

靳一还没来。双人桌后空荡荡的，盛喃坐下，从书立中间抽出一本生物笔记，翻开来默声背诵。

前桌还没消停：“……得了吧，就你家那个破条件，你买得起吗？也不看看自己有没有那个本钱，就知道学别人，恶不恶心？”

“我……我没有学她。”丁小君声音僵涩，底气不足。

“还不承认？几块钱的水货非得戴来，还非得在雪晴前面进教室，你说你故意恶心谁？”

丁小君低着头，说了句什么。

陈格格冷笑：“你家饿得饭都吃不起了是吧？说话都没声的？”

丁小君一抖，在数秒的安静后，她突然仰头，涨红着脸，声音都发哑：“黎雪晴那个明明也是假的！我亲眼……亲眼看见她在那儿买了！”

教室里蓦地一寂。原本只是在看热闹或者一心学习的学生们纷纷抬头，震惊地交换目光。连陈格格似乎也傻了，愣在那儿没说上话。

“你……胡说什么啊！”黎雪晴不可置信地站起身，在那些同学望过来的目光里，她白净的眼圈几秒就红了。在原地憋了几秒，黎雪晴气得转头跑出教室。

陈格格愣了下，喊：“雪晴！”她连忙追了出去。

两人跑出去后，教室里开始响起小声的议论。中后排几个看热闹的男生脸色都变得不太好看。

“把校花气哭了啊？”

“真行。”

“丑人多作怪。”

丁小君前桌那个黄逸晨嘿了一声，转回来道：“哎我说，丁小君，这可就是你不要脸了吧？你学人家黎雪晴，还泼人家一身脏水，你心机挺深啊你？”

丁小君还愣在那儿，这时候才回神，她有点儿无措地低下头去，讷着声：“我没有，我说的是真的。”

“真什么？”黄逸晨哼哼着冷笑，“真不要脸？”

中排后座的男生帮腔：“是不要脸，你戴出门前就没照镜子看看吗？跟人家黎雪晴戴同款，就你长的那样？你配吗？”

“就是，”不知道谁嬉笑，“品牌方要是看见你戴，那估计得提着钱来找你，跪着求你别戴他家的！”

后座。

盛喃慢慢合上笔记。她其实一点儿都没看进去。怎么可能看得进去？这个世界总是聒噪又寂静。

“……哎哟？丑八怪哭了啊？丑八怪还会哭呢？是不是连哭你也得学人家啊？不过你听没听说一个词，叫东施效——”

“同学。”

黄逸晨刺耳的笑声被打断，他停住，回头，看向丁小君后桌那个按着桌子站起来的女孩。

停了两秒，他冷笑：“有事吗，新同学？”

“我没事，”盛喃声音很轻，安安静静的，“我是觉得你可能有事。”

黄逸晨皱眉道：“什么？”

盛喃缓了一口呼吸，压下声线里的不稳，她诚恳地问：“你要不要，去看一下心理医生啊？”

教室再次安静。学生们有点儿不可置信，纷纷惊讶地扭回头看向教室后排。那个站起来的女孩瘦瘦小小的，是他们班的新生，除了英语月考出了一次风头，平常在班里安静得像不存在一样。她甚至还没有前排的丁小君高。

她应该很害怕，虽然在努力绷着了，但脸色其实很白，紧攥着手站在那儿，看起来孤零零的。黄逸晨大约也看出她无论是力量还是气势都不可能是他的对手，而这种来自弱者的反抗更让他有种被激怒的感觉。

他站起身，扭头恶狠狠地瞪着盛喃道："你有种再说一遍？"

盛喃眼神轻颤了下。她好想跑掉。明知道没人会站在她这边的，就像那时候一样，她明明也可以不站出来的，就像那时候的其他人一样。

可是没办法，她做不到。她记得那时候的无助感有多窒息，她做不到就这样看着，看另一个人陷进更绝望的沼泽里。所以盛喃怕得声音都抖了，但她还是认真地和那个凶狠又狰狞的男生对视。

"我没种啊，"她轻声说，"你好厉害的，你是男生，比我高这么多，你一个能打我五个呢。你特别厉害，所以只会欺负比你弱得多的，是吗？"

黄逸晨面红耳赤，额角青筋都绽起来了，不知道是气得还是恼得，他抬手怒指着盛喃，手指几乎要戳到她脸上了："说你了吗？给我坐回去！"

盛喃发现怕到极致，她反而有点儿麻木了。

"我不想死啊，"盛喃侧过身，指了指教室右上方的摄像头，她转回来，依旧声音轻软得没半点儿攻击性，"十六周岁以上就能负刑事责任了，如果你今年生日已经过完，那连民事责任都要负全责的。"

黄逸晨死咬住牙，推开他同桌出位。

盛喃退后半步，说完自己后半句："刚好我家能请得起律师，你今天要是动我和丁小君一下，今年就别高考了。"

黄逸晨僵了一下，回过神来他恼羞成怒，气极地甩开他同桌的阻拦就冲上来叫骂。

盛喃眼神一颤，她情不自禁地屏住呼吸，握紧了刚刚就抓进手里的书立。只是在那之前，走向自己的面容狰狞的男生突然被一把掐住了脖颈——

砰！他被那只手直接掼倒，摁在丁小君旁边的空课桌上。冷白指背到小臂，血管绽起，肌肉绷出可怕的爆发力。

而手的主人掐着黄逸晨，在他苍白的挣扎里慢慢低头。

“咯……”喘不上气了的黄逸晨看见一双眼。

漆黑冰冷。

没人看见靳一什么时候进来的。好像就一眨眼的工夫，人高马大的黄逸晨就被一只手掀翻掼倒在课桌上了。跟着“砰”的那声闷响，整个教室被扔了炸弹似的安静，只剩仰面的黄逸晨死死挣扎，想脱离那只铁钳一样坚硬得令他窒息的手。

可惜他白长了一米八的身量，被那人单手摁着，竟然就像只无力的小鸡崽似的，怎么也挣脱不开。

足足五秒过去……离得最近的一圈学生里，有几个男生回神，起身想上前拦，道：“靳哥，大家都是同学，别——”

“站住！”那人冷沉的嗓音砸过去。

几个男生僵停，还想说什么。

“刚刚没拦他的，现在也别给我伸手，”靳一声线平静，只抹掉了平常的懒散，“不然算成帮凶，我一起收拾。”

话尾，那人终于回头。他肤色白得发冷，情绪炸开时面上也半点儿不显，但最薄的眼角处藏不住，像抹开血色似的淡红。

再与那双漆黑的冷冰冰的眸子相衬，一眼就透出骇人的戾气来。

实验班的男生们哪见过这么凶的人。被那人眼神一扫，他们原本就不占理，此时更一个个僵在原地，不想也不敢上前了。

靳一转回去。

黄逸晨此时已经被他扼得脸都涨红，脖子脑门上青筋绽起，神情扭曲，眼神里也带着巨大的恐惧。他一只手拼命掰着靳一的手，另一只手艰难地拍着身下的桌面。

这种手势在打架里只表示一个意思：认负，求饶。然而靳一眼神沉冷，不为所动。黄逸晨都绝望了。直到这一秒盛喃回神，她仓皇地轻声道：“靳一！”

紧绷的窒息气压一松。跟着松开的，还有靳一铁箍似的力量恐怖的手。黄逸晨如濒死逃生，被松开的第一秒他就翻到桌旁，再记不得面子尊严的，他捂着脖子一边干呕一边不停地咳嗽。

屏息的学生们也都记起呼吸，受惊的目光交错，但教室里依旧安静。没人敢开口。

造成这局面的始作俑者全无表情，他半垂着眼皮，冷漠地睥睨着狼狈的黄逸晨，面上一丝迟疑或恻隐都不见。

这样僵持许久。靳一像是回神，往后退了步，靠坐到过道后不知道谁的课桌上。那个男生也不敢吱声，只把自己的书本往同桌那里挪了挪。靳一似乎没察觉，他半低下头，左手抬起来，迟缓地捻了捻耳上的银色耳骨钉。

“道歉吧。”他声音微微哑着，像随口说的一样。

要是没方才那一幕，那他们可能都得以为他是来劝架的和事佬了。

学生们噤着声，只敢腹诽。

这话冲谁不言而喻。黄逸晨这会儿终于咳完也干呕完了，他面色涨红着，心底半点儿凶气都没了。那人当时居高临下看他的眼神估计够他今后全部的噩梦了，还有那只让他绝望的手，到此刻仿佛都还无形地攥着他的脖子，随时能把他掐死似的。在那种恐惧的笼罩和折磨下，黄逸晨几乎完全想不起丢面子的问题，只剩求生本能了。

他爬起身，压着被掐得嘶哑的嗓子，给后排的盛喃直接鞠了一大躬，道：“对不起，我错——咳咳咳……我错了，我不该那样说，对不起……”

安静里，靠坐在过道另一边课桌上，靳一抬了抬眼皮，望向盛喃。像是在无声地问她：这样可以吗？

盛喃从失神里微微回神，她沉默着，把手里藏在桌子阴影后的金属书立着放到了桌上。

刚鞠躬直起身的黄逸晨僵了下，望着那并不尖锐但绝对足够杀伤的金属书立的圆棱，他突然感觉后脑勺一阵发凉。这小姑娘……真下手比男生还黑还没数啊。

黄逸晨正后怕着，他又听见那个女孩声量很轻，但随便一句就能气死人的话音了。

“你不应该跟我道歉，我和你是互骂。”小姑娘骨子里大概很有点儿不服输的精神，声音很轻但很固执，“但你骂我家人，这不好。长辈为尊，死者……为大。”

教室里蓦地一寂。这次连桌上没情绪半低着头的靳一都僵停了下，过去一两秒，他皱眉撩起眼，紧张地望向站在桌旁的女孩。

似乎要起身，只是又按下了。因为盛喃还挺平静的。

说完这句话以后，她轻轻叹了声气，终于抬起头：“以前我在小学的时候，总有同学骂我是野种，就因为我没妈妈。后来有个人又遇见我了，跟我道歉，说对不起，那会儿他不懂事，他太幼稚了。”

盛喃停了下，道：“你们就哪里都好吗，什么都有、什么都不缺、什么都最完美？”

她声音稍微扬上去了点儿，大约被自己察觉了，又压回来，变得闷闷蔫蔫的：“可你们要是过得那么完美了，你们都有那么好的条件、那么幸福的生活了，怎么就连一点儿同情心都没有了呢。”

“……”

寂静，沉默，面红耳赤，眼神闪躲。

也有不平，不甘，不屑。

盛喃都看得到。她早就知道这个世界就是这样，有善有恶，有好有坏，有黑有白，还有灰色。

但她不想教自己失望，她画画时费老师就点明她不喜欢浓重压抑的颜色；再晦暗的主题创作里，她也总要给自己偷偷留一丝光的。她不能总看着那些恶的坏的黑的，她要看到光。

如果没有，那就自己画出来吧。

盛喃退后半步，微微给黄逸晨躬了下身，道：“对不起，我也不该骂你。”

黄逸晨僵在那儿，最后把头越垂越低，脸也越来越红，像是有人在他脖子上吊了块沉甸甸的石头。也可能是吊在心上的。石头也压弯了他的上身。

“对不起，我不该骂你妈……不……不该骂阿姨。”他直起身，又僵着看向课桌里的丁小君，“我以前说的那些，对不起啊。”

“热闹”终会散去。杂乱的现场恢复了秩序，人人回到自己的位置。丁小君怯怯又僵直地跟盛喃道了谢，就转回去，把自己缩在位子里。

靳一这才走回去。拉开凳子，他长腿一跨，坐下。

“谢谢你。”盛喃小声说。

靳一停顿了下，道："没事。"

盛喃回头，偷偷瞄了他一眼，犹豫两秒还是轻声问："你那个耳骨钉……"

靳一回眸道："嗯？"

盛喃说："我刚刚看见你摸它了。"

"嗯。"靳一应过，等了会儿还是没见盛喃再开口，干脆主动问，"你想问什么？"

盛喃迟疑着："它真的是你女朋友，或者前女友，送你的礼物吗？"

这转折的大幅度，饶是靳一的思路也没太跟上。男生面上这一瞬的表情空白，让盛喃以为自己猜中了，她眼神也纠结起来，看起来有点儿闷闷不乐。

靳一恍回神，道："这是我自己买的。"

"啊？"盛喃皱起眉，又思索几秒，"那，难道你前女友是因为你打架才跟你分手的，所以你才买了这个提醒自己——"

啪嗒。盛小白菜的脑门又被轻点了下。

那人气得发笑，声音也哑："你这么会猜，怎么不去写剧本。"

盛喃憋气，道："不然呢？"

"我没有前女友，也没有现女友。"靳一说，"这个确实是用来提醒自己的，但那是给我奶奶的承诺。"

"啊。"盛喃恍然大悟。

靳一转回去，道："我答应过她，以后不会打架了。"

盛喃问："那你做到了吗？"

"嗯。"

盛喃松了口气，杏眼微弯，道："那你还是很守承诺的。"

靳一停了两秒，又说："也不是没违背过。"

盛喃紧张起来，忙问："你最近打架了？"

"不是这个承诺。"

"嗯？"

靳一撩起眼，安安静静看了她两秒，他收回眼神，道："……算了。"

"啊？"

"反正以后不会了。"

盛喃越听越茫然，可惜那人却不肯说了。盛喃思索了会儿，没想明白，干脆回到刚才的话题上。

“那所以，你是为了提醒自己才专门打了一个耳洞戳这个啊？”盛喃代入一下，脸立刻苦下来，“很疼吧。”

“不疼，”靳一随意道，“而且好用。”

跩爷的痛点一定和别人不一样。盛喃在心里偷偷想。

“不过我以为……”那人突然开口。

盛喃回眸望去，却发现靳一并没抬头，而是垂着眸一边翻书，一边好像随口说的。她茫然接：“以为什么？”

靳一道：“你刚刚看见了，会怕我。”

盛喃眨了两下眼，才反应过来他说的是什么，她迷惑问：“我为什么会怕你？”

靳一翻页的手停了下，再撩眼时微微敛眸，道：“你是不是反应迟钝？”

盛喃：“？”

他怎么又人身攻击！？

“你看他们。”靳一没表情的，朝她身后歪了下头。

“看什么？”

盛喃跟着回头。也恰是这一秒，那几个同在最后排的男生们对上了突然歪头的靳一的目光，几人几乎同时僵了下，跟着一个接一个，打地鼠似的全都低下脑袋缩回去了。

盛喃呆了一下，转回来。她对上靳一已经淡定垂回眸去的侧脸，那人声线懒散无谓：“你看，他们比你敏感多了。”

盛喃回神，严肃绷脸，道：“你又不是打我，我为什么要怕你？”

“我也没打他们。”

“那……那不一样。”

“哪儿不一样。”

僵了好几秒，小姑娘终于忍不住红了脸颊，很想装作若无其事的样子，但还是小着声转回去：“你刚刚是在保护我，我又不傻，还能连这个都分辨不出来？”

靳一微怔，几秒后他笑着垂了眼，道：“明明挺傻的。”

盛喃绷脸，回头恼瞪他。

靳一把书往前翻了好多页。

盛喃问：“你干吗又翻回去？”

“你猜。”刚刚因为担心所以一个字都没看进去的这种丢人事，踋爷是绝不会告诉小白菜的。

中午的课前时间就这样被这起突发事件消磨过去。黎雪晴不知道什么时候回来的，在陈格格的陪同下，看得出来眼睛还是通红，头上的发夹已经不见了。但班里已经没人敢再拿这件事说话。

下午第一节课是老栾的英语课，还没到上课铃响，到齐的学生已经习惯性地开始英语背诵了。教室的嘈杂声里，盛喃撑着英语书，沉默地把刚刚被她抽出来的书立塞回书架里。

停了几秒，她突然小声说：“我也想学打架。”

靳一习惯的午睡生物钟被这一句话扫空。他微微蹙眉，转头问：“为什么？”

“因为，”女孩垂下细长的眼睫，声音听起来柔软又孑然，“可以保护自己。”

靳一轻叹，似乎要说什么。

砰！砰！教室前门突然被人拍响。拉了刹车的背诵声慢慢停下，学生们茫然抬头，看向教室前门愤怒的栾钟海。

老栾气得不轻，道：“中午怎么回事！我听外班举报，说咱们班有人打架？谁啊？！”

满堂寂静。其实多数学生都想回头看最后面那个角落，只是没一个敢的。

老栾怒不可遏，提高声量：“还学会互相护着了是吧？非得逼我去教务处调监控？？从头到尾都有谁参与，现在立刻给我站出来，我还能从轻处理！”

盛喃在老师们面前最尿了，到此时才勉强找回点儿被吓住的理智。她轻吸了口气，白着脸就要站起身。

结果没起成——一只手压到她头顶，动作很轻地把她往书里扣了扣。同时，她身旁凳子被长腿踩着抵开，那人站起身来：“老师，我一个人打的。

打了谁……嗯，忘了。”

盛喃怔得仰头。阳光在窗外明亮灿烂，使他的影子落到她身上，温柔地覆藏起她眉眼。

教室门口，栾钟海被噎得好几秒才回过神，语气恼火：“靳一？怎么又是你？”

少年低眸笑了声：“这不是，班里倒一就该有倒一的样子嘛。”

“你还挺自豪？”老栾听这话更气得不轻，甩手，“跟我出来！”

“是，老师。”那人把礼貌的调子压得独他一份的从容。

靳一侧身。趁盛喃没反应过来，还放在她头顶的手“占便宜”地轻摸了摸她脑袋。与其说是摸，更像是某种安抚。

“至少在高考前，好好学习，别学打架。”那人垂手，往教室外走，荡回来的声音轻懒散漫，却认真，“……我保护你。”

第一节课毕竟是老栾自己的英语课，他舍不得浪费太多时间在靳一这块磋磨不动的“金刚石”上。所以名为问责，实际上叫出去了解了大致情况，很快就板着脸把人放回来了。

盛喃原本还有点儿担心，但在见到那人进来时和平常别无二致的模样，她就知道自己想多了。等靳一回到桌旁，盛喃实在忍不住，好奇地轻声问：“老栾到底为什么那么纵容你啊？”

靳一拉开校服拉链的手指停住，道：“……他纵容我嘛。”

“当然！”盛喃点头，“打架和成绩的事他都不跟你计较，好几次看见你上课或者自习课睡觉，他就跟没看到一样。而且他还允许你戴耳骨钉来上学，之前去你家家访的时候态度好像也特别好？”

靳一眼尾勾起点儿笑，道：“所以你又猜到什么了。”

“难道说……”盛喃把声音放得更低，像是生怕别人听到，还特意朝他凑过来。

靳一刚将校服外套脱扯下来，此时女孩附过来的温热呼吸像是要刺破单薄 T 恤，抚摩上他锁骨似的。靳一身影蓦地僵住。

而盛喃偷眼观察着讲台上的动静，所以并没察觉，就用最小的声音问：“真像他们说的，你是校长的儿子？”

旖旎顿无。靳一转头道：“你知道校长今年高龄吗？”

盛喃茫然摇头。

靳一说：“六十四岁了。”

“啊。”

靳一挑眉道：“我是他老来得子吗？”

盛喃尴尬地直回身去，不好意思再问下去了。

不过靳一停了几秒，却突然开口：“你真想知道，为什么老栾对我是这个态度？”

盛喃眼睛微亮，撑起英语书挡住自己，转过来拼命点头。

钓猫成功，靳一莞尔一笑，道：“下个月吧。”

“嗯？”

“下个月再告诉你。”

盛喃刚想追问为什么还要等到下个月，但那人没给她机会，他已经一掀校服，趴到桌上去开启“午休”模式了。

被钓到半空不上不下好奇心痒得不得了的盛小白菜气到噘嘴，偏又无处发作，抬爪朝罩着校服的踋爷比量了好几下，又在心底狠狠把人腹诽了一顿以后，她终于还是没做什么，不开心地转回去听课了。

第一节课下课。

栾钟海一边整理讲桌上的书本，一边对教室说：“学校最新安排，今天下午最后两节课咱们高三 A 栋以班级为单位，按顺序去 7 号楼体检，具体时间会有老师或者学生会的学生来通知。你们知道这件事就行——没通知前都给我老实上课，听到了吗？”

“听——到——了！”班里好些学生兴奋得拖长调子回应，只有极少数不太情愿的声音夹在其中。

“看你们这一个个的出息，”老栾卷着英语书，气愤敲桌，“都高三了，还一听见不用上课就这么高兴，啊？”

班里适时安静，栾钟海这才又说：“为了避免浪费医疗资源，到时候可能会有几个班一起通知的情况，你们谁要是给我把脸丢去外班，看我回来怎么收拾你们！知道了吗？”

“知道了！”

栾钟海拿起英语教材，转身就往教室前门外走，只是还没等下讲台，他突然想起什么，扭头扫向教室后排。

刚要起噪的班里又立刻安静。栾钟海拧着眉，瞪着靠窗角落里那个只看得到书堆完全看不到人影的位置：“个别同学。”

盛喃警觉，对上老栾的眼神后，她上半身不敢动，藏在桌下的腿倒是立刻抬起来，往旁边轻踢了踢，道：“老栾喊你。”

某人睡得呼吸平稳。

盛喃无奈，只得稍用力，道：“靳一，老栾喊……”

砰。盛喃小腿抬过了线，踢的力度失控，被弄醒的某人校服一动，同时桌下大约是睡梦里的本能反应——盛喃只觉得脚踝一紧，就被那人长腿夹在中间。

小白菜蒙了。偏那人若无其事，几秒后他似乎清醒过来，掀开校服，露出凌乱的黑色碎发，微微直身。他朝讲台抬眸，侧颜冷淡漠然。

正经得盛喃看了都想给他颁个奖状。可只有她知道的是课桌下面，她脚踝正被某人长腿钳着，怎么也抽不出！

“个别同学，不许惹事。”老栾对上那双黑眸，怒气稍微平复了些，他隔空严肃警告。

“是，老师。”

老栾这才满意，转身下讲台，道：“好了，下课吧。”

教室里掀起的嘈杂里，趴桌的盛喃已经红透了脸颊，等班里吵闹如常，她终于不用担心惹起同学注意了，连忙起身，恼得扭头睖向靳一，道：“你快松开呀！”

“松开什么。”那人落回视线，懒声问。

“你明知故问。”盛喃磨牙。

靳一黑眸撩人，道：“你先踢我的。”

“我那是为了提醒你。”

“是吗？”

“当然了！”

靳一沉默几秒，慢慢放开她脚踝：“好吧。”

盛喃没想到他还真只是为了这个，一句话就能这么轻松解开，她一边迅速缩回小腿，一边气哼哼地小声咕哝：“你是不是睡太多所以睡傻了，下午应该让医生给你好好查一下。”

靳一轻笑了声：“我也觉得。”

盛喃不解地道：“嗯？”

“我多半是有点儿病。”

“……”

下午第三节第四节分别是生物课和化学课。生物课上到一半时，随着隔壁班的骚动声传来，学生会负责通知体检事宜的干部终于在 11 班某些学生盼望的目光里出现在教室前门。

“老师您好，”对方礼貌敲门，“接到通知，7 班到 12 班的同学们需要下楼集合，准备体检了。”

“好，知道了，”生物老师无奈地放下粉笔，半笑半恼地看向班里的学生们，“就等着这会儿了是吧？”

“没有——”班里有人嬉笑接话。

“行了，”生物老师摆摆手，“下去集合去吧。”

“唉！”

压抑着的教室立刻就喧闹起来，桌椅被推挤出磕碰的声音。盛喃刚收起生物笔记，还没来得及插到书立间，就见郭禹彤和文梦佳过来了。

“我们一起去吧喃喃。”郭禹彤喊她。

“嗯？”盛喃茫然，“不是按班集合吗？”

“每年体检都这么说，等到了那边楼下，还不是要按学号重排吗，所以大家都是过去才集合的。”

“这样，”盛喃点头，“好，等我一下。”

“不急，咱班前面好几个班呢。”

“嗯。”

盛喃收好书本，犹豫了下，往旁边望去。

下午第三节课，靳一的生物钟倒是清醒时间，不过也还是“不务正业”，他手里拿着本杂志，翻着看了半下午了。

盛喃之前就看到过几次他的这套杂志，从她当时瞥到封面一角的年份和月份来看，应该是某种期刊，不过盛喃实在没见过那么朴实无华的杂志封面，极简的单色块拼凑外，封面上她只扫到一行标题。

刊名挺长，似乎叫中国科学什么什么的，总之就是很绕口。蹺爷的爱好真的太独特了。

盛喃一边想着，一边伸出手指戳了戳那人胳膊肘。对方侧头，抬眸望她。

“要体检了，”盛喃问，“你和我们一起去吗？”

靳一停了两秒，微微挑眉道：“我们一起？”

“对啊。”

“那是你去我那边，还是我去你那边？”

盛喃被这话搞得茫然，还迷惑着就听见文梦佳做出“扑哧扑哧”的气音来勾她注意力。

盛喃茫然抬头，不知道什么时候自动站到他们座位一两米外的文梦佳和郭禹彤正挤眉弄眼地看着她。见她终于抬头，文梦佳张大了嘴巴朝她做口型。

“男女分检？”盛喃轻声拼读完，蒙了。

靳一低笑了声，起身道：“原来你也知道，什么居心。”

盛喃：“……”

我不是，我没有，你胡说！盛小白菜羞耻又绝望地开启装死模式，好在那人也没多耽搁，起来以后就插兜走了。

盛喃哭丧着脸道：“怎么没人说是分开的啊。”

“我们这边的一贯传统，”文梦佳心疼地拍拍她肩膀，“倒是忘了你这个外地崽儿了。”

郭禹彤也笑：“没事，别难过啊喃喃，丢脸有什么？人一辈子很短的，很快就过去了。”

盛喃恼红着脸，凶巴巴地抬头看这两人，道：“你们见死不救，都听见我邀请他了还不阻止我，好狠的心！”

“胡说，我俩搁那儿拼命给你使眼色好吗，使得我眼睛都抽筋了。”文梦佳说着就抬手揉眼。

“我当时没在看你，再说，你可以打断我嘛。”

“嚯，那谁敢？”文梦佳抱肩，“从今天开始你同桌就是咱们班第一狠人，我们可不是你，我们得躲远点儿。万一大佬一个不开心，动动手指都够抡我三圈的了。”

盛喃无奈地道：“你太夸张了，而且他不是那种人。”

“不是哪种？”

“就……我都跟你们说了，他人很好的。”盛喃努力使语气诚恳，“乐于助人，宽宏大量，温柔，有礼貌，而且为人低调。”

文梦佳脱离戏精模式，瞟她，道：“你真这么觉着？”

“嗯。”

“低调呢，我承认，”文梦佳点头，“他刚来咱班那会儿，不显山不露水的，男生们背地里还说他白斩鸡呢，结果真动起手来比裴朔都吓人——这可真是太低调了。”

盛喃品来品去，怎么琢磨也觉得文梦佳这话不像是夸人的。

不等她抗议，文梦佳又开口了：“有礼貌嘛，嗯，他那种独特的‘靳一式礼貌’，确实挺牛的。”

盛喃：“？”

“至于其他的，哈哈哈，”文梦佳干笑两声，拍拍盛喃的肩，“保持滤镜，收服大佬造福全班就看你的了。”

盛喃：“？？”

郭禹彤及时插到两人中间，道：“行了行了啊，再拖咱们都要是最后一批了。晚饭再聊，先去体检处报到。”

“好吧。”

达成共识，三人刚准备走，盛喃前桌的丁小君僵着站起来，突然转回来。文梦佳被她吓了一跳，心惊胆战地捂着心口：“干吗啊这是？”

丁小君低着头，朝着盛喃那边说：“我……我能和你们一起吗？”

盛喃怔了下。她下意识转头，和另外两个交换过目光，确定她们没有抗拒，这才转回来回复：“当然可以，那我们现在走吗？”

“嗯……嗯！”丁小君猛点了点头。

从高三 A 栋去 7 号楼，几乎要穿过半座安乔的校园。

丁小君平常就很少出声，开口也是顿顿卡卡的那种，有时候直愣愣的，所以就更少在人多的时候插话了。不过还好有文梦佳这个典型的社交达人在，路上被她抛出来的话头就没断过。

等快到 7 号楼下，不知道是不是察觉丁小君都能接几句话了，文梦佳干脆主动挪过去，问道："哎丁小君，问你个事啊。"

"嗯……你说。"

"你今天中午在班里说的，黎雪晴那个发夹也是在外面小店里买的，这事真假啊？"

丁小君愣了下，脸色微变。

郭禹彤连忙把这个不省心的拽回来，道："就你八卦。"

"我是好奇，黎雪晴家里不是特别有钱吗？高二同班一整年，哪有不知道的，之前还一直有人管她叫安乔白富美呢，"文梦佳不解，"她这种家庭条件，干吗要买水货？"

郭禹彤叹气道："知道小明的爷爷为什么能活一百零三岁吗？"

"知道知道，不管闲事嘛，"文梦佳嬉笑，"那都活得无欲无求的了，还活个什么劲儿啊？"

郭禹彤也被她噎住了，半晌竖起拇指道："你觉悟是真高。"

文梦佳抱拳说："过誉，过誉。"

"说你胖你还喘上了是吧？？"

"啊！班长打人啦！！"

盛喃看着那两个活宝从自己身旁跑出去，笑得眼角都弯下来，她转头看向丁小君。

丁小君正望着她们，表情里掩不住的羡慕。

盛喃微怔。她犹豫一两秒，抬起手，虚钩住丁小君的胳膊。

丁小君猛地一僵，扭过头。

半下午的阳光灿烂，泼人满身，水似的潋滟。她身旁短发的女孩微歪着头，杏眼轻翘，瞳里笑意柔软盈盈的，道："她们跑得可快了，那我们也快点儿走吧？"

"好……"丁小君呆了好几秒，怕她没听清，又点了点头重复道，"好。"

11 班的最后一个同学，也就是作为复读生、学号排在全班最后的盛喃同学，结束体检回到教室的时候，第四节课已经过去大半节的时间了。

化学老师是个四十来岁的女老师，脾气本来就是年级里出了名的差，今天被占用这么长的课时，她这会儿脸色更是比锅底都黑。

盛喃从后门小心翼翼蹑手蹑脚地进来，但还是没免掉被她狠狠剜了一眼的待遇。

不过体检是校方通知，化学老师也不好发作，顿了一下就继续回去讲题了。

盛喃连忙溜回座位。

“老师现在在讲什么呀？”盛喃压着声，轻轻问靳一。

靳一从杂志里懒抬起眼，看了她两秒。

盛喃一噎，低回头，道：“算了我就不该问……”

“周末的化学卷，必修部分的最后一道大题。”靳一说。

盛喃茫然道：“你听课了啊，那你刚刚怎么不说话。”

“没听，所以在回忆。”

盛喃更茫然了。既然没听，那这怎么还能回忆呢？思索数秒也没能理解，盛喃将这归功于她全班倒五的脑子理解不了靳一全班倒一的脑子，便欣然放过了自己。

翻出周末那张化学卷，盛喃对着必修部分的最后一道大题犯愁——这题也是她在化学卷里最烦见到的那种，每次都是一副要把他们培养成重工接班人的架势，讲哪个工厂的什么材料制造储备流程，而这个课本里听都没听过的过程中往往涉及许多复杂且混淆思维的步骤。他们还无一例外地会在里面塞进一堆她只认识字母但拼在一起就完全不认识了的化学式。而这类题里最变态的，就是最喜欢留在最后一问的全反应化学方程。简直是噩梦。

本来就容易听不懂，还是半道进来的，盛喃听了两句就选择放弃。她对着写在黑板上的选择题答案比对过自己的，惊喜地发现这次的正确率竟然高了不少。

盛喃想起什么，转向靳一，悄声问：“你对答案了吗？”

靳一想了想，回道：“嗯。”

“错的……”盛喃纠结两秒，换了个问法，“对的多吗？”

靳一眼睫敛下，半遮住笑，道：“不多。”

盛喃露出一副不出我所料的表情，说：“噫，那你别看课外书了，我给你讲讲我会的那几道吧。”

“……嗯。”靳一合上杂志。

盛喃这几天对辅导他这件事乐此不疲，而且讲题确实是个挺容易暴露学习体系问题的过程，想让盛喃提高成绩，他给她制定量身系统的复习计划前需要足够的“输入信息”，所以靳一也一直很配合她。

可惜今天的一对一辅导遭遇了重大挫折。

“最后一排！靠窗那两个，给我站起来！”

盛喃被吓得一抖，慌忙起身，对上的就是讲台上化学老师愤怒的表情。

她身旁，靳一放下笔，也跟着起身了。

化学老师气得拿黑板擦狠狠地敲了敲讲桌，道：“我在上面讲课，你俩在最后面把脑袋凑一块儿干吗呢！”

这话一出，教室里顿时微妙了几秒。同学们都或是八卦或是憋不住笑地扭头转回来，不过在对上最后排懒懒站着的男生的眼睛时，有一个算一个，全都齐刷刷地转回去了。放眼望去那一排排伏桌学习或腰杆绷直的背影，模范课堂也就这样了。

不过这并没能拯救他身旁小姑娘越来越红的脸。盛喃被恍得好几秒过去才找回声音：“老师，我在给他……讲前面的选择题。”

“讲题？你讲得有我讲得明白？要不这个化学老师你来当？？”

“不是……”

“行，你俩都给我上讲台——把最后这道题的化学方程式给我填上，再配平了，让我看看你们讲出个什么效果！”

“……”

安静的教室里，盛喃丧气地低头绕出座位。

靳一原本懒垂着眼等下课，没想到小橘猫这么实诚，还真要上去了。他不禁想笑，但估计这会儿笑能把小姑娘给气哭了，于是最后只能压下，他跟着迈开长腿走出座位。

两人被安排在讲台上一左一右。

盛喃拿起根粉笔，对着那个空缺了三个化学式和全部化学计量数的方程式陷入沉思，一边思考一边认真地用粉笔尖儿在旁边轻描心算过程。

靳一比她豁达多了，上台以后什么也没动，就站在讲台另一侧，“挣扎”

一下的意思都没有。

可惜盛小白菜的努力还是徒劳。半分钟过去，演算痕迹被抹掉了好几遍，化学计量数和化学式还是一个都没填上。

教室里聚集的目光让盛喃如芒在背，小白菜更蔫了。

化学老师见她放弃，站在窗边上冷笑一声："我还以为你真有多大学问呢，自己什么都做不出来还好意思给别人讲题，专门误人子弟来的？"

盛喃攥紧了粉笔，想说什么，到底还是忍住了。

而靠教室门侧，原本眼角挂着懒淡笑意的靳一闻言皱了下眉，松散撑地的长腿微微拉直，他低眸转向，视线落到窗台前的化学老师身上。

男生一米八七的身量原本就高，又有二十厘米的讲台垫着，化学老师察觉他目光对视回去时，不自觉地就被那凉冰冰的居高临下的眼神慑了一下。

化学老师脸上冷笑微僵，回神后更加气恼："看什么？我说得不对？"

靳一微微凝眸，视野里站在他身前不远处的女孩担心得回头，悄悄朝他很小幅度地摇了摇脑袋。

明明眼神委屈得跟被人强撸了的猫似的，还有空担心别人。靳一的表情更冷淡了，他将视线侧拉回去："她成绩比我好，就算只好一道题也能教；既然您是老师，还会不懂三人行必有我师的道理？"

"你！"化学老师被噎得不轻，脸色变了几次才大声道，"什么大话也敢往自己身上套，她教你还三人行必有我师？我要没记错，你俩什么成绩？啊？"

盛喃忙转回身，道："老师，我们以后上课一定不交流了，下课我再——"

"再什么，再教他啊？"化学老师把手里卷子一折，"倒数第二教倒数第一，你俩可真是一个敢教，一个敢学啊？"

盛喃吸了口气，才把委屈情绪憋回去。虽然她是倒五不是倒二……但是不能在课堂上随便顶撞老师。

"行了，下去吧，别浪费同学们时间。"化学老师冷脸一摆。

盛喃攥着手朝对方微微躬身，走下讲台。

只是从那老师面前过去的时候，还是被对方不悦地扫了一眼。那个眼神像是在看什么扔在垃圾场边的东西。就像她以前的那个数学老师看她时一样。盛喃瞳孔轻紧，头压得更低，快步往回走去。

可对方微微讥诮的话声还是纠缠过来："多掂量掂量自己什么水平，自己都学不好，还想着教好别人，真当自己是……"

"老师。"冷淡嗓音打断了这话声。

化学老师一顿，回头。讲台上那人半掀起的眸子里黑黢黢的，没什么情绪，但眼尾泪痣随着他扬眸动作冷淡勾起，莫名有种嘲讽的睥睨感。

师生对视几秒，化学老师心里火气蹿起，她刚要发作，讲台上的男生突然垂了眸，声音淡淡地问："如果她教出成绩了，那怎么办。"

"……什么？"化学老师拧眉。

"到时候，"靳一抬眼，唇角嘲弄一勾，"您能跟她道歉吗？"

化学老师反应过来，脸色顿时气得涨红，道："教出成绩？就她倒数第二你倒数第一的成绩，她能教出什么？"

"您只说您能不能道歉就够了。"

"……行啊，你让她教，我倒要看看下次月考你们俩能考个什么德行！"

"既然这样，我就当您答应了。"靳一话声落时已经走过讲桌，顺手从桌边钩了个短短一截的粉笔头。他回过身，在盛喃那行化学方程式前抬起手。

唰，唰，唰。稳定匀速的书写速率下，靳一半垂着眼，毫无停顿地从左到右补完了那个化学方程式。最后一笔落下，粉笔头被他松手，坠进黑板槽里，而靳一没再看一眼，转身下了讲台。

他目不斜视地从僵住的化学老师面前走过去。

"下次月考，一言为定。"

第十四章
摇摇欲落

这人的掌心好神奇，好像又冰又烫。她慢慢握紧。

晚饭时间。

学生们大多在最后一节课一下课就迫不及待地冲向食堂了。11 班空荡的教室里，除了自己带饭的丁小君和黎雪晴外，就只剩下靠窗的最后一张桌。

盛喃在两分钟前拒绝了郭禹彤和文梦佳的晚饭邀请，但是在这儿木着脸坐了足足两分钟，她也没想好到底要怎么开口。

靳一也安安静静地等了她两分钟。他终于没再等下去，不是没耐心，而是怕一直挺着腰杆僵在凳子上的小姑娘会把她自己憋出点儿什么问题。

靳一轻叹，他合上手里的杂志，手肘撑着桌面侧转过身道："你有什么想问的，问吧。"

盛喃眼神慌了下，很快强作镇定，她眼睛一眨不眨地盯着黑板："你……你的答案是对的吗？"

靳一顺着她目光，看见黑板上还没来得及被值日生擦掉的化学方程式。

靳一的目光停驻两秒，转回头，道："你确定你想问这个？"

盛喃憋得脸颊微红。

靳一不想让她不自在，只能点头道："是。"

盛喃屏息道："老师都没讲完这道题，答案那么难，周末我完全不会所以想抄这道作业，郭禹彤问了班里化学成绩最好的两个，他们的答案都不一样，而且不是你这个。"

靳一平静答："他们是错的。"

盛喃憋住气，一时不知道要做生气还是别的反应才对。她懊恼得低了低头。

靳一看不到她表情了，微皱起眉，朝手肘方向压低脸，一边观察她一边把声音放得很低："你应该还想问别的？不需要顾忌，你可以直接问。"

盛喃默然了会儿，闷着声："你为什么会，而且做得那么快、那么确定，你都根本没思考。”

靳一道：“我以前做过这道题。”

盛喃微怔着抬头。然后她对上一双漆黑安静的眼眸，她看见他眼底专注地映着她影子，几秒后那人长睫半垂，像溃败似的无奈地笑。

“我这样说大概可以骗过去。但是我骗不了你了，盛喃。”

盛喃反应过来，慢慢绷起脸，她压着恼意转向窗外，半晌才气得轻声哼哼：“你可以啊，你有什么骗不了我的，你骗人可厉害了。”

她回过头了所以看不到他神情反应，只听得到几秒后那人低声说：“我认错。对不起，我不该骗你。”

盛喃不自在地抿紧唇。她也不是想他道歉什么的，就是觉得盛笙都能猜到的事情，她一直傻乎乎相信他这么久有点儿生气。也说不清是气他还是气自己更多一点儿。

“所以你的成绩，”盛喃竭力使自己语气听起来不怎么在意，“其实很好咯。”

靳一想了想道：“不错。”

“？”

盛喃扭头。但是转回来她也没能从他那张帅脸上看出来，他这句“不错”到底是说他的成绩还是说她问的话。

不过差别应该也不大。盛喃在心底叹气，面上还是严肃绷着的，道：“你欺骗我的感情。”

靳一被这句震得不轻，惊愕地抬眸望她。

盛喃这才反应过来自己这句话歧义很大，脸颊一红，她扭开脖子支支吾吾：“你明明成绩不错还看着我傻乎乎地非要辅导你，你肯定心里一直在笑话我！”

靳一叹道：“我没有。”

盛喃道：“我竟然还真的相信了你的总分 100 是真实分数，我还跟盛笙替你辩解了，哼。”

“……盛笙？”

“哦，”盛喃闷声应了，“就我哥。”

靳一点头道：“他知道我成绩的事情？”

盛喃不安地飘开眼神，藏在桌子底下的手指纠结起来，道："就……我……随口那么一提。"

靳一眸里点上淡淡笑色，回道："好。"

盛喃又紧张了两秒才突然反应过来，她木着脸扭头睖向靳一，说："不是我问你吗，怎么变成你问我了！"

靳一莞尔一笑，道："嗯，我不插问了。你问。"

盛喃被跩爷这么好脾气耐性十足还声音低低柔柔地一哄，她想质问都没底气了。没——出——息！

盛喃刚对着心底的小白菜数落着，头顶就有人"撸猫"了——非常克制，连摸都算不上的那种。

"别自己憋着气，"靳一懒声笑，"来为难我。"

盛喃撇嘴道："谁要为难你。"

"不想问别的了？"

"不想，"盛喃哼哼，"以后再也不喊你背单词了。"

靳一叹气，往前倾了一点儿上身，道："我英语确实是最差的。"

"谁信！"盛喃扭头，差点儿撞到跩爷高挺的鼻梁上，她吓得往后一缩，僵贴在墙面前，"你干吗凑这么近！"

靳一这几秒里也怔着，难得眼神微微闪烁，他直回身，道："对不起。"

盛喃脸更红了，小声嘟囔："你也别为这种事情道歉啊。"

靳一没听到似的，道："但我英语成绩占总分比，确实是所有科目里最低的，跟你有差距。"

"嗯？"

盛喃眼睛微微亮起来，过去好几秒她才轻声确定："真的？"

"嗯。"

"那你看的那些外文原著……"

"当时没有骗你，那本是夹在里面的，虽然我也有看过，"靳一缓声接上，"但你应该了解，对这类非专业性的英语材料的阅读，反而容易混淆很多语法的准确认知，因为他们母语作者会用得更随性——并不适合应试。"

盛喃点头道："所以你是词汇量没问题，但语法部分有漏洞？"

"可以这样理解。"

“那你……还需要我辅导你英语吗？”

“当然。”

盛喃努力压住了自己那个非常没出息的想翘起来的嘴角，她故意绷起脸道：“我才不要，你都骗我这么久，我干吗还要辅导你？我有什么好处？”

“我们不是说好了，”靳一低声，“互相辅导。”

盛喃回眸。

靳一解释：“你辅导我英语，我辅导你数、物、化、生。”

盛喃眼底刚绽起悦意，又想起什么，她摆摆手薅回去：“算了，你还是好好准备下次月考吧，高三时间这么紧，我就不连累你了。”

“辅导本身也是巩固过程，借着辅导你的机会，我应该可以把这三科的中学知识建立起系统的知识全框架。”靳一说。

盛喃眼睛一亮，随即狐疑地道：“你是不是在嘲讽我什么都不会？”靳一低声忍笑：“没有。”

盛喃松了口气。

靳一说：“只是零零碎碎，一盘散沙罢了。”

盛喃是很想反驳他，可惜她的数学和理综成绩实在让她难以反驳。于是绷了几秒，她只问：“真的，不会影响你的成绩吗？”

“不会。”

“哦。”

靳一眼神微动，几秒后他撩起眼，像是随意问盛喃：“你想要我有什么样的成绩？”

“你这话说的就很欠扁，”盛喃不服气地仰脸，“难道还能我想你有什么样的成绩你就有什么样的——”

靳一微微抬眸，安静望她。

盛喃话声消失。她突然想起某人上次的五科 10 分。

憋了数秒，盛喃磨牙：“你变态吗？”

靳一认真回道：“应该没有。”

盛喃木着脸：“哦，那你下次考 750 分好了。”

靳一一怔，莞尔：“这个，做不到。”

盛喃撇嘴道：“那还敢吹牛。”

“好，我错了。”

“哼。”

安静了会儿，盛喃望着窗外，轻咳了声：“那个。”

“嗯？”靳一回眸。

盛喃犹豫了会儿，轻声开口：“考你的真实分数吧。越高越好，不要管我怎么想的。”

靳一怔住。

“不对，我想的就是你考得越高越好，”盛喃严肃地转回来，“让那些贬低你的人都看到，你比他们厉害一万倍。他们才不配在背后说你坏话呢！”

靳一沉默了很久，垂着眸哑然地笑。

盛喃皱眉道：“你笑什么？”

“笑你确实傻乎乎。”

盛喃：“？”

“成绩差的，可以因为能被你教；成绩好的，可以因为值得炫耀，”靳一侧抬眸，认真望着她，“可为什么两种都喜欢。”

盛喃愣了会儿，脸突然红了，这次一直红到耳垂，她差点儿从座位里跳起来，忙道：“谁谁谁喜欢你了！”

靳一微怔：“不是那个意思……”

可惜没给他解释清楚的机会，小橘猫已经发挥种族优势，非常敏捷地从座位后跑了，迅速就没了影儿。靳一怔了半晌，失笑转回。

既然和盛喃已经挑明，复习计划可以提前执行。他拿出书立间他为数不多的一只黑色硬皮本，展开，里面密密麻麻地画着框架表格和图，每一页都是对盛喃单科知识系统里的弱点分析和对应的复习计划。不过还是个半成品。

靳一拿起笔，刚想在化学分类里再记录什么，放在桌洞里的手机就轻轻振动了下。

他拿出手机扫了一眼，微微怔住。

胖橘：首先声明！那不是喜欢！是欣赏！

胖橘：其次声明！欣赏一个人当然不是某点变了就觉得这个人不值得

欣赏了，那叫什么欣赏，不如叫投资，让他们去炒股好了。人又不是股票，一个人那么多面，那么鲜活，那么丰富，当然是欣赏全部优点和缺点集合出来的个体。

胖橘：最后……

靳一眼神深邃，慢慢翻下去，露出最下面的几行。

你在我眼里，原本就是星星啊。

星星上面的灰土被擦掉了，更亮了，我当然更……欣赏了。

我还希望所有人都看见呢……那颗星星才不像他们说的那样。他明明就独一无二、闪闪发亮。

靳一无声地看了许久。仿佛要把每一个字都看碎，每一笔都刻在心底。

很久以后，他慢慢合上手机，靠在桌旁，很低很轻地笑了声。

“败给你了，”他垂下头，抵着手机微微阖眼，“……傻橘猫。”

十一月的月考同样是在第一周的周一，考全天。

鉴于某人大有“前科”，盛喃考试这天观察了靳一几次，结果发现他和上次月考一样，基本上每场都能在考试时间的四分之三到五分之四中间结束。

这让盛喃很是不安。这种不安一直延续到将要公布成绩的周二。

从早自习以后，盛喃就明显处于一种紧张且紧绷的状态。郭禹彤趁靳一去洗手间，跑来他们位置上找她问英语题，最先发现，忍不住打趣她：“喃喃，上回月考咱们还稳如老狗呢，这回怎么回事啊？怕成绩不好？”

“没有，”盛喃一直巴望着教室门口，心不在焉地说，“我这次成绩肯定比上次好不到哪儿去。”

“嗯？怎么这么说？你不是说靳一其实很厉害，一直在给你做辅导吗？”

“他不让我做应试复习，”盛喃叹气，“他说我基础一盘散沙，必须先把框架立起来，急这一时几十分的提高没用。”

“好家伙，几十分还没用，这口气够大的啊。”郭禹彤满脸不信。

盛喃听出来，回头，微眯起眼：“你还是不信他厉害是不是？”

郭禹彤：“我是信他不差，但不觉得他有你说的、能进班里前十的程度。”

“他真的——”盛喃停住，叹气，“算了，反正今天出成绩，到时候我们看看吧。”

说完这句，盛喃又翘首以盼地望向教室门外。见她那小表情，郭禹彤忍不住笑：“人家就去趟洗手间，你用得着等他等这么急吗？”

“不是，我等他干吗，”盛喃望眼欲穿的，“我在等老栾呢。”

“等老栾？”

“等他透露成绩呀。”

“你不是都说自己分数上不会有什么大提高了吗，怎么还急着看成绩？”

“我不是担心自己……”

话没说完，盛喃眼睛突然亮起来，激动得一巴掌拍住郭禹彤——

“哎呀，”小姑娘惊喜地叫了一声，“老栾来了！”

郭禹彤被她拍得龇牙咧嘴的：“老栾要是知道你这么等他，都得让你感动哭了。”

“你快回去吧，”盛喃开心得眼睛都弯下来，鼻尖也翘着亮晶晶的笑意似的，“要上课了！”

“唉，重色轻友。”

“晚上教你英语题！”

“你说的啊。”

“嗯！”

盛喃敷衍走了郭禹彤，目光立刻重聚到讲台上的栾钟海身上。这一眼过去，她就发现了件奇怪的事情——

她开心的是靳一终于能“洗清污名”了，老栾为什么也这么开心？而且还不是一般程度的那种，简直可以用眉飞色舞来形容了。难道他们班这次英语平均成绩变成了一班之后的年级第二？还是说总分平均有很大的提升？

可是平均成绩不该这么早统计下来啊……盛喃正思索着，身旁凳子被一条长腿抵开，靳一神情如常地坐下，甚至跟平常早上的第一节课一样：清俊的眉眼间带着点还没睡醒的倦懒感。

盛喃顾不得嫌弃他，朝他凑过去，问道：“你看老栾好开心，是不是我们平均成绩也下来了啊？”

靳一抬眸扫了一眼讲台。

栾钟海显然也看到他进来了，此时正隔着大半个教室，朝他露出一个慈父般的笑容。

靳一略感不适，迅速且冷淡地把目光勾回来，道：“嗯，可能是吧。”

盛喃没注意他们的眼神沟通，惊讶地道：“那不知道我们班进步了多少，才能让老栾开心成这样。”

靳一配合地回道：“不知道。”

盛喃点头。他们没再多说，因为第一节课的上课铃打响了。

讲台上，栾钟海迫不及待地敲了敲桌面，道：“赶紧回座位，都闹腾什么，觉得自己考得挺好是不是？”

“……”

明明应该是板着脸说出来的话，可惜老栾的喜悦之意实在是压不下，简直要溢出五官了。

全班都被他笑得很茫然。于是上课铃声结束后，班里最不老实的乔子然大着胆子抬起胳膊问道：“老师，咱班这次考得有这么好吗？”

“好什么好，你们考的那点儿分还不够当饭吃的呢！”老栾努力板了板脸。

“啊？那您还这么开心啊？”

“我这是开心吗？我这是痛心！”

“吁……”

大约是看出今天老栾的心情阳光灿烂，学生们都大胆了许多，敢公然起他的哄了。而老栾训了两句后，也确实没跟他们计较。

“不过这次月考呢，咱们年级里确实有个好消息。”老栾装模作样地抖了抖手里的一张纸，那上面是他自己手抄的一行成绩。

乔子然胆子更肥了，双手合成喇叭放在嘴前：“老师，您就别卖关子了！”

“瞎说，什么卖关子？”

老栾目光挑起来，假装不经意地扫过教室最后那个角落，可惜让他很失望，他的“得意门生”完全没有想和他对视的意思，正无比冷漠地给了他大半个后脑勺——男生单手扶额，正侧过脸去，微微低着头俯着身，似乎在跟同桌的女孩交流什么。

老栾眼皮一跳，立刻挪开，只当没看见，道："是这样啊，这次年级最高成绩刷新了，合计总分是……"

他低头又看了一眼那个手抄分数。

"733。"

班里一静。几秒后不知道谁惊叫了声，掀起回神的一片嘈杂。

"这是人能考出来的分数？？"

"满分还是750吗？就扣了17分？是不是什么时候偷偷改总分了没通知我？？"

"肯定是宋晚栀吧？"

"难说，宋晚栀从高二下学期成绩就很稳定了，一直没有过这么大的提升哎。"

"那是一班哪个变态！"

……

砰，砰。讲台上的老栾很满意面前的场景，作为全教室唯一，哦不，唯二的知情人，他油然生出种自豪感。

"别吵了啊，"安静下来的教室里，老栾面带微笑，"这次的年级第一不在1班。"

老栾目光终于可以直接落向那个角落，道："靳一，你不上来跟大家分享一下你的学习经验吗？"

全班屏息，死寂，然后呆滞回头。

盛喃呆了足足五秒，才在巨大的震惊里回过神。她蓦地扭头看向靳一。

在她睫间映着，靳一的身影停顿。也就一两秒的时间。

面前的小姑娘明显激动起来，眼睛乌黑晶亮，脸颊透红，连搁在桌上的两只小白爪都攥得紧紧的。要不是那双眼睛明亮灿烂地透着喜悦，像忍不住要扑上来给他一个大大的拥抱，那靳一可能都要以为她是想打他了。

想到这儿，他不禁垂眸忍笑。

"你怎么还不上去呀。"盛喃回过神，小声催促他。

"上去？"

“对啊，老栾喊你上去做经验分享嘛。”盛喃忍不住激动，那些纷纷围聚过来的目光又让她不好意思大声或明显，就只偷偷伸手推着戳他离她最近的胳膊肘。

“真要我上去？”

“当然了！这么荣耀的事情！”盛喃微微仰头，开心又骄傲，好像年级第一是她拿到的一样。

“……好。”他这才起身，走出座位，沿过道向讲台走去。

全班的目光跟着他移动。各种各样的复杂情绪交织在这些目光里，最多的大概就是怀疑和不可置信——

要不是安乔的高三月考都是随机摘录题库，要不是11班除了这人以外肯定连一个考过700分的都没有，那他们一定已经忍不住猜测他是不是抄了别人或者提前知道了正确答案。不然，这怎么可能？

靳一走上讲台，转身，面向全班。

和他第一次返校在台上做自我介绍时一模一样，这人清俊的眉眼间就差明晃晃地刻上倦怠和敷衍，全身上下也都散发他特有的那种“我表现得很礼貌，但我眼里看不见你们任何一个人”的劲儿。

那双漆黑眸子没情绪地睥睨全班三秒，往身侧一转，问道：“分享什么经验？”

老栾此时慈父般的胸怀宽广、脾气友善，道：“都可以，你想分享什么样的就分享什么样的，随便说几句也行。”

靳一继续没表情地看他。

老栾嘴角抽了抽，只能尝试着给出方向，道：“比如，各科的复习经验？”

靳一回道：“我不复习。”

老栾：“……”

笑容僵住之后又复原，老栾循循善诱：“那就分享一下学习过程中的经验？”

靳一又回：“我不学——”

“那就考试经验，”老栾咬着牙，当场表演了一个笑容消失术，“怎么在考试里发挥出正常水平，这个经验你总有吧？”

靳一半耷着眼睫，点头，转回去，道："考试时多带两支备用笔。以及最需要注意的。"

老栾竖起耳朵。

靳一慢悠悠地接上后半句："不要睡过去。"

老栾和全班同学："？"

在那些呆滞的目光下，靳一懒洋洋地朝教室略一躬身，迈开长腿往回走。

讲台上老栾差点儿岔气，道："这就完了？"

"嗯，这是我最宝贵的考试经验。"靳一头也不回，懒着话声堵回去。

老栾面无表情，握紧了拳，到底还是靠他慈父般的胸襟又忍下去了。于是一场本该充满荣誉感的年级第一学习经验分享，在某人的敷衍下，就这样不了了之。

但这也丝毫没有耽误全班同学激动不已的情绪。整个周二上午的时间，盛喃都感觉自己被全班同学热烈的目光紧紧包裹着。明明她只是被殃及的程度都感到各种不自在，偏偏最受瞩目的正主完全如常，视全班或明或暗的目光如无物也就算了，上下课都是该趴趴，该睡睡，毫无半点儿身为年级第一应有的自觉和偶像包袱。

可惜班里同学碍于上周亲眼见过某人的凶威，没一个敢贸然打扰他的，但任课老师们却不了解。

除了第二、三节课的数学老师和语文老师分别在一上课时，就惊奇地表示了"咱班竟然还能出这么离谱的年级第一，快站起来让老师好好看看"的相近意思外，连教物理的高三年级内年纪最大的老秦头都趁着第三节课刚下课的时间，特意跑来 11 班的教室。

名义上说是来给课代表卷子，实质上老秦头还是没忍住拎着单独的一张物理满分卷，操着方言拉着物理课代表问："你们班哪一过同学叫靳一？"

三遍"师长的慰问"折腾下来，盛喃明显察觉到靳一的情绪已经达到冷淡到冷漠的边界点了。

好在第四节是体育课。老秦头一走，靳一不胜其扰，第一时间从座位起身："我先下去了。"他低声对盛喃说。

盛喃正给前排的丁小君讲英语题，闻言点头："好。"

靳一道：“你记得带数学笔记和错题集。”

“嗯，”盛喃应到一半，犹豫了一下，“你这节体育课还给我讲知识点吗？”

靳一停下，回身道：“不然呢？”

盛喃微微脸红，回道：“就是，感觉以后应该很多成绩很好的同学也会想请教你了，我一个人不好挥霍你太多时间。而且，我这个成绩让年级第一来辅导，是不是也太大材小用了一点儿？”

头顶突然没了声音。

盛喃心里嘀咕着他是不是也这么想的，偷偷仰脸，却发现那人眸子黢黑，气压低低的，正一眨不眨地盯着她——那眼神看得她浑身一凉。

盛喃本能地往墙根夙了一点点，道：“我……”

“你刚刚叫我什么？”靳一问。

盛喃蒙了下，努力搜过脑海回忆自己方才的话：“你？我好像刚刚没叫你吧？”

“你可以不用称呼，用名字或者其他随便什么称呼也都可以，但是不要用第一或年级第一来称呼我。”靳一难得在什么事情上表现出这样异样的绝对。

盛喃很茫然，但是顺着他点头：“好。”

靳一眼神微弛，他正要说什么，眼皮子底下的小姑娘嬉笑了下：“这可是你说的，那我以后叫你跩爷，你不能记仇。”

靳一无奈地道：“嗯，随便你。”

盛喃意外他这么好说话，然后想起什么，眼瞳更黑得晶亮俏皮了，道：“那……我叫你‘一一’也可以吗？”

“……”

在跩爷再次压下来的目光里，盛喃很识时务地退回去：“我开玩笑的。”

靳一不太自然地勾回视线，道：“还有你刚刚说的，不用想那么多。除了你我不会辅导别人。”

盛喃微怔：“为什么？”

“因为懒。”靳一轻嗤，“你以为我对谁都有那么好的耐性吗？”

橘猫憋住。

“所以我的时间是你一个人的，随便你挥霍。”

“……哦。”橘猫慢慢低回头，耳垂红了。

“而且，”头顶那个低低懒懒的嗓音突然很欠很熟悉地笑了下，“大材小用？算不上。就你那个数理基础，换别人来教早就投降跑路了。”

盛喃回神，气恼地仰起脖子要跟他一争短长，结果发现跩爷已经转身往外走了。

唯有那懒散还跩的嗓音拖在后面——

“记得早点儿到，我们笨橘先飞。”

盛喃气得磨牙：“靳！一！”

有人无声地笑了，背身挥了挥手，转出门外。

盛喃气鼓鼓地转回来，就对上丁小君和后排几个同学惊望着她的表情。

盛喃回神，有点儿不好意思，道：“我是不是声音太大了，吓到你们了吗？”

“没……没有。”丁小君摇头。

她前桌，最近表现良好的黄逸晨苦笑着，有点儿心理阴影地看了教室后门一眼才转回来，道：“声音不大，是名字吓人，咱班也就你敢这么个语气喊他了。”

盛喃一怔：“他其实——”

“他其实脾气不差，性格很好，就是不会表达，对不对？”突然冒出来的声音的主人从后面伸出胳膊，把盛喃钩住了，“小喃同学，你就别试图给我们洗脑了，我们是绝对不会上当的。”

“文姐……”盛喃无奈地把人掰扯开。

文梦佳笑嘻嘻地转到正面，道：“真的，你也不用白费力气，你说再多句他的好话，只要大佬一个眼神就能瞬间清零，”她拍了拍盛喃的肩，“相信我。”

盛喃叹气，放弃地起身，回道：“好的，我们上体育课去吧。”

叫上丁小君，盛喃四人一起离开教室。去操场的路上，盛喃就只听着文梦佳和郭禹彤唾沫横飞地聊靳一这次的月考成绩有多逆天了。

“数、理、化三科满分啊，我从上学开始就没见过这么离谱的成绩！”文梦佳气愤咬牙。

“那倒不至于，”郭禹彤提醒，“上两届的江肆你忘了，数学物理双满是常规操作，化学好像也有过几次。”

文梦佳一噎，回道：“我是说同级！同级没遇到过！”

“这确实。毕竟我们安城这种小地方，十届能出一个天才就不错了，咱们学校三年碰俩，实在离奇。”

“俩？是你把宋晚栀忘了吧？她发挥那么稳定，没差的话肯定也是S大F大的苗子，”文梦佳啧啧感慨，“三年三个，一届出俩，校长都要乐坏了吧？”

郭禹彤摇头道：“宋晚栀是比较努力吧？脑子聪明，但是达不到天才的程度，我记得她高一刚开始的成绩不算扎眼的。”

“好像是……”

话间迈进了操场内，文梦佳被人叫走了，对话也被迫结束。

趁还没集合，盛喃好奇地凑过去问郭禹彤，问道：“江肆是谁，很有名吗？”

“你不知道江肆？”郭禹彤惊得回头，随即恍然，“哦对，忘记你是复读转过来的了。他在安乔读高三的时候，我们这届刚高一，和他同级的师兄师姐都说他是入校之后霸榜安乔五届的风云人物，天之骄子。”

“嗯？”盛喃抱住班长胳膊，贴近，“快讲讲。”

郭禹彤道：“也没什么好讲的，其实跟你家……咳，跟你同桌差不多，不过那个学长性格特别张扬，属于很能惹事很放肆的那种，不像你同桌那么……嗯，有礼貌。”

盛喃绷脸道：“我怀疑你在讽刺他。”

郭禹彤刚想说什么，突然看见盛喃身后不远处，从树荫下自带目光聚集走过来的某个清挺身影。她顿时腰杆一直，脸色肃然，同时给盛喃使眼色：“哎呀怎么会呢，你同桌就是很有礼貌嘛，你看他还天天辅导你功课，多么平易近人，是吧？”

“嗯嗯，”盛喃完全没注意郭禹彤快要抽筋的眼，迫不及待地把话题拉回去，“那你说的那个江肆，他也长得很帅吗？”

“……”

那人在一两米外停住。乌黑额发下长眸微敛，眼神凉淡落下。

郭禹彤几乎绝望了。她很想直接提醒盛喃，但新校草那个眼神让她觉得她这样做可能会“死”得很惨。

偏偏被勾起好奇心的小橘猫全没注意，拽着她胳膊努力想抖出点儿八卦来：“既然是五届的风云人物，那是不是特别帅？哎呀班长，你不要卖关子，快说说嘛。”

郭禹彤僵硬低头，道：“应……应该吧。他也是那五年的校草来着。”

“哇，五年校草，”盛喃惊呼，随即遗憾，“S大的美术系好难考，不然真想看……”

“想看什么。”

一个低低的、语气凉飕飕的声音，突然从盛喃身后冒出来。

盛喃僵住。她没敢回头，惊恐地给郭禹彤投去询问的目光。

郭禹彤慢动作眨了一下眼睛。表示肯定。

盛喃：“……”

沉思两秒，盛喃一把抱住郭禹彤胳膊，还顺手拎住了旁边无辜发呆的丁小君，她决定先跑为上，道：“班长小君，我突然想起来了文姐不是说让我们过去找她吗，我们不如现在就——”

第一步还没来得及迈出去，盛喃就感觉自己领口被拎住了。就仿佛被命运捏住后颈皮的橘猫。

盛喃默然两秒，严肃道：“后面这位同学，请你不要拽我校服，我和朋友还有约，需要到那边处理一下。”

那人没松手，磁性嗓音被中午的太阳晒得发懒：“她们去，你留下。”

盛喃说：“这不合适吧？”

“那你想让她们也留下？”

盛喃：“……”

盛喃很清楚这人本身讲话做事，是绝对不会顾忌外人眼光的。如果她注定走不了，那郭禹彤和丁小君留下，也只是多两个见证她被欺压得无从反抗甚至惨遭强撸的黑历史的人罢了。

这么一想，小白菜顿时低了头，松开手道：“算了，你们先走吧。”

郭禹彤是个讲义气的好班长，即便看都没敢看靳一，还是小声问：“真不用管你了？”

“嗯，”盛喃抬头，“待会儿我去找你们……”

“不用，”后面那人低低哑哑地笑了声，凉飕飕的，“待会儿让她们直接过来给你收尸吧。”

盛喃木住脸。

等郭禹彤带走丁小君，这边篮球架下只剩下两人。盛喃心里默念“先发制人”，于是昂首挺胸，转回来就绷着脸开口了：“我就是八卦一下，你干……干吗这么……”

靳一半低着黑眸，里面风雨欲来的某种情绪让盛喃在对视上的第一秒就㞞了。

她默默吞了口口水，想退后半步。但对视之下，靳一很轻易就猜到了她的想法。所以他想都没想，蓦地俯身，一把握住了女孩垂在身侧的手腕，把人牵在原地。

盛喃惊慌抬眼。靳一察觉自己有点儿失态，也知道此刻最该做的、最不会打草惊橘的事情，就是立刻把手松开。

但他不想。

“怕什么，”靳一不但没松手，还一点点顺着把她往自己眼皮子底下拽过来，他半垂着眼，眼神缠住她，“不是没做亏心事吗？”

小橘猫是经不起激将的，尤其在可以纵容她窝里横的人面前。所以盛喃本来还想跑来着，听见这句，她立刻就仰脸道：“我就是没做亏心事，只是问……问两句八卦，怎么了嘛？”

女孩的颈纤细脆弱，肤色娇嫩，在阳光下白得像雪玉似的，又因为在他眼前努力仰脸的动作，紧绷起一段漂亮诱人的弧线。

靳一的视线像被那抹白扯住了，视野里别的一切都虚化，模糊。他情不自禁地被它引诱，俯得更低。

直到模糊里女孩惊得轻声道：“靳一？”

“……”

靳一身影骤止。几秒后他狼狈垂眸，指节松开女孩的手腕，直回身去。于是一切被压回海面以下，只剩那双黑眸里还搅弄着不甘又不舍的一点儿晦色。

盛喃从突然被靠近的慌乱里回神，微红着脸，思绪还有点儿空白。

靳一已经找回话声："……你刚刚说什么？"

盛喃就下意识地接："我说我没做亏心事啊，最多就是对那个江肆的长相好奇了一点儿，怎么……"

她察觉到了什么，停下。可惜已经晚了。

"行，"靳一气得笑起来，声音微微发哑，"我辅导你功课，结果你想考去S大看野男人？"

盛喃："……"

傍晚，拥挤排队的三食堂内。

"野男人？他真这么说的？？"文梦佳惊呼了声，扭过头来瞪着盛喃。

盛喃收到前后排队的陌生学生们聚集的目光，表情一窘，拉住文梦佳，道："文姐你小点儿声。"

"哎呀没事，反正他们也不认识我们。"尽管这样说，文梦佳还是配合地放低声，挤眉弄眼地促狭盛喃，"可以啊我们小喃同学，这才多长时间，大校草都要被你拿下了。"

盛喃微绷着脸，自动屏蔽掉文梦佳那些玩笑话："你也觉得，他这个说的很暧昧是吗？"

"那不废话吗？"文梦佳搂住她肩膀，凑近，"只有家花才能说外边的是野花啊，他这明显已经自动把自己划到你的'家花'范围里了。"

"哦。"盛喃闷着声，微皱着眉，点头。

"不是吧小喃同学，这样你还不满意啊？"文梦佳挑眉，"难道你还真想……"

好一会儿盛喃没听到后半句，不解抬头问："想什么？"

文梦佳道："小孩子才做选择，你们成年人都要？"

盛喃反应过来，严肃地道："我感情观很纯粹且正派的，你不要污蔑我。"

文梦佳乐了，道："那你还为难个什么劲儿？上啊。"

"高三阶段，当然是要以学习为第一要务，"盛喃义正词严了不到三秒，小脸一垮，"好吧，其实是我感觉靳一并没有要升华友谊的意思。"

文梦佳迷惑地道："他话都说得这么明白了，就差把意思写脸上了好吗？”

“不是……其实……哎呀。”

小姑娘愁得欲言又止，这会儿正好她们排到汤菜窗口，她只能暂停话题，木着脸扫视那些汤汤水水的晚餐备菜。

负责这个窗口的食堂阿姨站在里面，问：“同学，你想喝什么汤啊？”

盛喃这会儿正大脑空白，不假思索答道：“孟婆汤。”

后面文梦佳扑哧一声：“你怎么不要忘情水呢？”

盛喃脑袋一耷，蔫蔫地叹气：“虾仁冬瓜汤，谢谢阿姨。”

“不客气。”阿姨笑道。

难得在食堂里遇到脾气这么好的打饭阿姨，盛喃多看了一眼，刷完饭卡转身出来，她还在跟文梦佳惊讶：“那个窗口的阿姨长得好好看。”

文梦佳叹气道：“你迟早有一天‘死’在你这个颜值至上的本性上。”

盛喃严肃地道：“怎么了，我们又不危害社会。我们能做到不打扰不冒犯，单纯欣赏，自尊自爱。”

“行行行，”文梦佳被她说得直笑，一边扯着小姑娘在人满为患的食堂里找位置，一边问道，“再说说吧，你为什么说大校草不想跟你更进一步？”

“直觉，”盛喃木住脸。

“嗯？”

盛喃叹气道：“我感觉他守着一条线。”

“什么线啊？”

“就……”盛喃有点儿不自在地微微转开脸，“友谊升华的边界线。”

“好家伙，你们建立个友谊这么严谨，跟解立体几何题似的，还有边界线这玩意儿呢？”

“当然，”盛喃很认真地转过来，“你如果像我一样跟他相处久了就能感觉到的，他所有行为都好像有一条界限，只要临近就会终止，而且绝不逾越。”

文梦佳讪讪地笑：“别，别，我不会像你一样跟他相处，我估计活不过第一天。”

盛喃没理她的揶揄话，转回来：“今天上午的体育课是我第一次感觉他有点儿跨过那条线了。”

“对哦，上午他那样说完，然后呢？”

“没然后了。”

“？”

“他自己把话题转回功课上，退回到那条线后面了。”盛喃轻声咕哝，“我都怀疑我是不是想多了，又自作多情，所以才来问你的。”

文梦佳刚准备说什么，就看见丁小君和郭禹彤绕过另一个食堂半场，和他们在中间会合。

郭禹彤问道：“你们也没找着空位？”

“我一路过来，一个两座以上的空位都没看见。今天三食堂怎么这么挤？平常不这样啊。”文梦佳疑惑道。

郭禹彤犹豫了一下，道：“我倒是看见了半张，刚好四个位置。”

“嗯？都挤成这样了还能有空桌？那你不赶紧占着？”

郭禹彤说：“你以为它为什么空着？”

“为什么？”文梦佳“不耻下问”。

郭禹彤回道：“因为裴朔他们坐了旁边的一张半。”

文梦佳：“……”

五秒不到，三人目光齐刷刷地聚集到盛喃身上。盛喃慢慢退后一步：“我和裴朔不熟的，我们不如换个位置？实在不行就分开坐？”

“关键就是两人位都找不到。虽然你和裴朔不熟，但你和你家跩爷熟嘛！”文梦佳单手端餐盘，空出另一只手，不由分说地“挟持”上小白菜，往郭禹彤带路的方向走。

盛喃还想挣扎，道：“他们坐旁边，我……我怕你们消化不良。”

“消化不良？被狗粮噎的吗？”文梦佳反手一刀，“那没事，我和班长都习惯了，小君天天坐你们前面，肯定更习惯了，是吧丁小君？”

“嗯。”

文梦佳得意地转回来，道：“你看，众望所归。”

盛喃：“……”

趁那两人走在前，文梦佳往盛喃耳边一趴，小声道：“而且一起吃饭才能方便我近距离观察一下，你俩到底什么情况。”

盛喃叹气道："可能就是我自作多情吧，又不是没有过……"

"哟，听你这说的，你俩还有别的故事啊？"文梦佳笑嘻嘻地转回来。

盛喃一抬头，瞥见几米外的裴朔等人，立刻绷住脸不搭文梦佳这个话茬儿了。

盛喃几人过来，最先是裴朔身旁的男生发现的。他就是不经意一抬头，瞧见几米外的四个女生里面个子最小一只的那个，眼神一下子就直愣了。

过去两秒他连忙咽下嘴里的青菜，伸胳膊杵了杵裴朔："哎，朔哥朔哥，你看，盛喃！"

裴朔下意识地抬头，看清以后他转回来先还了那男生一肘子，道："激动什么呢！"

"噢。"

裴朔这才望向对面，稍稍提声："哥，盛喃过来了。"

靳一抬眸。

四个女孩已经停在长桌的一侧。可怜的盛小白菜被推到最前面，接受坐满了一张半的连接长桌的男生们的目光洗礼。小姑娘脸都憋红了，下意识把求助的目光投向坐在他们中间的靳一，道："我们……能……坐在这里吗？"

靳一垂回视线，从桌前起身，他端起餐盘往外走了几步，停到半低着头的盛喃面前。

一高一低。一个垂眸，一个落眼。

安静了几秒，两人都没能对上目光，却是同时开了口——

靳一叹出声笑："还在记仇？"

盛喃问："你要走了吗？"

同时开口后又同时一停。

"不走。"靳一碰了碰紧挨空位坐着的男生。

对方回头，表情茫然地道："靳哥？"

靳一朝裴朔那边一撩视线："你要不要换个位置。"

"啊？"男生看了一眼盛喃，恍然大悟，"噢噢噢，要要要。"说完那人拿起饭菜就跑去裴朔对面空出来的位置了。

靳一单手接过盛喃的餐盘，放到空位上，随即在旁边男生刚让出来的位置上放下自己的，他长腿一抬，进了位置里。

盛喃回神，也挪进去坐下。食堂里的嘈杂冲淡了长桌旁的寂静。盛喃喝了一勺汤，咽下去以后小声说："我没记仇。"

靳一拿筷子的手停顿了下，道："今天整个下午，你一句话都没主动跟我说过。"

"是吗？"盛喃抿了会儿汤，疑惑，"这样听起来明明是你在记仇，因为我都不记得。"

靳一哑然失笑："……好，我记仇。"

"嗯。"小姑娘心情立刻好了一点儿，微微翘了翘下巴。

旁边文梦佳看得直想扶额。这个世界上怎么会有这么好哄的小姑娘？

不过盛喃轻松了没一会儿，表情就又皱了，道："我想起来，我今天下午有在思考很严肃的问题，所以才没有主动跟你说过话。"

靳一向身侧回眸道："你思考问题，和不理我有什么因果关系？"

盛喃抿住唇，纠结皱眉。

靳一问道："是和我有关的问题？"

"嗯。"盛喃又憋了几秒，放弃地叹气，"我就知道我只要跟你搭话，肯定会忍不住和你说起这个问题。"

"所以，你想问什么。"

盛喃迟疑。

靳一等了两秒，突然问："是比较私密的问题？"

盛喃想了想，点头道："算是吧。"

"噗……咳咳……"坐在盛喃对面的文梦佳呛了下。

盛喃抬头，连忙摸出纸巾递过去，问道："文姐你没事吧？"

文梦佳一边摆手一边低头，道："没事没事，咳咳……不用管我，不用管我。"

"哦。"

盛喃心不在焉地收回手，回眸就听见靳一淡定地垂着眼说："那就回去再问吧。"

"嗯？"盛喃茫然。

靳一没抬眼，细长的筷子倒是抬了抬，往旁边轻一示意："你不会以为，这群人平常吃饭就一直这么安静吧。"

盛喃："？"

顺着他筷子的方向，以裴朔为代表，坐满一张半长桌的男生们突然像是从睁眼的睡梦里醒过来，捧碗的捧碗，说话的说话，仿佛几秒前还静若摆设的画面是错觉。

盛喃呆了半晌，突然红透了脸反应过来道："不，不是那种私密问题。"

靳一低着眼，闻言也不禁轻笑："那种是哪种。"

"靳一！"

"是你说的，这也要怪我吗？"

"是你问的！当然怪你！"

"好，怪我，"靳一不再逗她了，笑着拿筷子粗头敲了敲她金属餐盘的边缘，"吃饭。"

"哼。"

对面文梦佳几次欲吃又止。最后挑起一筷子青菜，她恶狠狠地咬下去。

晚餐结束，趁着靳一拿走了她的餐盘去倒厨余的工夫，盛喃扯着文梦佳问："文姐，你有结论了吗？"

"结论？"文梦佳叹气，看了一眼自己手里的餐盘，"你知道我今晚吃的什么吗？"

盛喃跟着看了一眼，道："嗯，西红柿炒蛋？"

"不，"文梦佳面无表情，"是西红柿炒蛋味道的狗粮。"

盛喃："？"

文梦佳瞟了一眼厨余区那边身高腿长带着半个食堂女生目光走路还浑然不觉的某人，她叹气道："他在你们单独相处时守不守界限我不知道，但要说他对你没好感，我头拧下来给你。"

盛喃道："这……罪不至此。"

"少打岔，"文梦佳搂住她，"不过今晚来看，他又确实表现得挺克制的。到底是渣呢，还是另有隐情呢，就得你自己探索了。"

"渣？"盛喃受惊抬头。

"就是在感情方面，不主动、不在意、不挽留，"文梦佳想起什么，"哦，你不是好奇上两届那个江肆吗，这'三不'是他总结自己的原话。"

盛喃呆住，道："好——"

"渣是吧？他可渣得明明白白。"文梦佳笑起来，"据说他高中三年几个关系近的女生，全是那种超级漂亮浓艳的大牡丹花类型，还都是女生告白。而且就算他提前把这三不原则说了，追他的女生还是如过江之鲫，飞蛾扑火哪。"

盛喃屏息道："那有鲫鱼，不是，有成功收服他的吗？"

"收服他？那可是江肆，金边云上的天之骄子，"文梦佳笑道，"牡丹花们都想做盛开到最后的那一株，可惜了，这种人不可能有心的。"

盛喃小脸煞白，显然被吓得不轻。

"不过放心，"文梦佳拍拍盛喃肩膀，"你同桌 99.9% 不是这种。你看他这表现就行了。"

"嗯？"盛喃回头。

厨余区往他们这个方向的不远处，身量修长的靳一此时正被一个女生拦在原地。对方抱着胸前的书本，似乎正红着脸跟他说着什么。

可惜没等她说完，那人薄唇微动，冷淡说了句什么，目不斜视地走了。女生在原地呆站几秒，红着眼圈扭头跑出去。

文梦佳道："啧啧，你瞧，辣手摧花，毫不留情。"

盛喃想起第一次见面某人的刻薄语录："……其实这已经是他对不纠缠类型的'手下留情'了。"

文梦佳："？"

没来得及多说，某人凭仗着腿长优势，几秒后就到她们面前停下。

盛喃仰脸感慨："你已经发展到去倒厨余的路上都会被告白了吗？"

靳一否认："没有。"

"嗯？"

靳一平静道："她认错人了。"

盛喃："……"

这个踘爷，就真的很绝情。

"走吧？"靳一问。

盛喃茫然了下，道："去哪儿？"

"你不是还有，"靳一慢条斯理地放低声，"私密问题要问我吗？"

盛喃瞬间憋红脸颊，道："你能不提那个词了吗？"

"可以。"

盛喃松口气。等她刚跟着走出去两步，旁边那人笑了："那你喵两声我听。"

盛喃："！"

晚饭时间的安乔校园里人来人往，哪里都不像是可以聊什么私密问题的地方。盛喃从食堂出来以后想找个合适谈话的僻静角落，期间一边蹭在靳一身旁，一边东张西望顺便征询他的意见："食堂附近肯定不行，人太多了。"

"嗯。"

"你觉得操场怎么样？"

"太开阔了。"

"嗯？"

盛喃本来想反驳，开阔是好事情啊，那样的话，个体距离就会拉开很多，也不容易被听到了。不过在她仰头看到那人过分优越的侧颜，同时瞥见从另一旁走过他身侧的三个女生一边忍着激动一边偷眼回头的动静时，盛喃就把这质疑的话咽回去了。

这张校草脸出现在校园开阔地带，确实容易酿成恶果。使不得。

"池塘区怎么样，我听班长说那边环境很好的，适合散心。"盛喃回头问。

"人也会多。"

"啊，对，忘记现在是晚饭时间了……"

"哦！"再走出去几步后，盛喃突然惊呼了声。

靳一懒垂下眼，似笑非笑地道："又被踩尾巴了？"

盛喃不满地转回来瞪他，道："最后重申一遍，我没有尾巴。"

靳一回道："我看到过。"

"你胡说，"盛喃面无表情地绷起脸，往他长腿前多跑了几步，背着身磨牙瞪他，"哪有？"

小姑娘明明穿着和旁边来往学生群体一模一样的校服长裤，但落进他眼底就好像是人群里唯一出落的那个。衣服的面料柔软，被她踮脚的动作微微拎起，模糊又绰约地勾勒出腰尾椎处先凹再翘的弧度。

而她没察觉，只等着靳一哑口无言。

入秋傍晚凉意日重，靳一却突然觉得这秋风“燎”得人口渴。他也确实有点儿说不出话了，不过是无奈得。

“你是傻吗？”靳一几步过来，把还在力证清白的小姑娘勾着肩膀往前一带。

盛喃被拎出去一两米才回神，道：“你又骂我。”

靳一叹气：“你怎么不干脆让我摸一摸。”

盛喃蒙住，道：“让你摸什么？”

“尾巴。”靳一情绪慢慢抚平，语气懒散回来，“看多不管用，摸一摸才知道是不是藏在衣服里了。”

盛喃：“？”

死寂数秒。盛喃严肃问：“靳一你是变态吗？”

靳一哑然失笑，却顺应：“说不定呢。”

盛喃：“……”

靳一说：“然后你刚刚就邀请我这个变态看你……尾巴了。”

盛喃反驳：“我没有！”

靳一叹出声笑，抽走胳膊前摸了摸女孩脑袋，道：“长点儿心吧。”

盛喃恼怒地盯着那人修长的背影。她明明记得自己的嘴炮技能都是越熟悉越擅长的，怎么到了靳一这儿反而越熟悉越像被封锁技能了呢？

一定是因为这个人太无耻了。

又走出去一段，盛喃听见一直缓着步子走在她身旁的那人问了句：“你刚刚哦什么？”

“就是想起，文姐跟我提过一个人少而且不开阔的地方，”盛喃回忆，“学校东边的绿植树林区。”

靳一脚步突然停顿了下。

盛喃回头道：“你觉得去那边怎么样？”

靳一定定地望了她两秒，突然莫名地深叹了气：“不怎么样。”

“为什么？”盛喃茫然。

“不适合你去。”

“啊？”盛喃听得更迷惑了，“这能有什么不适合的？”

靳一沉默，侧回头，微微挑眉道：“想知道？”

“嗯。”

“那你过来。”那人微俯下身，从口袋里抽出手，指节懒洋洋地朝她勾了勾。

“哦。”盛喃好奇贴近。

靳一压低了点儿，嗓音低低哑哑地钻进她的耳孔里：“因为去那里的，都是要去摸尾巴的。”

盛喃：“？”

不等她反应过来，那人轻笑了声，直身插兜往前走了。

“靳！一！”

爹毛的橘猫回过神，气不过又只能跟上去。

最后的谈话地点还是靳一找的。坐落在安乔校园的西北角，是一栋和安乔建校历史一样悠久的音乐楼。不过随着这些年高中学生的课业压力加重，非特殊活动，这楼已经很少用得到了。名义上倒是对学生们开放的，不过楼下大门常年挂锁，不知道什么时候开，所以很少有学生过来看。

靳一带着盛喃绕到楼后，沿着一条踩出的小路穿过绿植，到达一楼某个音乐教室的窗户外。

盛喃艰难地跟进来，茫然地打量身旁的野草丛，道：“就算要讲，也不用猫到这儿——”

哗。紧闭的玻璃窗突然被靳一一把拉开。

盛喃噎住自己没说完的话，目瞪口呆地看着靳一扶着那快要比她还高的窗台外沿，不知道怎么一使力，很轻松就翻进去了。

盛喃人还傻着，窗户里伸出手臂，修长漂亮的手掌在她眼前停下：“来。”

盛喃心里说着“不不不”，但手没听她的。小白手不假思索地搭上去了。

这人的掌心好神奇，好像又冰又烫。她慢慢握紧。

十几秒后，对翻墙业务完全不熟练的盛小白菜反向配合了一番，终于还是被靳一捞进窗户里面了。

到双脚触地，盛喃才惊魂甫定又深感刺激地找回自己的声音：“我们这样进来，不违反校规吗？”

“没事，”靳一从她身前直起身，闻言笑了声，“如果被抓到，你就说是被我强行带进来的。”

盛喃绷脸道：“我不会这么不讲义气的。”

“可我说的应该是事实？”靳一莞尔，手抬了抬。

盛喃这才发现他们的手还没有松开，她把他的攥得紧紧的。小姑娘受惊似的，慌忙松开手，还很欲盖弥彰地把自己的小白手藏到了身后。

靳一眉眼压着笑，转回身往音乐教室的门口走，说道：“走吧？”

“这儿还不是目的地啊？”盛喃意外地跟上去。

“嗯。”

几分钟后，靳一把盛喃带上音乐楼的天台。从楼梯间推门出来，天边晚霞迎面扑来，云层渐染，仿佛要盖上肩发，半个夕阳缀在城市的天际线处，摇摇欲落。

盛喃呆在原地。也只呆了三四秒，她就开心得要跳起来，跨过靳一拉开的金属门，跑到平整的天台上：“哇！”

晚风扑面。女孩的影子被夕阳拉得老长，一直落到出屋面楼梯间的墙根前，倚墙靠着的靳一脚边。

他眼尾微扬，眸子淡淡含笑，一点儿都不意外地看着不远处蹦跳的小姑娘。好像也不太像橘猫吧，哪有这么活泼的橘猫。橘猫把夕阳和晚霞拉扯得东倒西歪，又拽着那些云彩和风的影子，一路跑回到他身边。

她激动又雀跃地停在他面前，道：“你怎么发现这里的啊？”

“逃课，偶然。”靳一低着头，看着她说。

“那有别人发现这里吗？”

“没遇到过。”

“那这儿以后就是朕的天下了！”盛喃把胳膊一扬，得意又冒傻气的，“朕以后要来这边写生，爱卿陪驾！”

靳一垂眸，莞尔一笑，道：“好。”

安静的晚风里，云飘过头顶。

好久过去，女孩的胳膊放下去，头也低了，她看着脚尖前他们两个人的影子叠在一起，合拢又分离。盛喃听见自己轻声开口：“哎，靳一。”

“嗯？”

“你是不是，”她眨了眨眼，“没想考大学啊。”

风声骤静。靳一眼底的情绪也滞了一滞。须臾后，那双黑眸低下，他无声地望着站在他身旁，还没他肩膀高的小姑娘，问道：“为什么这么问？”

他声音和往常一样。语调不紧不慢，还懒洋洋的，因为情绪的缘故，所以总是好像透着一点儿浅淡的笑意，细寻又翻找不到。像说每一句普通的话时那样平静，没任何差别。

可盛喃的眼睛还是黯了黯。因为他问为什么了。他没有否认。

盛喃感觉刚刚那些开心全都不见了，身体里某个她不知道的地方被扎了一个细小的看不到的孔，把那些情绪全都漏出去，最后只剩下空荡的无力感。

她最讨厌无力感了。盛喃朝旁边抬起头，有样学样地靠到他旁边的墙壁上，轻声说：“我又不傻。我觉得我还挺了解你的。”

“是吗？”靳一回眸看她。

盛喃望着天空：“知道你考年级第一，我可开心了，开心了一上午。然后中午回家我就跟来接我的阿姨说，我同桌特别厉害，他能考年级第一呢。”

靳一低着声：“她说什么？”

“赵阿姨问我，那他以前为什么不好好考试呀。”盛喃沉默下来，几秒后她弯下眼睛，转回来拍拍靳一的胳膊：“然后我就发现你这个人真的很讲义气，回来上学是打赌输给我了，考第一是因为要帮我出口气……”

她声音里的笑慢慢就撑不住了。盛喃感觉落下来的夕阳余晖沉甸甸的，压得她低下头去，声音也闷闷的，像怕打碎什么似的轻声道：“可要是没有我呢，你是不是就不回来了、不考第一了。”

“……”

“可是就算回来、考了第一，你不会和谁拿高考打赌对不对，我可以改变过程，但是改不了你选的结局。”

“……”

“为什么啊靳一，”盛喃慢慢憋了口气，她怕自己没出息，会让难过得要哭的情绪从心里浸进语气，“大学很好的，为什么不去。”

“……”

晚风更加安静。很久以后靳一轻叹了声，像笑又像无奈，道：“猜到你会问，也想好了不告诉你。”

盛喃憋住呼吸，有点儿恼地仰脸看他。于是再藏不住微微泛红的眼圈，黑得像被晚霞漉湿的眼睛，细白的鼻梁和通红的鼻尖。

靳一眼尾情绪愈重，他俯身想做什么，可最后只是克制地抬手，摸了摸女孩的额发，道："不用担心。我想好了不告诉你，但想好的时候我也知道，我最后总还是会告诉你。"

盛喃愣了下，道："为什么？"

"可能，习惯了吧。"靳一轻啧了声，像不甘心似的仰回去，他带着开半玩笑的语气落下手臂，"不管我计划做得多早，多下定决心，你也总能变成那个我排除不了的干扰项。而且不需要你说什么，盯着我多看两秒我就自动投降了。"

"……"

"不过你说得对，最后的那个结局我已经选定了，不能改。"靳一叹气，低头，"好消息是你想去哪个大学，我都会尽力帮你，有你的专业课加分，国内院校，即便是那两个最高学府也可以试试，这样能补偿吗？"

盛喃眼圈通红地瞪着他，道："我是打不过你，可我咬人很疼的。"

靳一哑然失笑。他轻一撸校服袖子，露出冷白修长的手腕，还往她面前抬了抬："嗯？"

逗猫似的。盛喃气得特别想真的咬他一口让他知道什么叫兔子急了也会咬人。但是她忍住了。盛喃拽开他手腕，低下头："你先告诉我为什么，我再决定咬不咬。"

靳一笑了下，倚回墙前，道："高考前的假期，你在干什么？"

"啊？"这个突兀的转折让盛喃空白了几秒，"可能，背书和睡觉吧。"

"嗯。我那时候回了一趟我爸家，不巧遇上他和一个女的在卧室里，"靳一语气平静得像在说今晚吃了什么菜，"不是我妈。"

盛喃一僵。

"这不是大事，"靳一想起什么，低眸笑了下，大约是想照顾唯一听众的情绪，可惜眼底并无笑意，"他们没离婚，但分居很多年了，各玩各的。"

靳一说得非常平静，但盛喃听得胸口更闷涩了。

"比较遗憾的是，这次他跟那个女人约好，等我上了大学，他就和我妈离婚，出国——”那截话声突兀地沉下去，冰冷得近凶狠，“还要带我奶奶一起。”

盛喃没跟上这样的转折，听得微微错愕。

靳一低垂回眼，在望向身旁的女孩时，情绪又被他抑到海面以下，道：“我奶奶已经快八十岁了，她不会外语，更不可能从头学起，她的身体状况也已经很难适应那个国家的气候环境。她所有活着的或者死去的朋友、亲人全部埋在这里，这片土地上有她的一辈子——而她原本唯一可以依靠的儿子，偏偏是最自私冷血的利己主义者。”

“她照顾我从一岁到十岁，我所有和家人有关的记忆里都只有她，这个世界上她已经没有别的亲人了，”靳一声音低下去，“对不起，盛喃。但是除了我，没有人能阻止他带她离开，没有人能站出来保护她了。”

盛喃听得惶然，胸口那种闷涩终于变成近压迫的窒息。她像一脚踩空掉进了一个湖里，拼命想要找到那个出口，连死死攥紧了靳一的手腕都没察觉，道：“你可以……你可以把奶奶带在身边，一边读大学，一边照顾她……”

靳一没要她松手，只很淡地笑了下：“你不了解那个男人，他是最精致的利己主义者，他会考虑他的利益、声誉、面子，关乎他自己感受的其他一切。我奶奶名下有她自己的房产，只要在出国前变卖，那就可以充实他开拓事业疆域的注入资金；而且他不会容许别人议论他如何自私地抛母弃子，他会坚决地要求把母亲带在身边，许诺给她一个条件优渥和儿子陪伴的晚年；甚至在某种意义上，他想去的那个地方，我奶奶的存在还可以给他带来更多的利益。”

盛喃很轻地抖了一下。晚风不凉，但她从心底觉着发冷。

靳一却平静：“如果我们发生争执，只要我在上学，那赡养权就不可能判给一个学生。我需要证明自己有时间和能力赡养老人，高中文凭足够我在这里找一份工作了。

“所以我不会参加高考，不会给他那样的机会。

“为了谁都不行。”

番外 想见你

我愿意划掉我全部的火柴，
换再见你一面。

那年的 12 月 25 日，是他们分开以后的第一个圣诞节。

国外把这个节日看得很重，像春节一样。盛喃从盛天刚住的抗癌中心疗养部回住处的时候，已经是傍晚了，穿街过巷的人比平常多了不少，随处可见的圣诞树给遍天遍地的皑皑白雪添了几分节日的热闹。

但还是热闹不过国内。盛喃对着车窗哈了口热气，心想。也不知道国内那边什么模样。

盛喃的住处在近郊，离学校很近，价格也不便宜，她和三个同校的华人室友同住。室友中有一位是典型的社交达人，交友广泛，朋友遍天下，国籍和语言对这种人来说都不是障碍，唯一的遗憾大概是生错了时代，一腔豪侠义气，没个用武之地。于是多余的精力就全用来办各种名义的派对了。圣诞节——这么合乎情理不用白不用的节日，自然不会被放过。

于是盛喃一推开门，迎面就是动感十足的圣诞歌曲背景音浪，以及被各种斑斓的拉带铺垫得满满当当的房间。再看着那边群魔乱舞的室友和朋友们，她已经能料想到明天一早房东老太太来巡视“领土”以后的愤怒了。

盛喃叹了口气，换鞋打算回房间。

结果半路被“狙”，好好一张脸蛋抹得五颜六色的室友中途跳出来，张开了她的血盆大口道：“圣诞快乐啊喃喃！一起来玩！！”

盛喃抬起一张无害笑脸，道：“你们玩，我就不——”

可惜话没说完，她就被室友一个热情的锁喉“挟持”向人群。

“不要不好意思嘛，喃喃！”

“不是……”

“听姐姐的，来！你就是太羞涩了所以才来了一年还没脱单！”

挣扎不能，盛喃被迫加入热闹得快顶走了房梁的人群。

等人潮散尽，已经是不知道几点的凌晨。盛喃抱着果酒瓶仰在沙发里，看见窗外蓝得深沉的夜空里，已经抹上了一点儿黎明前的晕白。星星黯淡地藏在天边。盛喃喝得通红的脸蛋微微仰起，她朝它们露了一个醉后有点儿傻气的笑，还抬起胳膊来招了招手。

然后就把弯腰收拾的另一个室友招来了。

“喃喃，怎么啦？”

“没……没怎么啊，”小姑娘醉醺醺地摇了摇头，“我在打招呼呢。”

“打招呼？”室友转身看了看，只有漆黑的窗，她吓得脸一白，“跟谁？大半夜的你可别吓我。”

“跟……星星！”

“哈？”

“最最最最最……最灿烂的那颗星星！”盛喃闭着眼，骄傲地把胳膊一抬。

室友哭笑不得地给她拉回来，道：“你酒量怎么这么差，第一次喝酒啊？”

盛喃眨了眨眼。很突然的，她仿佛一下子酒就醒了，取代了醉意的水雾罩进她乌黑的眼瞳。盛喃伏下身，趴到膝盖上道：“没有，我去年，元旦晚上……还喝过呢。”她没说完就笑起来，咯咯的，“有人不让我喝，我拿错了，我以为是果汁，还耍酒疯了，把他折腾得很厉害。”

明明是笑着，可是声音就是很难过。仿佛浸满了水的海绵，好像就再多戳一指头，那些难过的海潮就会从里面涌出来，无可止歇。

室友面露迟疑，一时无措地看着。

盛喃趴了一会儿，很快就微红着眼爬起来了，道：“我没事！”她笑得灿烂，“你不用担心。”

“真没事？”

“嗯！”盛喃用力点头，放下酒瓶，“我来帮你收拾吧，还要做什么！”

仔细观察几眼，见女孩似乎真的无恙，室友这才放心。她苦笑着起身道：“客厅都得打扫一遍，罪魁祸首倒是喝得人事不省——咱俩今晚看来是别想睡了。”

“哈哈，那就不睡！”

“嗯，”室友转身，“我去拿工具——哦对，壁炉灭了，你点上吧。不然后半夜太冷了。”

“好！”

盛喃和室友都从沙发上起身，室友沿着楼梯要去二楼的工具间，盛喃则走到壁炉前。拿起旁边放的火柴盒，她慢慢蹲下身。

一楼里再没了别人，只剩隐约的风裹着雪的声音，从窗外传来。女孩脸上的笑意退去。她望着熄灭的壁炉，慢慢划起一根火柴，道：“烤鸡。”

“是火炉。你是饿了吗？”有个低低哑哑的嗓音在她耳边笑起来。

盛喃弯了弯眼，轻笑着低头，划了第二根：“那第二根，一定是烤鸡！”

“烤鹅。”

第三根：“圣诞树！”

“嗯。”那人温柔地应。

“让我想想第四根，第四根好像是……”

唰。火柴亮起。

“蹺爷！”

“哦，所以你的第四根火柴，就是想见我？”

火柴的光坠进壁炉。那一秒里，女孩的眼泪再也抑不住，落了下来。

“蹺爷……”她笑着喊他不喜欢的那个外号，慢慢趴到膝上，眼泪和眼睛一起埋进胳膊上的衣服里。

“我想你了。”

我愿意划掉我全部的火柴，换再见你一面。

图书在版编目（CIP）数据

高四生 / 曲小蛐著 . — 天津 : 百花文艺出版社，2022.7（2022.11 重印）
ISBN 978-7-5306-8316-3

Ⅰ . ①高… Ⅱ . ①曲… Ⅲ . ①长篇小说－中国－当代 Ⅳ . ① I247.5

中国版本图书馆 CIP 数据核字 (2022) 第 103460 号

高四生
GAO SI SHENG
曲小蛐 著

出 版 人：薛印胜
责任编辑：李 信　　封面设计：小费设计
特约策划：李 肖
特约编辑：李 肖
出版发行：百花文艺出版社
地址：天津市和平区西康路 35 号　邮编：300051
电话传真：+86-22-23332651（发行部）
+86-22-23332656（总编室）
+86-22-23332478（邮购部）
网址：http://www.baihuawenyi.com
印刷：三河市金元印装有限公司
开本：880 毫米 ×1230 毫米　1/32
字数：340 千字
印张：10.5
版次：2022 年 7 月第 1 版
印次：2022 年 11 月第 2 次印刷
定价：49.80 元

如有印装质量问题，请与三河市金元印装有限公司联系调换
地址：河北省廊坊市三河市杨庄镇杨庄村
电话：0316-3650243
邮编：065200